# ANGE

## ET LE CHIFFRE DES ANGES

# LIVRE I

# GENESIS

## YVAN PREMIER

Retrouvez gratuitement la playlist d'Angela
sur  Apple Music et Spotify
en recherchant *Angela Genesis*

Illustration de couverture réalisée par Julien TELO
Police **BARIS CERIN** par BoltCutterDesign
Corrections par AntiDoTe 10 Druide
Copyright © 2019 - Yvan Premier
Première édition : 09.09.19
ISBN : 978-1-68981-339-6
Présente édition :
01.2021

# MOT DE L'AUTEUR

JE DÉDIE CE LIVRE AUX
RÊVEURS ÉVEILLÉS.

Je souhaite rendre hommage à la chanson
*The Audition (the fools who dream)*
écrite par Ben Pasek et Justin Paul,
qui m'a encouragé encore et encore
à raconter l'histoire d'Angela et ses amis.

# CARTE DE LOS ANGELES

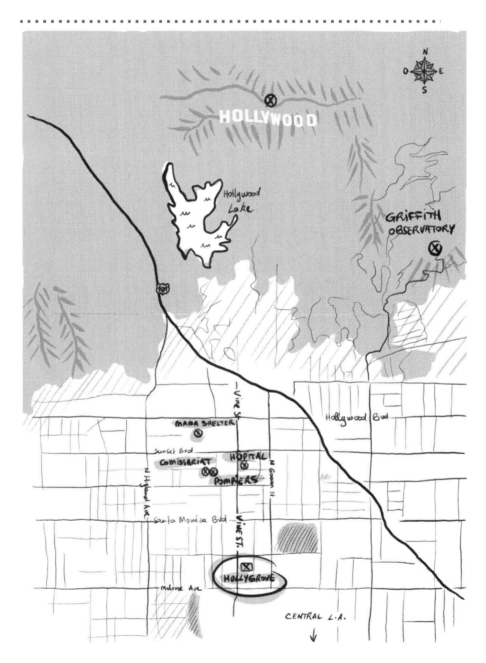

# CARTE D'HOLLYGROVE

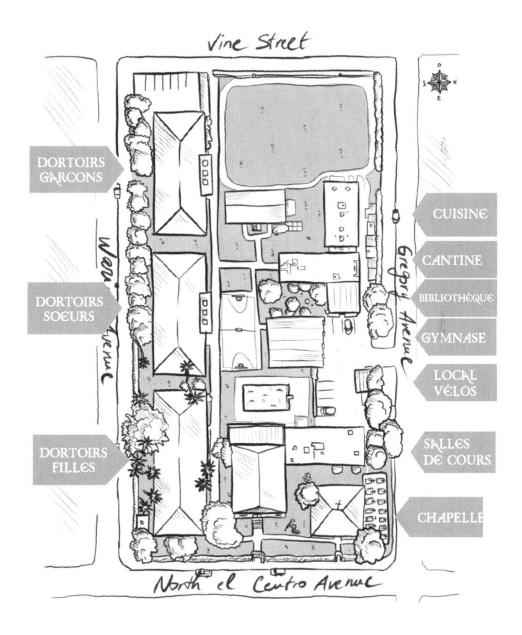

Vine Street

DORTOIRS GARCONS

DORTOIRS SOEURS

DORTOIRS FILLES

CUISINE

CANTINE

BIBLIOTHÈQUE

GYMNASE

LOCAL VÉLOS

SALLES DE COURS

CHAPELLE

West Avenue

Gregory Avenue

North el Centro Avenue

# TABLE DES MATIÈRES

*Chapitre zéro.*

# LA RENTRÉE

- - - - - - - - - - - - - - - - - - - - - - - - - - - - - - - - - - - - - - - - - - - - - - - - - -

*0.0   À l'origine, la Mère créa l'univers.*

*0.1    L'univers était informe et vide. Il y avait des ténèbres à la surface de l'abîme, et l'esprit de la Mère se mouvait au-dessus des eaux.*

*0.2   La Mère pensa : que la matière soit ! Et la matière fut.*

*La Mère vit que la matière était bonne, et elle sépara la matière d'avec le vide.*

*0.3   La Mère appela la matière planètes et elle appela le vide espace, ce fut le commencement.*

**Bible des Anges, Genesis, Chapitre 0.**

# *Le rêve*

J'ouvris mes volets et regardai par la fenêtre. La cité céleste des Ischim était en proie à une véritable effervescence : les cris et les exclamations remplaçaient les murmures et les bruissements d'ailes dont elle était coutumière. Tout le monde autour de moi se dirigeait en un flot bruyant et agité vers la porte du nord ; j'interpellai une fille que je connaissais pour lui demander ce qui se passait, mais elle ne ralentit qu'à peine son vol :

- Viens vite Raziel, il est revenu ! Le traître Samael est revenu... et avec le dragon ! Dépêche-toi si tu ne veux pas tout rater !

Je remarquai alors que les habitants de la ville avaient pris les armes et revêtu leurs armures : le dragon était en effet notre ennemi juré depuis le légendaire massacre de Cydonia, la ville du Temps. La nouvelle qu'il soit revenu à nos portes aurait pu paraître effrayante pour beaucoup, mais moi je sentis au contraire l'excitation me gagner : j'allais voir le dragon ! Je joignis alors mes mains pour déployer mes ailes et pris mon envol.

Mikâ-El, le gardien de notre cité se tenait seul sur le seuil de la porte du nord. Il se mit à avancer lentement, ses ailes noires et majestueuses brassant l'air puissamment. Il était armé d'une lance rouge et blanche dans une main et d'un arc aux reflets dorés passé en bandoulière ; son armure argentée brillait de mille feux sous le soleil du matin et contrastait avec sa peau d'ébène aux reflets cuivrés. J'entendis alors des musiciens, qui se mirent à jouer de leurs instruments pour annoncer sa sortie de la citadelle.

À quelques volées de flèches de là, le monstre lui faisait face, sinistre et menaçant. Il s'agissait d'un dragon plus grand encore que ne le décrivaient les légendes : son corps rouge et noir bardé d'écailles ondulait tel celui d'un serpent, et ses grandes ailes sombres fouettaient l'air pour le maintenir sur place. Il leva la tête et cracha une immense gerbe de feu qui embrasa le ciel du matin, comme s'il voulait défier la cité tout entière.

C'est alors que je l'aperçus : Samael le traître chevauchait le dragon. Il semblait minuscule en comparaison, mais je distinguais tout de même dans ses mains les armes qu'il avait dérobées. À cette distance, elles étaient trop petites pour que je les distingue correctement, mais je connaissais suffisamment leur description et leur terrible réputation : toute la ville parlait d'elles depuis qu'il les avait volées sur le trône.

Sa main droite tenait fermement *Esh*, le glaive de feu auquel rien ne peut résister ; à son bras gauche, il arborait *Laor*, le bouclier de lumière que rien ne peut ébrécher. Je vis ensuite Samael se dresser sur sa monture et crier en direction de Mikâ-El, ce dernier secoua la tête en signe de refus.

Mikâ-El et le dragon chevauché par son adversaire se rapprochèrent l'un de l'autre, jusqu'à se rejoindre sur un îlot rocheux qui flottait dans les airs à mi-chemin. Ils n'étaient plus séparés que de quelques mètres, et comme l'ensemble des Ischim présents ce jour sur les remparts, je ne pus m'empêcher de frissonner. Mes semblables unirent alors leurs voix, leur chant s'élevant dans les airs pour encourager notre champion.

Tout se passa ensuite très vite : alors que Mikâ-El ouvrait son bras gauche en signe de paix, Samael leva très haut son épée de feu et la lui jeta violemment dessus en criant. Mikâ-El esquiva de justesse le glaive qui vint se ficher dans le sol à ses pieds ; il fut obligé de reculer à nouveau lorsque le dragon baissa brusquement la tête d'un air menaçant : l'énorme reptile avait fléchi les pattes avant et semblait prêt à bondir à tout instant.

La cité entière retenait son souffle. Samael sauta alors au bas de sa monture et leva très haut son bouclier qui projeta un éclair aveuglant dans toutes les directions. Je ne pus tourner la tête assez vite et ressentis une vive douleur aux yeux, ébloui par la puissante lumière. Un hurlement d'agonie à glacer le sang déchira le silence.

Lorsque je recouvrai la vue, je n'osai pas porter mon regard sur le champ de bataille, redoutant la scène que j'allais y découvrir.

Un cri éclata dans la foule :

- Mikâ-El !

Il fut repris par une autre voix, puis une autre, jusqu'à ce que le nom de notre héros retentisse tout le long du rempart nord.

- Mikâ-El ! Mikâ-El ! Mikâ-El !

Je me résolus alors à regarder, et mon cœur bondit dans ma poitrine : la situation s'était renversée.

Complètement.

Le corps de Samael était étendu sur le sol et le terrible dragon se tordait de douleur, la lance blanche et rouge fichée dans une orbite sanglante. Mikâ-El arracha le glaive de feu du sol et bondit sur le cou de l'animal agonisant. Il leva très haut l'arme magique qui flamboyait maintenant avec une intensité décuplée, et il trancha l'énorme tête d'un seul coup.

Un tonnerre de vivats s'éleva du haut des remparts et fut repris par toute la ville céleste qui laissa exploser sa joie. Je vis des gardes jeter leur heaume en l'air et le rattraper d'un battement d'ailes ; partout autour de moi les gens criaient, chantaient, virevoltaient dans les airs ou tombaient dans les bras les uns des autres. Après quelques minutes d'effervescence, un frisson parcourut la foule de mes semblables : aussi brusquement qu'ils s'étaient exclamés, ils se taisaient maintenant les uns après les autres.

Tous les regards étaient à nouveau tournés vers le nord. Mikâ-El revenait lentement, tirant d'une main le corps inanimé de Samael, et de l'autre l'énorme tête du dragon. Il s'arrêta à une certaine distance du rempart et souleva victorieusement le vaincu à bout de bras au-dessus de lui. Il était assez proche pour que les personnes réparties le long des hautes murailles puissent le voir, et pour que j'entende clairement les mots qu'il prononça d'une voix puissante :

- Samael ! Traître et meneur des rebelles ! Pour t'être soulevé contre notre Roi, je maudis ton nom à tout jamais ! Tu t'appelleras dorénavant *Lucifer* et ce nom inspirera crainte et effroi pour les siècles des siècles !

Il prit le glaive de feu qui pendait à sa ceinture et trancha les ailes blanches du traître. Elles tombèrent sans vie sur le sol, avant de s'embraser brusquement et d'être réduites en cendre en quelques instants. Ce châtiment était le plus terrible qui soit pour l'un des miens : il le bannissait à tout jamais du peuple Ishim et le privait de son pouvoir pour l'éternité.

Mikâ-El défit alors la corde de son arc, et tandis que le traître reprenait lentement connaissance, il l'attacha solidement à la tête ensanglantée du dragon.

- Lucifer ! Abomination ! Je t'exclus du royaume d'Eden et te marque du Chiffre du Mal ! ajouta-t-il comme une incantation. Ton exil durera 666 milliers de siècles, et nul Ishim ne pourra y mettre fin !

Mikâ-El s'éleva alors haut dans les airs en tenant la tête du dragon par les cornes, ses ailes puissantes luttant pour soulever ses deux ennemis vaincus. Il se mit ensuite à tournoyer sur lui-même, d'abord lentement, puis de plus en plus vite, pour enfin projeter Lucifer et la tête de dragon avec une force incroyable en direction du royaume du dessous. Lucifer se mit à hurler de toutes ses forces et j'entendis distinctement une menace qui me glaça le sang :

- *...TU ME LE PAIERAS, ANGELA ! JE REVIENDRAI TE CHERCHER !*

Ils tombaient avec une vitesse de plus en plus grande, et l'air s'embrasa soudain autour d'eux pour former une gigantesque boule de feu. Lorsqu'ils heurtèrent le sol, l'impact qu'ils y provoquèrent fut aussi puissant que celui d'un énorme météore : la croûte terrestre explosa en cercles concentriques sur une centaine de kilomètres dans chaque direction ! La puissance du choc provoqua un énorme tremblement de terre sur l'ensemble du Jardin d'Eden, et traversa même la barrière invisible qui le séparait de la Terre. À sa suite, des volcans entrèrent en éruption et une véritable apocalypse s'abattit sur les deux mondes jumeaux.

# *Le réveil*

Angela se redressa alors dans son lit en criant au milieu de la nuit, elle avait encore à l'esprit les cris de millions de dinosaures agonisant sous un déluge de feu et de cendres. Une fois qu'elle eut retrouvé son calme, elle se leva pour fermer la fenêtre et alla boire un verre d'eau. Le miroir de la salle de bain lui renvoya l'image d'une jeune fille aux cheveux bruns ébouriffés et à la mine endormie, elle l'interpella :

- N'importe quoi toi... des dinosaures, sérieusement ?

Elle fixa son reflet quelques instants, en espérant qu'elle pourrait retenir les détails du rêve, mais il s'effilochait déjà comme un brouillard qui se dissipe. Elle se concentra davantage : ça avait l'air important, elle aurait aimé se souvenir... mais non, il ne lui restait que l'image du feu... et au creux du ventre une impression de malaise. En allant se recoucher, elle caressa le chat noir et blanc qui se trouvait au pied de son lit, il dormait profondément. Elle, par contre, eut du mal à retrouver le sommeil cette nuit-là, comme si un mauvais esprit rôdait à la lisière de sa conscience.

Il lui sembla que son radio-réveil s'alluma quelques instants seulement après qu'elle ait réussi à se rendormir. Sa radio préférée passait un vieux titre en français et elle poussa le volume à fond.

*... Ce que je garde à l'intérieur comme un rêve du futur*
*Que je voudrais explorer à toute allure*
*Ces images de souvenirs qui se murmurent*
*Trouver l'excitation de l'aventure*

Comme à son habitude Angela resta quelques instants sous la couette à écouter la musique, c'était son moment préféré de la journée ! Depuis la mort de ses parents, elle écoutait toujours les paroles avec beaucoup d'attention, car elle avait parfois l'impression qu'ils lui parlaient à travers les chansons. Elle entendait celle-ci pour la première fois, mais la voix suave et puissante de la chanteuse lui plut instantanément.

*... Comme un signe, qui m'éveille aujourd'hui*
*Une flamme au fond des yeux*
*Comme un cri, au milieu de la nuit*
*Et que tout brûle de mille feux !*

Il arrivait souvent que des chansons fassent écho à la situation qu'elle était en train de vivre, comme ici le fait qu'elle vienne de se réveiller… et le feu bien sûr ! Il arrivait même parfois que les paroles coïncident si parfaitement, qu'elle se plaisait à croire que la chanson avait été écrite spécialement pour elle. Elle aimait dire que ces chansons spéciales étaient des *Signes*, comme si un message lui était envoyé par ses parents, à travers le temps et l'espace.

*Cette impression de surmonter mes peurs,*
*de sortir enfin, de ma torpeur*
*J'ai besoin de m'en aller, pour trouver le feu*
*Qui me rendra femme et comblera mes voeux*
*Et j'entends cette sonnerie*
*Le compte à rebours de l'infini,*
*Pour renaître aujourd'hui !*

Aujourd'hui le message était pour le moins brouillé, le seul compte à rebours qui l'attendait c'était celui de la rentrée des classes, et à part renaître en tant que nouvelle élève de cinquième elle ne voyait pas trop le rapport. Elle écouta tout de même jusqu'au bout la chanson, décidant que la rentrée pouvait bien attendre quelques secondes de plus.

# *Angela*

Je m'appelle Angela Rorbens... et je déteste mon prénom. D'ailleurs tous mes amis m'appellent Angy. Non, mais sérieusement, déjà qu'Angela ça fait un peu bébé ou princesse, voir même bébé princesse... mais quand on habite à Los Angeles c'est carrément une blague, imaginez qu'on m'appelle *Angela de Los Angeles* : ri-di-cule !

Mon nom de famille c'est différent, d'abord on ne le choisit pas et ensuite je le trouve pas mal, ça rime avec Rubens, le peintre de la Renaissance que mon père adorait. Ses peintures sur les anges sont juste magnifiques ! Mais bon surtout mon nom de famille c'est tout ce qu'il me reste de mes parents depuis l'accident de voiture l'an dernier, celui qui m'a rendu orpheline. Enfin ce nom et puis Azraël, mon chat noir et blanc.

Je sais, ça encore c'est un drôle de nom, mais pour le coup c'est moi qui l'ai choisi et je l'adore. En plus ça lui va comme un gant parce qu'il est rusé et coquin comme le chat de Gargamel dans la BD des Schtroumpfs. Heureusement qu'il est là Azraël, c'est le seul à qui je peux vraiment me confier... enfin, à lui et à Gaby, mais bon Gaby c'est pas pareil, il est trop... trop humain quoi.

Gaby c'est mon meilleur ami, il est grand et costaud, mais surtout gentil, un vrai nounours ! Son vrai nom c'est Gabriel Harbinger. Il parait que ça veut dire présage ou messager je crois. Comme il a été trouvé bébé devant les portes de l'orphelinat le jour de la saint Gabriel, c'est le Père William qui l'a baptisé comme ça. Plutôt cool hein ?

Mais bon vous savez, y'a pas que les prénoms des gens qui m'intéressent ! En fait j'adore lire, écrire, et faire des jeux de mots.

> *Chaque jour j'écris des vers, c'est presque un rituel,*
> *Avant, avec mon père, j'en faisais des duels !*
> *Mais ceux que je préfère, c'est les alexandrins,*
> *Douze c'est un chiffre pair, et puis ça sonne bien !*

Vous allez me dire que c'est normal puisque mon père était prof d'anglais, mais ça veut rien dire en fait. Ben oui maman était prof de maths, et pourtant, j'y ai jamais rien compris... Les maths et moi ça fait deux comme elle disait !

Du coup en ce moment je suis en train de lire le tome 3 de *Harryson Potterson* dont j'avais dévoré les deux premiers livres l'an dernier. J'adore ! Le Père William m'avait offert le premier tome à Noël, j'imagine que l'histoire d'un orphelin pour quelqu'un qui venait de perdre ses parents, il trouvait ça profond. Mais moi ce que j'ai adoré c'est l'aventure et les mystères, la magie !

Mon personnage préféré c'est Harmony bien sûr. D'abord c'est la plus intelligente, et de loin ! Ensuite elle adore les livres comme moi, donc ça nous fait un point commun même si elle, elle est aussi super forte en maths... Gaby arrête pas de me dire que je lui ressemble, mais je ne serai jamais aussi belle qu'Amy Waston qui joue dans les films ! Je ne comprends même pas que Harryson n'ait pas fini amoureux d'Harmony, même si c'est vrai que Jenny, elle est pas mal aussi, et surtout elle a du cran. Enfin tout ça pour dire que j'adore Harmony et que j'aimerais lui ressembler un peu plus et que j'attends toujours mon invitation à Proudlord... ça me changerait d'ici.

Parce que bon, s'il y a un truc que je déteste plus que mon prénom c'est bien cet orphelinat. Déjà il s'appelle Hollygrove ! Hollygrove quoi ! C'est soi-disant élégant parce que ça veut dire bosquet de houx ou jardin de houx ou un truc du genre, mais bon le houx ça pique et c'est moche. Je pense que c'est LA plante qui a dû se présenter en dernier devant Dieu lors de la création du monde, du coup il n'avait plus rien à lui donner, juste des piquants, un vert hyper foncé, et un nom qui ressemble à un cri de hibou. Houhouuuux. Vous voyez une autre explication vous ?

Et puis surtout cet orphelinat me rappelle trop mes parents, je sais que *parents* et *orphelinats* sont plutôt des termes opposés d'habitude, mais... vu qu'ils étaient tous les deux profs ici et que c'est là qu'ils se sont rencontrés ça explique un peu, non ? Du coup, aller à l'école là où tes parents sont profs, déjà de base ça craint, mais ici en plus tous les élèves ont été abandonnés ou traumatisés par leurs parents... Et pour tout vous dire on n'a pas que des cas très équilibrés ici, mais bon je veux pas balancer, vous verrez bien par vous-même. Bref. J'avais demandé à mes parents de me mettre à l'école publique de Vine Street juste en face, pour être tranquille, mais soi-disant ils préféraient me garder auprès d'eux et patati et patata. Ils m'ont même raconté que la directrice de Vine Street était une vieille bique qui avait refusé de les embaucher et que rien que pour ça ils ne m'y mettraient jamais. Le répétez pas hein ?

Dans tous les cas maintenant qu'ils ne sont plus là, c'est mort... sans mauvais jeux de mots. Par contre l'avantage d'être déjà dans un orphelinat, c'est que je n'ai pas été trop dépaysée après l'accident et que j'ai pu rester avec Gaby. Ça aurait été trop dur de devoir changer d'école et de perdre mes amis juste après avoir perdu mes parents !

Ah au fait dans la liste des choses que je déteste j'ai oublié le top du top : la religion ! Je sais que c'est pas de bol vu qu'ici le directeur est un prêtre et que presque tous les profs sont des bonnes sœurs, mais je trouve vraiment que c'est un ramassis de bêtises tout ça ! Depuis l'accident de voiture où mes parents sont morts, entendre parler de Dieu *tout bon* et *tout puissant* ça me hérisse ! S'il existait vraiment, il ne les aurait jamais laissés mourir comme ça. Ils avaient seulement trente-six ans, bon sang !

<u>Angela Rorbens</u>

Angela relut une dernière fois la consigne de son devoir de rentrée pour vérifier n'avoir rien oublié :

« Décrivez-vous en détail dans un texte tapé à l'ordinateur. Vous pouvez parler de votre caractère, de vos amis, de ce que vous aimez faire et de ce que vous appréciez moins. Utilisez vos propres mots, comme si vous vous présentiez à un nouvel ami qui arrive à Hollygrove.
Votre description ne devra pas dépasser 1000 mots.
Attention aux fautes d'orthographe et à la conjugaison !

Miss Lindsay.

Angela afficha à nouveau le compteur de mots du logiciel d'écriture de son ordinateur : 999 mots, signature comprise. Elle arbora un sourire satisfait : ça rentrait tout juste, du travail de pro ! Elle cliqua donc sur le bouton d'impression, puis rangea la copie dans son sac à dos. Elle éteignit le PC, passa une dernière fois délicatement les doigts sur le clavier et sortit de la salle informatique encore déserte en disant au revoir à la très discrète Sœur Ruth qui était à son bureau.

## *La chanson*

Gabriel était encore dans sa chambre en train de finir de s'habiller, il avait laissé son radio-réveil allumé et une chanson d'Eddy Sheeron commençait tout juste. Une gêne au talon lui fit s'apercevoir qu'il venait de marcher sur un bandeau d'Angy qui trainait par terre. Elle avait dû le perdre en juin dernier, avant de partir à Paris chez sa tante. Il le ramassa délicatement et s'assit sur son lit, le regard triste : il avait hâte de la revoir, mais appréhendait leurs retrouvailles. Même s'ils se connaissaient depuis toujours, leur premier flirt n'avait duré que quelques jours avant la fin des cours l'an dernier, et avant de partir elle lui avait dit qu'elle préférait qu'ils restent amis. Juste amis.

Une note de musique attira son attention, ce devait être un nouveau titre parce qu'il ne l'avait jamais entendu... et pourtant il connaissait par cœur les deux albums du jeune chanteur britannique.

*Dans ma chambre d'ado*
*J'ai marché sur ton bandeau*
*Tu me manquais juste un peu*
*Mais les larmes me montent aux yeux*

Gabriel regarda le bandeau dans sa main, puis le poste de radio de manière incrédule, et se demanda si le chanteur voyait sa chambre ou lisait dans ses pensées... Il s'essuya rapidement les yeux du revers de la main comme si on l'avait surpris à pleurer. La chanson continuait.

> *Depuis que t'es partie*
> *Pourra-t-on rester amis ?*
> *Toi et moi c'était pour la vie*
> *Mais tu as dit que c'était fini*
> *On s'est quittés à la fin des cours*
> *J'ai dit tant pis c'est pas de l'amour*
> *Mais toi tu sais que je t'aimerai toujours*

Gabriel fut à nouveau frappé par l'exactitude des paroles, comme si le chanteur avait le pouvoir de lire dans son cœur et d'exprimer mieux que lui-même ce qu'il ressentait. Il écouta la suite avec plus d'attention encore, respirant à peine.

> *Je suis souvent un peu nerveux*
> *Mais quand on s'est dit adieu*
> *Ton baiser était délicieux*

- Ah non ! Il peut pas savoir ça aussi, c'est pas possible ! s'exclama Gabriel d'un ton agacé en bondissant de son lit.

> *Je croyais que j'étais fait pour toi*
> *Mais on dirait que j'avais tort*
> *Il y aura un autre que moi*
> *Qui t'aimera encore plus fort*

Il se dit qu'il n'y avait qu'une explication : Eddy Sheeron les avait espionnés et avait composé ce titre pendant l'été, sans même leur en demander l'autorisation ! Gabriel sentit ses poings se serrer sous l'effet de la colère qui montait en lui. Quel toupet d'écrire une chanson qui parlait de *leur* histoire d'amour ! C'était quelque chose de personnel, c'était leur secret ! Si jamais il l'attrapait, il... mais il n'eut pas le temps de finir sa pensée, car la voix de l'animateur radio l'interrompit :

*« Vous venez d'écouter "Toi et Moi", un titre magnifique du premier album méconnu d'Eddy Sheeron, "Égal" sorti il y a presque 10 ans. Restez avec nous pour toujours plus de tubes, après une courte pause publicitaire. »*

Quiconque aurait vu la tête de Gabriel à cet instant n'aurait pu s'empêcher d'exploser de rire ! On aurait dit un boxeur venant de se rendre compte en montant sur le ring qu'il avait oublié son short !

Lorsqu'il reprit ses esprits, il pensa immédiatement à Angy et à ses fameux *messages* qu'elle entendait dans certaines chansons. Et dire qu'il s'était toujours moqué d'elle à ce sujet... ce n'était pas un signe, mais carrément un panneau d'autoroute qu'il venait de se prendre sur la tête !

Et avec tout ça il n'avait pas vu l'heure tourner... s'il n'accélérait pas un peu il serait en retard au rendez-vous qu'il avait donné à Angy. Il enfila un t-shirt, sauta dans ses baskets et prit tout juste le temps d'attraper son sac avant de sortir en trombe du dortoir des garçons.

Lorsque Gabriel arriva tout essoufflé dans le hall d'accueil, celui-ci était encore désert. Il vit Angela qui descendait l'escalier menant à la salle informatique et aux bureaux des professeurs ; lorsqu'elle l'aperçut, elle lâcha son sac et courut vers lui pour se jeter à son cou. Il eut l'impression que son cœur avait raté un battement dans sa poitrine, et toutes ses craintes s'envolèrent... du moins jusqu'à ce qu'elles ne reviennent s'écraser avec fracas à ses pieds lorsqu'Angela le repoussa et déclara joyeusement :

- Ben alors mon gros nounours, t'as blondi pendant les vacances dis donc... un peu plus de soleil et tu ressembleras à un ours polaire !

Gabriel porta par réflexe la main à ses cheveux courts et bouclés, et se gratta la tête en souriant pour essayer de ne rien laisser paraitre. Il préféra changer de sujet :

- Tiens tu m'accompagnes ? Le Père William m'a dit hier qu'il aurait besoin d'un coup de main pour installer la salle de classe. Je veux bien aussi que tu jettes un œil à mon devoir d'anglais, je suis sûr que j'ai fait plein de fautes !

Angela lui prit des mains la feuille qu'il lui tendait, ramassa son sac et se dirigea vers le fond du hall en commentant à haute voix :

- « *Je m'appelle Gabriel Harbinger* », blabli blabla, « *j'adore les bd de super-héros et le basket, surtout l'équipe des Lakers* », très original d'aimer l'équipe de Los Angeles dis donc ! « *je suis aussi passionné par les mathématiques* » non, mais quel lèche bo...

Elle n'eut pas le temps de finir sa phrase qu'elle percuta le Père William et renversa tous les papiers qu'il tenait sous le bras. Elle se retrouva les fesses par terre au milieu des feuilles volantes et Gabriel eut du mal à réprimer un sourire. Le prêtre ramassa ses lunettes sans un mot et les reposa lentement sur son nez ; il caressa un instant sa courte barbe rousse parsemée de gris comme s'il réfléchissait et dit finalement d'une voix calme :

- Bonjour Angela, toujours aussi impétueuse à ce que je vois. Je suis content que tes vacances en France t'aient permis de refaire le plein d'énergie, tu vas pouvoir me rendre un petit service.

Il fit un pas sur le côté et dévoila un jeune garçon qui le suivait et qui devait avoir à peu près leur âge. Il était afro-américain, et ses tresses noires plaquées en arrière sur la tête lui donnaient un air un peu rebelle, mais plutôt élégant.

- Je vous présente Luc qui sera dans votre classe cette année, reprit le prêtre. Il vient d'arriver à Hollygrove, donc Angela je veux bien que tu l'aides à emmener ses affaires au dortoir des garçons : il partagera la chambre de Johnson, peux-tu lui montrer où elle est ? Je compte aussi sur toi pour lui faire faire un tour rapide du camp, et lui présenter l'histoire et le fonctionnement de l'orphelinat. Gabriel, ajouta-t-il en se tournant vers le garçon, pendant ce temps peux-tu me donner un coup de main pour ramasser mes papiers et préparer la salle de cours ?

# Le nouveau

- Salut ! On s'est pas déjà vus ? Ta tête me dit quelque chose... Bon peu importe, ajouta Luc en tendant la main à Angela pour l'aider à se relever, moi je suis chaud pour cette visite, on y va ?

Mais elle le dévisagea simplement en haussant un sourcil : son visage lui rappelait effectivement quelqu'un, mais elle n'aurait pas su dire qui, et puis de toute façon elle n'aimait pas son air un peu hautain et beaucoup trop sûr de lui ! D'un bond elle se remit sur ses pieds, fit volte-face et s'éloigna en direction de la sortie. Sans un regard en arrière et avec une pointe de défi dans la voix elle lança :

- Puisqu'apparemment je n'ai pas le choix... autant ne pas perdre de temps ! Allez, amène-toi !

Levant les yeux au ciel, Luc attrapa son sac de voyage et interpella le Père William :

- Adios Padre, et merci pour l'accueil !

Au moment de partir pour rattraper Angela, il crut apercevoir une lueur amusée dans le regard du prêtre, qui souriait.


- Hé ! Attends-moi ! Tu devais pas me raconter un peu l'histoire du couvent ? Ça m'intéresse ce genre de truc.

- Déjà c'est pas un couvent c'est un orphelinat ! répondit Angela d'un ton agacé.

- Comme tu veux... mais bon de tous les orphelinats que j'ai connus, c'est le seul qui soit tenu par un prêtre et des bonnes sœurs. Et avec des statues d'anges dans tous les coins qui plus est, ajouta-t-il en faisant un geste du pouce par-dessus son épaule.

Il désignait celle qui trônait majestueusement en plein centre du hall qu'ils traversaient. Angela s'arrêta brusquement et il crut un instant qu'elle allait s'énerver pour de bon.

- OK tu marques un point, concéda-t-elle. Moi non plus je ne suis pas une grande fan de tout ce côté religieux… mais tu verras, le Père William est quelqu'un de bien.

Elle se rapprocha de la statue et posa un instant la main contre la pierre blanche sur laquelle l'ange se tenait debout. Il avait les mains jointes et sa tête encapuchonnée était légèrement inclinée vers l'avant. On aurait dit qu'il priait silencieusement.

- Et quant aux statues d'anges, celle-ci est la seule que tu trouveras dans tout le campus... chapelle mise à part bien sûr. Il parait qu'elle a été trouvée là il y a très longtemps, cachée dans un bosquet de houx, et qu'on a ensuite construit ces bâtiments autour d'elle. J'ai même déjà entendu le Père William dire à un visiteur que le nom de Los Angeles lui-même venait de la découverte de cette statue... mais si tu veux mon avis il en rajoutait un peu, termina-t-elle en repartant vers les grandes portes qui menaient à la sortie.

Il faisait beau, c'était la Californie après tout ! Une brise agitait la cime des arbres et le drapeau américain flottait paresseusement au sommet d'un grand mât blanc ; Luc était content d'avoir gardé son blouson léger en cuir noir. Angela lui indiqua que l'édifice carré à leur gauche était la chapelle, et elle s'engagea résolument sur le chemin qui partait dans l'autre sens. Ils tournèrent à nouveau à droite et avancèrent sur un chemin bordé par quelques arbustes, qui longeait le bâtiment principal dont ils venaient de sortir. C'était le plus haut du campus avec ses deux niveaux.

- Il n'y a que des orphelins ici ? demanda Luc.

- Les orphelins sont prioritaires pour rentrer à Hollygrove, répondit Angela, mais des parents en difficulté peuvent également y mettre leurs enfants en internat. D'ailleurs seulement un quart des élèves dorment sur place, les autres logent chez des familles d'accueil.

Ils longèrent deux bâtiments de plain-pied qui se trouvaient sur leur gauche, et dont les toits étaient très aplatis dans un style de l'époque coloniale. Ils s'arrêtèrent à l'entrée d'un troisième bâtiment identique : Angela annonça qu'ils étaient arrivés au dortoir des garçons.

- À côté c'est le logement des sœurs, et le premier bâtiment qu'on a passé c'est celui des filles : la mixité c'est pas trop leur truc ici. Le Père William et le gardien logent juste ici, d'ailleurs.

Elle indiquait deux petites maisons attenantes, non loin de là, qui étaient du même style que le reste des bâtiments.

- Tu trouveras les douches et toilettes au bout du couloir à droite, lui dit-elle en entrant dans un petit hall, je te laisserai découvrir tout seul si ça ne te dérange pas… Et voici la chambre que tu vas partager avec Johnson, ajouta-t-elle en lui indiquant la première porte sur la gauche qui se trouvait au fond d'un petit couloir. Elle toqua, et sans attendre de réponse elle ouvrit la porte qui donnait sur une chambre double relativement spacieuse. Face à eux se trouvait une grande commode, et de part et d'autre il y avait deux bureaux avec chaises d'écolier assorties. Le mur de leur côté contenait deux renfoncements, chacun occupé par un lit pour une personne, et la chambre était bien lumineuse, grâce à deux grandes fenêtres aux extrémités qui prenaient quasiment tout l'espace entre les bureaux et les lits. Elles étaient encadrées par des rideaux en tissu d'un gris passé, qui s'accordait bien avec l'allure un peu spartiate de la pièce. Rien d'étonnant pour un orphelinat, Luc avait connu bien pire. Il posa son sac sur le lit de gauche qui n'était pas occupé, l'air satisfait de son nouveau chez lui.

- Et ton grand copain un peu niais, il pionce ici aussi ou il a le droit à un traitement de faveur ? Le prêtre semblait l'avoir à la bonne !

- Je t'interdis de dire du mal de Gaby ! lança-t-elle aussi sec d'un ton menaçant. D'abord si pour toi être gentil c'est de la niaiserie, je te plains beaucoup. Et puis je t'assure qu'il n'a droit à aucun traitement de faveur ! Je pense même que c'est la personne ici que la vie a le moins épargnée, alors réfléchis deux minutes avant de parler. Il n'a même pas connu ses parents, lui !

- Moi non plus figure toi, répondit Luc du tac au tac, ils sont morts quand j'avais quatre mois. Un incendie.

Angela marqua une pause, un peu décontenancée par cette information, mais elle reprit de plus belle :

- Bon d'accord y'a mieux, mais au moins tu sais qui ils étaient, tu portes leur nom et tu as peut-être des souvenirs de famille. Et puis surtout tu n'as pas été abandonné à la naissance comme Gaby ! Lui il devra vivre toute sa vie avec comme seul passé un grand trou noir et béant ! Penses-y avant de te moquer !

Elle était tellement furieuse qu'elle s'était mise à crier.

- Et bien il y a pire que ça ! répliqua Luc aussitôt. J'aurais préféré ne pas avoir de parents moi non plus si tu veux savoir !

Il avait crié lui aussi, la mine soudain grave et une étincelle au fond des yeux. Il ne put s'empêcher de serrer dans sa poche son vieil iPod brûlé, le seul souvenir de ses parents qui avait été sauvé de l'incendie : son contact lisse et rassurant l'aidait à atténuer la culpabilité qui le rongeait.

## *La nouvelle*

Excédée, Angela sortit en trombe de la chambre, en prenant soin de bien claquer la porte sur son passage.

Non, mais quel abruti celui-là !

Une fois dehors, elle lui cria par la fenêtre entrouverte :

- Et bien le bonjour au gros Johnson de ma part, vous irez bien ensemble tous les deux !

Elle retourna vers les salles de classe en courant à moitié, pressée de s'éloigner de ce nouvel élève si prétentieux et de retrouver Gabriel. Elle arriva très vite au bâtiment principal, gravit deux à deux les marches qui menaient au porche d'entrée et entra par la grande porte à double battant. Dans le premier hall, elle croisa le Père William en pleine conversation avec Cornelius Cole, le gardien du campus, et une dame d'une quarantaine d'années qu'elle n'avait jamais vue. La dame tenait par l'épaule une fille aux cheveux roux qui avait l'air d'avoir huit ou neuf ans, inconnue au bataillon elle aussi. Elle était plutôt mignonne avec ses taches de rousseur, et était absorbée par la conversation des trois adultes. Angela les salua poliment, mais sans ralentir pour autant, car elle ne voulut pas se montrer indiscrète. Sa curiosité insatisfaite, elle se demandait encore qui pouvaient bien être ces deux inconnues en traversant le deuxième hall avec l'ange et en tournant à droite vers les salles de classe. Cette fois-ci, elle ne bouscula heureusement personne.

Angela entra dans la première classe sur la gauche où était indiqué « *6th and 7th Grade* », l'équivalent des 6ème et 5ème aux

États-Unis. Comme presque tous les élèves étaient déjà installés, elle lança un bonjour à la cantonade et alla s'assoir ; c'était des bureaux doubles, et il ne restait que quelques places de libres.

Angela aperçut Gabriel au troisième rang, tout seul du côté opposé à la porte d'entrée. Elle alla tout au bout de l'allée formée par les deux rangées de bureaux et s'installa juste derrière lui, à sa place préférée près de la fenêtre. Étant ainsi au dernier rang, elle était aussi loin que possible du bureau du professeur situé vers le milieu du tableau. Cette position stratégique lui permettait de regarder discrètement à travers la vitre lorsque le cours s'éternisait un peu.

Elle avait toujours constaté que bizarrement, un cours de mathématiques s'éternisait beaucoup plus rapidement qu'un cours d'histoire ou d'anglais. Ses pensées s'échappaient alors par la fenêtre, survolaient la grande piscine qui se trouvait de l'autre côté, et se perdaient dans les nuages.

Aujourd'hui cependant, elle n'aurait guère l'occasion de rêver. Le Père William venait d'entrer dans la classe, suivi par les deux inconnues avec qui il discutait dans le hall un instant plus tôt.

- Bonjour à toutes et à tous ! commença-t-il d'une voix claire. Je vous souhaite un bon retour à Hollygrove et espère que vous avez passé de bonnes vacances ! Je vous présente Miss Lindsay, votre nouvelle professeure d'anglais, ainsi que sa fille Nevaeh qui sera votre camarade de classe cette année. Elles résideront toutes les deux de façon permanente dans le campus et je vous prie de leur réserver le meilleur accueil possible. Miss Lindsay logera dans le bâtiment des sœurs, mais nous souhaiterions que Nevaeh puisse dormir dans le dortoir des filles. Angela, accepterais-tu que nous réaménagions ta chambre pour ajouter un deuxième lit et lui faire une petite place ?

- Euh c'est pas que ça me fasse sauter de joie, répondit Angela, mais je ne vais pas la laisser dormir dehors... à moins qu'elle ne soit allergique aux poils de chat bien sûr !

Nevaeh fit signe que non, et sur l'invitation du Père William elle alla prendre place à côté d'Angela.

C'est ce moment-là que choisit Luc pour faire son apparition à l'entrée de la classe, légèrement essoufflé.

- Et voici à point nommé le dernier élève qui nous rejoint cette année, reprit le Père William, vous êtes maintenant au complet. Luc, veux-tu bien te présenter rapidement ?

- Bonjour à tous... dit ce dernier en reprenant son souffle. Désolé du retard... je posais mes affaires dans ma chambre et je me suis égaré sur le chemin du retour.

Il jeta un regard appuyé à Angela, comme pour lui reprocher de ne pas l'avoir raccompagné.

- Comme l'a dit le Padre, je m'appelle Luc, reprit-il, j'ai treize ans et ce que j'adore c'est la musique... surtout le rock, ajouta-t-il en désignant son t-shirt. Celui-ci arborait le nom d'un groupe à la mode dont Angela connaissait quelques titres : *Imagine Dragons*.

Sans s'étendre davantage, il alla s'installer à côté de Gabriel à la seule place libre qu'il restait, cette année la salle de classe serait donc complète pour changer. Le Père William en avait profité pour prendre congé et avait refermé doucement la porte derrière lui.

Miss Lindsay prit alors la parole, elle avait une voix vive et légère qui était bien assortie à ses cheveux roux un peu ébouriffés et à ses grands yeux bleus pétillants de malice.

- Bonjour les enfants, je m'appelle Emma Lindsay et je suis ravie d'être votre nouveau professeur de langue.

Elle écrivit son nom au tableau d'une belle écriture et se retourna vers eux en poursuivant :

- Je suis sûre que nous allons vivre une année passionnante tous ensemble ! Je sais que l'an dernier a été marqué par de graves évènements, et que les circonstances n'étaient pas idéales pour étudier sereinement, mais...

Elle s'interrompit en remarquant que Luc levait la main pour demander la parole et lui fit signe de s'exprimer.

- Excusez-moi de vous interrompre madame, mais est-il possible de savoir de quels évènements vous parlez ? Je suis déjà perdu là…

- Hum, c'est vrai... mais c'est un sujet sensible, répondit-elle pensivement, et je ne sais que ce que le Père William m'en a raconté. Elle choisit les mots qui suivirent avec le plus grand soin :

- L'année dernière à cette même période, les professeurs de langues et de mathématiques d'Hollygrove sont décédés dans un accident de voiture. Ils s'appelaient Gotfrid et Marie Rorbens et c'était les parents de votre camarade Angela.

L'ensemble de la classe se retourna pour regarder celle-ci, qui sentit l'émotion lui faire monter les larmes aux yeux. Luc était par contre un peu gêné et évita son regard. Il ne savait pas qu'elle avait perdu ses parents si récemment et comprenait soudain pourquoi elle avait claqué la porte de sa chambre tout à l'heure.

Miss Lindsay ne voulut pas laisser la gêne s'installer davantage et reprit rapidement :

- Je disais donc que les circonstances n'avaient pas été les meilleures pour avancer sur votre programme scolaire. Vous avez déjà beaucoup de chance que Sœur Judith ait pu assurer le remplacement au pied levé. Le Père William m'a dit qu'elle avait vraiment fait du bon travail tout en ayant assuré ses cours habituels d'histoire-géographie. Nous allons commencer l'année d'une façon un peu ludique : notre premier cours est intitulé «Do not confuse… *Pun ease is good for phonecall*, and *ponnies are good for fun, Cole*» !

En anglais les deux phrases se prononçaient de manière quasiment identique. Miss Lindsay joignit le geste à la parole et écrivit au tableau la phrase qui signifiait « Il ne faut pas confondre... *Avoir le calembour facile est utile pour téléphoner*, et *les poneys sont utiles pour s'amuser, Cole* ». On entendit quelques rires dans la classe, car le gardien et cuisinier de l'orphelinat s'appelait justement *Cornelius Cole*. Un élève de 6th grade nommé Jimmy qui se trouvait tout au fond de la classe partit dans un fou rire lorsque son voisin James se mit à imiter le vieux Cornelius caracolant sur un poney !

- Est-ce que quelqu'un sait ce que veut dire le mot *Pun* ou *Calembour* ? demanda la maitresse lorsque le calme fut revenu.

Angela leva la main en l'air et répondit aussitôt :

- Oui madame, un calembour c'est comme un jeu de mots, une blague où on joue sur les mots quoi !

Durant son été à Paris, sa tante lui répétait sans cesse une phrase qui y ressemblait un peu : « Il ne faut pas confondre... *Les jeux de mollet sont pour les jambettes*, et *les jeux de mots laids sont pour les gens bêtes* ». Elle éclatait de rire à chaque fois que sa tante lui répétait !

- Exactement ! reprit la maitresse, c'est très bien Angela ! Pour être encore plus précis, le calembour est un jeu de mots qui repose sur les principes d'homophonie et de polysémie.

Elle écrivit les deux termes au tableau en les soulignant, puis demanda si quelqu'un en devinait la signification. Une jeune fille blonde au premier rang leva la main et sur l'invitation de Miss Lindsay elle se lança.

- Bonjour madame, je m'appelle Straw, dit-elle en rougissant légèrement. La polysémie je ne connais pas, mais l'homophonie maman m'a expliqué que c'est un peu comme le racisme, mais contre les garçons qui aiment d'autres garçons.

- Merci pour ta réponse Straw, répondit Miss Lindsay en réprimant un sourire, cependant ce que tu viens d'expliquer très clairement s'appelle l'homophobie, avec un « b ». L'homophonie quant à elle, désigne deux mots qui se prononcent de la même façon, mais qui ont deux sens différents. Quelqu'un peut-il me trouver un exemple ?

Luc et Angela levèrent tous les deux la main en même temps.

- Oui Luc, je t'écoute ?

- Un *verre* pour boire et… un *ver* de terre ? hésita-t-il.

- Très bon exemple ! On peut même rajouter le coloris *vert*, un *vers* dans un poème, ou la direction *vers*...

Angela lança un regard noir en direction de Luc, qui lui tournait le dos et se trouvait juste devant elle sur la droite. Elle n'avait pas l'habitude de se faire voler la vedette en cours d'anglais, c'était son cours préféré !

- La polysémie par contre, poursuivit l'institutrice, c'est le nom littéraire lorsqu'un même mot peut avoir plusieurs sens. Pouvez-vous me citer des exemples ?

Angela leva la main aussi haut qu'elle le put, mais Luc fut aussi rapide qu'elle. Comme il se trouvait dans la droite ligne entre elle et le bureau de Miss Lindsay, cette dernière ne la voyait pas et elle interrogea encore le jeune métis.

- Le mot *feu* qui veut dire *flamme,* répondit Luc d'un ton plus assuré, mais aussi tirer sur quelqu'un dans l'expression *faire feu !*

Miss Lindsay le félicita à nouveau, et Angela sentit la moutarde lui monter au nez. Elle n'allait pas se laisser faire par ce nouvel élève aussi prétentieux et... et abruti !

- Les enfants, passons maintenant à d'autres formes de jeux de mots. Le prénom de votre camarade Ava a une particularité, quelqu'un peut-il me dire laquelle et comment on la nomme ?

Angela bondit de sa chaise en levant les deux bras et cria « Moi madame, moi ! ».

- Voilà une jeune fille motivée, dites donc ! lança la maitresse, amusée. Nous vous écoutons Angela.

Celle-ci se rendit compte que personne d'autre n'avait levé la main, et que toute la classe la regardait avec de grands yeux. Certains élèves commencèrent à pouffer de rire, et Angela baissa très vite les bras en rougissant. Elle poursuivit d'une petite voix :

- Ava peut se lire dans les deux sens madame, comme radar ou kayak. On appelle ça un pa... un palindrome, je crois.

- Oui c'est exactement ça, bravo Angela je te félicite ! Tu peux te rasseoir maintenant, ajouta-t-elle à l'attention de la jeune fille qui s'exécuta, les joues en feu.

- Si l'on peut lire un mot dans les deux sens, mais avec deux significations différentes, précisa la maitresse, on appelle alors cela un anacyclique. Le prénom de ma fille en est un par exemple, *Nevaeh* étant d'abord un joli prénom bien sûr, mais aussi le mot *Heaven* écrit à l'envers et qui signifie *Paradis*.

Toute la classe se retourna à nouveau en poussant des *Oh !* et des *Ah !* et ce fut au tour de Nevaeh de rougir légèrement en souriant.

- Et pour terminer ce cours, poursuivit sa maman, lorsque deux mots sont composés exactement des mêmes lettres, mais dans le désordre, on dit alors que c'est une *anagramme*.

Elle écrivit le mot au tableau et le souligna deux fois. Luis, un garçon qui était au premier rang se leva sans en attendre la permission et déclara tout fier de lui :

- Oh ! Mon père m'en a appris un au parloir de la prison la semaine dernière : si vous mélangez les lettres de *Donald and Melania Trump*, vous obtenez *Putrid man and a mean doll* !

Toute la classe éclata alors de rire, car le nom du président des États-Unis et de sa femme venait de se transformer comme par magie en *Un homme pourri et une méchante poupée.*

- C'est un exemple, disons... original, poursuivit Miss Lindsay avec les yeux pétillants de malice. Mais néanmoins tout à fait juste ! Votre devoir pour notre prochain cours sera justement de trouver une anagramme à partir des lettres de vos nom et prénom. Vous serez notés en fonction de la proportion de lettres utilisée, et de la pertinence des mots trouvés. N'oubliez pas également de déposer votre devoir de rentrée sur mon bureau en sortant s'il vous plait. Et toi Luc, ajouta-t-elle en lui tendant une feuille de papier, comme ton arrivée s'est décidée un peu tardivement je te demande de me le rendre pour la semaine prochaine s'il te plait, en voici la consigne.

Angela fut ravie de voir la tête qu'il faisait en écopant d'une double quantité de devoirs. C'était décidément le meilleur cours d'anglais qu'elle ait jamais eu, pensa-t-elle.

Elle eut une pensée affectueuse pour son Papa en sortant de classe, car elle était sûre qu'il aurait beaucoup apprécié Miss Lindsay lui aussi : il n'aurait pu rêver meilleure remplaçante !

*Chapitre Un.*

# LA LETTRE

······················································································

*1.1    Au commencement, le Père dit : que la lumière soit ! Et la lumière fut.*

*1.2    Le Père vit que la lumière était bonne, et le Père sépara la lumière d'avec les ténèbres. Le Père appela la lumière jour, et il appela les ténèbres nuit. Ainsi il y eut un soir, et il y eut un matin : ce fut le premier jour.*

*1.3    La parole du Père et la pensée de la Mère se rencontrèrent par-delà du vide. De cette rencontre jaillit l'amour, qui sépara la matière des eaux d'en dessus et des eaux d'en dessous. Ils les appelèrent terre, ciel et mer.*

**Bible des Anges, Genesis, Chapitre 1.**

# Les jumelles

Straw ouvrit les yeux la première et s'assit au bord de son lit. Elle prêta l'oreille. « *Pas un bruit à l'horizon, pensa-t-elle gaiment, je vais avoir la salle de bain pour moi toute seule* ». Elle se leva sur la pointe des pieds, attrapa sa trousse de toilette et sortit de la chambre discrètement pour ne pas réveiller sa sœur jumelle encore endormie dans l'autre lit. Elle emprunta le long couloir qui menait à la salle de bain commune, prit une douche rapide, puis déballa son précieux matériel de coiffure. Elle profita qu'il n'y ait personne d'autre à cette heure matinale, pour s'étaler sur les deux lavabos en même temps.

Tout le monde disait qu'elle et sa sœur se ressemblaient comme deux gouttes d'eau, mais ce n'était pas vrai. Elles étaient toutes les deux belles et blondes, certes, mais sa sœur Star était plus belle que blonde, alors qu'elle-même était plus blonde que belle. Et c'est pour ça qu'elle devait passer plus de temps à se coiffer le matin !

Elle avait toujours admiré leur père pour le choix de leurs prénoms qui leur allaient si bien, et qui étaient en plus si beaux et originaux : *Straw* qui veut dire *Paille* décrivait à merveille la magnifique teinte dorée de sa propre chevelure, et elle ne connaissait personne d'autre qui avait ce prénom ! Mais c'est vrai que pour sa sœur il s'était surpassé, *Star* ça veut dire *Étoile* bien sûr, et avec les yeux bleus magnifiques qu'elle avait, ça lui allait aussi bien que sa pantoufle à Cendrillon ! Bon, une princesse en pantoufles, elle avait toujours trouvé ça ridicule, mais puisque tout le monde disait comme ça...

Dans tous les cas elle ne comprenait pas comment ces idiots de médecins avaient osé enfermer leur père dans un asile psycadélique ! Ils devaient être jaloux de son génie, c'était sûr ! Leur mère aussi si ça se trouve, sinon pourquoi elle serait allée raconter qu'il la battait tous les jours ? Si c'était vrai, elle ou sa sœur s'en seraient bien rendu compte, d'ailleurs leur grand frère Johnson avait juré lui aussi qu'il n'avait jamais rien vu ! Plus elle y repensait, et plus elle se disait que c'était vraiment à cause de sa mère s'ils en étaient arrivés là. Et en plus de ça elle n'avait même pas été capable de s'occuper de leur famille par la suite : elle s'était débarrassée d'eux en les envoyant tous les trois dans cet horrible orphelinat catho et coincé... Mais au final bon débarras, ça leur permettait de s'habiller comme elles voulaient et de ne l'avoir sur le dos que pendant les week-ends et les vacances !

Straw choisit des noeuds à paillettes, pour une note festive, et se recula d'un pas, satisfaite de ses grandes tresses blondes qu'elle trouvait sublimes. Elle rangea vite ses affaires et s'arrêta un instant devant le miroir avant de sortir ; elle ne put résister à faire un clin d'oeil à la magnifique jeune fille qu'elle y voyait, et mima un bisou en direction de son reflet.


Star ouvrait tout juste les yeux quand sa sœur entra dans la chambre, déjà toute fraîche et bien coiffée.

- Salut beauté ! dit-elle d'une voix encore embrumée de sommeil en s'asseyant sur le bord du lit.

 Elle sourit intérieurement du compliment qu'elle venait de se faire à elle-même par la même occasion.

- Ça fait plaisir de te voir aussi jolie dès le matin, reprit-elle, ça change de cette chambre horrible avec ces vieux rideaux gris !

- Oui c'est clair, lui répondit Straw, il faut qu'on pense à refaire la déco ! Les affiches de Beyoncé et Shakira j'adorais ça l'an dernier, mais maintenant qu'on a douze ans et demi ça fait un peu bébé. Qu'est-ce que tu penses de mettre à la place des posters de Stefan et Damon, ils sont trop beaux non ?

- Vampire Diaries !!!! J'adooooore !!! Et en plus ils sont jumeaux comme nous, t'es trop géniale ! Par contre tu me laisses mettre Damon de mon côté, dis ? Tu me le laisses ?

Toutes contentes de leur bonne idée, les deux jeunes filles ouvrirent joyeusement leur penderie commune. Elles détestaient les jumeaux qui s'habillaient pareil, c'était d'un cliché ! Elles, au contraire, préféraient choisir des tenues qui s'accordaient ensemble, c'était du plus bel effet quand elles se tenaient à côté l'une de l'autre ! Star choisit dans leur garde-robe un t-shirt rose avec une grosse étoile blanche, une jupe blanche et des chaussures roses à talons compensés. Straw quant à elle, choisit un t-shirt blanc avec un gros dessin de paille à cocktail jaune, une jupe jaune et des chaussures blanches. À talons compensés aussi, évidemment !

Ravies, elles entrèrent dans le hall bras dessus, bras dessous, quand la petite peste brune d'à côté sortit en trombe de la chambre voisine. Elle faillit même froisser leur tenue et leur jeta au passage un joyeux « Salut les pouffes ! Ça gaze ? », avant de détaler à toute vitesse en riant, suivie par son affreux chat noir et blanc. Furieuse et n'osant pas lui courir après de peur d'abîmer ses chaussures neuves, Star lui fit un geste obscène en criant « Cours Forrest, cours !! ».

Elle avait toujours trouvé stupide cette histoire de forêt qui court, mais tout le monde savait que c'était une insulte pour débiles mentaux.

## *Le petit-déjeuner*

Angela s'éloigna des deux jumelles déguisées en Barbie sans ralentir sa course, elle n'arrivait pas à s'arrêter de rire. Ah les sœurs Face... elles étaient tellement ridicules qu'il aurait été vraiment incorrect de ne pas se moquer d'elles !!

Elle prit tout de suite à gauche à petites foulées pour se diriger vers la salle de petit-déjeuner, son chat Azraël toujours sur les talons. Elle était tout excitée, car aujourd'hui on était le 9 septembre et c'était un jour très spécial : elle avait douze ans depuis ce matin !!

Cela faisait aussi un an jour pour jour qu'avait eu lieu l'accident, mais plutôt que cela n'entache sa bonne humeur, elle se disait que c'était un excellent jour pour penser tout particulièrement à ses parents et se rappeler les meilleurs moments qu'ils avaient passés ensemble.

Elle ralentit en arrivant à proximité de la maison de Cornelius Cole, au cas où le chien du gardien serait dans les parages. En parlant du diable... Angela aperçut Wolfy qui sortait de la cuisine attenante à la cantine. Lorsqu'il la reconnut, il vint à sa rencontre en agitant la queue. Azraël avait brusquement détalé sous un buisson voisin, mais Angela se mit à genoux et enserra l'encolure du magnifique chien-loup qu'elle connaissait depuis qu'il était bébé. Il s'appelait en réalité Griffin, mais Angela l'avait surnommé Wolfy tellement sa ressemblance avec un loup était frappante. Cornelius lui avait autrefois expliqué que c'était parce que c'était un tamaskan, une race de chien-loup obtenue par croisements pour ressembler à un vrai loup, mais en plus docile. Wolfy en était le représentant parfait et adorait les câlins, même s'il savait aussi montrer les dents lorsqu'un importun le méritait !

Angela le gratta une dernière fois entre les oreilles et fut récompensée par un petit glapissement de contentement, puis elle se dirigea vers la cantine. À cette heure matinale, la salle n'était pas très remplie, car seuls les élèves internes prenaient leur petit-déjeuner sur place et les sœurs se levaient aux aurores pour assister à la prière du matin avec le Père William.

Elle passa devant une première table où Luc déjeunait en compagnie de son nouveau colocataire, Johnson Face. Ce dernier était le frère aîné des sœurs jumelles qu'Angela avait croisées ce matin, et c'était à son avis le moins futé des trois, c'était pour dire ! Johnson avait le même âge que Luc, mais il paraissait deux ou trois ans de plus, car il était vraiment grand, et surtout vraiment gros pour son âge. À côté de lui, même Gabriel paraissait maigrichon ! Angela aperçut justement son meilleur ami qui l'attendait à une table un peu plus loin. Il lui fit signe de la main, et elle vit qu'il n'avait pas encore commencé à manger. Elle attrapa un plateau elle aussi et le fit glisser rapidement le long du self, tout en jetant dessus ce qu'elle pouvait attraper au passage : deux bouts de pain, du beurre, du miel et de la confiture. Elle se fit couler un chocolat chaud au bout du comptoir et alla rejoindre Gabriel.

Alors qu'elle s'approchait, il lui lança un « Happy Birthday Angela Rorbens ! » tellement fort que toute la salle l'entendit, et elle s'assit sous les applaudissements des élèves et même quelques sifflements...

- Merci pour l'accueil discret Gaby ! dit-elle en haussant les sourcils. Méfie-toi, ton anniversaire n'est que dans trois semaines, je saurai te rendre cette délicate attention !

En voyant sa tête déconfite, elle ajouta avec un clin d'œil :

- Mais non je plaisante, t'es surtout trop gentil d'y avoir pensé !

À peine eut-elle posé son plateau que Gabriel déposa dessus un petit paquet, pas plus gros qu'une boîte d'allumettes.

- Allez ! Ne te fais pas prier ! ajouta-t-il en souriant. Ouvre-le !

Le paquet était enveloppé d'un journal en guise de papier cadeau, mais Angela l'ouvrit délicatement, comme s'il s'agissait d'un papier de soie. Elle ne s'était pas trompée, c'était bien une boîte d'allumettes, mais son intuition lui disait que le contenu ne servait pas à faire du feu.

Elle ouvrit doucement la boîte, et découvrit un pendentif en métal accroché à une chainette en argent. Le pendentif était rond et gros comme une pièce de 2€. Sur la face avant était gravé un A majuscule entouré d'un cercle et les extrémités de la lettre dépassaient sur les côtés pour venir presque toucher le bord du pendentif. Angela sourit et le retourna dans la paume de sa main, il y avait une petite inscription gravée délicatement sur le verso.

« *Amis pour la vie* »

- Ça te plait ? demanda Gabriel, un peu anxieux.

- J'adore ! Merci beaucoup Gaby ! répondit-elle en lui collant un rapide baiser sur la joue.

Gabriel s'empourpra légèrement et poursuivit avec une voix emplie d'excitation contenue.

- Je l'ai trouvé cet été en allant au marché aux puces avec le Père William... il m'a expliqué que c'était le symbole de ralliement du mouvement Anarchiste et je trouvais que ça te correspondait bien...

Il laissa délibérément sa phrase en suspense, et Angela saisit la perche qu'il lui tendait en haussant un sourcil.

- Ah bon ? Et c'est quoi ces *anarchistes* auxquels je te fais penser ?

- Oh ! C'était juste un groupe de personnes qui se rebellait contre la société et qui refusait de se soumettre à l'autorité... ça te rappelle quelqu'un ?

Il évita de justesse la boîte d'allumettes vide qu'elle lui jeta au visage en rigolant.

- Par contre, la gravure au verso et la chaine, ça vient de moi, poursuivit-il comme pour se faire pardonner sa boutade. Je les ai fait rajouter par un bijoutier du quartier.

- Oh ! T'es trop mignon, t'aurais jamais dû ! Je suis sûre que ça t'a couté plus cher que le pendentif !

- Hum… c'est pas faux ! Mais bon ma meilleure amie n'a pas douze ans tous les jours, quand même ! Allez, donne-moi ça que je te l'attache autour du cou, reprit-il en joignant le geste à la parole.

Il recula ensuite d'un pas et la regarda d'un air approbateur : c'était du plus bel effet !

- Et comme ça, reprit Angela, on a tous les deux un pendentif maintenant ! Refais-moi voir le tien ?

- Ah oui c'est vrai, dit Gabriel, mais fais attention j'y tiens, c'est le…

- Oui, je sais, l'interrompit-elle : « c'est le seul objet qu'ils ont trouvé dans mon couffin abandonné, et patati et patata… ». Mais t'inquiète, même s'il tombe dans ma tasse de chocolat on le retrouvera, va !

Gabriel détacha de son cou une chainette en or et déposa dans la main d'Angela une sorte de dent ou de griffe blanche cerclée d'or.

- Le Père William n'a jamais su me dire de quel animal elle provenait, ni la signification des inscriptions sur le tour en or, étrange non ?

- Oui, je sais, mais en tout cas c'est un beau pendentif… presque aussi beau que le mien !

Les deux amis éclatèrent de rire.

Ils se rassirent et attaquèrent leur petit-déjeuner avec appétit, tout en évoquant les souvenirs heureux qu'ils avaient des parents d'Angela. Cette dernière lui raconta notamment comment ils lui avaient offert son chat Azraël le jour de ses cinq ans. Elle n'avait conservé en mémoire que quelques images de la scène, mais ses parents la lui racontaient à chaque anniversaire et elle en connaissait maintenant les moindres détails.

En réalité Angela réclamait à corps et à cris un petit frère à ses parents depuis plusieurs mois. Mais ils avaient déjà eu de grosses difficultés pour l'avoir elle, et après de nombreux essais infructueux, ils avaient fini par se faire une raison. Sa mère ajoutait toujours à ce moment-là qu'Angela les comblait totalement et qu'ils avaient beaucoup de chance d'avoir une petite fille aussi gentille et aussi attentionnée.

Toujours est-il qu'un chaton leur sembla la meilleure alternative à ce petit frère qui ne voulait pas montrer le bout de son nez. Son père lui fit donc la surprise de l'emmener à la S.P.A. le jour de ses cinq ans. Tant qu'à avoir un chat, il préférait autant donner un foyer à un animal qui avait été abandonné. Apparemment Angela n'avait pas hésité une seconde et avait choisi un petit chaton noir et blanc qui se tenait à l'écart des autres avec un air triste. Une fois dans ses bras il se mit tout de suite à ronronner et lui avait même donné un petit coup de langue sur le nez, la faisant éclater de rire. Il l'avait adoptée rapidement lui aussi ! Sur le chemin du retour, son papa lui avait dit qu'il fallait maintenant lui choisir un nom.

Le soir même, il lui lut une histoire des Schtroumpfs avant d'aller au lit. Angela avait le petit chat sur les genoux et elle s'écria tout à coup toute joyeuse : « Il s'appelle Azraël ! Mon chaton aussi s'appelle Azraël ! ». Et c'est ainsi que depuis ce jour, son chat noir et blanc se nommait comme le chat du sorcier Gargamel, l'ennemi juré des petits hommes bleus.

Angela et Gabriel étaient encore en pleine conversation lorsque Sœur Judith entra dans la salle. La professeure d'histoire avait son air sévère habituel, que soulignaient ses lèvres serrées et son chignon strict. Elle posa un carton rempli d'enveloppes sur une table, et annonça d'un ton autoritaire :

- Silence les pipelettes ! Distribution du courrier ! Pas la peine de venir me voir si vous n'avez rien aujourd'hui !

Gabriel se retourna vers Angela et chuchota :

- Attention voilà Sister Sinistras, c'est vrai qu'on est lundi... Mais bon, moi c'est pas demain la veille que j'aurai quoi que ce soit au courrier !

- Hé ! Tu exagères ! dit son amie en lui donnant un petit coup de poing sur l'épaule. Et les deux cartes postales de Paris que je t'ai envoyées cet été, elles comptent pour du beurre ?

- Mais non, c'est pas du tout ce que je voulais dire, se reprit-il aussitôt, et tu le sais bien en plus !

- Ah ah, je te charrie Gaby ! ajouta-t-elle avec un grand sourire. Et puis pour moi c'est pareil, à part ma tante qui n'écrit qu'à Noël je ne vois pas qui pourrait m'envoyer une lettre !

Pendant ce temps, Sœur Judith égrenait les noms par ordre alphabétique :

- Don Boto James, rien aujourd'hui. Face Jonhson, Star et Straw, vous avez un colis. Fire Luc, rien. Harbinger Gabriel, rien comme d'habitude. Lindsay Nevaeh, rien. Orson Olivia, vous avez une carte postale et une lettre. Rorbens Angela, vous avez une lettre. Yamatsu Jimmy, rien.

Angela lança à Gabriel un regard étonné et s'exclama :

- Ça alors quelqu'un m'a écrit ! Qui ça peut bien être à ton avis ?

- Aucune idée, lui répondit-il sincèrement, mais je pense que tu devrais vite aller voir, ça doit être pour ton anniversaire !

Angela se leva aussitôt, poussée par la curiosité, et rejoignit la petite file d'élèves qui s'était formée devant la table de Sœur Judith. Elle n'eut pas longtemps à attendre et revint à sa table en montrant à Gabriel une enveloppe rectangulaire dont le papier était épais et légèrement jauni. Sur le devant était simplement écrit dans une jolie écriture calligraphiée son prénom, *Angela*. Fait étrange, l'enveloppe était scellée au dos par un petit cachet de cire rouge frappé des initiales « R.V. » en majuscules ouvragées. Elle eut l'étrange l'impression de les avoir déjà vues quelque part, mais où ? Juste en dessous étaient écrits à la main les mots suivants :

*We love you my little Angel. Always.*
*Nous t'aimons mon petit Ange. Pour toujours.*

Angela sut alors que la lettre avait été écrite par sa maman, c'était son écriture et elle l'avait toujours surnommée ainsi. Puis elle eut un flash et se rappela où elle avait vu ce cachet en cire rouge : c'était sur le faire-part de mariage de ses parents ! Les initiales étaient celles de leurs deux noms de famille : R pour Rorbens bien sûr, et V pour Vann Rypley, le nom de jeune fille de sa mère.

Angela mit quelques instants à assimiler l'incroyable nouvelle : elle tenait entre les doigts une lettre écrite de la main de ses parents ! Alors qu'ils étaient décédés il y a un an ! Mais nom de nom comment était-ce possible ? N'en croyant pas ses yeux elle s'apprêtait à l'ouvrir quand elle se ravisa soudain et se tourna vers Gabriel.

- Gaby, est-ce qu'on peut aller l'ouvrir dans ta chambre ? C'est une lettre de mes parents et je voudrais être tranquille pour la lire.

- De tes parents ? Mais comment ? Heu oui bien sûr, se ravisa-t-il en comprenant que ce n'était pas le moment de discuter.

Il leur fallut quelques minutes à peine pour traverser le campus et arriver à destination. Gabriel bénéficiait d'une chambre seule, privilège qu'il devait au fait d'habiter à l'orphelinat depuis sa plus tendre enfance. L'ameublement était le même que dans les autres dortoirs, plutôt spartiate, mais fonctionnel. Gabriel y avait ajouté une touche de décoration personnelle plutôt réussie : il avait récupéré une grande affiche de cinéma d'un film de super-héros, qui se prolongeait jusque derrière son lit, avait punaisé aux murs quelques posters de ses joueurs de basket préférés, ainsi qu'un diplôme de champion de mathématiques qu'il avait obtenu l'an dernier.

Angela s'assit sur le lit en posant la lettre sur ses genoux, Gabriel préférant s'installer à califourchon sur la chaise du bureau pour lui laisser un peu d'intimité.

- Alors tu l'ouvres ou pas cette lettre ? lui demanda-t-il après quelques instants en voyant qu'elle continuait à regarder l'enveloppe fixement.

- Alors… oui, je l'ouvre, répondit-elle en brisant le cachet avec des mains légèrement fébriles.

Elle en sortit une simple feuille pliée en trois et lut silencieusement le texte imprimé à l'ordinateur :

*Angela,*

*Nous sommes honorés d'avoir été tes parents, et t'avoir nous a rendus grandement heureux. Cependant si tu as aujourd'hui entre les mains cet écrit de notre part, c'est que nous ne sommes plus dans ce monde. L'ange nous avait prévenus qu'une ombre menaçante te cherchait, elle sait tout sur tes véritables origines et vient du même monde que toi, elle a sûrement retrouvé ta trace maintenant. Nous préférerions vraiment te rassurer, mais le danger est réel, notre serment vieux de onze ans nous empresse donc à te délivrer ce message qui nous a été confié pour toi.*

*<u>Born fated, gained mirrors</u>*

*Observe les signes et fais-les parler.*
*Rappelle-toi d'où tu viens et qui tu es.*

*N'oublie pas que nous t'aimerons toujours.*

Angela eut l'impression que son monde s'effondrait autour d'elle, même si elle n'était pas sûre d'avoir tout compris à cette lettre complètement irréelle. Ce dont elle était sûre c'était que ses parents lui disaient qu'elle était en danger et qu'elle... venait d'un autre monde ? Elle tendit l'étrange courrier à Gabriel.

- Tiens, lis-le s'il te plait. Dis-moi si tu y comprends quelque chose !

Gabriel s'exécuta, et ses yeux s'écarquillèrent au fur et à mesure qu'il parcourait la lettre. Lorsqu'il eut terminé, il retourna la feuille, constata que le verso était totalement vierge, et relut le texte à nouveau.

Enfin, il leva les yeux vers Angela et lui rendit le document.

- Es-tu bien sûre que ça vient de tes parents ? Ce qui est écrit là n'a aucun sens, c'est tapé à l'ordinateur et il n'y a même pas de signature. Sincèrement, ça pourrait venir de n'importe quel blagueur, je pense que tu devrais aller montrer ça au Père William !

- Ah non sûrement pas ! bondit-elle. C'est vrai que je n'y comprends rien pour l'instant, mais ce qui est certain c'est que cette lettre m'était personnellement adressée. D'ailleurs, je suis sûre que ce sont bien mes parents qui me l'ont envoyée : j'ai reconnu l'écriture de Maman sur l'enveloppe et celle-ci était cachetée à la cire. Si quelqu'un l'avait trafiquée, je l'aurais vu !

Après quelques instants d'un silence qui sembla durer une éternité, Gabriel reprit la parole d'une voix calme et posée.

- Bon ok, je rentre dans ton jeu. Faisons l'hypothèse que les morts puissent vraiment envoyer du courrier par la poste des morts, et tâchons de raisonner scientifiquement. Qu'est-ce qu'on peut tirer de ce charabia ?

Il lui reprit la feuille des mains et lut à voix haute :

- *Angela*, blablabla, « *si tu as entre les mains cet écrit de notre part c'est que nous ne sommes plus dans ce monde* ». Ah ! La tournure de phrase indique qu'ils ont écrit ça de leur vivant en fait... Dommage, j'aimais bien l'idée d'une poste des morts moi...

- Attends ! intervint Angela. Normalement on dit « ne plus être *de* ce monde », non ? S'ils disent qu'ils ne sont plus *dans* notre monde, ça peut au contraire vouloir dire qu'ils sont dans un autre monde, bien vivants !

- Tu crois ? s'exclama Gabriel, douteux.

Une telle chose lui paraissait complètement impossible, et pourtant...

- Et pourtant c'est vrai que la formulation est inhabituelle, reconnut-il finalement. Et puis ça expliquerait qu'ils aient pu t'envoyer cette lettre, qui elle, est bien réelle !

Angela ne répondit rien, mais elle sentit que la rigidité de son esprit cartésien commençait à se fissurer. Et si ces parents étaient encore vivants ? Et si … ?

Gabriel interrompit ses pensées en continuant son analyse :

- « *L'ange nous avait prévenus qu'une ombre menaçante te cherchait* ». Ah oui ça c'est le passage où ça part encore plus en vrille. Notre démarche scientifique ne nous laisse ici que deux conclusions possibles : soit tes parents ont vraiment parlé à un ange... et permet-moi d'émettre quelques réserves, ajouta-t-il en haussant un sourcil, soit ils ont complètement perdu les pédales quelque temps avant leur disparition.

Suite au regard noir que lui jeta Angela, il continua rapidement.

- Mais admettons qu'ils étaient sains d'esprit, disons pour filer l'hypothèse jusqu'au bout. Nous devrions donc admettre que les anges existent... mais aussi qu'une ombre te recherche et qu'elle te veut du mal. J'aime beaucoup moins les implications de ce passage si tu veux savoir. Et puis ils en disent à la fois trop et pas assez : elle ressemblerait à quoi cette ombre d'abord ?

- On cherchera plus tard si tu veux, l'interrompit Angela. Mais j'aime beaucoup ta façon logique d'analyser les choses, tu peux continuer  s'il te plait ?

Gabriel reprit immédiatement sa lecture en souriant, touché par ce compliment inattendu.

- « *Elle sait tout sur tes véritables origines et vient du même monde que toi.* » Bon ben là ça me parait évident, ça veut dire qu'il existe un autre monde que le nôtre, et c'est de là que toi et l'ombre êtes originaires. Mais pourquoi n'y ai-je pas pensé plus tôt ? Ça expliquerait pourquoi tu es la seule fille avec qui je m'entends !

- Heu, je dois prendre ça comment ? Tu veux dire que je suis unique et exceptionnelle ou que je suis une extra-terrestre bizarre ? Gabriel lui jeta un regard malicieux avec un sourire en coin, et reprit sa lecture sans répondre à sa question.

- « *Elle a sûrement retrouvé ta trace maintenant. Nous préférerions vraiment te rassurer, mais le danger est réel.* » Cette phrase ne nous apprend rien d'autre, on dirait qu'elle cherche juste à te mettre en garde à nouveau... ou à te faire peur je ne sais pas. Passons à la suite. « *Notre serment vieux de onze ans nous empresse donc à te délivrer ce message qui nous a été confié pour toi.* » OK. Facile. Ton père et ta mère ont fait une promesse à quelqu'un il y a onze ans. Et ils avaient promis de te remettre un message. Ce qui est dommage c'est qu'ils ne disent pas de qui vient ce message ni à qui ils ont fait cette promesse.

- Aucune idée, répondit Angela à la question implicite de son ami. À moins que ce ne soit une seule et même personne, et ça pourrait alors très bien être l'ange dont ils parlent plus tôt, non ?

- Ah oui zut, je me suis pas encore fait à l'idée qu'il existait lui... Mais bon pourquoi pas, en tout cas dans la logique du texte ça pourrait coller.

- Et vu qu'ils sont morts le jour de mes onze ans, enchaina Angela, ça voudrait dire qu'ils ont fait la promesse de me délivrer un message... avant ma naissance ?

- Hum… oui on dirait bien, répondit Gabriel qui avait l'air aussi surpris qu'elle par cette déduction. Et en toute logique ce fameux message doit être la phrase suivante, qui est soulignée et séparée du reste du texte. D'ailleurs c'est la plus énigmatique je trouve, ajouta-t-il avant de la relire à voix haute.

« *Born fated gained mirrors.* »

- Mais ça ne veut rien dire ce truc, continua-t-il. « *Né avec un destin, a gagné des miroirs* » ? C'est vraiment nul comme message !

Gabriel s'était levé et montrait le texte à Angela comme pour appuyer ses propos.

- Non, mais sérieux, regarde ! S'ils voulaient être sûrs que tu ne comprennes rien, ils n'auraient pas pu faire mieux ! Si un jour je croise cet ange à la noix, je lui apprendrai à écrire des messages com-pré-hen-sibles !

- Ça va Gaby, ne t'emballe pas, essaya de le calmer Angela. Rappelle-toi qu'on émet juste des hypothèses logiques et scientifiques. On ne croit pas à tout ce qui est écrit sur ce papier... n'est-ce pas ?

Elle leva vers lui des yeux interrogateurs où commençait à briller une lueur de désarroi. Maintenant qu'elle voyait que le message avait une certaine cohérence, ce qu'il impliquait remettait en cause toute sa compréhension du monde ! Et à part le fait que ses parent seraient peut-être vivants, le reste ne lui plaisait pas, mais alors pas du tout !

- Oui tu as raison, on n'y croit pas, pas du tout, répondit-il comme en écho aux sombres pensées d'Angela. D'ailleurs, finissons-en avec cette analyse douteuse pour qu'on puisse passer à autre chose :

*« Observe les signes et fais-les parler.*
*Rappelle-toi d'où tu viens et qui tu es.*
*N'oublie pas que nous t'aimerons toujours. »*

- Bon, ben là au moins ça redevient clair, et en plus ça ne nous apprend pas grand-chose de nouveau... à part qu'il y aurait des « signes » à faire parler.

Gabriel mima les guillemets avec les doigts, comme pour mettre en cause leur existence. Mais Angela ne put s'empêcher de penser aux chansons si étranges qu'elle avait toujours appelé des *Signes,* justement ! Elle repensa à celui qu'elle avait entendu le matin de la rentrée, et l'image d'un homme ailé en train de hurler lui revint en mémoire. Et si son rêve était un avertissement ? Et si l'ombre qui la pourchassait, c'était lui ?

- Et si on lit les deux premières phrases ensemble, poursuivit Gabriel, imperturbable, ces *signes* pourraient éventuellement t'aider à retrouver tes fameuses origines. La dernière phrase quant à elle semble faire référence à celle qui est marquée sur l'enveloppe.

Il ramassa cette dernière et relut la phrase écrite à la main.

*« Nous t'aimons mon petit Ange. Pour toujours. »*

- C'est vrai que ça y ressemble beaucoup, répondit Angela, tu dois avoir raison pour la référence... À moins que ça ne soit l'inverse, et que ce soit le message sur l'enveloppe qui fasse référence au texte de la lettre, qu'en penses-tu ?

- Ah oui, effectivement ! Pour le coup ce serait malin en plus. Tes parents auraient pu mettre exprès cette phrase sur l'enveloppe à la main, pour authentifier le texte imprimé sur la lettre par exemple. Mais bon vu la teneur du texte, j'aurais préféré que ça ne soit pas le cas.

Après quelques instants de silence, Angela reprit la parole.

- N'oublie pas que Papa était prof de lettres et Maman prof de maths, ils aimaient souvent me poser des devinettes ou me faire résoudre des énigmes. Peut-être qu'ils ont caché un message dans le texte pour que je sois la seule à pouvoir le trouver ? Ça expliquerait pourquoi on ne comprend pas tout, en tout cas.

- Et donc le texte en lui-même ne serait qu'une métaphore ou un message bidon pour brouiller les pistes ? répondit Gabriel pensivement. Ça me plait !

Il trouvait l'idée intéressante, d'autant plus qu'elle apportait une explication logique à tout ça. Il regarda à nouveau le texte attentivement, mais ne vit rien qui indiquait la présence d'un message secret.

- Tiens, regarde, toi, dit-il en tendant la feuille à Angela. Après tout c'est quand même toi qui connaissais le mieux tes parents, et s'il y a un message caché, c'est à toi qu'il est destiné.

Angela reprit la lettre dans les mains et la regarda attentivement pendant de longues minutes. Elle commençait à perdre espoir quand elle s'écria tout à coup :

- J'ai trouvé quelque chose ! Si on prend la première lettre de chaque phrase dans le texte ça fait un mot, regarde !

A.N.G.E.L S.A.R.E.

- Ah zut, ajouta-t-elle déçue, ça ne veut rien dire par contre « ange, sare».

- Fais voir ?

Gabriel était fébrile lui aussi, maintenant. Il lui arracha quasiment la lettre des mains et après un court instant il exulta :

- J'en étais sûr ! Regarde ! Il fallait prendre toutes les lignes et pas juste le texte principal !

Angela regarda, incrédule le texte que Gabriel lui collait presque sur le visage, et ça lui sauta aux yeux :

*Angela,*

*Nous sommes honorés d'avoir été tes parents, et t'avoir nous a rendus grandement heureux. Cependant si tu as aujourd'hui entre les mains cet écrit de notre part, c'est que nous ne sommes plus de ce monde.*
*L'ange nous avait prévenus qu'une ombre menaçante te cherchait, elle sait tout sur tes véritables origines et vient du même monde que toi, elle a sûrement retrouvé ta trace maintenant. Nous préférerions vraiment te rassurer, mais le danger est réel, notre serment vieux de onze ans nous empresse donc à te délivrer ce message qui nous a été confié pour toi.*

<u>Born fated gained mirrors.</u>

*Observe les signes et fais-les parler.*
*Rappelle-toi d'où tu viens et qui tu es.*

*N'oublie pas que nous t'aimerons toujours.*


- *Angels are born !* Mais oui Gabriel, t'es génial ! Ça veut dire *Les anges sont nés !*

- Euh, oui je sais, mais... on doit comprendre quoi exactement ?

Ils étaient maintenant debout tous les deux et échangèrent un regard qui en disait long sur leur incompréhension réciproque. Plus ils avançaient et plus le mystère s'épaississait !

- Bon au moins, reprit Gabriel, ça montre qu'on est sur la bonne voie et ça veut dire que ton intuition était juste ! Il y avait bien un message caché, il ne nous reste plus qu'à le déchiff... Oh, je sais !

Soudain, il s'assit au bureau, et commença à écrire frénétiquement sur une feuille de papier vierge.

- Qu'est-ce que tu fais ? l'interrogea Angela en se rapprochant. Tu comptes leur demander la réponse par courrier ?

Elle se demandait si la lettre n'était pas montée à la tête de son ami... Quelle mouche l'avait donc piqué ? Il la rassura rapidement.

- Mais non arrête, je blaguais avec la poste des morts tout à l'heure ! Par contre j'ai une autre idée, attends il faut que je me concentre...

Il griffonna sur sa feuille pendant plusieurs minutes. Il avait écrit en lettres capitales la phrase secrète *Angels are born* et, en dessous, il griffonnait des bouts de mots en barrant ou soulignant les lettres correspondantes dans la phrase : range, bang, rebel... Angela comprit soudain, il cherchait une anagramme !

Quelques instants après, il s'arrêta brusquement et il posa son crayon en la regardant bizarrement. Elle ne comprenait pas pourquoi, car les mots qu'il avait écrits ne voulaient rien dire, mais son sourire et son regard brillant montraient qu'il avait trouvé quelque chose. Il laissa monter le suspense quelques instants, puis déclara d'un ton amusé :

- Angela, tes parents sont extraordinaires. Ils ont beau avoir disparu depuis un an, ils arrivent encore à t'aider pour tes devoirs !

Et voyant son air interloqué, il asséna :

- Angela Rorbens ! *Angels are born* est l'anagramme parfaite d'*Angela Rorbens* !

Angela regarda Gabriel avec de grands yeux ronds, on aurait dit qu'elle venait de prendre un coup sur la tête.

## *Car Crash*

Angela eut du mal à se concentrer durant le cours de géographie ce matin-là. Bon c'est sûr, elle n'avait jamais aimé Sœur Judith, leur prof d'histoire-géo, ce n'est pas pour rien qu'elle lui avait trouvé le surnom de Sister Sinistras ! Mais en général, le contenu de ses cours était quand même intéressant. C'était juste qu'aujourd'hui la lettre de ses parents occupait ses pensées et l'empêchait de se concentrer sur la leçon en cours. En plus il s'agissait d'une révision de l'an dernier sur la création des États-Unis d'Amérique et le nom des cinquante états, du réchauffé. Les pensées d'Angela s'évadèrent donc par la fenêtre vers la pensée que ses parents l'attendaient peut-être dans un monde peuplé d'anges et de signes mystérieux à décoder. Le repas de midi fut une pause bienvenue, même si Angela dut refuser deux fois la purée de brocolis que Sister Sinistras voulait absolument lui servir.

Miss Lindsay avait dû faire l'erreur d'y goûter, car à peine avait-elle commencé leur cours d'anglais qu'elle se mit à grimacer avant de devoir s'assoir et de demander à Isabella d'aller chercher le Père William. Diagnostiquant une intoxication alimentaire, il annonça qu'il l'emmenait voir un médecin et que le cours était reporté. On leur apprit peu de temps après que Miss Lindsay avait dû être emmenée à l'hôpital pour être mise sous surveillance et qu'ils n'auraient pas de cours d'anglais pendant au moins quinze jours. Angela en fut très déçue, parce qu'elle avait beaucoup apprécié le premier cours de Miss Lindsay. En plus maintenant qu'elle avait trouvé une anagramme de son nom grâce à la lettre de ses parents, elle avait hâte de la présenter en classe et de voir si ses camarades en avaient trouvé eux aussi.

Ayant du coup la fin d'après-midi de libre, elle décida d'aller à la bibliothèque du campus, qui se trouvait dans le même bâtiment que la cantine. Elle était fermement résolue à trouver tout ce qu'elle pourrait sur les anges, et cette histoire d'« autre monde ». Elle sortit par l'entrée nord, longea le gymnase, et arriva rapidement à la bibliothèque qui y était presque accolée.

Elle salua la sœur qui était de permanence aujourd'hui, c'était la plus jeune des trois et elle s'occupait de leurs cours de sport.

- Bonjour Sœur Margaret ! lança Angela joyeusement. Comment avance la préparation de notre tournoi inter-école cette année ?

- Ça avance, ça avance, lui répondit-elle en souriant. Le tirage au sort des deux épreuves aura lieu début octobre comme d'habitude, tu peux commencer les pronostics.

- Super, j'ai hâte de savoir quels sports seront choisis. Avec un peu de chance, on pourra battre Vine Street cette année !

Angela parlait de l'école publique voisine qui se situait sur Vine Street, *la rue des vignes*. L'année passée leurs adversaires de toujours les avaient battus à plate couture, et Angela espérait vivement qu'Hollygrove puisse prendre sa revanche avant qu'elle ne parte au Lycée, c'était une question d'honneur !

Elle trouva une table libre dans la bibliothèque et commença ses recherches. Au bout d'une heure, elle avait lu une bonne quantité d'ouvrages parlant des anges, et s'était aperçue que presque toutes les cultures et religions du monde y faisaient allusion. Mais elle ne trouva rien du tout concernant un monde spécial où ils habiteraient et où l'on pourrait aller. Elle se dit que la prochaine fois, elle se rendrait à la salle informatique, il serait peut-être plus simple de trouver sur internet ce genre d'informations sortant de l'ordinaire !

Profitant du calme qui régnait dans la salle, elle sortit une feuille de papier vierge et commença à écrire les mots *Gabriel Harbinger*. Après tout, c'était grâce à lui qu'elle avait réussi à trouver son anagramme, donc c'était normal qu'elle essaye de l'aider en retour pour son devoir !

Cependant, elle se rendit rapidement compte que la tâche n'était pas si aisée. Réussir à créer une phrase à partir de seize lettres imposées contenant entre autres deux B, deux R et un H était un défi de haut vol, même pour quelqu'un qui adorait jouer avec les mots !

Au bout d'un bon quart d'heure d'efforts infructueux elle finit par trouver *hel airbag bringer*, ce qui pourrait dire *l'apporteur d'airbag de l'enfer*, et qui ne sonnait pas mal. Le souci c'est qu'il lui manquait un L, car il en faut deux pour écrire *hell*. Mais bon elle sentait que ça venait, alors elle continua à retourner les seize lettres dans tous les sens. Elle avait trouvé une technique : il fallait d'abord chercher un premier mot sympa, et réécrire à côté les lettres qu'il lui restait pour voir si elle pouvait en faire quelque chose.

Elle eut quelques essais infructueux en utilisant cette méthode. Par exemple *heir bringer* qui signifie *l'apporteur d'héritier* et qui commençait plutôt bien, la laissait avec les lettres GIRABAM dont elle ne sut quoi faire. Enfin elle trouva une anagramme complète : *hair bagel bringer*, ce qui veut dire *celui qui apporte un bagel de cheveux*. C'était un début, mais elle pouvait peut-être trouver mieux : un bagel de cheveux ça ne voulait pas dire grand-chose.

Après quelques instants d'efforts supplémentaires, elle finit par éclater de rire, ne manquant pas de faire se retourner tous les élèves présents dans la bibliothèque. La phrase qu'elle venait d'écrire était la suivante : *ginger hair rabble*, ce qui veut dire *une foule rousse et bruyante*. Satisfaite, elle rangea ses affaires et sortit de la bibliothèque. Elle souriait encore en arrivant à la cantine, ayant toujours en tête l'image de Gabriel teint en roux et papotant comme les sœurs Face.

En arrivant à sa chambre après le diner, l'humeur d'Angela s'assombrit. C'était il y a un an exactement, aux alentours de cet horaire-là, qu'avait eu lieu l'accident fatal où ses deux parents avaient perdu la vie. En se brossant les dents devant le miroir, elle passa la main sur le seul souvenir qu'elle gardait de l'accident : une cicatrice qui barrait son sourcil gauche, et qui faisait environ deux centimètres de long. Elle se l'était faite en cognant un rocher à côté de la route, après avoir été éjectée de la voiture qui faisait des tonneaux. Lorsqu'elle s'était réveillée à l'hôpital, on lui avait dit que le choc avait causé une légère amnésie, mais qu'avoir été éjectée lui avait probablement sauvé la vie. En effet, peu de temps après s'être immobilisée, la voiture avait pris feu, et c'est ce qui avait tué ses parents piégés à l'intérieur.

Angela ne gardait de ce fait aucun souvenir de toute la journée de son onzième anniversaire. Tout ce qu'elle savait, c'était ce que lui avaient raconté les infirmières et surtout le policier qui était venu l'interroger pour clôturer l'enquête. Il lui avait dit qu'elle rentrait avec ses parents d'un bon restaurant où ils étaient allés fêter son anniversaire. Ils avaient perdu le contrôle de leur voiture dans un tournant, avant d'être percutés par un poids lourd. L'explication la plus probable était un problème mécanique, mais le choc avec le camion avait été très violent et après plusieurs tonneaux la voiture avait disparu dans des flammes extrêmement intenses, ce qui avait empêché les analyses de le confirmer complètement.

Angela caressa Azraël qui était lové sur son lit et alluma la radio pour régler son réveil du lendemain. L'animateur radio annonça que la prochaine chanson s'intitulait *L'accident de voiture*, Angela sentit un frisson la parcourir.

Les premières notes de musique au piano s'égrenèrent doucement, puis le texte assaillit Angela comme un tsunami.

*Tu es inconsciente sur le sol*
*À 15 mètres d'une voiture en feu*
*Tu as été éjectée en plein vol*
*Nous y sommes coincés tous les deux*

Les voix d'homme et de femme mêlées étaient tristes et langoureuses. Les sanglots du violon montaient à l'assaut des notes de piano comme des flammes s'élevant vers les étoiles. Angela sentit l'émotion lui nouer la gorge, pour la première fois elle vit des images de l'accident qui surgissaient comme des flashs dans sa mémoire embrumée.

*Les flammes sont dévorantes*
*Sur ma peau elles sont brûlantes*
*Je ne peux plus te parler*
*Mais au moins tu t'es éjectée*

La chanson décrivait exactement l'accident comme l'avaient vécu ses parents, c'était étrange et bouleversant. Angela savait que cette chanson était un *Signe*, mais il faisait mal. Très mal. Elle s'effondra sur son lit et sentit ses yeux s'embuer de larmes. Elle se laissa submerger par les paroles.

*Au moins tu t'es éjectée,*
*Moi je suis toujours coincée*
*Alors on brûle en silence*
*Tout ça me semble brusque*
*Quelle horreur cette impuissance*
*Tout ça me semble injuste*

Oh oui c'était injuste, terriblement injuste. Et le silence dont parlait le chanteur était un silence qu'Angela ne connaissait que trop bien. C'était celui avec lequel ses parents lui répondaient toujours quand elle les suppliait de ne pas mourir, quand elle les suppliait de revenir.

Angela se laissa bercer par les dernières notes poignantes de la chanson en sanglotant doucement, et finit par s'endormir en serrant Azraël dans ses bras.

*Au moins tu t'es éjectée*

## L'accident

Angela était au restaurant avec ses parents pour fêter son onzième anniversaire. Ils souhaitaient marquer le coup et avaient choisi une adresse à la fois chic et décontractée : le restaurant de l'hôtel Mama Shelter qui était à cinq minutes en voiture du campus d'Hollygrove. Angela avait été enchantée par l'intérieur cosy et original de l'hôtel, où le plafond noir était couvert de dessins à la craie et d'inscriptions amusantes. Mais ce qui lui avait fait pousser des cris d'admiration, c'était la vue magnifique qu'ils avaient depuis le toit de l'hôtel, transformé en superbe terrasse panoramique. Ils pouvaient apercevoir tout le quartier, et se retrouvaient au même niveau que les immenses palmiers dont les avenues étaient bordées.

Les tables et les chaises avaient de jolies couleurs pastel, et étaient surplombées de petits parasols carrés aux couleurs vives. Le serveur leur avait rapproché deux petites tables l'une à côté de l'autre et avait rajouté quelques coussins sur une chaise pour Azraël. Confortablement installé, il lapait tranquillement un bol de lait offert par le restaurant.

Au moment du dessert, les parents d'Angela lui annoncèrent qu'ils avaient une surprise pour elle, mais au lieu de lui donner un cadeau comme elle s'y attendait, ils lui tendirent une grande enveloppe bleu clair. Elle l'ouvrit sans attendre, mais ne comprit pas tout de suite de quoi il s'agissait. C'était une photo en noir et blanc d'une sorte de poupée, mais l'image était de très mauvaise qualité. Soudain les yeux d'Angela s'écarquillèrent et elle poussa un cri de joie en devinant ce que c'était :

- Oh ! Je vais avoir un petit frère ???

- Oui, mais pas seulement ! lui répondit son papa d'une voix enjouée. Ta maman est enceinte de jumeaux !

- Ouah ! Deux petits frères, tu entends Azraël ? C'est génial !

- Pour être exact, dit sa maman avec un sourire amusé, les médecins se prononcent plus pour un petit frère et une petite sœur, mais il est un peu tôt pour en être totalement sûr.

- Et comme on ne le saura pas tout de suite, continua son papa, qui est partant en attendant pour aller admirer la vue depuis le Griffith Observatory ?

Évidemment tout le monde était partant, la vue de Los Angeles depuis l'observatoire astronomique de la ville était magnifique à la tombée de la nuit. Le trajet ne leur prit même pas vingt minutes, après tout c'était un dimanche soir et la saison touristique était terminée.

Ils n'arrivèrent donc pas trop tard et c'était l'idéal, car on apercevait encore le fameux signe « Hollywood » sur la colline au Nord-Ouest. En effet celui-ci n'est jamais éclairé de nuit pour respecter les quartiers résidentiels qui l'entourent. Aux rares occasions où il avait été illuminé, l'affluence de curieux avait causé d'importantes perturbations pour les habitants qui ne pouvaient plus sortir de chez eux.

La nuit était douce, il faisait presque 25°C, ce qui était au-dessus des moyennes de saison. Ils en profitèrent donc pour rester un peu plus longtemps, et observèrent le soleil se coucher derrière Beverly Hills et la baie de Santa Monica. Plus au sud on apercevait les tours de Downtown Los Angeles, le centre-ville, qui s'éclairait au fur et à mesure que l'obscurité gagnait du terrain. La vue était à couper le souffle.

Ce fut donc avec regret que la petite famille mit fin à ce moment magique qui semblait en dehors du temps et reprit la route du retour. Angela était assise à l'arrière de la voiture et commençait à somnoler en tenant son chat Azraël dans les bras, lorsque le téléphone de son père se mit à sonner.

- Sérieusement ? s'exclama-t-il en se penchant pour prendre le téléphone. À cette heure-ci ?

Mais il n'eut pas le temps de l'atteindre. Il y eut un choc violent à l'arrière de la voiture, qui fut projetée brusquement vers l'avant. Angela serra son chat dans ses bras de toutes ses forces, mais sa tête heurta violemment la vitre lorsque la voiture rebondit contre la barrière de sécurité. Alors que sa vue se brouillait, la voiture se mit à faire un tonneau, et Angela se sentit passer par la portière. Le sol fonçait vers elle à une vitesse vertigineuse, et elle serra Azraël encore plus fort dans ses bras pour le protéger. Puis ce fut le trou noir.

Angela se réveilla en hurlant, les images du rêve encore vibrantes dans son esprit. Elle était enceinte, nom de Dieu ! Sa maman était enceinte ! Angela était abasourdie par l'énormité de la nouvelle, la douleur qu'elle ressentait à présent en pensant à la mort de ses frères et sœurs qu'elle ne connaitrait jamais était aussi intense que la joie qu'elle avait ressentie à l'annonce de ses parents. Elle se demanda comment la mémoire avait pu lui revenir brusquement comme ça, avec autant de précision. Et dire que depuis un an elle n'avait jamais réussi à se rappeler de la moindre bribe de cette journée !

Son cri avait réveillé Azraël, et il était venu se lover sur ses genoux comme pour la réconforter. Angela le serra fort dans ses bras comme elle l'avait fait dans son rêve, et tout à coup elle se figea, bouche bée. Elle mit quelques instants à reprendre ses esprits et murmura, d'une voix presque inaudible :

- Azraël… quand nous sommes passés par la portière… elle était fermée ! Complètement fermée !

## *Lost Highway*

Lorsque le radio-réveil se déclencha, Angela eut du mal à sortir du sommeil, les évènements de la nuit remontant doucement à son esprit. Elle se demandait si son cerveau endormi n'avait pas inventé ce rêve de toutes pièces. C'était comme si elle avait mélangé la chanson d'hier soir, son ancien rêve d'avoir un petit frère, et l'envie de revoir ses parents.

La voix de l'animateur radio l'arracha alors à ses pensées :

> « *Et maintenant l'excellent groupe français AaRON avec un titre magnifique et trop peu connu : Lost Highway.* »

Un piano commença à jouer en solo, sur une mélodie lente et mélancolique, puis la voix grave et poignante du chanteur s'éleva.

| | |
|---|---|
| *Lost highway, carry on* | *Route perdue, où emportes-tu,* |
| *All the souls that I've known* | *Toutes les âmes que j'ai connues* |
| *I see flowers everywhere* | *Je vois des fleurs partout autour* |
| *But it's only cryings that come up in the air* | *Mais seuls les pleurs s'élèvent alentour* |

Les pensées d'Angela se figèrent, les paroles la projetèrent quelques jours après l'accident, à l'enterrement de ses parents. Les roses rouges et blanches sur la stèle, les pleurs, ces questions dans sa tête, tout y était.

| | |
|---|---|
| *So many lives around, I guess that it was just your time.* | *Tellement de vies autour de moi, c'était sans doute votre heure.* |
| *For every rose, one big stone* | *Mille roses, une seule pierre* |
| *One phone call, my world alone* | *Un appel, je suis seule au monde* |
| | |
| *I miss you, sweet mother* | *Tu me manques, petite maman* |
| *I'll see you some other time,* | *Je te reverrai dans un autre temps, dans un autre monde* |
| *Some other grounds* | |

Angela sentit les battements de son cœur s'accélérer dans sa poitrine, la chanson était un *Signe*, encore ! Il n'était jamais arrivé qu'elle en entende deux aussi rapprochés, qu'est-ce que ça signifiait ?

*Lost highway way too fast*
*Headlights burnin' all my laughs*
*Where was I when you screamed?*
*Where was I when you lost all your dreams?*
*People think, that it's all right,*
*When your face got so much lights*
*Did your blue eyes peacefully,*
*Finally dived into the sea?*

*Route perdue, bien trop vite*
*La lumière des phares brûle tous mes rires*
*Où donc étais-je quand tu criais ?*
*Où donc étais-je quand tous tes rêves s'envolaient ?*
*Ils pensent que tout va bien,*
*Alors que ton visage n'éclaire plus rien*
*Est-ce que tes yeux bleus,*
*Finalement dans la mer sont heureux ?*

La précision du message était déroutante, la gorge d'Angela se noua en revoyant les yeux de sa mère qui brillaient, en imaginant ses rêves d'avoir d'autres enfants qui s'envolaient dans les flammes.

*I miss you sweet brother,*
*I'll see you some other time,*
*Some other grounds.*
*Nothing could tell the power of your smell*
*How many hands on my head?*
*You took the train with heavy tickets*
*It's not your fault*
*You couldn't make it.*
*Tu me manques, petit frère,*

*Je te verrai dans un autre temps,*
*Dans un autre monde.*
*Aucun mot pour dire l'odeur de ton parfum*
*Sur ma tête combien de mains?*
*Vous avez pris le train aux lourds billets*
*Vous n'y êtes pour rien*
*S'il n'est jamais arrivé.*

Le coeur d'Angela se serra, comment l'auteur de cette chanson pouvait-il savoir pour son petit frère ? Elle-même n'avait pas encore vraiment assimilé cette information ! Lorsqu'elle entendit le chanteur dire à ses parents qu'ils n'y étaient pour rien, elle eut l'impression qu'un barrage intérieur venait de céder. Elle réalisa alors qu'inconsciemment, elle leur en avait toujours voulu de l'avoir abandonnée, et ce d'autant plus s'ils étaient encore vivants.

| | |
|---|---|
| *I know that the sun shines better* | *Je sais que le soleil brille avec plus d'amour,* |
| *Now that you'll stay by his side Forever.* | *Maintenant que vous êtes à ses côtés, pour toujours.* |
| *I miss you sweet sister* | *Tu me manques, petite sœur,* |
| *I'll see you some other time, Some other grounds* | *Je te verrai dans un autre temps,* |
| | *Dans un autre monde.* |

Les larmes montèrent aux yeux d'Angela et elle se mit à sangloter doucement, sans pouvoir maitriser le flot d'émotions qui l'envahissait. Elle comprit qu'un déclic avait eu lieu qui lui permettrait de pardonner à ses parents . Azraël vint se frotter contre sa joue en ronronnant. En croisant son regard félin, Angela se sentit apaisée, mais il y avait tout de même quelque chose qui la tracassait : elle aurait donné n'importe quoi pour comprendre comment ils étaient passés à travers cette foutue portière !

*Chapitre Deux.*

# LE DEVOIR

. . . . . . . . . . . . . . . . . . . . . . . . . . . . . . . . . . . . . . . . . . . . . . .

*2.1 La Mère vit que l'amour était bon et elle créa la vie pour peupler l'univers.*

*2.2 En trois souffles elle la créa.*

*2.3 De son premier souffle jaillit toute herbe portant de la semence, et tout arbre au sein de l'univers.*

*2.4 De son deuxième souffle naquit tout animal peuplant la mer, la terre et le ciel.*

*2.5 Son troisième souffle engendra les animaux célestes, qui ordonnaient aux forces de l'univers.*

*2.6 Elle les bénit tous et leur dit : soyez féconds, multipliez, et remplissez l'univers. Et cela fut ainsi, et le Père et la Mère virent que cela était bon.*

*2.7 Il y eut un soir, il y eut un matin, ce fut le deuxième jour.*

**Bible des Anges, Genesis, Chapitre 2.**

# *Le jour des glaces*

Angela éteignit son radio-réveil et regarda la date qui s'affichait, on était vendredi, vendredi 13 ! Elle bondit de son lit en affichant un grand sourire.

- J'ai un bon pressentiment, lança-t-elle joyeusement à Azraël qui la regarda en penchant la tête sur le côté. Aujourd'hui je suis sûre que mon enquête va avancer !

En effet depuis le matin où elle avait entendu la deuxième chanson sur l'accident, elle s'était mise à chercher des explications, pour faire « *parler les signes* » comme le suggérait la lettre... Mais deux jours s'étaient écoulés sans qu'elle ne trouve rien d'intéressant, et elle s'était couchée complètement frustrée : si elle n'arrivait pas à résoudre les mystères de cette lettre elle ne retrouverait jamais ses parents ! Elle s'habilla en vitesse et fila en direction de la cantine. Sur le chemin elle aperçut Luc entre la porte d'entrée de la maison de M. Cole et du Père William, accroupi pour caresser Wolfy dans sa niche. Et bien ! pensa-t-elle, il n'allait pas en plus lui piquer son chien préféré, celui-là !

Lorsqu'elle passa à côté, elle croisa les doigts derrière son dos en souhaitant silencieusement « pourvu qu'il le morde, pourvu qu'il le morde !». Mais Wolfy se contenta d'agiter sa queue inutilement. Dépitée, Angela rejoignit Gabriel au petit-déjeuner, et il lui rendit vite sa bonne humeur.

- Salut Angy, tu sais quel jour on est ? commença-t-il gaiment.

- Ouiii, je sais, vendredi 13, c'est trop cool !

- Ah oui, y'a ça aussi c'est vrai, mais surtout... c'est le jour des glaces !

Le visage d'Angela s'illumina, elle n'y pensait plus, mais décidément cette journée s'annonçait bien ! En effet tous les quinze jours les policiers du commissariat voisin venaient à l'orphelinat avec un chariot à glaces et offraient une tournée générale, il paraissait que cette tradition était vieille de plus de cinquante ans ! Angela avait parfois droit à une troisième boule quand c'était le détective Dricker qui venait. Depuis qu'il avait enquêté sur l'accident de ses parents, il prenait régulièrement de ses nouvelles et ils étaient devenus bons amis.

Angela eut l'impression que le cours de mathématiques de ce matin passait au ralenti. Bien sûr, elle n'aimait déjà pas les maths quand c'était sa maman qui les enseignait, mais le fait que le père William ait pris sa suite après l'accident n'avait pas réussi à la faire changer d'avis. Aujourd'hui par contre, c'était pire que d'habitude. Elle voyait le prêtre articuler et écrire au tableau, mais elle n'arrivait pas à donner un sens à ce qu'il racontait. En fait elle n'arrivait pas à s'enlever de la tête la découverte incroyable que Gabriel avait fait le jour de son anniversaire, et tout ce que la lettre de ses parents impliquait.

Les questions se bousculaient dans sa tête : qu'est-ce que voulait dire *Born Fated Gained Mirrors*, à part *Né avec un destin, a gagné des miroirs* ? Cela voulait-il dire que celui qui avait un grand destin à la naissance gagnait des miroirs ? Ça n'avait aucun sens. Et ne pas comprendre l'énervait d'autant plus que c'était la seule phrase soulignée de la lettre, le fameux « message », donc à priori la partie la plus importante !

Par ailleurs, est-ce qu'*Angels are born* avait une autre signification que *Les anges sont nés* ? Étant donné l'évocation d'un ange dans le texte et l'ange qu'elle avait aperçu dans son rêve, fallait-il en déduire que les anges existaient vraiment ? Cette conclusion paraissait la plus logique, mais son esprit cartésien n'était pas prêt à l'accepter avec si peu d'éléments.

Enfin la question qui l'obsédait le plus, c'était de savoir si le message imprimé avait réellement été écrit par ses parents. Gabriel avait en effet suggéré qu'ils s'étaient peut-être contentés de récupérer l'enveloppe déjà fermée et d'y ajouter le cachet de cire et la mention manuscrite. Mais dans ce cas les implications étaient encore plus vertigineuses, cela voudrait dire que l'auteur du message savait déjà à l'époque qu'elle l'ouvrirait onze ans plus tard. Et surtout que par ricochet, il savait aussi que les parents d'Angela seraient partis dans l'autre monde à ce moment-là. Rien que cette idée lui provoquait des frissons dans le dos.

Elle fut arrachée à ses pensées lorsque le père William se tourna dans sa direction et demanda :

- Oui, qu'y a-t-il ? Je t'écoute ?

Elle commença à bégayer, ne sachant même pas quelle était la question, mais ce fut Luc qui répondit. Elle comprit alors son erreur : il venait de lever la main et c'était à lui que le prêtre s'adressait. Ouf !

- Merci Padre, je me permets de vous interrompre parce que j'ai remarqué l'autre jour des signes étranges sur la statue de l'ange dans le hall. Ou plutôt sur le bloc de marbre où elle est posée pour être exact. Comme vous disiez à l'instant que le mot *chiffre* pouvait aussi vouloir dire *code* je me demandais si c'en était un et s'il avait été... décodé justement ?

Ça alors ! se dit Angela, Luc s'intéressait aussi aux codes maintenant ? Était-il possible que Gabriel lui ait parlé de la lettre ? Ce serait gonflé de sa part quand même ! Angela jeta un regard suspicieux à son ami assis à côté de Luc, en espérant qu'il n'avait pas trahi son secret.

- Tu es là depuis à peine quelques jours et tu as déjà repéré le chiffre des francs-maçons ? répondit le Père William, légèrement impressionné. Savoir le traduire est aisé, mais peut-être seras-tu le premier à en résoudre le mystère ! Personne n'a vraiment compris ce que ce message énigmatique signifiait !

- Comment peut-on l'avoir traduit et ne pas en connaitre la signification ? demanda Luc, surpris.

- Le traduire est relativement facile, car le code des francs-maçons est connu de nos jours. En utilisant leur clé de chiffrement, il ne reste plus qu'à traduire les signes en lettres. Vous me suivez ?

- Euh, non, professeur, demandèrent simultanément Star et Straw, vous pouvez répéter plus doucement ?

- Hum, comment dire... en fait c'est très simple, lorsque l'on reçoit un message codé dont on connait le code, on parle de *déchiffrage*. Par contre lorsque l'on intercepte un message codé, mais qu'on ne connait pas la clé de traduction utilisée, on parle alors de *décryptage*. Lorsque l'on trouve la clé, on dit qu'on a « cassé le code », c'est tout un art qui s'appelle la cryptologie et qui était beaucoup utilisé en période de guerre ! Est-ce que c'est plus clair ?

- Oui mon Père ! répondirent en chœur les jumelles.

- Parfait, voici donc le chiffre des francs-maçons tel que ces derniers l'avaient inventé pour coder leurs communications.

Le Père William écrivit alors le titre *Le chiffre des francs-maçons* au tableau et dessina une série de quatre grilles géométriques où il positionna les vingt-six lettres de l'alphabet. Il écrivit ensuite à droite un exemple de texte pour montrer comment coder un message.

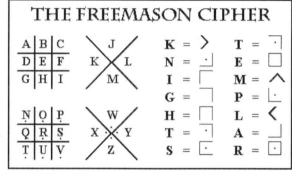

Angela avait déjà vu ces signes sur la statue, mais elle avait toujours pensé que c'était une sorte de prière dans des hiéroglyphes anciens.

- Comme vous le voyez, continua le prêtre, il suffit de prendre le dessin entourant chaque lettre pour obtenir le signe codé correspondant. Les grilles forment un moyen simple de se rappeler du code. Et voici la phrase que l'on obtient si l'on traduit les signes présents sur la statue :

*To access nearby garden, enfire locked statue.*
*Pour accéder au jardin voisin, enflammer la statue verrouillée*

- J'ai trouvé l'explication professeur ! s'exclama Star en levant la main.

- Hum… reprit le prêtre avec un air légèrement amusé qu'elle ne sembla pas percevoir. Je suis extrêmement curieux de connaître ta théorie, explique-nous donc cela.

- Et bien c'est facile ! Ça veut dire qu'il y a un jardin pas loin. Et que pour y aller il faut mettre le feu à la statue et entrer dedans !

- Ahahah, oui en fait c'est exactement ça ! Et ça parait simple à première vue n'est-ce pas ? Cependant, il subsiste deux questions qui n'ont jamais été élucidées : d'abord de quel jardin s'agit-il ? Et comment enflammer du marbre ? Mais laissez-moi vous montrer quelque chose d'encore plus mystérieux, tout est dans la disposition du message.

Il prit alors une craie et écrivit au tableau les mêmes mots que précédemment, mais tels qu'étaient disposés les signes sur la statue.

Il se retourna et poursuivit, un sourire au coin des lèvres.

- Alors les enfants, remarquez-vous quelque chose de spécial ?

- Heu, ça fait un carré ? suggéra Gabriel.

- Oui, très bien vu ! Effectivement c'est un carré parfait qui est composé de 6 mots de 6 lettres chacun. Si vous le regardez bien vous devriez pouvoir trouver autre chose.

```
      T O
A C C E S S
N E A R B Y
G A R D E N
E N F I R E
L O C K E D
S T A T U E
```

Après un court instant, Angela bondit de sa chaise et s'écria :

- *Angels* ! La première lettre de chaque mot forme le mot *Anges* !

Tous les élèves s'étaient retournés et la regardaient d'un air stupéfait. Angela n'en revenait pas non plus, c'était exactement comme dans la lettre de ses parents !

- Et bien ! C'est un record ! Personne n'avait jamais trouvé cet acrostiche aussi rapidement à ma connaissance. Mais le message n'a peut-être pas livré tous ses secrets, et si jamais vous réussissez à ouvrir la statue n'oubliez pas de me prévenir, j'attends ce moment avec impatience !

Angela devait bien l'admettre, elle n'avait jamais trouvé un cours de mathématiques aussi intéressant de toute sa vie ! Elle attendit que tous les élèves soient sortis de la classe pour s'approcher du bureau du prêtre.

- Excusez-moi, mon Père. J'ai un petit service à vous demander, vous auriez quelques instants ?

- Bien sûr Angela, en quoi puis-je t'aider ?

- Et bien je ne savais pas que vous vous y connaissiez en codes secrets. Et voilà, j'ai reçu dernièrement une lettre et je pense qu'il y a un message caché dedans, j'aurais aimé que vous y jetiez un coup d'œil pour m'aider à la déchiffrer... Ce serait possible ?

- Hum, un message codé... dans une lettre ? Voilà qui attise ma curiosité ! Marché conclu jeune fille, tu n'auras qu'à me l'emmener dans mon bureau ce soir après les cours et on regardera ça.

- Oh, merci mon Père ! Est-ce que Gabriel peut venir aussi ? C'est lui qui m'a suggéré de vous en parler après tout...

- Ahah, mais bien sûr mon enfant, bien sûr... Allez, file déjeuner... et à ce soir donc !

## *Sport et glaces*

L'après-midi, c'était cours de sport avec Sœur Margaret, donc Angela fila se changer après le repas de midi. Arrivée dans sa chambre, elle sortit de sa poche quelques nuggets de poulet qu'elle avait emballés dans une serviette en papier. Elle les déposa dans la gamelle d'Azraël qui descendit du lit en ronronnant, la queue en l'air et les yeux mi-clos : c'était son repas préféré !

Angela se rendit ensuite en direction du grand pré tout à l'ouest du campus, où Sœur Margaret avait demandé aux élèves de la retrouver. Elle passa voir si Gabriel était dans sa chambre, car c'était sur le chemin, mais il ne l'avait pas attendue. Elle entendit par contre à travers la porte voisine Luc et Johnson qui se disputaient. Elle s'immobilisa au milieu du hall et entendit distinctement Luc qui haussait le ton :

- Non, mais sérieusement Johnson ! Je t'entends même avec les boules quies ! Si tu continues de m'empêcher de dormir avec tes ronflements, je vais péter un câble ! Va te faire soigner, quoi !

La porte s'ouvrit brusquement et Luc en sortit avec un air furieux. Il manqua d'un cheveu de bousculer Angela, et s'éloigna sans s'excuser tout en maugréant « je vais le bouffer ce mec, je vais le bouffer ». Angela en avait encore le sourire aux lèvres lorsqu'elle arriva dans le pré où se trouvaient déjà tous les élèves de sa classe.

- Allez les retardataires, commença Sœur Margaret. On se dépêche ! Comme le tirage au sort pour le tournoi n'a lieu que dans trois semaines, on va commencer par vous remettre en forme en faisant de la course à pied.

Devant la vague de protestation qui monta du groupe d'élèves, elle continua rapidement.

- Tut tut les moineaux, on arrête de piailler ! D'abord ça vous fera le plus grand bien après la coupure des grandes vacances, et ensuite la forme physique sera la clé de notre victoire sur Vine Street cette année ! Vous voulez la gagner cette coupe oui ou non ?

À ces mots, Gabriel lança un « Hollygrove ! The Treasure Trove ! », le cri de ralliement du campus qui signifiait « Hollygrove, Le Trésor Caché ». Il fut repris en chœur par de nombreux élèves, ce qui encouragea Sœur Margaret à poursuivre :

- Pour que ce soit équitable pour tout le monde, nous allons faire un nouvel exercice en nous concentrant sur la régularité plutôt que sur la vitesse. Le principe est simple, vous devez faire deux tours de terrain avec le moins d'écart possible entre les deux temps que vous réaliserez. Allez, on s'échauffe tous ensemble pendant cinq minutes avant de commencer.

Gabriel profita de la pause pour interpeller Angela discrètement :

- Hé Angy ! Tu sais, par rapport au rêve de l'accident que tu m'as raconté l'autre jour... même si je pense que tu as dû imaginer ton histoire de traversée de portière, il y a un autre détail qui me chiffonne... et à mon avis tu devrais en parler au détective Dricker…

Angela tendit l'oreille, car quelque chose la dérangeait elle aussi, sans qu'elle parvienne à mettre le doigt dessus.

- Tu m'as raconté, poursuivit le garçon entre deux séries de flexions, qu'il y avait eu un choc violent derrière la voiture *avant* qu'elle ne dérape. Si la police peut montrer que c'est bien le cas, ça voudrait dire que ton père n'a pas perdu le contrôle tout seul…

- Mais oui ! Bien sûr ! poursuivit Angela, le regard brillant d'excitation. Et ça signifierait que c'est au contraire le camion qui est à l'origine de l'accident ! J'ai toujours su que Papa n'était pas responsable !

Sur le signal de Sœur Margaret, ils commencèrent à courir autour du terrain ; l'exercice d'endurance était plus intéressant que de courir sans objectif ou en forçant sur la vitesse, et Angela ne vit pas le temps passer. Pour une fois elle réussit même à faire mieux que Gabriel !

Cependant elle mourrait de chaud, et ce fut avec d'autant plus de plaisir qu'elle vit le chariot à glace des policiers arriver sur le petit parking au sud du terrain. C'était un vieux triporteur de glacier ambulant comme on les fabriquait encore au début du siècle précédent : il s'agissait d'un vélo à l'avant duquel avait été monté un bac en bois équipé de deux roues et surmonté d'un petit toit. Les policiers avaient astucieusement peint le tout en noir et blanc pour ressembler aux voitures de la police de Los Angeles. Ils étaient même allés jusqu'à fixer un vieux gyrophare rond sur le toit et à peindre sur chaque côté du chariot la mention « *Cop's Ice Cream* », ce qui veut dire « *La Glace des Flics* ». Pour couronner le tout, ils avaient également peint sous l'inscription un cornet stylisé surmonté des lettres CIC, qui dessinaient deux boules de glaces !

Les enfants s'attroupèrent autour du chariot et Angela se mit tout au bout de la file, car elle souhaitait pouvoir trainer un peu et discuter avec Dricker. Elle croyait l'avoir reconnu, mais avec ses lunettes de soleil et son casque de vélo ce n'était pas facile d'être sûre. En se rapprochant, quelle ne fut pas sa déception lorsqu'elle s'aperçut que ce n'était pas lui ! Le badge du policier portait la mention *Co.Parker* et arborait une étoile argentée, ce qui indiquait un grade de commandant.

Arrivée au chariot elle commanda une glace vanille-fraise, ses parfums préférés, et lorsque le policier la lui tendit elle lui demanda :

- Merci commandant ! Dites-moi, savez-vous si le détective Dricker viendra la prochaine fois ? J'avais une question personnelle à lui poser.

- Ah non ma petite, il ne viendra pas de sitôt ! Votre gardien Cornelius Cole l'a renversé avant-hier avec sa camionnette et l'a envoyé directement à l'hôpital après un vol plané de cinq mètres.

Encore heureux qu'il ait atterri dans un buisson, parce que vu l'état dans lequel on a retrouvé son vélo, il aurait pu y passer !

- Ouh là, répondit Angela, inquiète pour le détective. J'espère que ça n'est pas trop grave quand même, pensez-vous qu'on puisse lui rendre visite à l'hôpital ?

- Ah oui c'est facile il est au S.C.H, à cinq cents mètres à peine du commissariat, et je suis sûr que ta visite lui ferait très plaisir. Mais ne t'inquiète pas pour lui va, il en a vu d'autres. Par contre il va lui falloir quelque temps avant de pouvoir reprendre du service... Si jamais j'attrape cet imbécile de Cole, j'en fais de la pâtée pour son chien, aussi vrai que je m'appelle Parker !

Angela s'éloigna avec sa glace, songeuse. Comment diable allait-elle pouvoir se rendre à l'hôpital sans se faire remarquer ? La solution lui apparut juste après, alors qu'elle passait devant le dortoir des garçons. La fenêtre de la chambre double au fond était ouverte et une musique amusante s'en échappait, avec quelques notes légères de guitare et de piano entremêlées.

*Regarde comme il est beau*
*Comme il est joli ce vélo !*
*Il a une cloche et un panier*
*C'est pour ça que j'l'ai emprunté !*

- Yes ! s'écria Angela en levant les bras victorieusement. C'est ça !

Elle avait complètement oublié qu'elle avait encore son cornet dans la main, et vit avec horreur ses deux boules de glaces s'envoler dans les airs... pour retomber en plein sur la tête de Johnson ! Il s'était approché de la fenêtre pour voir qui avait crié et se mit à hurler, furieux.

- AAAhhh c'est gelé ! Non, mais ça va pas la tête !

Il s'éloigna de la fenêtre en pestant, et Luc apparut à son tour dans l'encadrement, une serviette autour de la taille et une autre sur les épaules. Voyant l'air inquiet d'Angela il se mit à rigoler :

- Ah ah, ne t'inquiète pas il ne va pas te courir après, il est parti à la salle de bain pour se laver la tête... ou plutôt pour finir la glace discrètement connaissant ce goinfre, ajouta-t-il avec un clin d'œil.

Angela eut un petit rire nerveux, à la fois soulagée et un peu embarrassée. Pour détourner la conversation, elle lui demanda quelle était cette musique qu'il écoutait.

- Attends voyons voir, dit-il en jetant un œil à l'iPod à côté de lui, c'est une vieille chanson des Funk Ployds qui s'appelle *Vélo*, pas trop mon style de musique par contre...

- Ben pourquoi tu l'écoutes si tu n'aimes pas ?

- Ahahah, en fait j'aime bien mettre de la musique en aléatoire, reprit Luc, ça me fait découvrir des nouvelles choses et parfois j'ai de bonnes surprises. T'as déjà remarqué comme certaines chansons nous parlent, un peu comme des messages ?

Quoi ? Il entendait lui aussi des messages ? Hors de question de lui parler de ses Signes en tout cas, c'était son secret ! Il y eut un silence gêné pendant lequel seule la chanson des Funk Ployds se fit entendre.

*Je voudrais bien te le prêter,*
*Mais je l'ai emprunté*
*J'aime bien les filles comme toi*
*J'te donnerais n'importe quoi*
*Toutes les choses que tu voudras*

- Hum, pas cette fois-ci apparemment, poursuivit Luc un peu mal à l'aise à cause des paroles. Voyons voir si j'ai plus de chance avec la prochaine, ajouta-t-il en appuyant sur le bouton « suivant ». Les premières notes de *Buffalo Soldier* se firent entendre et Luc augmenta le son à fond.

- Yeess, j'adore ! s'exclama-t-il en bougeant les épaules en rythme. Je suis plutôt rock, mais un bon tube de Bob Marley, ça groove !

Et il se mit à secouer la tête dans tous les sens, agitant ses courtes tresses comme le fameux chanteur de reggae le faisait avec sa longue chevelure rasta. Angela s'éloigna en riant, non, mais quel pitre celui-là !

# Le Livre

Le soir venu, Gabriel passa chercher Angela pour se rendre dans le bureau du Père William, qui se trouvait à côté de la salle informatique. Lorsqu'Angela lui montra la lettre de ses parents ainsi que les explications sur ce qu'ils avaient trouvé, le prêtre parut très intéressé.

- Et bien bravo les enfants, je ne suis pas sûr que j'aurais trouvé cette anagramme moi-même, c'est drôlement malin de la part de ton père... mais ça ne m'étonne pas vraiment de lui, il a toujours aimé les énigmes et les jeux de piste !

- Et pensez-vous qu'il y a autre chose de caché dans cette lettre ? demanda Gabriel, plein d'espoir.

- Hum, certainement... Le contenu est trop obscur pour s'en tenir mot pour mot à ce qui est écrit là. Mais je crains de ne pas pouvoir vous aider davantage pour le décryptage.

- Ah bon ? s'exclama Angela, déçue... Mais, vous aviez dit que...

- Oui, je sais, je sais. Mais tout d'abord rien ne me vient à l'idée après ma première lecture... et même si c'était le cas, j'aurais l'impression de trahir ton père en te le révélant.

Devant le regard interloqué des deux enfants, le prêtre s'expliqua.

- Et bien oui, ce message t'a été adressé personnellement Angela, et c'est à mon avis pour une bonne raison. Dans ce genre de quête, je pense que le chemin est aussi important que la destination, il faut donc que tu trouves tes réponses par toi-même. Mais...

- Mais ?? demandèrent les deux amis en chœur.

- Mais il y a quand même quelque chose que je peux faire pour vous aider, reprit le Père William. Figurez-vous que Gotfrid était venu me trouver un soir dans ce même bureau, et j'avais eu du mal à le calmer tellement il était excité. Il avait développé toute une théorie selon laquelle les chiffres avaient une signification cachée, que c'était une sorte de message secret que les anges avaient laissé à l'intention des êtres humains. D'après lui, percer ce code permettrait de résoudre les mystères de la création de l'univers et d'apporter la paix dans le monde.

- Ah oui, rien que ça ! s'exclama Gabriel, dubitatif.

Le Père William fit une pause et essuya ses lunettes avec un mouchoir.

- Je vous avoue n'avoir pas tout compris à sa théorie, et même si je connaissais ton père depuis des années Angela, ce soir-là j'ai cru qu'il avait perdu les pédales. Il a dû s'en rendre compte, car il ne m'a plus parlé de cette théorie pendant de longues années. Mais une semaine avant l'accident qui allait te laisser orpheline, il est venu me confier quelque chose pour toi. Comme s'il savait ce qui allait se produire.

Le prêtre se retourna et attrapa dans sa bibliothèque un épais livre avec une couverture en cuir sombre, dont les deux parties étaient maintenues attachées par un gros fermoir en métal ouvragé.

- Tiens, dit-il en le tendant à Angela, ton père m'a dit que ce livre contenait l'aboutissement de ses recherches, et que je devais te le donner si en grandissant tu t'intéressais comme lui aux chiffres ou aux anges. Il m'a aussi dit que le moment venu, tu saurais comment l'ouvrir.

- Ouah, c'est, c'est incroyable… murmura Angela en effleurant doucement la surface de l'ouvrage mystérieux. Je ne savais pas que Papa avait écrit un livre... Et vous vous rappelez de quelque chose ? demanda-t-elle en levant les yeux vers le Père William. Quelque chose à propos de sa théorie ?

- Hum, c'était il y a longtemps, répondit le prêtre pensivement en caressant sa courte barbe rousse. Si je me rappelle bien, il disait avoir découvert que chaque chiffre de 0 à 9 correspondait à un des éléments fondateurs de l'univers. Lorsqu'il m'avait annoncé sa découverte, il venait de trouver quel chiffre correspondait à Jésus.

- Ah bon ? Et lequel c'était ? demanda Gabriel du tac au tac, soudain intéressé.

- Et bien c'est à peu près la question que je lui ai posée figure toi. Et il m'a demandé comment je ne m'en étais pas aperçu par moi-même vu l'insistance de la Bible à le répéter sans cesse. Et il a raison ! Jésus a été tenté 3 fois par le Diable dans le désert, trahi pour 30 pièces d'argent, renié 3 fois par son meilleur ami Pierre. Il est mort à 33 ans, à 3h de l'après-midi après une éclipse de soleil qui a duré 3 heures, et il est ressuscité… le 3ème jour !

- Ah oui effectivement, commenta Angela, perplexe. Comme dirait le détective Dricker, si c'est une coïncidence c'est une sacrée coïncidence !

- Je ne sais pas si ton père avait trouvé d'autres coïncidences de ce genre pour les autres chiffres, mais vu l'épaisseur du livre que tu tiens entre les mains, j'imagine que oui. J'espère que vous réussirez à l'ouvrir, car c'est un autre mystère dont j'aimerais vraiment connaitre la solution.

Le prêtre eut l'air songeur quelques instants, comme s'il s'apprêtait à ajouter quelque chose, mais il choisit finalement de mettre fin à leur entrevue.

- Allez, il est l'heure d'aller vous coucher les enfants. Ne vous perdez pas en chemin !


## *Le détective*


Le lundi suivant, Angela profita du créneau libre laissé par l'absence de Miss Lindsay pour mettre à exécution son plan d'aller voir le détective Dricker. Elle avait donné rendez-vous à Gabriel à la bibliothèque, pour vérifier quels élèves allaient y passer l'après-midi. Elle aperçut Isabella et Luis qui travaillaient à une table et cela ne l'étonna pas, ils n'étaient pas les premiers de la classe pour rien ! Gabriel arriva peu après et prétexta avoir besoin de l'aide d'Angela pour aller faire une course à la demande du Père William.

Ils sortirent discrètement et se dirigèrent vers le garage à vélo de l'autre côté du parking. La porte s'ouvrait avec un code et les vélos n'étaient pas cadenassés, il leur fut donc facile d' « emprunter » ceux de leurs deux camarades. Angela s'en voulait un peu de ne pas leur avoir demandé la permission, mais préférait éviter d'avoir à répondre à trop de questions. En voyant que le vélo d'Isabella avait un panier et une petite sonnette comme dans la chanson qu'écoutait Luc, Angela eut un petit sourire : encore une coïncidence ?

Une fois qu'ils eurent franchi la grille de la sortie nord du campus, ils prirent à droite pour ne pas repasser devant la bibliothèque, puis tout de suite à gauche sur North El Centro Avenue. Ils restèrent sur la route, car elle était petite et peu passante, mais comme ils n'allaient pas trop vite, Gabriel en profita pour interpeller son amie :

- Alors princesse, c'est quoi le plan ?

- On fait au plus simple, on dira à l'accueil qu'on apporte des dessins au détective. Je lui fais part de nos soupçons pour l'accident, et comme il nous faut à peine dix minutes en vélo pour faire l'aller-retour, on sera revenus dans une demie-heure grand max... avant même qu'Isabella et Luis n'aient le temps de se demander en mariage ! ajouta-t-elle avec un clin d'œil. Allez, on ne traine pas !

Gabriel ne put s'empêcher de rigoler, car ça crevait les yeux que ces deux-là se rapprochaient depuis la rentrée, mais il eut un pincement au coeur en regardant Angela partir sur son vélo, comme si elle s'éloignait de lui pour de bon...

En tous cas elle ne s'était pas trompée, ils arrivèrent en moins de cinq minutes en vue de l'hôpital, un immense bâtiment blanc de cinq étages sur lequel était inscrit en grandes lettres grises *Southern California Hospital, Hollywood*. Les deux amis garèrent leur vélo dans le petit parking sur la droite et gravirent la volée de marches qui menait à l'entrée. Sur la gauche, il y avait une fontaine entourée de petits palmiers, et un grand mât blanc où flottaient le drapeau américain et celui de l'état de Californie. Angela s'était toujours demandé si le créateur de ce dernier n'avait pas voulu faire de la provocation, car avec son ours brun sur fond blanc, la mention *California Republic* et une étoile rouge à cinq branches, il ressemblait furieusement à un drapeau soviétique.

- Bonjour madame ! lança Angela en direction de l'hôtesse d'accueil avec son plus beau sourire, on est des élèves d'Hollygrove et on vient voir le détective Dricker qui a été blessé. Comme il nous apporte souvent des glaces à l'orphelinat, c'est nous qui lui apportons des dessins cette fois-ci, vous pouvez me dire son numéro de chambre ?

- Oh, c'est vraiment gentil de votre part les enfants ! Il est en chambre 101 au premier étage, vous trouverez tous seuls ?

- Oui madame, pas de problème. Merci !

Arrivée en haut, Angela toqua fermement à la porte et une voix agacée leur répondit d'entrer. Au moins se dit-elle, le détective était réveillé ! Le détective Dricker avait l'air mal en point, une de ses jambes était plâtrée et maintenue en l'air par une sorte de filet, un bandage entourait sa tête et il avait une minerve autour du cou. Sa mine renfrognée s'éclaira lorsqu'il aperçut Angela.

- Entre ma petite, entre ! Et ne fais pas cette tête, ça ne me fait même pas mal !

Il essaya de se relever sur un coude, mais dut se recoucher en grimaçant.

- Enfin pas trop, se reprit-il. J'ai eu de la chance que Sœur Judith soit avec Cornelius et ait pu appeler les secours rapidement. Alors dis-moi, ou plutôt dites-moi les enfants, corrigea-t-il en apercevant Gabriel, que vous est-il arrivé pour que vous veniez voir un vieux croûton comme moi, et dans un hôpital en plus !

Comme d'habitude, l'inspecteur avait le nez fin et allait droit au but. Angela posa son dessin et choisit de ne pas tourner autour du pot :

- J'ai du nouveau sur l'accident de mes parents, détective. La mémoire m'est revenue dernièrement et je me suis rappelée qu'il y a eu un violent choc à l'arrière de la voiture quelques instants avant qu'elle ne sorte de la route. Pensez-vous que ce soit possible ?

- Hum, c'est effectivement un élément intéressant, et c'est aussi une des pistes que j'avais envisagées, mais la voiture était tellement endommagée que nous avons pu nous tromper en établissant la chronologie des évènements. Le conducteur du camion a toujours juré ses grands dieux vous avoir percuté *après* que votre voiture ne se soit mise en travers de la route, et comme aucun témoignage ne pouvait le contredire je n'ai pas eu l'autorisation de creuser davantage.

Il se retourna vers Angela et la regarda droit dans les yeux, le regard sombre :

- Les hypothèses qui expliqueraient un mensonge de sa part ne me plaisent pas beaucoup ma petite, es-tu sûre de vouloir réveiller les fantômes du passé ?

Voyant son regard farouche, il sut quelle serait sa réponse sans qu'elle ait besoin d'ouvrir la bouche.

- Hum, c'est bien ce que je craignais. Mais si tel est vraiment ton souhait, je vais demander qu'on rouvre l'enquête, cela m'évitera de perdre du temps en procédure quand je serai remis sur pied. Les médecins m'ont parlé d'un mois et demi pour pouvoir remarcher, donc je passerai à l'orphelinat te tenir au courant fin novembre ; j'espère bien avoir trouvé quelque chose d'ici là !

Angela et Gabriel le remercièrent chaleureusement et prirent congé, un peu déçus du délai annoncé, mais néanmoins heureux que le détective les ait pris au sérieux.

- Entre-temps, tenez-vous tranquilles et ne tentez rien d'idiot ! ajouta ce dernier alors que les deux enfants se dirigeaient vers la porte, il ne les vit pas lever les yeux au ciel simultanément.

Lorsqu'ils se furent éloignés, Angela fit remarquer à Gabriel :

- Tu as vu ? Sister Sinistras était sur le lieu de l'accident... et c'est aussi elle qui servait la soupe de brocolis ! Miss Lindsay n'est toujours pas rentrée de l'hôpital, je suis sûre qu'elle a été empoisonnée. Dès qu'il se passe quelque chose de grave, Sister Sinistras est dans le coin, tu ne trouves pas ça louche ?

- Mais non, la raisonna son ami en secouant la tête, je sais que tu ne l'aimes pas, mais quand même… Ce n'est pas parce qu'elle est sévère que c'est une meurtrière !

- Et si elle avait assassiné mes parents pour prendre le poste de Maman ? insista Angela.

- Rhoo, arrête ! Tu dis n'importe quoi.

Gabriel s'éloigna en secouant la tête, mais Angela n'était pas convaincue. Elle avait de l'intuition pour ce genre de choses !

# Les anagrammes

Le lundi suivant, Miss Lindsay était rétablie, et elle arriva dans la classe en pleine forme, comme pour contredire les inquiétudes d'Angela. Elle coupa court aux questions des élèves de sa voix douce :

- Allons, allons, les enfants, nous avons déjà pris assez de retard sur le programme comme ça, commencez par sortir sur la table votre anagramme qui devait être faite pour la dernière fois. Même si ce n'était pas un devoir facile, j'espère qu'en trois semaines vous avez au moins tous quelque chose à présenter ! Et vous Luc, vous m'apporterez votre devoir de rentrée à la fin du cours s'il vous plait.

Star et Straw levèrent immédiatement la main.

- Hé bien mesdemoiselles, quel est le problème ?

- Euh, madame, répondirent les jumelles en faisant leur plus beau sourire, on n'avait pas bien compris l'exercice !

- Hum, et j'imagine que votre frère non plus ? Et aucun de vous trois n'a pensé à interroger vos camarades ? Eh bien, nous allons regarder ensemble ce qu'ils ont trouvé et vous me rendrez cela la prochaine fois. Alors, voyons cela, qui donc veut commencer ?

- Moi madame ! commença Angela tout excitée. Angela Rorbens ça veut aussi dire *Angels are Born* !

- Bravo Angela ! dit la maitresse en haussant les sourcils. Une anagramme complète pour commencer, c'est un excellent exemple et il est très poétique en plus ! Tu as trouvé ça toute seule ?

- Euh, répondit Angela en regardant par terre... Gabriel m'a aidé.

- Bravo à tous les deux alors, un autre volontaire ?

- Nevaeh Lindsay, ça donne *Vanished Lane* ! Ça veut dire *La Route Disparue*, mais il me reste un Y que je n'ai pas pu utiliser.

- Hum, tu n'as pas cédé à la facilité d'utiliser *Heaven,* et une seule lettre non utilisée c'est très bien, tu sais !

- Moi c'est l'inverse madame, en utilisant un U en plus de Jimmy Yamatsu j'ai réussi à écrire *I am Just Yummy*, ça veut dire *Je suis juste Miam Miam* !

Toute la classe éclata de rire, parce que le petit Asiatique était vraiment mignon à croquer. À partir de ce moment, tous les élèves levèrent la main et Miss Lindsay les interrogea un à un. Luis Dan Ferez avait trouvé *Luis Fernandez* qui était le nom d'un entraineur de Football. Ava Loth se transformait en *Hot Lava*, qui signifie *Lave Chaude,* un surnom plutôt approprié vu son tempérament explosif...

- Et toi Gabriel, qu'as-tu trouvé ? lui demanda la maitresse.

- Euh... c'est-à-dire…

Devant l'air hésitant de son ami, Angela vint à son secours.

- C'est moi qui ai gardé son papier madame, Gabriel Harbinger c'est l'anagramme de *Ginger hair rabble* !

Une fois que les rires se furent calmés, Gabriel fit un clin d'œil à Angela pour la remercier et reprit la parole.

- En fait j'en ai trouvé une autre madame, mon nom ça fait aussi *Big Hirable Ranger*, un *Grand Garde à Louer*. Ça me va bien non ?

Miss Lindsay eut du mal à faire revenir le calme dans la classe hilare et dut attendre quelques minutes avant de pouvoir continuer.

- Bravo Gabriel, il est déjà difficile de trouver une anagramme complète avec son nom, mais deux c'est vraiment rare !

Les autres élèves reprirent de plus belle, avec James Don Boto qui avait trouvé *James Bond 007* en transformant les lettres O et T en chiffres, l'institutrice le félicita pour son originalité et il fut copieusement applaudi. Isabella Pernevy avait trouvé *Rebel Navy is Pale*, ce qui veut dire *La Flotte Rebelle est Pale*, comme si des marins pouvaient avoir le mal de mer ! Linda Mc Leod, qui était d'origine écossaise, fit rire tout le monde avec « *Mc Donald ? Lie !* » ce qui veut dire « *Mc Donald ? Mensonge !* », et Emily Stone se transformait en *Smiley Note*, un *Message Heureux* tout simplement. Noah Kingsley eut le plus d'applaudissements en utilisant son second prénom Tim. Avec *My Leia's no Knight*, il révélait au grand jour ce que tout fan de Star Wars savait déjà : *Ma Leia n'est pas un Chevalier*.

Enfin Luc leva la main en dernier, un peu hésitant.

- Alors moi madame, j'en ai trouvé plusieurs. Mais comme j'ai pas beaucoup de lettres dans mon nom et mon prénom j'ai dû utiliser du langage SMS, ça compte ?

- Hum, tu veux dire comme quand on écrit *je t'M* au lieu de *je t'aime* ? Viens donc nous l'écrire au tableau, je suis curieuse de voir cela !

Luc se leva et écrivit la chose suivante :

*U C ? Rifle ! = You see ? Rifle ! (Tu vois ? Fusil !)*
*C ? U R LIFE ! = See ? You are Life ! (Tu vois ? Tu es la vie !)*

- Et bien bravo Luc, je valide tes deux anagrammes, c'est vraiment bien ! Tout le monde est passé ?

- Attendez madame, dit Luc en se remettant à écrire, il m'en reste encore deux !

*C, UR FLIE ! = See, your Flie ! (Regarde, ta braguette !)*

- Et le meilleur pour la fin, sans abréviation :

*Luc Fire = Fur Lice, le pou de fourrure* !!

Un tonnerre d'applaudissements accueillit ces deux phrases supplémentaires, et Angela dut bien reconnaitre qu'avec quatre anagrammes différentes, il avait fait très fort ! Quelque chose cependant la dérangeait, comme si elle avait un mot sur le bout de la langue, mais qu'elle n'arrivait pas à mettre le doigt dessus.

Quelqu'un demanda à la maitresse si elle connaissait aussi une anagramme de son propre nom, et elle écrivit celui-ci au tableau :

*Emma Lindsay x2= Snailman Slime made my day !*
*La bave de l'homme-escargot illumina ma journée !*

Toute la classe se mit à applaudir avec enthousiasme, utiliser deux fois chaque lettre, ça c'était vraiment fort !

Au moment de se lever lorsque le cours fut terminé, Angela aperçut Luc qui était en train de donner son devoir de rentrée à Miss Lindsay. Le t-shirt qu'il portait aujourd'hui représentait le dessin d'un grand dragon rouge sur fond noir, et en le voyant Angela eut comme dans un flash le souvenir d'un ange aux ailes coupées attaché à une tête de dragon ! Elle retomba sur sa chaise en ouvrant de grands yeux et s'agrippa à son bureau, elle avait l'impression que le sol se dérobait sous ses pieds :

*LUC FIRE était l'anagramme parfaite de LUCIFER !*

Comme si ce nom était un mot de passe, le rêve qu'Angela avait fait le matin de la rentrée lui revint entièrement à l'esprit, clair comme du cristal. Le cri de Lucifer qui plongeait vers la Terre résonna dans sa tête, plus menaçant que jamais :

"...TU ME LE PAIERAS ANGELA ! JE REVIENDRAI TE CHERCHER !"

Elle eut alors une certitude : l'ombre menaçante de la lettre, c'était lui... c'était forcément lui !

Lorsqu'Angela retrouva ses esprits quelques instants plus tard, elle chercha Gabriel des yeux pour lui annoncer cette inquiétante découverte. Mais il n'était nulle part en vue ; elle fila donc en trombe vers le dortoir des garçons, il fallait qu'elle le prévienne au plus vite !

En arrivant devant la fenêtre de Johnson, Angela entendit la radio dont le volume était à fond : « encore Luc à tous les coups » se dit-elle, « quand on parle du diable ! ». Elle s'arrêta soudain au beau milieu de l'allée, manquant se faire bousculer par Cornelius Cole qui arrivait derrière elle. L'animateur radio venait d'annoncer le titre de la prochaine chanson : *I'm the Devil*, du groupe *Japan Friends*, ce qui veut dire... *Je suis le Diable !!!*

*J'ai pas d'auréole,*
*Je n'suis pas un ange*
*On m'a coupé les ailes*

*Donné des cornes en échange*
*Bonsoir ! Je suis ton pire cauchemar.*

Angela était abasourdie, si elle avait eu besoin d'une confirmation de sa découverte, on n'aurait pu faire mieux ! C'était comme si Luc lui avouait sa véritable identité, ou peut-être même qu'il la provoquait !

*Je suis le Diable*
*Mon coeur n'est pas entier*
*Je suis le Diable*
*Essaye donc de me tenter*
*J'arracherai ton âme*
*Et la jetterai dans les flammes*
*Tu pourras pas t'échapper !*

Angela retrouva ses esprits et se remit en marche difficilement, comme si les paroles étaient en train de l'ensorceler et qu'elle peinait à s'en dégager. Elle ne réussit pas à s'éloigner assez avant d'entendre le dernier couplet, dont les paroles la firent frissonner malgré la douceur ambiante.

*Je suis le Diable*
*Tu peux te mettre à frémir*
*Je vais te mentir*
*Ton esprit envahir*
*Tu deviendras à moi*
*J'prendrai l'temps qu'il faudra*
*Je viens te chercher,*
*Tu devrais vite te cacher !*

Elle s'était donc trompée, ce n'était pas de la provocation, mais une menace en bonne et due forme. Eh bien, s'il voulait avoir la guerre il l'aurait ! Il s'appelait peut-être Lucifer, mais elle, elle s'appelait Angela !

Et c'est avec les poings et la mâchoire serrés qu'elle entra en trombe dans la chambre de Gabriel et lui déclara tout de go :

- Gaby, Luc est en fait le Diable ! Il faut absolument qu'on mette la main sur son devoir de rentrée, je veux savoir d'où il vient et ce qu'il nous cache !

-Heu… tout va bien Angy ? demanda son ami avec un air inquiet. Tu t'es pris un arbre sur la tête ou quoi ?

## *L'annonce du tournoi*

Le dimanche matin, Angela se leva de bonne heure et fila au réfectoire où elle arriva la première. Elle déroula sur le sol une grande banderole en tissu blanc et grimpa sur la cheminée qui se trouvait tout au fond de la salle, au prix de quelques acrobaties. Une fois redescendue, elle prit un peu de recul et posa les mains sur ses hanches en arborant un air satisfait : le résultat était à la hauteur de ses espérances ! En entrant dans la salle, personne ne pourrait rater les mots écrits en lettres jaunes et violettes :

HAPPY BIRTHDAY, GABRIEL HARBINGER !!!

Lorsque son ami arriva un peu plus tard en pensant déjeuner tranquillement, il fut reçu par une salve d'applaudissements et de sifflements, et la moitié des élèves présents le félicitèrent en venant lui taper sur l'épaule. Angela l'attendait innocemment à une table, en faisant semblant de n'avoir rien remarqué.

Gabriel s'approcha d'elle avec un air courroucé, mais se radoucit immédiatement lorsqu'il s'aperçut qu'elle avait préparé deux plateaux de petit-déjeuner, et qu'un joli paquet enveloppé de papier journal trônait sur le sien.

- Allez, ne te fais pas prier, ouvre-le ! lui dit Angela avec un clin d'œil. Sans rancune pour le petit mot d'accueil ?

- Ahahah, c'est surtout gentil d'y avoir pensé, répondit-il en lui rendant son clin d'œil. J'avais oublié qu'on était le 29 septembre !

Il ouvrit délicatement son cadeau d'anniversaire et poussa un « waaah ! » d'appréciation en en retirant deux bracelets de sport comme ceux que portent les joueurs de basket.

- Jaunes et violets comme ceux des Lakers en plus, tu me connais bien toi !

- Oui, n'est-ce pas ? Et comme ça tu ressembleras un peu plus à ton idole LeBron James, l'année prochaine je t'offre la même barbe que lui !

Gabriel éclata de rire, mais lui envoya quand même une boulette de papier journal à la figure, pour la forme !


La semaine passa à grande vitesse, et le premier vendredi du mois d'octobre, les élèves étaient tout excités en sortant du déjeuner. C'était aujourd'hui qu'avait lieu le tirage au sort des épreuves pour le tournoi contre Vine Street ! Sœur Margaret attendit qu'ils soient tous réunis dans le gymnase pour commencer la petite cérémonie. Sur l'estrade à côté d'elle et du Père William, il y avait un drap blanc posé sur une forme arrondie de deux mètres de haut. La professeure de sport commença sans tarder d'une voix forte :

- Bonjour les enfants ! Comme vous le savez tous, ma spécialité est plus dans l'action que dans les longs discours. Aussi je déclare à présent ouverte la cérémonie de lancement du tournoi inter-école !

- Cette année, continua le Père William, nous inaugurons une nouvelle manière de procéder au tirage au sort. En effet certains petits malins ont protesté l'an dernier en prétextant que le chapeau ne contenait que deux noms de sports différents.

Il laissa les sifflements et les protestations se calmer, et poursuivit d'une voix calme.

- Cela était absolument faux bien sûr. Et en faisant un clin d'œil, il ajouta : il y en avait au moins trois !

Ce furent cette fois-ci des éclats de rire qui parcoururent l'assemblée, mais il les interrompit d'un geste de la main.

- Je vous présente donc avec fierté notre nouvelle création, intitulée « La roue de la gagne » ! Sœur Margaret, si vous voulez bien vous donner la peine...

Celle-ci enleva le drap blanc d'un geste théâtral, et dévoila une grande roue en bois où étaient indiqués les noms d'une quinzaine de sports collectifs différents. Elle n'attendit même pas que les commentaires se soient tus pour lancer la roue d'un ample mouvement du bras.

- Et le sport pour le premier match sera... suspense suspense...

*Balle aux prisonniers !!!*

Angela se tourna vers Gabriel en faisant un signe de victoire : c'était son sport préféré !

Mais Luc leva immédiatement la main et se mit à protester :

- C'est pas un vrai sport ça, madame ! Je suis sûr qu'il n'y a même pas de règles officielles !

Angela lui lança un regard foudroyant, mais à son grand regret aucun éclair ne tomba du ciel pour le faire taire. Sœur Margaret le fit néanmoins tout aussi efficacement.

- Tut tut tut mon jeune padawan, primo la balle aux prisonniers est un dérivé du Dodge-ball, un sport qui compte des millions de joueurs dans le monde. Et secundo pour ce qui concerne les règles, elles vous seront précisées dès cet après-midi. Vous avez deux mois d'ici le match pour les intégrer, j'ose espérer que même pour vous ce sera suffisant !

Elle se retourna sans attendre de réponse pour lancer à nouveau la roue, et ne vit pas que Luc se faisait charrier par ses camarades. Angela, elle, observa la scène avec délectation, puis se tourna vers Gabriel avec un grand sourire et lui chuchota :

- Et deux à zéro pour Sœur Margaret ! Victoire par K.O. !

- Et le second sport sera, reprit le Père William, suspense suspense...

*Basketball !!!*

L'annonce fut accueillie par des vivats et des cris de joie de la part des élèves, on n'était pas dans la ville des Los Angeles Lakers pour rien !! Tous les habitants étaient plus que fiers de leur équipe de basket, qui comptabilisait le record de victoires dans tout le tournoi de la NBA. C'était maintenant Gabriel qui exultait, et nul besoin de lui expliquer les règles ! Une fois le silence revenu, le Père William reprit la parole :

- Bonne chance à tous pour ce tournoi ! Je suis sûr que la cuvée de cette année sera mémorable, et n'oubliez pas : HOLLYGROVE !

- THE TREASURE TROVE ! répondirent en chœur tous les élèves.

Une fois que le prêtre eut quitté le gymnase, Sœur Margaret s'adressa à nouveau à la classe :

- Alors comme vous l'avez bien compris, notre premier objectif est de gagner le match de balle aux prisonniers ; nous aurons tout le temps pour nous perfectionner au basket après les vacances de Noël. Tous nos cours de sport pour les deux prochains mois seront donc organisés ainsi : nous commencerons par une demi-heure d'exercices en alternant sprints et passes de balles, le but étant de vous faire progresser en vitesse de déplacement et en réception de ballons. Ensuite nous enchainerons des matchs pour vous familiariser avec les règles et vous faire progresser. Enfin, pour faire découvrir le jeu à ceux qui viennent d'une autre galaxie, nous allons faire une partie d'essai tout de suite.

Pendant qu'ils commençaient à s'échauffer, Sœur Margaret prépara le terrain : il n'y avait pas de filet au centre, mais aux deux extrémités elle délimita une zone qu'elle leur indiqua comme étant la prison. Une équipe se plaça dans chaque moitié de terrain et la possession de la balle fut départagée à pile ou face. Gabriel lança le ballon en premier, directement sur Luc qui ne put l'éviter. Il se dirigea donc en bougonnant vers la prison située derrière l'équipe de Gabriel.

- Attends ! Pas si vite ! lui lança Sœur Margaret. Tu oublies ton ballon ! En devenant prisonnier, tu gagnes une chance de te délivrer tout de suite si tu retouches un adversaire.

Luc tira alors le ballon de toutes ses forces et celui-ci vint rebondir contre Gabriel... pour atterrir dans les bras d'Angela.

- Yes ! Deux d'un coup ! s'exclama le jeune métis en quittant la prison.

- Hé non ! Demi-tour monsieur le prisonnier. Si la personne touchée ou l'un de ses coéquipiers empêche la balle de tomber au sol, alors il est sauvé et peut continuer à jouer. Petite précision, il est interdit de se déplacer lorsque l'on a la balle dans les mains.

- Ah non c'est nul ! Je suis sûr que vous venez de l'inventer cette règle !

La professeure de sport lui lança un regard tellement glacial qu'il retourna en prison sans qu'elle ait besoin de rajouter un mot. Lorsqu'il réussit enfin à se délivrer, il se refit toucher à peine sorti de prison, et se mit à pester :

- Hé oh ! Ma tête est mise à prix ou quoi ? Je sais que je m'appelle Fire, mais c'est pas la peine de m'allumer tout le temps !

Il était tellement occupé à invectiver l'équipe adverse qu'il n'entendit pas sa coéquipière Ava lui crier « Attrape ! » et qu'il se prit en pleine tête le ballon qu'elle voulait lui passer. Furieux, il ramassa la balle pour la relancer vers ses adversaires lorsque Sœur Margaret cria :

- Stoop ! Tu viens d'être touché ! Tu vas en prison mon coco !

- Quoi ? Mais non ! Ava est dans mon équipe, ça compte pas !

- Et si ! Ça compte ! Direction prison !

- Argh, mais vous le faites exprès ou quoi ? Et ça se termine quand ce massacre ?

Et ce fut Angela qui lui répondit d'une voix enjouée.

- Dès que toute ton équipe sera envoyée en prison, mais rassure-toi, ce ne sera pas long !

# *Le devoir*

La semaine suivante, Angela décida de mettre son plan à exécution pour récupérer le devoir de rentrée de Luc. Elle avait surveillé les allées et venues des professeurs, et en avait conclu que le meilleur moment pour accéder discrètement au bureau de

Miss Lindsay était pendant la nuit. Plus exactement, il fallait entrer juste avant que Cornelius Cole ne fasse sa ronde puis ne ferme le bâtiment principal, il était ensuite aisé de ressortir par une fenêtre du rez-de-chaussée. La vraie difficulté était de réussir à subtiliser les clés de son bureau à Miss Lindsay entre le moment où elle arrêtait de travailler et la fameuse ronde de nuit.

Ce soir-là pendant l'heure du diner, Angela et Gabriel prirent pour une fois leur repas à des tables séparées. Angela s'était rapprochée le plus possible de la table de la professeure d'anglais, et Gabriel s'était installé à l'autre bout de la salle. Comme prévu, Gabriel se leva quelques minutes après le début du repas et se mit à tousser fortement en faisant des grands gestes. Il en renversa même son plateau et fit un tel vacarme qu'en quelques instants tous les professeurs avaient accouru pour voir ce qui se passait.

- Vite ! Vite, il est en train de s'étouffer ! cria un élève.
- Appelez un médecin ! Une ambulance ! hurla Sœur Margaret.

Angela rejoignit l'attroupement qui s'était formé autour de Gabriel. Elle lui fit signe qu'il pouvait arrêter la comédie, mais il était maintenant tout rouge et continuait à gesticuler. Miss Lindsay se mit alors à lui taper frénétiquement dans le dos, mais voyant que cela ne suffisait pas elle se plaça derrière lui, passa les deux bras autour de son ventre et appuya d'un coup sec en tirant vers l'arrière de toutes ses forces. Gabriel fut plié en deux par la violence du geste et expulsa tout l'air qu'il avait dans les poumons, ainsi qu'une boule de pain toute collante qui atterrit sur le chignon de Sister Sinistras. Celle-ci quitta la cantine, furieuse, accompagnée de quelques rires nerveux. Lorsque l'émotion se fut dissipée et que tout le monde retourna s'assoir, Gabriel s'éclipsa en prétextant avoir besoin de se reposer. Angela le suivit sans se faire remarquer et lorsqu'elle fut arrivée à sa hauteur elle lui glissa :

- Hé Gaby, ça va ? Tu devais juste faire semblant normalement, pas risquer ta vie !
- Oui je sais, répondit-il tout dépité, j'avais juste mis du pain dans ma bouche pour faire plus vrai... mais à force de gesticuler j'ai fini par l'avaler de travers !

- Ben en tout cas du coup pour faire vrai, ça faisait vrai ! T'aurais mérité un Oscar !

Les deux amis firent quelques pas en riant, puis Gabriel demanda.

- Au fait, tu as pu les récupérer ?

- Tadaaa ! fit Angela en lui montrant les clés de Miss Lindsay. Avec une diversion pareille, c'était un jeu d'enfant de les prendre dans son sac !

Angela dut attendre que Nevaeh se soit endormie avant de pouvoir s'éclipser par la fenêtre de la chambre, et elle retrouva rapidement Gabriel qui l'attendait derrière un buisson.

- C'est bon de ton côté ? Rien à signaler ? demanda-t-elle.

- Non impeccable, je suis passé discrètement sous les fenêtres des sœurs et personne ne m'a vu. Il y avait de la lumière dans la chambre de Miss Lindsay, donc pas de risque qu'elle soit retournée à son bureau. Allez, suis-moi, il faut aller un peu plus loin si l'on veut voir Cornelius arriver.

Ils contournèrent donc le dortoir des filles en prenant bien soin de se baisser sous les fenêtres des sœurs Face, et se positionnèrent derrière un buisson d'où ils avaient une vue parfaite sur le chemin et le bâtiment principal.

- Regarde ! s'écria tout à coup Gabriel. Il y a une lumière là-haut !

Angela leva les yeux et aperçut effectivement le faisceau d'une lampe torche à travers une fenêtre. Il n'y avait aucun doute, c'était Cornelius Cole qui avait commencé sa ronde sans qu'ils ne l'aient vu entrer dans le bâtiment.

- Zut, dit Angela, il a dû passer par l'entrée nord. Il n'y a pas un instant à perdre, chacun à son poste !

Et elle fila sans attendre en direction de l'entrée principale, se déplaçant sans bruit dans l'obscurité. Elle entrouvrit la grande porte à double battant pour pouvoir s'y faufiler et la referma le plus silencieusement possible. Elle traversa le hall d'accueil aussi vite et discrètement qu'elle put, pour aller s'accroupir derrière la statue de l'ange au milieu du second hall. C'était le meilleur emplacement pour ne pas être vue, car en se déplaçant de seulement quelques pas, elle pouvait se cacher de quelqu'un arrivant de n'importe quelle direction. De là où elle s'était placée, elle avait une vue parfaite sur les deux escaliers menant au premier étage, et ne pourrait donc pas rater Cornelius lorsqu'il redescendrait. Elle jeta un coup d'œil à sa droite et aperçut par la fenêtre Gabriel qui lui fit un signe de la main. Il retourna ensuite à son poste derrière un buisson, d'où il pouvait surveiller le chemin des dortoirs.

Angela commençait à s'impatienter, trouvant que Cornelius mettait beaucoup de temps à finir sa ronde, elle aurait mis sa main à couper qu'il s'était arrêté pour fumer une cigarette. Elle repassa en boucle les étapes du plan qui lui restaient à accomplir, sentant le stress la gagner peu à peu : attendre que le gardien sorte du bâtiment par l'entrée principale, monter les escaliers, aller jusqu'au bureau de Miss Lindsay, ouvrir la porte avec les clés...

- Les clés ! murmura Angela, paniquée. Où ai-je mis les clés ?

Elle se redressa brusquement et fouilla ses poches avec fébrilité, priant pour ne pas les avoir laissées dans sa chambre. Elle finit par les trouver dans sa poche arrière, mais en voulant les en sortir elle les fit tomber par terre. Le bruit que les clés firent en heurtant la plaque métallique au pied de la statue résonna aux oreilles d'Angela comme les trompettes de l'apocalypse. Chacun des muscles de son corps se figea instantanément et elle tendit l'oreille, tous les sens en alerte. Un instant, elle crut que Cornelius Cole n'avait rien remarqué, mais elle l'entendit soudain demander du haut des escaliers avec une voix forte :

- Qui va là ? Montrez-vous immédiatement !

Angela vit le faisceau de sa lampe torche éclairer les murs du hall d'entrée, puis entendit le gardien grommeler.

- Il se moque de nous Griffin, il se moque de nous ! Fais-moi plaisir et débusque-moi cette vermine…

Wolfy est avec lui, pensa Angela, je suis foutue ! Elle ramassa les clés au sol et se plaqua contre la statue en se maudissant, elle osait à peine respirer. Elle aperçut Gabriel qui la regardait par la fenêtre, l'air aussi affolé qu'elle, et lui fit un signe vigoureux pour qu'il ne se fasse pas voir. Elle se déplaça ensuite lentement pour se positionner sur l'autre face du bloc de marbre, celle qui était opposée à la porte principale. Elle entendit Wolfy qui s'approchait en grognant, mais lorsqu'il l'aperçut il se tut instantanément et lui donna un petit coup de langue sur la main, puis il se retourna et s'allongea sur le sol comme s'il attendait son maitre. Angela n'osait pas bouger et ferma les yeux de toutes ses forces, elle sentit la queue du chien se poser négligemment sur ses baskets. En entendant les pas de Cornelius se rapprocher, elle eut l'impression que son sang allait se glacer dans ses veines et sentit son cœur battre la chamade.

- Et bien alors ? dit le gardien. Qu'as-tu trouvé ?

Il n'était maintenant séparé d'Angela que par l'angle du bloc de marbre. Elle l'entendit avancer et sentit à travers ses paupières fermées le faisceau puissant de sa lampe torche passer sur son visage... elle faillit éclater en sanglot... mais sans qu'elle puisse s'expliquer pourquoi, Cornelius s'éloigna en marmonnant dans sa barbe :

- Et bien ça alors, j'aurais juré avoir entendu quelque chose ! Faut que j'arrête d'abuser sur le vin de messe, moi ! Allez viens Griffin, on s'en va !

Le chien se leva alors et suivit son maitre en sautillant, sa queue se balançant de droite à gauche en signe de bonne humeur. Angela mit un bon moment à retrouver son calme, mais dès que la lampe torche du gardien ne fut plus visible par la fenêtre elle fonça vers l'escalier qu'elle gravit à toute vitesse, et entra dans le bureau de Miss Lindsay. Elle n'eut aucun mal à trouver le devoir de Luc qui se trouvait sur le bureau, dans la pile des copies à corriger. Angela le parcourut rapidement, et au fur et à mesure qu'elle lisait, son visage s'assombrissait.

- J'en étais sûre ! s'exclama-t-elle une fois sa lecture terminée.

Sans un mot de plus, elle replaça le document à la place où elle l'avait trouvé, referma le bureau et courut rejoindre Gabriel qui l'aida à passer par la fenêtre. À peine eut-elle posé les pieds sur le sol qu'il la prit par les épaules en la fixant d'un air incrédule.

- Angy c'est incroyable, tu...

- Oui je sais, l'interrompit-elle, j'ai eu du bol avec Cornelius ! Mais j'avais raison Gaby ! Luc est un danger public !

- Mais non c'est pas...

- Mais si je te dis ! C'est son quatrième orphelinat ! Et les deux derniers qui l'ont renvoyé l'ont accusé d'avoir déclenché des incendies ! Et devine où il est né ? Dans un village qui s'appelle El Diablo... El Diablo non, mais tu te rends compte !

- C'est toi qui ne te rends pas compte Angy, calme-toi et écoute-moi deux secondes : au moment où Wolfy a posé sa queue sur tes chaussures tu as disparu ! Comment t'as fait ça Angy ? T'as complètement disparu je te dis !

*Chapitre Trois.*

# LE LIVRE

∙∙∙∙∙∙∙∙∙∙∙∙∙∙∙∙∙∙∙∙∙∙∙∙∙∙∙∙∙∙∙∙∙∙∙∙∙∙∙∙∙∙∙∙∙∙∙∙∙∙∙∙∙∙∙∙∙∙

3.1    Le Père et la Mère pensèrent : donnons corps à notre amour, pour qu'il puisse évoluer parmi notre création.

3.2   Et leur amour naquit en dehors d'eux, à la fois le mélange et la somme de leurs deux êtres. Ils virent qu'il était beau et bon, et l'appelèrent *Enfant*.

3.3   Il y eut un soir, il y eut un matin, ce fut le troisième jour.

**Bible des Anges, Genesis, Chapitre 3.**

# *Halloween*

Angela se regarda fixement dans la glace en fronçant les sourcils de toutes ses forces, mais elle n'eut pas plus de succès que lors de ses dernières tentatives : impossible de redevenir invisible, le mystère restait entier ! Haussant les épaules, elle refit pour la troisième fois le noeud de sa cravate rouge et jaune et lorsqu'elle fut contente du résultat, elle la rentra dans son pull gris, réajusta ce dernier par-dessus sa jupe de la même couleur et fit un pas en arrière. Elle compara l'image que lui renvoyait le miroir avec l'affiche d'Amy Waston qui se trouvait au-dessus de son lit et fit une moue satisfaite : Gabriel allait adorer !

Elle attrapa la baguette en bois qui se trouvait sur sa table de chevet et sortit de la chambre en souriant, ce soir elle était Harmony Ranger, la nuit d'Halloween allait être magique !

Angela passa devant le dortoir des sœurs et de Miss Lindsay puis coupa à droite dans la pénombre, entre le terrain de basket et les toboggans de l'aire de jeu. Elle se rendit directement à la cantine, où elle espérait trouver des seaux vides pouvant servir de corbeilles à bonbons. À peine était-elle arrivée au fond de la salle déserte et mal éclairée, qu'elle entendit des cris derrière elle. En se retournant, elle aperçut Nevaeh qui accourait vers elle, sa propre tenue d'élève de Proudlord à moitié déchirée et l'air complètement affolée.

- Angyyyyy ! Protège-moi de ce dingue !!

Elle vit alors Johnson qui s'était arrêté dans l'embrasure de la porte, reprenant son souffle. Il était vêtu d'un simple short violet, et son torse nu était complètement peint en vert. Il jeta à terre l'écharpe de Nevaeh qu'il tenait à la main et balaya la cantine de ses yeux exorbités. Lorsqu'il aperçut les deux filles, il se mit à grogner comme un molosse et s'avança d'un air menaçant.

Nevaeh poussa un nouveau cri et se précipita derrière Angela, en s'agrippant à sa jupe. Celle-ci attrapa un plateau qui trainait sur le self et le brandit devant elle en disant d'une voix forte :

- Johnson arrête ton cinéma tout de suite, c'est pas drôle !

Celui-ci répondit par un grognement, et continua d'avancer, les mains crispées et le regard vitreux.

- N'approche pas ! Je te préviens je sais me défendre ! ajouta Angela d'une voix mal assurée en brandissant son plateau au-dessus de sa tête.

Elle commençait à se demander s'il s'agissait vraiment d'une blague. Mais lorsque Johnson bondit en avant avec un hurlement de rage, le sang d'Angela ne fit qu'un tour et elle le frappa avec tellement de force que le plateau se brisa en deux sur sa tête. Cela l'arrêta un bref instant et elle en profita pour s'éloigner de quelques mètres, Nevaeh toujours à l'abri derrière elle. Loin de l'avoir calmé, le coup sur la tête semblait avoir rendu Johnson encore plus en colère, il attrapa un balai posé contre le mur et le brisa en deux sur son genou en hurlant de rage. Il s'avançait maintenant, armé d'un bâton dangereusement pointu dans chaque main, et Angela sentit son cœur battre à tout rompre dans sa poitrine : à moins d'un miracle, elles étaient perdues !

- Tiens ! Attrape ça et défends-toi ! cria soudain Luc depuis l'autre bout de la cantine, en jetant un balai de toutes ses forces dans sa direction. Alors que celui-ci tournoyait en l'air, le temps sembla ralentir jusqu'à se figer et Angela eut comme dans un flash le souvenir d'une scène étrangement similaire.

\*\*\*

C'était il y a sept ans, ses parents lui avaient expliqué dans la voiture qu'ils se rendaient à un orphelinat près de San Francisco pour un entretien d'embauche. Ils lui avaient demandé d'attendre dans la cour pendant qu'ils discutaient avec la directrice de l'établissement, une vieille femme à l'allure sévère. Angela n'aimait pas le regard dédaigneux qu'elle lui jeta, et se prit à espérer que ses parents ne décident pas de venir travailler ici, mais un jeune garçon la sortit de ses pensées en la faisant sursauter.

- Tiens ! Attrape ça et défends-toi ! cria-t-il en lui jetant un bâton qu'elle rattrapa en plein vol d'un habile geste de la main. Il s'agissait en fait d'un manche à balai surmonté d'une tête de cheval en bois. Le garçon se mit alors à tourner autour d'elle, en galopant à califourchon sur une monture identique.

- BANG ! BANG ! hurlait-il à tue-tête en tirant dans sa direction, armé d'un simple bout de bois.

Angela l'avait poursuivi en criant à son tour et ils avaient passé la matinée à rire et à se courir après sur leurs chevaux de fortune. Au bout d'un long moment, elle avait trébuché et s'était retrouvé les fesses par terre. Le garçon lui avait tendu la main et avait déclaré avec un sourire moqueur :

- Au fait moi c'est Luc... besoin d'un coup de main cow-boy ?

Elle s'était relevée d'un bond sans son aide et avait tourné les talons en direction de ses parents qui l'appelaient. En s'éloignant, elle avait crié par-dessus son épaule, la voix pleine de défi :

- Moi c'est Angy, mais j'suis pas un cow-boy, j'suis une cow-girl !!

\*\*\*

Angela sortit de sa torpeur et eut tout juste le temps d'attraper en plein vol le balai que Luc venait de lui envoyer. Elle comprenait enfin d'où venait l'impression de déjà-vu qu'elle avait eue lorsqu'elle avait fait sa connaissance le jour de la rentrée, mais elle n'eut pas le temps de s'appesantir davantage sur cette pensée, car Johnson se jetait déjà sur elle. Elle eut à peine le temps de parer son attaque en levant le balai au-dessus de sa tête et se recula rapidement de quelques pas, empressant Nevaeh de rejoindre Luc de l'autre côté de la salle. Lorsque Johnson vit que sa proie lui échappait, il voulut la poursuivre, mais Angela le rappela à l'ordre d'un coup précis sur la tête. Il se mit alors à hurler et fonça vers elle avec les bras levés.

Mais cette fois-ci, Angela était prête !

Elle esquiva habilement Johnson d'un pas sur le côté, et en effectuant un rapide demi-tour sur elle-même, elle lui donna un coup sec à l'arrière du crâne ce qui l'envoya valdinguer parmi les tables voisines. Lorsqu'il se releva en s'appuyant sur une chaise, elle était déjà à côté de lui. D'une série de moulinets rapides avec le balai, elle lui fit lâcher prise, le frappa derrière les genoux pour le déséquilibrer, et le refit tomber par terre en effectuant un balayage du pied comme dans un film de karaté. À peine la tête de Johnson eut-elle rebondi sur le sol, qu'un nouveau coup de balai sur le crâne lui faisait perdre connaissance pour de bon.

- Whaaa ! Impressionnant ! cria Luc en courant vers elle, suivi de près par Nevaeh. Je savais que les sorcières étaient douées avec les balais, mais là tu lui as mis une vraie raclée ! Où t'as appris à faire ça ?

- J'en sais rien, répondit Angela un peu essoufflée. On dirait que mon corps a réagi par instinct ou... ou que le balai que tu m'as envoyé était ensorcelé ! finit-elle en le lâchant comme s'il était brûlant.

- Un balai magique ? Génial ! dit Luc en le ramassant et en essayant de le faire tournoyer autour de lui... avant de se donner un coup derrière la tête par mégarde.

- Aïe ! Bon apparemment ça venait pas du balai ! ajouta-t-il en le lâchant d'un air dépité.

Luc ne semblait pas avoir compris que c'était lui qu'Angela soupçonnait d'avoir ensorcelé le balai, il avait l'air sincère et l'avait bien aidée après tout, donc elle décida de lui faire confiance... pour cette fois.

- Dans tous les cas, on te doit une fière chandelle, ajouta-t-elle. Sans ton intervention, Nevaeh et moi aurions passé un sale quart d'heure !

Elle n'eut pas le temps de s'étendre davantage, car un affreux pirate mort-vivant venait d'entrer dans la cantine en brandissant un sabre. Angela eut un mouvement de recul et regretta immédiatement de ne plus avoir le balai dans les mains, surtout qu'une horrible sorcière apparut juste derrière lui. Mais le pirate enleva alors son masque en silicone, révélant le visage de Cornelius Cole qui avait l'air fou d'inquiétude... Pffiuuu quelle frayeur, se dit Angela, il ne devrait pas être permis de faire des déguisements aussi réalistes ! Sister Sinistras enleva son nez de sorcière et courut vers Johnson avant de se pencher sur lui et de déclarer : tout va bien, il respire encore !

Le gardien s'était précipité vers Nevaeh, et au grand étonnement d'Angela il la prit dans les bras, puis s'apercevant de sa tenue en lambeaux, il s'exclama :

- Ça va ma chérie ? Tu n'as rien ? Tu n'es pas blessée j'espère ! Oh là là, qu'est-ce que je vais dire à Emma moi ?

-Non tonton tout va bien, mais heureusement que Luc et Angy étaient là !

Puis, apercevant l'air stupéfait de ses camarades, elle ajouta :

- Oui je sais, j'aurais dû vous dire que Maman était la petite sœur de Cornelius, mais ils m'avaient fait promettre de garder le secret !

- Hum, apparemment c'est une précaution qui n'a pas été suffisante, ajouta le gardien en regardant Johnson qui gisait encore sur le sol.

- Hé bien, continua-t-il en se retournant vers les deux plus grands. Pouvez-vous m'expliquer comment il a fini dans cet état-là ?

- C'est lui qui nous a attaqués ! commença Angela sur la défensive, il avait complètement perdu la tête !

- C'est vrai m'sieur... poursuivit Luc, on était tranquillement en train de se préparer pour Halloween, mais lorsque Johnson a aperçu Nevaeh qui passait dehors il a pété un plomb ! Il s'est mis à grogner et a sauté par la fenêtre à sa poursuite, comme si son déguisement de Hulk lui était monté à la tête !

- Hum, c'est bien ce que je craignais, reprit Cornelius Cole... Jeunes gens, nous vous devons une fière chandelle ! Les crises de folies de ce genre se terminent parfois très mal, mais votre intervention aura permis d'éviter le pire. Nous allons administrer quelques calmants à votre jeune camarade, et après une bonne nuit de sommeil il n'y paraitra plus !

- Si vous voulez mon avis, intervint Angela, on ferait mieux d'envoyer Johnson rejoindre son père à l'asile pour un séjour à durée indéterminée !

Mais devant le regard glacial que lui jeta le gardien, elle ajouta rapidement en haussant les épaules.

- Si vous êtes sûr qu'un gros dodo suffira, c'est vous qui voyez... mais en attendant je dormirai avec un balai sous mon lit !

# *Les vacances d'automne*

Cornelius Cole semblait connaitre son sujet, car il n'y eut pas d'autre crise dans les quinze jours qui suivirent : Johnson retrouva son comportement normal, absolument aussi stupide et désagréable que d'habitude. Luc eut juste l'impression que ses épisodes de ronflements nocturnes étaient de plus en plus fréquents, et cela commençait à lui porter sur les nerfs. Une nuit, les ronflements de son camarade furent même tellement forts qu'il se réveilla en sursaut, trempé de sueur. Il porta la main à son front et se trouva très chaud, il avait l'impression d'avoir le corps en feu et but la moitié de la bouteille d'eau qui se trouvait à côté de son lit. Sentant qu'il ne se rendormirai pas, il enfila ses tongs pour sortir dehors.

La fraîcheur de la nuit lui sembla délicieusement apaisante, comme s'il était entré dans une piscine d'eau glacée après être resté trop longtemps dans un sauna. Luc entendit un petit glapissement qui provenait de la niche de Griffin et il se demanda si le chien-loup avait senti son odeur ou s'il était simplement en train de rêver.

Peut-être les deux après tout, se dit-il en souriant et en décidant d'aller voir ce qu'il en était. Il s'était vraiment pris d'amitié pour le chien de Cornelius, et trouvait amusante l'idée de le surprendre en train d'aboyer dans son sommeil. Mais en arrivant devant sa niche, il constata qu'elle était complètement vide.

- Mais où est-il passé ? dit-il à voix haute en se redressant, surpris.

Il regarda autour de lui, puis fit quelques pas en direction d'un buisson qui se trouvait un peu plus loin.

- Eh oh, Griffin ! ajouta-t-il un peu plus fort parce qu'il ne trouvait toujours rien. Tu joues à cache-cache ou quoi ?

À peine eut-il terminé sa phrase, qu'un jappement joyeux le fit se retourner en sursautant. Il vit alors que le chien-loup était debout devant sa niche, comme s'il venait d'en sortir à l'instant, la queue frétillant de plaisir ! Il trottina dans sa direction et fit la fête à Luc : on aurait dit qu'être réveillé en plein milieu de la nuit ne l'avait pas du tout dérangé, et qu'il avait pour seule envie d'aller faire une petite balade au clair de lune !

- Chut mon grand, chut ! murmura Luc en s'accroupissant et en prenant sa tête entre ses mains. Tu vas réveiller tout le monde ! En tous cas tu es un vrai farceur, toi ! Je sais pas où tu t'étais caché dans cette petite niche, mais je n'y ai vu que du feu ! Allez viens, on fait un petit tour et je retourne me coucher, la fatigue commence à me faire perdre la boule !

Il était d'autant plus épuisé en ce moment que Sœur Margaret avait doublé les entrainements de balle aux prisonniers en prévision du match contre Vine Street qui n'était plus éloigné que de quelques semaines. Luc commençait à se prendre au jeu et participait maintenant de bon cœur, mais c'était au niveau du sommeil que ça ne suivait pas. À cause de la fatigue, il était lent à esquiver et il passait en général une grande partie des matchs en prison, à tel point que Jimmy se moquait de lui en l'appelant « le prisonnier d'Alcatraz ». Luc trouvait ce surnom plutôt sympa, d'autant plus que cette fameuse prison était la plus célèbre des États-Unis et se trouvait à moins d'une heure de son village natal à côté de San Francisco. Il l'avait visitée plusieurs fois lors de sorties scolaires et avait toujours été impressionné par l'aspect brut et massif de cette petite île, transformée en pénitencier de haute sécurité.

Mais Luc était bien déterminé à faire mentir son nouveau surnom et à enfin gagner un match de balle aux prisonniers ! Il avait bon espoir, car depuis quelques jours il réussissait enfin à dormir paisiblement. En effet Johnson et ses sœurs étaient rentrés chez leur mère pour le Fall Break, comme tous ceux qui avaient encore des parents ou une famille d'accueil. Les entrainements de sport étaient également suspendus pendant les vacances, et Luc avait l'impression de revivre ! Pour ne pas perdre complètement la main et essayer de remonter un peu son niveau de jeu, il avait demandé l'autorisation de garder un ballon dans sa chambre, et allait régulièrement s'entrainer dans le gymnase ou sur le terrain de basket. Cet après-midi il faisait beau, alors il décida de rester à l'extérieur, mais en approchant du terrain il vit qu'Angela était assise dans l'herbe sur le côté, plongée dans un livre comme souvent.

- Bonjour Angela, ça te dérange si je fais quelques balles contre le mur du gymnase ? demanda-t-il prudemment.

Depuis l'épisode du balai, elle était un peu moins froide avec lui qu'avant, mais elle le regardait encore bizarrement de temps en temps et il n'était jamais vraiment à l'aise quand elle était là.

- Non vas-y, répondit-elle en posant son livre, aucun problème ! De toute façon j'attendais Gabriel qui est aussi allé chercher un ballon pour qu'on s'entraine.

Sans un mot supplémentaire, elle prit dans son livre une vieille enveloppe qui lui servait visiblement de marque-page et se mit à lire le papier qu'elle contenait. C'était une réponse brève, mais plutôt gentille, Luc trouva qu'il s'en sortait mieux que d'habitude !

Son entrainement était simple, mais efficace. Il jetait la balle de toutes ses forces contre le mur du gymnase et devait ensuite la rattraper sans la faire tomber. Il travaillait ainsi à la fois son attaque et sa défense, et parfois ses déplacements lorsqu'il tirait en biais pour augmenter la difficulté. Au bout de quelques minutes de jeu, il entendit la voix de Gabriel qui s'approchait dans leur direction.

- Alors Angy, toujours sur la lettre de tes parents ? Est-ce que la résolution du mystère avance ?

Angela leva les yeux de sa feuille et jeta un regard courroucé en direction de son ami. Puis faisant un petit signe de tête en direction de Luc elle ajouta avec les dents serrées :

- Non, rien de nouveau, mais chuuut, *tout le monde* n'est pas obligé d'être au courant !

- Ah ben tient ! Tu viens de me donner une idée, reprit Gabriel, on n'a qu'à demander à « tout le monde » s'il ne veut pas nous donner un coup de main !

Angela jeta un regard désespéré en direction du ciel.

- Qu'est-ce qu'on a à perdre ? insista Gabriel. Luc s'en est plutôt bien sorti avec les anagrammes de Miss Lindsay, non ? Et le coup du chiffre des francs-maçons, tu l'avais vu toi... depuis le temps que tu passes devant cette statue ?

- Non, mais c'est pas ça, reprit Angela en lui faisant signe de se taire. Tu saiisss pourquoi on ne peut pas lui en parler !

- Hé oh ! Je vous entends tous les deux ! intervint Luc, un peu agacé. Pas la peine de faire comme si je n'étais pas là !

- Mais oui, arrête de faire ton cinéma, insista Gabriel en attirant Angela à l'écart. Et puis franchement, tes histoires de Diable c'est complètement tiré par les cheveux ! Ça fait deux mois que je suis assis à côté de Luc en classe et je te jure qu'il ne ferait pas de mal à une mouche. Fais-moi confiance, allez... je le sens bien ce mec-là !

- OK, ok, finit par capituler Angela. Je veux bien lui laisser une chance, mais juste sur la phrase soulignée alors ! Le reste pourrait lui donner des indices s'il est bien celui que je crains.

- Oui, ou alors tout simplement lui faire croire que tu es dingue !

Puis se tournant vers Luc, Gabriel ajouta :

- C'est bon, elle est d'accord... voyons si tu es aussi malin que tu essayes de le faire croire en classe !

- Hé doucement ! Je m'en fiche de votre lettre moi à la base... Je veux bien vous aider, mais c'est donnant-donnant, vous devez accepter... disons deux conditions.

- Pfff, je t'avais dit qu'il était nul, répondit Angela. Laisse tomber !

- Mais non, attends ! intervint Gabriel. Écoute au moins ce qu'il veut, avant de juger !

Et voyant qu'Angela haussait simplement les épaules, Luc poursuivit.

- Primo, si j'accepte de vous aider, vous m'aiderez en échange à m'entrainer pour le reste des vacances. Que je trouve quelque chose, ou pas ! J'en ai vraiment marre de faire des passes à un mur !

- OK, tope là ! répondit directement Gabriel sans consulter Angela, trop heureux de se trouver un partenaire de jeu !

- Attends ne t'emballe pas Luc, c'est quoi la deuxième condition ? Je te préviens si ça inclut de signer un vieux parchemin avec mon sang, tu peux retourner directement d'où tu viens !

- Ouh là ! N'importe quoi toi, répondit Luc en fronçant les sourcils. Il va falloir que tu m'expliques ce que tu me reproches, un jour ! Mon deuxio, c'est simplement que dans le cas où je trouve quelque chose vous me laissiez lire le reste de la lettre...

Et avant qu'Angela n'ait le temps de protester, il ajouta rapidement :

- C'est dans votre intérêt ! Soyez logiques ! Si je ne connais pas toute l'énigme, je ne pourrais pas vous aider à la résoudre !

- Hum, c'est pas faux, mais pourquoi tu veux absolument tout savoir d'un seul coup ? répondit Angela d'un air soupçonneux. Je croyais que tu t'en fichais ?

- Ben, pour l'instant je m'en fiche. Mais je me connais, si je mets mon nez dedans je voudrai connaitre le fin mot de l'histoire. Je déteste faire les choses à moitié ! De toute façon, c'est à prendre ou à laisser... alors ?

Angela le regarda pendant un moment sans dire un mot, puis se décida soudainement.

- Allez, j'accepte ! Mais avant de pouvoir lire la lettre, tu vas d'abord devoir faire tes preuves : pas de nouveau, pas d'info !

- Et bien puisque vous avez trouvé un accord on va enfin pouvoir passer aux choses sérieuses, dit Gabriel en s'asseyant dans l'herbe.

Lorsque les deux autres enfants se furent assis à côté de lui, ils virent qu'il avait glissé le haut de la lettre dans le livre de Harryson Potterson, et le bas dans l'enveloppe, de sorte que seule la phrase soulignée était lisible :

Born Fated Gained Mirrors

- Alors voici la fameuse phrase sur laquelle on bloque depuis des semaines. On est persuadés qu'elle a un sens caché, mais impossible de trouver quoi que ce soit. Qu'est-ce que tu en dis ?

- Hum, dit Luc après un moment. J'avoue qu'à première vue ça ne veut absolument rien dire. Et pour être honnête, c'est un peu maigre pour trouver quelque chose…

- Bon ok tant pis, merci d'avoir essayé ! dit Angela en faisant mine de se lever.

- Hé attends ! protesta Luc. Je n'ai pas dit mon dernier mot ! J'ai simplement constaté que c'était difficile... c'est bien pour ça que vous avez besoin d'aide non ? Laisse-moi deux minutes pour rassembler les éléments que j'ai à ma disposition...

Angela se rassit, un peu irritée, mais aussi, il fallait bien l'admettre, intriguée par son assurance.

- Alors tout d'abord ça ne fait pas des semaines, mais bientôt deux mois que vous bloquez sur cette lettre, car je me rappelle très bien le jour où tu as reçu cette vieille enveloppe au courrier : c'était le 9 septembre, le jour de ton anniversaire.

- Ah bon ? Et comment tu te rappelles de tout ça, toi ? Tu m'espionnes ??

- Non c'est très simple, primo vous n'aviez pas été très discrets au petit-déj ce matin-là, et deuxio tu n'as jamais reçu d'autre courrier depuis. Enfin j'ai réalisé ce jour-là que tu étais née le 09/09, avoue que c'est une date d'anniversaire facile à retenir non ?

- OK, ça se tient, fit Angela, presque déçue... Bon vas-y, tu peux continuer.

- Hum, une minute, qu'est-ce qui pourrait... ah oui ! Tout à l'heure j'ai entendu Gabriel dire que c'était une lettre de tes parents, or le 9 septembre dernier tes parents étaient décédés depuis quasiment un an. Ils l'ont donc forcément écrite avant cette date, et ils ont dû demander à quelqu'un de la poster plus tard s'il leur arrivait quelque chose... un ami ou un notaire peut-être.

- Bon, tu ne nous apprends rien pour l'instant, mais avec si peu d'indices il faut avouer que tu ne t'en sors pas mal... Autre chose ?

- Gabriel a dit tout à l'heure que vous étiez « persuadés » que cette phrase avait un double sens ou contenait un message caché. J'en conclus deux possibilités : soit il est clairement dit dans le reste de la lettre que c'est une phrase codée, soit vous avez déjà trouvé un code dans une autre phrase et pensez que c'est le cas ici aussi. J'ai raison ?

- Ah là non par contre, répliqua Angela. Ni l'un ni l'autre n'est vrai !

- Euh, t'es un peu dure sur ce coup là Angy, intervint Gabriel. Voire à la limite de la mauvaise foi ! Après tout, la phrase soulignée est bien indiquée comme un « message à transmettre », et c'est aussi vrai qu'il y avait un autre code dans la lettre !

- Ah ah ! J'en étais sûr ! reprit Luc. Je parie que c'est la fameuse anagramme que tu avais trouvée pour le deuxième cours de Miss Lindsay : *Angels Are Born* si je me rappelle bien, non ?

Angela se tourna vers Gabriel, furieuse.

- Gaby ! Tu en dis trop ! Et puis tu vois qu'il en sait plus qu'il ne veut l'avouer, comment tu veux qu'il ait deviné ça autrement ?

- Ahahah ! s'exclama Gabriel, tout sourire. Cette fois-ci c'est toi qui viens de lui confirmer sa supposition ! Mais c'est vrai que je me pose la question moi aussi, comment as-tu deviné ça, Luc ?

- Facile ! D'abord, je m'en rappelle parce que c'était la meilleure anagramme de toute la classe, ensuite ça coïncide au niveau des dates, et surtout quand la maitresse a demandé à Angela si elle avait trouvé ça toute seule, elle a eu l'air toute gênée, comme si on l'avait prise la main dans le sac.

Luc s'était adressé à Gabriel, il ne vit donc pas que les joues d'Angela s'étaient empourprées légèrement après son compliment sur son anagramme, mais Gabriel l'aperçut du coin de l'œil et décida de relancer rapidement la conversation.

- Impressionnant ! Et pour revenir à notre fameuse phrase, tu as une autre idée ou pas ?

- Le contexte, répondit Luc. C'est encore et toujours le contexte qui pourra vous aider : Angela, si je me rappelle bien du premier cours de Miss Lindsay, ton père était prof de lettres c'est ça ? Il est donc probable que ce soit lui qui ait caché la première anagramme, et s'il y a un autre message il sera sûrement dans la même veine.

- Oui, c'est en tous cas la possibilité la plus crédible, acquiesça-t-elle. Mais crois-moi, j'ai cherché partout et il n'y a pas d'autre anagramme dans cette lettre !

- Et comme le premier message était une anagramme de ton nom, continua Luc, imperturbable, il est probable que le deuxième message soit aussi en rapport avec toi.

- Oui encore une fois ça parait logique, mais tu ne nous apprends toujours rien de vraiment nouveau.

- Attends, attends, il faut bien que je rattrape tout le retard que j'avais sur vous ! Ne sois pas si pressée que je vous ridiculise !

Il évita de justesse une tape qu'Angela essaya de lui coller sur la tête, puis continua en riant.

- Ahah, je plaisante ! Mais laisse-moi continuer, un truc vient de me sauter aux yeux !

- Ah bon ? Et qu'est-ce que c'est ? T'as pas intérêt à me faire marcher, sinon je te rate pas la prochaine fois !

- Non je suis sérieux, promis ! Ne faites pas attention aux mots, mais regardez la disposition de la phrase sur la lettre : elle se trouve juste au-dessus du deuxième pli du papier et elle est donc vers le bas du message. De plus elle est centrée sur la feuille, et surtout elle est soulignée. Tout ça ne vous fait pas penser à quelque chose ?

- Heu, non ? Mais vas-y, fais-nous rêver !

- Une signature ! Je suis certain que c'est une signature ! C'est la seule chose qui est systématiquement soulignée en bas d'une lettre ! Comment s'appelaient tes parents déjà ?

- Heu, Gotfrid Rorbens et Marie Vann Rypley... mais pour l'anagramme ça marche pas, c'est trop long et y'a pas de « y » dans la phrase.

- Attends, attends, ne tire pas de conclusion hâtive, il y a des tas de façons de signer ! Moi je pourrais par exemple utiliser L.F, Luc F. ou tout simplement Luc Fire.

- Voire parfois Lucifer ? pensa Angela, avant de se rendre compte en rougissant qu'elle l'avait dit à voix haute.

- Lucifer ? Pourquoi Luci... Ah oui ! Excellent !! Ça m'aurait fait une cinquième anagramme, dis donc ! Et dire que j'avais tourné mon nom dans tous les sens sans trouver ça, c'est dingue !

Ils furent interrompus par Gabriel, qui s'exclama tout à coup.

- Ça y'est, j'ai trouvé ! Luc, tu es génial ! Regardez !

Et il leur mit sous les yeux une feuille de papier où il avait griffonné les mots suivants :


BORN FATED GAINED MIRRORS
= GOTFRID AND MARIE RORBENS

Luc ne put s'empêcher d'éclater de rire en voyant la tête abasourdie que faisait Angela et ajouta, un brin moqueur :

- Tu disais comment déjà ? Pas de nouveau, pas d'info ?

Elle fut bien obligée de lui laisser lire le reste de la lettre, mais Luc ne trouva pas d'autre indice, même s'il étudia très minutieusement le texte et l'enveloppe qui l'accompagnait.

- Bon, finit-il par dire, je crois qu'on n'avancera pas plus aujourd'hui, ça vous dit d'échanger quelques balles ? Après tout j'étais venu pour ça, au départ !

Ses deux camarades acquiescèrent et ils commencèrent par une série de passes à trois pour s'échauffer, mettant de plus en plus de force dans leurs échanges. Au bout de quelques minutes, Angela interpella le jeune métis.

- Dis donc Luc, tu as fait drôlement de progrès sur tes prises de balles depuis notre dernier match ! Ça te dirait de travailler un peu les esquives maintenant ?

- Carrément ! C'est vrai que pour ça je n'ai pas encore trouvé comment m'entrainer tout seul... et merci pour le compliment ! ajouta-t-il avec un clin d'œil.

- Non, non, c'est normal, si toute la classe s'entraine aussi dur que toi on mettra la pâtée à Vine Street ! Tiens, mets-toi au milieu du terrain entre Gabriel et moi et essaye d'éviter les balles qu'on va te tirer dessus. Être pris entre deux feux comme ça c'est le pire qu'il puisse t'arriver dans un match, mais c'est aussi le meilleur entrainement, crois-moi !

Effectivement, Luc avait à peine le temps d'éviter le ballon d'un côté qu'il lui revenait dessus presqu'aussitôt de l'autre. Au bout de trois échanges, il fut pris à contrepied et reçut le ballon en pleine tête. Mais au lieu de se moquer de lui, Gabriel le félicita :

- Bravo, dis donc ! Trois esquives de suite à froid c'est une belle performance ! Allez, à mon tour maintenant !

En rentrant au dortoir, Gabriel glissa à l'oreille d'Angela :

- Alors, elle était pas bonne mon idée de demander à Luc de nous aider pour la lettre ?

- Ouais, ouais, c'est vrai qu'il est bon... mais on lui a tout montré alors que c'est peut-être lui *l'ombre menaçante*, on risque de le regrett...

- Oh ! Arrête avec ça, l'interrompit son ami. T'es complètement parano ma vieille ! Et puis au contraire, je pense que la chose la plus intelligente à faire, c'est de lui montrer le reste.

- Le reste ? Quel reste ?

- Le livre de ton père, bien sûr !!

- Ah non ! Sûrement pas ! On n'a même pas réussi à l'ouvrir, c'est trop dangereux… si ce qu'il contient est secret, on risque...

Gabriel s'était arrêté de marcher et la regardait avec un air tellement désabusé qu'Angela s'arrêta au milieu de sa phrase. Vexée, elle ne dit pas un mot de plus et repartit en trombe vers sa chambre en maugréant.

# Le Livre

Le lendemain matin comme il pleuvait, Angela resta enfermée une bonne partie de la matinée dans sa chambre à essayer d'ouvrir le livre de son père. Mais malgré tous ses essais, la fermeture en métal refusait de bouger d'un pouce et elle eut beau le scruter minutieusement sous tous les angles, elle ne trouva toujours aucun signe de serrure ou d'un quelconque cadenas à code. « Tu sauras l'ouvrir quand tu en auras besoin », avait dit le Père William. Bon, c'est sûrement que le temps n'est pas encore venu, pensa-t-elle en le reposant sur son étagère, bien décidée à ne pas mêler Luc à ça.

Une demi-heure plus tard, elle débavla dans la chambre de Gabriel, excédée et à moitié trempée.

- Tiens ! Tu as gagné ! cria-t-elle en abattant l'épais livre sur son bureau. Je n'y arrive pas et ça m'énerve, qu'est-ce que ça m'énerve ! Allons voir si ton nouvel ami a une idée de génie !

- Hé bien, répondit Gabriel calmement. Je suis content de voir que tu deviens raisonnable. Enfin... si on peut appeler *ça* être raisonnable !

Et sans un mot de plus, il enfila son manteau, prit le livre sous le bras et sortit du dortoir sous la pluie. Il se dirigea directement vers le gymnase, Angela sur les talons.

Lorsqu'ils entrèrent, Luc était en train de faire des passes contre le mur, il s'exclama :

- Salut les gars ! Cool vous venez vous entrainer auss... ? Ou pas.

Il venait de voir les habits trempés d'Angela, et immobilisa son ballon avant de demander :

- Qu'est-ce qui vous amène du coup ? Ah, on dirait que vous m'avez trouvé de la lecture, ajouta-t-il en apercevant l'épais livre en cuir sous le bras de Gabriel.

- De la lecture ? répondit celui-ci. J'espère bien, mais pour l'instant il faudrait déjà réussir à ouvrir ce livre. Vois-tu, il est comme qui dirait fermé à clé, et on se disait que tu aurais peut-être une autre idée géniale pour nous mettre sur la bonne voie.

- Un livre fermé à clé, intéressant... Dites donc, vous en avez encore beaucoup des mystères comme ça, vous deux ? Parce que si c'est le cas, je vais finir par faire payer mes services, moi !

Gabriel se contenta de hausser les épaules en souriant, et Angela leva les yeux au plafond avec un air désespéré.

- Allez, je rigolais ! Montrez donc ça à tonton Sherlock, je vais voir ce que je peux faire.

Luc donna son ballon à Gabriel et prit le livre dans les mains en se dirigeant vers les gradins voisins. Il constata qu'effectivement, l'épaisse couverture de cuir foncé était reliée par une fermeture en métal qui la maintenait solidement fermée. Le livre ne possédait pas de titre ni de résumé, il n'y avait d'ailleurs aucune écriture sur l'ensemble de la couverture, ce qui ne manqua pas de l'étonner. Celle-ci était par contre ornée de plusieurs symboles métalliques qui semblaient collés, ou plutôt incrustés dans le cuir, mais Luc était à peu près certain de ne les avoir jamais vus nulle part auparavant.

- Et vous pourriez me donner un peu de contexte ? demanda-t-il à ses nouveaux amis. Vous l'avez trouvé où, il y a combien de temps ? Pourquoi est-ce que vous voulez l'ouvrir ? Qu'est-ce que vous pensez trouver à l'intérieur ?

- Oulà ! Ça fait beaucoup de questions d'un coup ça, Sherlock, répondit Gabriel. Angy, je te laisse répondre au monsieur ?

- Non.

- Comment ça non ? Tu ne veux pas me répondre ? s'étonna Luc.

- Non, répliqua Angela, je ne veux pas te donner de contexte. Tu connais le principe : pas de nouveau, pas d'info.

Luc éclata de rire en voyant l'air buté d'Angela. Résigné, il se mit à observer plus attentivement la couverture du livre. Le cuir était épais, mais n'était presque pas usé, ce qui laissait présager d'un ouvrage récent, ou alors excellemment conservé. Luc essaya ensuite d'appuyer sur tous les symboles, de les enlever, mais il n'eut aucun succès, ils étaient tous solidement incrustés dans le cuir.

- Bon, tout d'abord je remarque que les cinq symboles qui sont représentés sont tous différents les uns des autres, même s'ils sont étrangement similaires.

- Oui, ça j'avais vu.

Luc ne prêta pas attention à la remarque d'Angela.

- Le symbole au centre de la couverture est environ deux fois plus gros que ceux qui sont présents dans chacun des coins : la conclusion la plus évidente est qu'il a une signification ou un rôle particulier.

- Oui, mais lequel ?

- Chut, laisse-moi réfléchir. Ce qui m'interpelle le plus ce n'est pas les différences entre les symboles, mais leur unique point commun. Ils ont tous exactement le même triangle au centre, il doit forcément être important !

- Oui bon, et alors ?

- Alors fais bien attention, il y a un intrus.

- Mais oui, regarde ! s'exclama Gabriel. Celui en haut à droite, c'est le seul qui n'a pas de rond, il doit donc falloir...

Luc avait déjà posé son doigt sur une pointe de l'étoile, qui tourna sur elle-même tandis qu'il lui faisait décrire un cercle.

Angela en resta bouche bée.

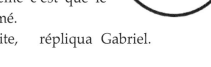

Lorsque l'étoile eut effectué un demi-tour, elle s'immobilisa, avec le triangle central pointant maintenant vers le haut, et l'on entendit un faible « clic ».

- Pas mal ! dit Angela, admirative. Mais bon le problème c'est que le livre est toujours fermé.

- Attends, ne parle pas si vite, répliqua Gabriel. Essayons les autres !

Les deux symboles les plus proches de l'étoile ne bougèrent pas d'un pouce, mais celui en bas à gauche était maintenant libéré, et Gabriel parvint aisément à lui faire décrire un demi-tour sur lui-même pour orienter le triangle central vers le haut.

Nouveau « clic ».

Cette fois-ci Luc trouva du premier coup le bon symbole, c'était celui du haut à gauche, qu'il retourna de façon identique. Il fit ensuite la même manœuvre avec le dernier symbole, et lorsque le quatrième triangle fut orienté vers le haut, le cercle central se mit alors à tourner tout seul sur lui-même, accompagné d'une série de cliquetis.

- Mon père avait raison, murmura Angela. Je sais quoi faire maintenant !

En retenant son souffle, elle appuya sur le triangle central du grand symbole. Il y eut un dernier « clic », et les deux fermetures s'ouvrirent comme par enchantement.

-BINGO ! s'écria Gabriel, rayonnant. À toi l'honneur princesse !

Angela ouvrit le livre avec des mains tremblantes d'émotion, et voici ce qu'elle découvrit sur la première page :

# *Bible des Anges, Introduction*

L'être humain a toujours cherché à comprendre les mystères de l'univers, et de tout temps ce sont les mythes et religions qui ont le mieux répondu à sa soif de questions. Mais en serait-il autrement s'il existait une réponse concrète juste là, sous nos yeux ? Et si justement, dans le langage universel des chiffres, avaient été habilement dissimulées les réponses à toutes nos questions d'une manière qui mettrait d'accord toutes les religions ?

Il m'aura fallu près de 10 ans pour percer le mystère de ce que j'ai appelé « *le Chiffre des Anges* ». L'enseignement que j'en ai tiré, je l'ai transmis dans les pages de ce livre, il est vivant au sein de chaque phrase et à travers chaque mot. Mais pour que vous en compreniez le message avec autant de clarté et de puissance que lorsque je l'ai reçu, il faudra d'abord que vous découvriez par vous-même la signification de son langage de base : les chiffres. Chaque être dans l'univers en possède un.

Voici la clé de lecture que j'ai retrouvée, et qui vous permettra de comprendre ce code universel et intemporel. Néanmoins prenez garde, les vérités qu'il contient sont tellement puissantes que le monde tel que nous le connaissons sera forcément ébranlé par leur révélation. Apporteront-elles chaos ou libération ?

Je laisse cette responsabilité entre vos mains.

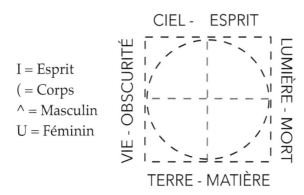

I = Esprit
( = Corps
^ = Masculin
U = Féminin

Votre serviteur
Gotfrid Rorbens

- Heu, par contre toutes les autres pages sont blanches, s'étonna Angela. Vous y comprenez quelque chose à ce charabia, vous ?

- Ben je sais pas trop, répondit Luc, mais ça a l'air sérieux en tout cas. Par contre je comprends le Père William : soit ton père était un génie, soit il était complètement dérangé !

En entendant ça, Gabriel qui était resté silencieux jusque-là, réagit au quart de tour :

- Non, mais vous vous rendez compte de ce que vous dites, tous les deux ? *Du charabia* ? *Dérangé* ? Mais c'est vous qui ne tournez pas rond ma parole ! La découverte de ton père pourrait bien être la plus importante du siècle... voire de toute l'histoire de l'humanité !

- Fais gaffe Angela, murmura Luc. Apparemment le pétage de plomb est contagieux...

- Arrrgh, c'est vous qui allez me rendre fou, renchérit Gabriel. Gotfrid n'a pas juste découvert la signification des chiffres, il dit carrément que c'est un code Divin et il le prouve en démontrant les lois fondamentales qui ont servi à le créer ! Si sa théorie se vérifie, c'est toute notre connaissance du monde qui peut être remise en cause !

- Ouah, rien que ça ? le taquina Luc. Et bien vas-y, épate-nous, comment on vérifie cette théorie ?

- Heu, et bien, là j'avoue... je sèche. Mais laissez-moi y réfléchir à tête reposée, et je vous déchiffre ça en moins de deux.


La semaine suivante, Gabriel n'avait encore rien trouvé. Alors que les trois amis étaient à nouveau en train de s'entrainer aux esquives sur le terrain de basket, Luc eut soudain l'air inquiet et fit signe à ses deux camarades d'arrêter le ballon.

- Faites pas de conneries les gars, v'la les flics !

Angela se retourna immédiatement, et se mit à courir en direction du détective Dricker qui s'approchait en s'appuyant sur une canne.

- Ne fais pas cette tête, expliqua Gabriel. On le connait bien et je t'assure qu'il ne va pas te manger.

- Ahahah ce n'est pas ça, c'est juste que dans mes anciens orphelinats c'était plutôt dans l'autre sens qu'on courait quand les flics arrivaient !

- Bonjour les enfants ! leur lança le détective d'un ton jovial. Dites-moi, c'est un drôle de ballon de basket que vous avez là !

- C'est normal m'sieur, lui répondit Luc, c'est un ballon de balle aux prisonniers, on s'entraine pour le tournoi de la semaine prochaine !

- Et bien dites donc, ça a l'air sérieux votre histoire. En tout cas ça ne peut vous faire que du bien, *un esprit sain dans un corps sain* qu'ils disaient à notre époque !

- Vous croyez pas si bien dire, sauf qu'ici le Père William il dit plutôt *un Saint-Esprit dans un corps de saint !*

- Ahahah ! Lui et ses blagues de curé ! Mais dis donc, tu m'as l'air d'avoir l'esprit taquin et la langue bien pendue toi, comment tu t'appelles ?

- Moi c'est Luc, m'sieur l'agent.

- Enchanté Luc, appelle-moi Dricker ! Dis-moi Angela, peut-on faire confiance à ce jeune homme pour rester discret ? J'ai du nouveau concernant la petite enquête que tu m'as confiée.

- Moi ? Discret ? Je serai muet comme une tombe, m'sieur ! Allez Angela, sois cool, j'ai rien dit à personne pour la lettre de tes parents !

- Une lettre ? De tes parents ? s'étonna Dricker. Et tu comptais m'en parler quand, petite cachotière ?

- Ouuuups… pas fait exprès, fit Luc en faisant mine de s'esquiver sur la pointe des pieds. Désolé Angela !

- Ouais ben c'est justement ce genre de discrétion là que tu vas devoir améliorer mon p'tit gars, répliqua-t-elle. Mais t'inquiètes pas, j'avais prévu de montrer la lettre au détective de toute manière… dès qu'il nous aura raconté pour l'enquête !

- Ah, je préfère ça ! Bon, la première chose que j'ai faite en sortant de l'hôpital, c'est de retourner voir le fameux conducteur de camion qui m'avait paru un peu louche. Et bien, figurez-vous qu'il a quitté la ville sans laisser d'adresse !

- Ah, zut ! s'exclama Gabriel avec dépit. Et le camion a disparu aussi, j'imagine ?

- Le camion oui, mais pas les analyses de l'expert ! Je les ai fait envoyer au commissariat pour une étude plus approfondie... mais détrompe-toi, le fait que le chauffeur ait disparu est la meilleure chose qui pouvait nous arriver.

- Ah bon, pourquoi ? Ce sera plus compliqué de le faire parler maintenant, non ?

- Oui, ça c'est sûr, mais ses actes parlent pour lui, un homme innocent ne s'enfuit pas du jour au lendemain comme ça. C'est un signe de mauvaise conscience qui va jeter le discrédit sur son témoignage et qui m'a permis d'affecter plus de moyens sur l'enquête.

- Et donc au final, conclut Luc, cette disparition va plus vous faire avancer que s'il avait simplement renouvelé le même témoignage que l'an dernier, c'est bien ça ?

- Exactement ! T'as tout pigé ! Bon et au fait, c'est quoi cette histoire de lettre, vous m'expliquez ?

Dricker eut au départ l'air très intéressé, mais lorsqu'ils lui expliquèrent le contenu du texte sa mine sérieuse se transforma en un grand sourire.

- Je ne veux pas vous décourager les enfants, mais ça sent la blague à plein nez. C'est exactement le genre de lettre qui sont écrites par des types croyant avoir de l'humour et qui n'ont rien de mieux à faire !

- Euh, et il n'y a jamais d'exception ? demanda Gabriel, n'ayant pas l'air très convaincu par l'hypothèse de la blague.

- Hum, je n'en ai jamais vu en tout cas ! À votre place moi, je mettrais cette lettre au feu directement, et je ne m'encombrerai pas la tête avec ces bêtises !

# Les équipes

Le reste des vacances passa à toute vitesse et le jour de la rentrée arriva avant que les trois camarades n'aient le temps de s'ennuyer. Dès le lundi matin, tous les élèves avaient déjà oublié leurs vacances ainsi que la fête de Thanksgiving et ils ne parlaient que d'une chose : le match de balle aux prisonniers contre Vine Street qui allait avoir lieu la semaine suivante !

Angela était également tout excitée à cette idée et eut du mal à se concentrer pendant les cours, prenant son mal en patience jusqu'au soir où elle put enfin reprendre l'entrainement avec Gabriel et Luc.

- Allez les gars, leur dit Angela après quelques échanges, ne vous relâchez pas ! Il faut qu'on soit au top niveau pour la fin de semaine.

- La fin de semaine ? s'étonna Luc. Le tournoi ne commence que la semaine prochaine pourtant, non ?

- Oui, confirma Gabriel, on a encore dix jours pour s'entrainer pour le match. Mais Angy parle du cours de sport de vendredi, c'est là que Sœur Margaret décidera de la composition finale des équipes pour le tournoi. Du coup, si on veut être dans la meilleure équipe il faut qu'on soit au top de notre forme dès vendredi.

- Ah, il va y avoir plusieurs équipes ?

- Ben oui, répondit Angela, vu qu'on est seize dans la classe on fera logiquement trois équipes de cinq, avec un remplaçant. Mais plus que le nombre d'équipes, c'est surtout leur classement qui est important.

- J'imagine que la meilleure équipe d'Hollygrove va affronter la meilleure équipe de Vine Street, c'est ça ? supposa Luc.

- Oui c'est la logique, lui répondit Gabriel, et idem pour l'équipe classée en 2° et en 3°, mais l'an dernier les classements étaient mal faits. Nous avons gagné beaucoup trop facilement notre match, et nos deux équipes moins fortes se sont fait battre à plate couture. Je me demande même si Vine Street n'avait pas fait ça exprès !

- Tu penses qu'ils auraient volontairement enlevé leurs meilleurs joueurs de l'équipe 1 pour gagner les deux autres matchs ? s'étonna Luc. Ça, c'est de la triche, ou je ne m'y connais pas !

- Hum, si c'est le cas, termina Angela d'un air sombre, on ne les laissera pas faire une deuxième fois… et je crois savoir comment !

Les deux garçons s'approchèrent alors pour entendre le plan qu'elle leur chuchota, un sourire apparaissant petit à petit sur leurs visages.

Le vendredi après-midi, Sœur Margaret regroupa tous les élèves de 6th & 7th grade dans le gymnase et leur expliqua le programme :

- Alors comme vous le savez tous, nous recevons vendredi prochain l'école publique de Vine Street sur le campus pour disputer la première phase de notre tournoi inter-école. Cet après-midi, nous allons donc faire un dernier entrainement, et j'en profiterai pour vous regrouper par niveau comme l'exige le règlement. Mettez-vous en place pour faire des matchs de 4 contre 4, afin que je voie jouer tout le monde, et je n'ajouterai qu'un conseil : donnez-vous à fond !

Angela, Gabriel et Luc se mirent dans la même équipe, et Luc alla chercher Jimmy pour qu'il vienne jouer avec eux, car il avait remarqué qu'il était parmi les meilleurs joueurs de la classe ; il discuta quelques instants avec lui en murmurant, puis ils rejoignirent leurs camarades.

- Fais attention, rigola James au passage de son meilleur ami, avec le prisonnier d'Alcatraz tu es sûr de perdre !

La première fois qu'Angela avait entendu ce surnom, elle avait été parcourue d'un étrange frisson sans comprendre pourquoi. Elle avait ensuite fait des recherches sur internet et avait trouvé sur le site Wikipédia une information qui avait confirmé son appréhension : l'île d'Alcatraz était surnommée *l'île du Diable !* Avec tous ces indices qui pointaient dans la même direction, Angela était de plus en plus persuadée que Luc pouvait réellement être Lucifer, et s'attendait presque à ce que des cornes poussent sur sa tête ou à ce qu'il crache une boule de feu ! Mais ce qu'elle redoutait le plus, c'était qu'il se rappelle sa promesse de lui faire payer son expulsion du Paradis, même si elle n'avait jamais compris pourquoi il lui en voulait.

En attendant, il venait justement de lui envoyer un ballon droit dessus et elle sortit de ses pensées un peu tard : elle tendit la main par réflexe, mais ne réussit pas à l'attraper correctement. Elle ne s'était même pas rendu compte que le match avait commencé !

- Faute ! cria Sœur Margaret. Tu deviens prisonnière Angela !

- Et alors ? lui cria Luc, visiblement en colère. Tu rêves ou quoi ?

Les équipiers d'Angela semblèrent jouer de malchance pendant tout le reste du match : ils rataient leurs cibles, manquaient leurs passes ou n'arrivaient pas à esquiver les tirs de leurs adversaires. Gabriel essaya de lancer quelques encouragements pour remotiver son équipe, mais c'était peine perdue ; en quelques minutes ils furent tous faits prisonniers et l'équipe adverse lança des cris de victoire. Sœur Margaret inscrivit leur défaite sur un grand tableau des scores, et rejoignit l'autre arbitre pour suivre la fin du second match, qui était beaucoup plus serré.

Le match suivant ne se passa pas mieux pour l'équipe d'Angela, le fond du trou fut atteint quand Luc bloqua un ballon, mais le relâcha une demi-seconde après, comme s'il s'était brûlé. Il leva ensuite les yeux en disant "Ouuups !". Pendant qu'il se dirigeait vers la prison, James ne put s'empêcher de se moquer, en imitant un commentateur sportif :

- Et voici notre joueur numéro 6 qui se dirige à nouveau vers la fameuse prison d'Alcatraz, dont il ne ressortira jamaiiiiis !

Piqué au vif, Luc lança sa balle immédiatement après avoir franchi la ligne de la prison, mais ne parvint pas à toucher ses adversaires qui s'étaient regroupés à l'autre extrémité du terrain. La balle rebondit par terre et arriva pile dans les mains de Gabriel qui la renvoya immédiatement dans le dos de James, incapable de l'éviter. Luc et Gabriel poussèrent un cri de joie, leur technique des tirs croisés portait enfin ses fruits et leur obtenait leur premier prisonnier.

- C'est ce qui s'appelle être pris dans un cross-Fire mon cher James ! lança Jimmy à l'intention de son meilleur ami et colocataire lorsqu'il passa devant lui. Cela fit rigoler tout le monde, car cross-fire voulait dire tirs croisés bien sûr, mais Fire était aussi le nom de famille de Luc ! Malheureusement, ce fut la seule belle action de l'équipe d'Angela, qui sembla ensuite à nouveau victime d'une malchance incroyable, et la victoire fut rapidement acquise pour l'équipe de James, qui jubilait.

- Et encore une défaite lamentable du prisonnier d'Alcatraz qui n'a pas réussi à s'évader !

Luc semblait abattu par cette deuxième défaite et ses trois camarades se regroupèrent autour de lui pour tenter de lui remonter le moral, après tout il restait encore un match pour tenter de sauver l'honneur !

Ce troisième match fut encore pire que les deux précédents. Gabriel réussit pourtant son premier tir en visant dans les pieds de Straw, mais le ballon rebondit en direction de leur camp et Luc le rattrapa par réflexe avant qu'il ne touche le sol. Devant l'air courroucé de ses équipiers, il haussa les épaules :

- Quand je la fais tomber vous êtes pas contents, quand je la fais pas tomber vous êtes pas contents non plus… je vais commencer à croire que c'est ma tête qui ne vous plait pas, en fait !

- Au moins t'es en progrès sur les réflexes, essaya de relativiser Angela. Dommage que tu viennes de nous faire perdre le premier prisonnier qu'on arrive à toucher !

Le reste du match continua dans la même veine : alors que Gabriel et Jimmy s'étaient fait toucher, Angela tira sur Luis, mais en manquant de force, si bien qu'il attrapa le ballon et le lui retira immédiatement dans les pieds. Arrivée en prison, elle voulut faire la passe à Luc pour leur fameux cross-Fire, mais elle fit une passe un peu trop longue et il ne put que l'effleurer du bout des doigts.

- Touché ! intervint l'arbitre. Prison !

- Oh non ! pesta Luc. Puis en levant le poing en l'air, il ajouta d'un air de défi : Alcatraz attention, j'arrive !

Star semblait penser que le match était terminé et discutait avec sa sœur en tournant le dos à Luc. Il ne se gêna pas et fit un shoot en cloche comme pour marquer un panier au basket. La balle rebondit en plein sur la tête de la jeune fille qui poussa un petit « oh ? » de surprise tandis que Jimmy et Gabriel sautaient de joie.

Ils s'interrompirent brusquement en voyant Luis se jeter en avant et faire une longue glissade sur le ventre. Il récupéra le ballon juste avant qu'il ne touche le sol, sauvant sa coéquipière de justesse et gagnant le match par la même occasion.

- Noooon ! gémirent Gabriel et Jimmy. On est maudiiiiit !

Luc était tombé à genoux sur le sol, les bras ballants et Angela se tenait la tête d'une main, l'air désespéré.

Sœur Margaret siffla la fin du tournoi et déclara d'une voix forte :

- Approchez-vous du tableau les enfants, je vais maintenant procéder à la composition des équipes pour le match de la semaine prochaine. Tout d'abord je voulais vous féliciter parce que j'ai vu de très belles choses aujourd'hui, et les règles du jeu sont bien comprises. Même si certains ont manqué de chance, tout le monde s'est donné à fond et a respecté ses adversaires, vous êtes sur la bonne voie ! Ensuite un point important, vous êtes seize dans la classe et nous avons besoin de trois équipes de cinq. Je pensais au départ prévoir un élève en tant que remplaçant, mais j'ai détecté aujourd'hui un certain talent de la part de James pour commenter les matchs. Seriez-vous d'accord pour qu'il devienne notre commentateur officiel ?

- Yessss ! s'écrièrent les élèves. James ! James ! James !

- OOOOOOkay, intervint ce dernier en levant les bras en l'air. Devant une telle ferveur populaire, je me vois contraint de mettre un terme à ma brillante carrière de star du ballon, et vous encouragerai de mon mieux depuis le bord du terrain : HOLLYGROVE !

- THE TREASURE TROVE !!!

- Et bien, intervint la professeure de sport en faisant signe aux élèves de se calmer. Ce point étant réglé, voici la composition finale des équipes. Elles sont représentatives de votre jeu d'aujourd'hui et je ne veux pas entendre de protestations, si vous estimez pouvoir faire mieux, prouvez-le la semaine prochaine !

Elle laissa quelques instants de silence pour que ses mots aient le temps d'imprégner les élèves, puis reprit rapidement.

- Équipe numéro 1, ceux qui ont le mieux joué aujourd'hui : Luis, Isabella, Linda, Noah et Nevaeh. Bravo à eux !

Lorsque les applaudissements se furent calmés, elle continua.

- Équipe numéro 2 : Jimmy, Johnson, Star, Ava et Gabriel. Ce qui nous laisse pour l'équipe numéro 3 : Emily, Angela, Straw, Luc et Ashley. Bon courage à vous ! Et n'oubliez pas de ranger les ballons avant de partir s'il vous plait.

En sortant des vestiaires, Luc, Gabriel et Jimmy rejoignirent Angela qui les attendait dans le petit espace vert qui séparait le gymnase de la cantine. Leurs mines défaites se transformèrent alors subitement en grands sourires et ils laissèrent éclater leur joie.

- Bravo Angela, commença Gabriel, ton plan était génial ! Vine Street ne nous battra pas aussi facilement cette année !

- Oh oui, enchaina Luc, ça je peux te dire qu'on les attendra de pied ferme dans l'équipe trois, ils ne vont pas comprendre ce qui leur arrive !

- En tous cas bravo pour le festival de gaffes les garçons, Sœur Margaret n'y a vu que du feu... mention spéciale pour Luc quand t'as sauvé Straw, j'ai failli exploser de rire !

- C'est clair que t'es un champion, poursuivit Jimmy. Moi j'en pouvais plus quand t'as lâché la balle en disant « Oups », c'était énorme !

- Euh, je t'avoue que j'ai eu peur de me faire chopper sur ce coup-là, répondit Luc avant d'ajouter avec un clin d'œil : mais apparemment plus c'est gros, plus ça passe !

- Bon c'est pas tout ça les cocos, termina Angela en redevenant sérieuse, mais si on veut que le plan marche jusqu'au bout il faut qu'on retrouve notre meilleur niveau. Dès ce soir on reprend l'entrainement !

# L'INCENDIE

...................................................................

4.1      L'Enfant rassembla l'ensemble de la création sur une même planète, qu'il sépara des autres planètes. Il l'appela Terre, et tous Trois virent que cela était bon.

4.2      Il advint que les animaux célestes et ordinaires s'accouplèrent, créant des hybrides. Magiques eux aussi, ils menaçaient d'extinction les animaux communs.

4.3      L'Enfant sépara donc la terre d'au-dessus de la terre d'en dessous. Il appela la terre d'au-dessus Eden et la donna aux animaux célestes. Il appela la terre d'en dessous Terre et la donna aux animaux ordinaires.

4.4      Pour garder Eden, il créa quatre armes de magie : Glaive, Lance, Arc et Bouclier il les créa. Les 4 Éternels il les nomma et vit que cela était bon. Il y eut un soir, il y eut un matin, ce fut le quatrième jour.

**Bible des Anges, Genesis, Chapitre 4.**

# Le tournoi

Jimmy rejoignit donc ses trois camarades chaque soir, et ils lui montrèrent comment ils s'entrainaient pour les esquives en utilisant la technique qu'ils appelaient dorénavant le *cross-Fire*. Jimmy suggéra également de s'entrainer pour les passes longues qui servaient pour envoyer la balle jusqu'au camp des prisonniers. Ses camarades approuvèrent et ils se positionnèrent à chaque extrémité d'un large carré, pour améliorer leur réception depuis toutes les directions.

Cet entrainement quotidien leur donna l'impression d'être au meilleur de leur forme lorsqu'ils arrivèrent au vendredi suivant, fins prêts pour le match contre Vine Street. La matinée fut consacrée à un dernier entrainement, où Sœur Margaret les fit travailler en équipe selon le classement déterminé la semaine passée. Angela et ses amis durent à nouveau faire de gros efforts pour masquer leur niveau de jeu, mais ils se rendirent surtout compte que leurs coéquipiers n'étaient pas meilleurs alors qu'ils ne simulaient pas, eux. Lors du repas de midi, Luc partagea ses inquiétudes à ses amis :

- Dites donc, je sais pas chez vous, mais les trois filles de notre équipe sont vraiment pas douées, je me demande si on n'a pas fait une bêtise.

- Qu'est-ce que tu veux dire ? demanda Gabriel. Quelle bêtise ?

- Ben en théorie le plan est solide, mais là vu le niveau je pense pas qu'on puisse tenir face à une équipe de « bons ». On aurait peut-être mieux fait de tous aller dans la même équipe, non ?

- Oui, mais imagine s'ils ne trichent pas cette année, lui répondit Jimmy. Si on va tous les quatre dans l'équipe des nuls... nos équipes 1 et 2 se feraient ratatiner.

- Oui tu as raison. N'empêche que ça nous fait de sacrés boulets à trainer, termina Luc d'un air désespéré.

Peu après qu'Angela et ses camarades eurent rejoint le gymnase, les élèves de l'école publique arrivèrent dans une grande procession bruyante. Ils étaient visiblement venus à pied et avaient apporté de larges banderoles où étaient dessinés le symbole et la devise de leur école. Il s'agissait d'une tête de licorne soulignée des mots « VINE STREET, YOU WON'T BEAT », c'est-à-dire VINE STREET, JAMAIS VAINCU.

Une fois que les spectateurs eurent fini de rejoindre les gradins et que tous les joueurs se furent rassemblés sur le terrain, Sœur Margaret prit la parole au micro.

- Bonjour à tous et bienvenue aux élèves de Vine Street !

- Ouaiiiiiss ! répondirent ces derniers.

- Je déclare ouvert ce nouveau tournoi inter-école ! Et sans attendre, voici l'ordre de passage des équipes qui a été tiré au sort avec M. Billy Manson, l'entraineur de Vine Street ici présent. Nous assisterons donc tout d'abord à l'affrontement entre nos deux équipes n°2, puis les deux équipes n°1, et enfin les équipes n°3.

- Pour rappel, ajouta M. Manson, l'école qui gagnera au moins deux matchs remportera cette première manche du tournoi, la deuxième manche étant disputée au mois de juin au basketball. Si une manche est gagnée par chaque école, la victoire se jouera au décompte des points. Pour les matchs de balle aux prisonniers, les points seront attribués ainsi : zéro point pour l'équipe perdante, et dix points pour chaque joueur encore libre dans l'équipe gagnante. Il est donc important de finir avec le moins de joueurs possible en prison !

- Enfin, termina Sœur Margaret, pour un peu plus de suspense nous avons convenu avec M. Manson d'ajouter une nouvelle règle pour le tournoi : le dernier joueur d'une équipe à être fait prisonnier aura exceptionnellement deux essais pour se délivrer.

À ces mots, les joueurs lancèrent des vivats enthousiastes, cette nouvelle règle faisait l'unanimité ! Les joueurs des équipes n°2 allèrent ensuite sur le terrain central pour s'échauffer, tandis que les autres rejoignaient les gradins où le premier rang leur avait été réservé. Gabriel rattrapa Angela qui s'éloignait.

- Angy, dit-il en lui tendant son pendentif, tu peux me garder ma griffe pendant le match ? Je ne voudrais pas me la faire arracher.

Angela acquiesça et l'accrocha à son cou, en glissant quelques mots d'encouragement à son ami.

Jimmy avait été désigné capitaine, il alla donc faire le tirage au sort et il remporta le droit de débuter la partie en possession du ballon. Il fit bon usage de cette première balle, car il réussit à toucher un garçon de l'équipe adverse dans les pieds, un coup impossible à contrer, mais aussi très difficile à réaliser.

- Et boom ! s'éleva la voix de James depuis la tribune. Hollygrove entre dans la compétition avec la rage au ventre, magnifique !!!

- Yes ! commenta Gabriel en levant une main vers son ami. Ça, c'est de la précision !

- J'ai eu un bon entraineur, répondit Jimmy en venant taper dans la main de son coéquipier.

Le prisonnier essaya de toucher Gabriel, car avec sa taille il faisait une cible facile ; mais celui-ci attrapa la balle au vol et d'un geste fluide il se retourna, tira et toucha une fille de Vine Street qui n'avait pas eu le temps de s'éloigner.

- Et de deux ! s'écria Jimmy en venant claquer les deux mains sur celles de Gabriel. Bien joué mon grand !

- Vous emballez pas les loulous, leur lança la jeune fille qui se dirigeait vers leur zone de prison, le match ne fait que commencer ! Elle était étrangement calme et son petit sourire en coin indiquait même qu'elle semblait s'amuser de la situation. Gabriel prit ça pour de l'arrogance, mais il comprit rapidement d'où lui venait cette confiance en elle. En effet à peine eut-elle franchi la ligne à l'extrémité du terrain qu'elle fit volte-face en un éclair, feinta de tirer sur Gabriel et envoya la balle dans la direction opposée en plein dans les jambes de Star. Cette dernière n'eut que le temps de pousser un petit cri de surprise, avant d'aller ramasser la balle d'un air penaud. Pendant ce temps, la jeune fille de Vine Street regagnait son camp d'un pas tranquille, mimant un bisou en direction de Jimmy et Gabriel qui la regardaient d'un air hébété.

- Aïe ! commenta la voix de James dans les haut-parleurs. Ça, c'est du bisou qui pique !

- Si tu veux mon avis, glissa Jimmy à son ami, ça, ce n'était surtout pas du niveau d'une équipe n°2 !

- Ouais on dirait bien que Luc avait raison, ça va être chaud !

La différence de niveau devint encore plus flagrante par la suite. En tirant, Star ne parvint qu'à redonner la balle aux adversaires, et Johnson et Ava se firent ensuite toucher coup sur coup. Cette dernière fit une longue passe à Gabriel qui se trouvait tout proche du terrain adverse et qui parvint à faire un nouveau prisonnier, ramenant le score à 2 contre 3. Mais Jimmy et Gabriel étaient désormais pris entre deux feux, ils ne tinrent pas longtemps et furent vite touchés à leur tour.

Lorsque Gabriel manqua son tir de délivrance, James se mit à hurler dans son micro :

- Nooon, c'est pas possible !! La tension est à son maximuuum !!! Il ne reste plus qu'une chance à l'équipe d'Hollygrove pour ne pas être éliminééeee !!

- Y'a pas à dire, il prend son rôle très au sérieux, ironisa Gabriel en se tournant vers Jimmy. Allez tiens, à toi l'honneur de la dernière chance monsieur le capitaine.

- Ce fut un plaisir de combattre à vos côtés soldat, répondit-il avec un clin d'oeil, avant de tirer brusquement une balle puissante à hauteur de genoux.

Mais le capitaine de l'équipe adverse veillait au grain, il fit une manchette de volley-ball pour envoyer le ballon en hauteur, puis d'un bond il l'attrapa en plein vol, avant d'atterrir avec prestance et d'être porté en triomphe par ses camarades !

- Rholàlà les amis, s'exclama James. Quelle victoire éclatante pour Vine Street qui marque donc trente points ! Mais surtout quel match ! Quel match ! Et dire que ce n'était que les équipes n°2... restez avec nous pour la suite du tournoi, ça va être de la folie !

- Euh, il se prend pour un commentateur télé ? demanda Luc à Angela pour détendre l'atmosphère. Celle-ci haussa les épaules et leva les yeux en l'air en soupirant.

- Oui enfin ce qui m'embête c'est surtout mon plan qui prend l'eau ! Mettre deux bons joueurs contre toute une équipe du niveau au-dessus ça ne suffit pas, et je te signale qu'on va avoir exactement le même problème pour notre match !

- Et bien moi je préfère voir le verre à moitié plein ! répondit Gabriel qui venait de les rejoindre et qui reprit son pendentif du cou d'Angela. Au moins on a limité les dégâts et évité que les licornes marquent quarante ou cinquante points. Et si l'équipe d'Isabella et Luis gagne, on sera encore dans la course, à vous de vous battre ensuite jusqu'au bout !

Comme si ses paroles avaient été prophétiques, l'équipe n°1 de Vine Street se fit massacrer par celle d'Hollygrove. James salua notamment une magnifique reprise de volée de Nevaeh qui attrapa le ballon en plein vol avant de capturer le premier prisonnier. Seul Luis se fit capturer à la fin du match en se jetant sur le ballon pour sauver Isabella. Il lui envoya ensuite la balle depuis la prison pour qu'elle puisse le venger et elle toucha le dernier joueur adverse dans le dos. Linda et Noah furent ensuite ovationnés lorsqu'ils réussirent à rattraper coup sur coup les deux balles de délivrance de Vine Street.

- Yes, j'en étais sûr ! s'exclama Gabriel. Ils avaient regroupé leurs plus mauvais joueurs dans l'équipe 1, ça va pas être facile, mais on peut encore gagner l'épreuve !

Sœur Margaret alla mettre à jour le tableau des scores, il indiquait maintenant *Hollygrove 40 - Visiteurs 30*. Ce fut alors aux équipes n°3 de rejoindre le terrain central et de commencer un bref échauffement.

Avant que le match ne commence, Angela sortit de son t-shirt la médaille que Gabriel lui avait offerte pour son anniversaire et la porta à ses lèvres en se murmurant à elle-même :

- Allez Angela, c'est le moment d'avoir un peu de chance ma petite !

- Pas besoin de chance, lui dit Luc avec un clin d'œil, tu m'as dans ton équipe ! Ne t'inquiète pas je le sens bien ce match, je suis sûr qu'on va leur mettre une raclée !

En temps normal son trop-plein d'assurance avait tendance à agacer Angela, mais aujourd'hui bizarrement, il lui faisait du bien. Elle avait l'impression qu'un nuage qui cachait le soleil venait de s'en aller. C'est donc avec un sourire sincère qu'elle lui répondit :

- Ok Lucy, on y va... comme à l'entrainement !

- « *Lucy* » ? Vraiment ? Luc avait pris un air peiné, comme si sa fierté avait été touchée.

- Ah ah, ça te va bien non ? Et puis de toute façon on ne choisit pas son surnom ! Allez, en piste capitaine !

Lorsque Luc tourna les talons, son visage s'éclaira d'un sourire, Angela n'avait pas été facile à apprivoiser, mais ça y est, il avait enfin gagné sa confiance ! Il s'approcha de Sœur Margaret et se retrouva face à une jeune fille rousse qui arborait elle aussi un brassard de capitaine et un regard déterminé.

- Gina, commença la sœur, tu as le côté pile, Luc pour toi c'est face, vous êtes prêts ?

Sans même attendre un geste de leur part, elle lança sa pièce en l'air, la rattrapa d'une main et la retourna sur le dos de son autre main.

- Face ! s'exclama Luc victorieusement.

- Impeccable, lui répondit la dénommée Gina. Au cas où tu n'avais pas remarqué, les deux équipes qui ont gagné le tirage au sort ont perdu leur match. À toi l'honneur !

- Bien essayé, dit Luc en récupérant le ballon, mais je ne crois pas à ce genre de superstitions, que les meilleurs gagnent !

En rejoignant son côté du terrain, Luc jeta un œil aux joueurs de l'équipe adverse, il y avait une deuxième fille qui était métisse et dont les grandes nattes noires étaient nouées dans le dos. Les trois autres joueurs étaient des garçons, et l'un d'eux faisait une tête de plus que Luc. Il le surnomma mentalement Goliath et nota de ne pas faire de passes en cloche au risque de se faire intercepter.

La jeune fille métisse était en grande discussion avec Goliath, et elle ne sembla pas entendre le coup de sifflet signalant le début du match. Luc cria « c'est parti », et ne voyant aucune réaction de sa part il n'hésita pas davantage et lui tira dessus : un coup bien ajusté en plein dans les jambes qu'elle n'essaya même pas d'éviter.

- Judy !! cria la capitaine rousse nommée Gina. Réveille-toi !

- Ahh, mais je rêve, vous pourriez prévenir avant de commencer !

- C'est vous qui rêviez jeune fille, intervint Sœur Margaret. Direction la prison s'il vous plait.

- Et bien ça alors ! commenta James. Je ne sais pas si elle l'a fait exprès, mais en tout cas on n'aura pas eu besoin d'attendre très longtemps pour le premier prisonnier !

Judy eut un petit sourire en ramassant le ballon, et Luc eut soudain un mauvais pressentiment concernant cette soi-disant tête en l'air. À peine arrivée en prison, elle fit mine de tirer et toute l'équipe de Luc se recula jusqu'à la ligne centrale. Comme si c'est ce que Judy attendait, elle tira alors une balle très haute que Luc ne parvint pas à intercepter, et qui atterrit juste dans les mains de Goliath. Il était tout proche de leur terrain et n'eut qu'à choisir sa cible comme au tir au pigeon, ce fut Emily qui s'éloigna le moins vite et elle fut capturée sans difficulté.

- Bien joué David ! lui cria Judy depuis la prison.

Celui-ci lui répondit en levant son pouce et Luc se tourna vers Angela qui reprenait son souffle.

- J'en étais sûr, elle s'est laissé capturer exprès pour pouvoir faire cette technique ! Et t'as vu ? Leur Goliath s'appelle David, c'est presque comique non ?

- Oui, mais bon avec un géant comme ça dans notre dos, on va avoir du souci à se faire. Je ne vois qu'une seule solution : l'envoyer en prison lui aussi !

Emily lança sa balle de délivrance à ras de terre, mais le garçon qu'elle visait réussit à l'éviter. Angela avait anticipé l'action et attrapa la balle dès qu'elle franchit la ligne du milieu, sans même se relever elle la renvoya directement dans les pieds du fameux David.

- Yes ! s'exclama Luc. Bien joué Angy !

- Eeeetttt… dit James avec sa voix de commentateur sportif, le colosse aux pieds d'argile vient de toooomber !! Un seul prisonnier capturé par Vine Street, contre deux pour Hollygrove, qui prend l'avantage !

Mais leur joie fut de courte durée, car David parvint à se libérer immédiatement en touchant Ashley. La balle de délivrance de cette dernière traversa le terrain des licornes sans toucher personne et s'arrêta au pied de Straw. Au lieu de tirer vers leurs adversaires, elle voulut faire une passe à Luc qui lui tournait le dos et le ballon rebondit sur son épaule ; s'il ne fut pas envoyé en prison, c'est uniquement grâce à un heureux réflexe d'Angela qui plongea pour rattraper la balle juste avant qu'elle ne touche le sol.

- Non, mais ça va pas ! cria-t-elle à Straw une fois remise debout. Préviens avant de faire une passe, espèce de cruche !

Encore énervée, elle voulut ensuite faire une longue passe à Emily pour qu'elle puisse se délivrer, mais David fit un bond exceptionnel et intercepta sa balle, ce qui énerva Angela encore plus !

Il refit ensuite sa technique d'échange avec Judy et parvint à toucher Straw. Pendant que James se lançait dans une tirade encore plus théâtrale que la précédente, Angela interpella Luc :

- Hey Lucy, on n'est plus que tous les deux. J'aurais préféré avoir tort, mais nos trois équipières ne font vraiment pas le poids face aux meilleurs joueurs de Vine Street.

- Oui c'est clair, on dirait des cartes « sortez de prison » sur pattes ! On est aussi bien sans elles sur le terrain à mon avis. Je pense qu'il ne nous reste qu'une seule option pour gagner ce match, mais elle est risquée, tu me fais confiance ?

Angela hésita un peu à jouer la victoire de l'école sans connaitre le plan que Luc avait en tête, mais devant son sourire charmeur elle finit pas acquiescer en haussant les épaules.

- Haha, au point où on en est, fais-toi plaisir !

Emily tira de toutes ses forces sur la capitaine des Licornes, mais celle-ci esquiva d'un simple pas sur le côté. Luc récupéra la balle au rebond et toucha David qui n'avait pas eu le temps de s'éloigner.

- Ah, mais c'est pas vrai ! s'écria-t-il, furieux. Vous ne visez que moi ou quoi ?

- Ben oui, désolé Goliath, mais ça fait partie du plan, lui répondit Luc. Et puis avoue qu'avec ta taille, c'est difficile de te rater !

Piqué au vif, le garçon prit à peine le temps de viser et tira si fort depuis la prison que sa balle traversa les deux terrains et que sa capitaine Gina dût plonger pour la rattraper avant qu'elle n'atteigne le camp des prisonniers d'Hollygrove. Elle fit alors une passe à l'un de ses deux équipiers, qui se retourna immédiatement et tira un boulet de canon en plein sur Luc. Il n'eut qu'un battement de cils pour réagir et bloqua fermement la balle des deux mains au niveau de sa poitrine... avant de les écarter une demi-seconde après en disant « ouuups ! ».

- Quel arrêt magnifiiiiiii-quoi ??? s'interrompit brusquement James. Non, c'est pas possiiible !

- Mais qu'est-ce que tu fais Lucy ! l'interpella Angela. On n'est plus aux qualifications là, tu vas nous faire perdre !

- C'est la seule solution Angy, et c'est toi qui l'as dit au début du match : on fait comme à l'entrainement ! Cross-Me tu te rappelles ?

Pendant que Luc rejoignait la prison adverse sous le regard interloqué d'Angela, James continuait à se lamenter.

- Le prisonnier d'Alcatraz est revenuuu ! On est foutuuuuu !

Arrivé à la prison, Luc fit semblant de tirer afin de faire reculer les joueurs adverses contre la ligne centrale. Gina s'était mise dans le coin gauche et les deux autres garçons dans le coin droit. À la surprise générale, Luc tira dans l'espace vide laissé au centre, sa balle rebondit au sol et atterrit pile dans les mains d'Angela : elle n'eut plus qu'à choisir sa cible. Sans perdre une seconde, elle tira dans le dos d'un des garçons qui s'enfuyait en courant ; il essaya d'esquiver, mais son mouvement projeta la balle dans les jambes de son propre coéquipier, qui n'eut pas le temps de réagir.

- Et c'est l'égalisatioooon ! s'égosilla James dans son micro. Quel match mes amis ! Quel suspeeeeense !

- Magnifiquoi ! hurla Jimmy depuis les tribunes, c'est magnifiquoi !! Il trouvait que son colocataire prenait son rôle de commentateur un peu trop au sérieux et voulait le chambrer, il ne s'attendait pas à ce que tous les élèves d'Hollygrove reprennent en cœur après lui en tapant des mains : « Magnifiquoi ! Magnifiquoi ! ».

Le joueur fautif, bon perdant, laissa la balle de délivrance à son coéquipier qu'il avait entrainé avec lui en prison. Ce dernier prit un temps fou pour tirer, il se déplaçait le long de la ligne comme un lion en cage, et Angela restait collée contre la ligne centrale en essayant de rester le plus loin possible de lui. Il fit l'erreur de tirer alors qu'elle se trouvait dans un coin, et lorsqu'elle esquiva la balle, celle-ci sortit directement du terrain, là où les prisonniers d'Hollygrove avaient le droit de la récupérer. Luc se dépêcha de ramener la balle derrière la ligne du fond et la renvoya à Angela qui tira aussitôt sur Gina. Celle-ci se coucha à plat ventre et esquiva de justesse. Sans avoir le temps de se relever, la capitaine des licornes dut faire une roulade sur le côté pour éviter un tir croisé de Luc qui rebondit à quelques centimètres de sa tête. Elle bondit rapidement sur ses pieds, mais Angela avait été plus rapide qu'elle et son coup était imparable : une balle tournoyante au niveau des chevilles. James éclata de joie en même temps que tout Hollygrove :

- Torpillée !! Angela l'a tout simplement torpillée ! Quelle hécatombe ! Il ne reste donc que deux balles de délivrance à l'équipe de Vine Street pour échapper à une cuisante défaite, la pression est à son maximum !

Luc s'était approché de sa coéquipière pour lui glisser quelques mots, soudain très sérieux :

- À toi de jouer maintenant Angy, comme à l'entrainement...

- Tu crois que je peux m'en sortir ? Leurs tireurs sont super forts !

- T'inquiètes, t'es la meilleure en esquive et tu as le terrain tout à toi. Crois-moi, ils n'ont aucune chance !

Angela n'était qu'à moitié rassurée, mais les paroles de Luc lui avaient fait du bien, elle fit signe à l'arbitre qu'elle était prête. Ce fut David qui prit la balle en premier : sa taille lui donnait l'avantage de l'allonge, et il avait prouvé auparavant qu'il était un excellent tireur. Devinant qu'il compterait plus sur sa force que sur la ruse, Angela attendit le dernier moment pour plonger, mais elle fut surprise par la vitesse du tir et faillit se faire toucher, la balle ne passant qu'à quelques centimètres de son maillot.

- Et de uuunnn ! hurla James.

- Yeaaah ! cria Gabriel presque aussi fort que lui en se levant d'un bond. Bravo Angy !

Angela ne put retenir un large sourire, mais elle fit de son mieux pour rester concentrée : la prochaine balle était la plus importante du match ! Ce fut Gina qui choisit d'en assumer la responsabilité. En tant que capitaine et dernière à se faire capturer, c'était bien mérité, et elle était de loin la meilleure joueuse de leur équipe. Angela se campa fermement sur ses jambes, le corps légèrement fléchi vers l'avant et les bras entrouverts, on aurait dit un lutteur prêt au combat. Face à elle, Gina était immobile, elle tenait la balle dans la main droite à hauteur de son épaule et semblait prête à frapper à tout moment. Le gymnase entier retenait son souffle.

Tout à coup le bras de Gina s'abattit, mais Angela ne bougea pas d'un cil. Elle avait deviné que sa nouvelle adversaire allait feinter pour tester ses réflexes ; Gina feinta une seconde fois sans réussir à pousser Angela à la faute, mais des exclamations jaillirent du public. Lorsque Gina abattit son bras pour la troisième fois, ce fut à la vitesse de l'éclair. La balle partit comme une fusée vers Angela qui semblait figée sur place, incapable de bouger... jusqu'à ce qu'elle intercepte la balle entre ses deux mains tenues fermement devant elle, et la lève au-dessus de sa tête en signe de victoire. À cet instant, le gymnase tout entier explosa dans un contraste saisissant de cris de joie et de désespoir. Les joueurs d'Hollygrove assis aux premiers rangs se levèrent comme un seul homme en criant "OUAIIIISSS !" et ils coururent vers Angela pour la soulever dans les airs et la porter en triomphe.

Lorsque l'effervescence générale se fut calmée, l'entraineur de Vine Street prit la parole :

- Un peu de silence s'il vous plait ! Je déclare donc Hollygrove vainqueur de la première épreuve du tournoi...

Il dut s'interrompre un instant pour laisser libre cours à une série de « Hollygrove ! The Treasure Trove ! » qui accueillirent ses paroles, puis il réclama le silence à nouveau.

- ...du tournoi des 6th et 7th grade. Le score final est de 50 points pour Hollygrove et 30 points pour Vine Street. Rendez-vous au mois de juin pour la revanche qui se jouera au basketball. D'ici là, bon entrainement à tous !

Revigorés par ce rappel qu'ils pouvaient encore remporter le tournoi, les élèves de Vine Street joignirent leurs acclamations à celles de leurs hôtes d'Hollygrove. Puis tous se dirigèrent vers la sortie en une procession bruyante et joyeuse. Angela et ses trois complices restèrent un peu plus longtemps sur le terrain pour se féliciter de la réussite de leur plan et se rappeler les meilleurs moments des différents matchs. Ils étaient en plein débat pour savoir qui avait fait la plus belle esquive lorsqu'ils virent des élèves de Vine Street qui venaient vers eux. Il s'agissait de Gina, Judy et du capitaine de l'équipe 3.

- Salut ! commença Gina. Ne faites pas cette tête, on venait avec Zack pour vous féliciter !

- Oui bravo à tous, vous avez mérité votre victoire, reprit Zack en leur serrant la main les uns après les autres, imité par ses deux camarades.

- Et toi, fit Judy en tenant la main de Luc, se sacrifier pour nous coincer entre deux feux, c'était osé !

Voyant qu'Angela la fusillait du regard, elle lâcha la main de Luc et ajouta précipitamment :

- Et toi aussi Angela t'as vraiment assuré, personne n'avait jamais bloqué un tir de Gina comme tu l'as fait !

- Pour être honnête, reprit Zack, on ne sait pas comment vous avez déjoué les faux classements du coach, mais on a tous apprécié de voir du vrai sport ! La défaite d'aujourd'hui nous a plus fait vibrer que la victoire de l'an dernier, c'est pour dire ! Du coup avec Gina on a consulté les autres élèves et on voulait vous dire…

- …que pour la revanche on dira à Billy d'arrêter ses coups tordus, termina la jeune fille aux cheveux roux. Si vous voulez avoir une chance de battre notre équipe de basket n°1, il faudra vraiment aligner vos meilleurs joueurs !

- Et commencer l'entrainement dès demain ! ajouta Judy en tournant les talons, suivie de ses camarades. Que les meilleurs gagnent !

Angela et ses amis restèrent silencieux un instant, touchés par le fair-play et l'honnêteté de leurs adversaires, puis Gabriel rompit le silence :

- Dès demain, dès demain... moi je m'entraine depuis le mois de septembre !

Tout le monde éclata de rire, et ceux qui étaient jusqu'alors des adversaires sortirent ensemble du gymnase comme de bons camarades.

Straw semblait les attendre à la sortie, elle se précipita vers Gabriel et lui déclara, tout excitée :

- Gabyyy, t'as trop bien joué... Dis, tu veux sortir avec moi ? Imagine si on fait des enfants, ils seront aussi intelligents que toi, et aussi délicats que moi ! Hihihihi !

- Oui, mais imagine que ce soit l'inverse, répondit-il du tac au tac, ce serait catastrophique !

À ces mots, le sourire de Straw se figea, avant qu'elle ne fonde en larmes en comprenant ce qu'impliquait la réponse de Gabriel. À la surprise générale, Judy se précipita pour la réconforter.

- Quel boulet ! dit-elle à Gabriel en passant. Vous les mecs vous êtes bien tous les mêmes !

Judy emmena Straw un peu à l'écart en la tenant par les épaules. Cette dernière sembla trouver un peu de réconfort dans cette bienveillance inattendue et finit par se calmer dans les bras de Judy.

- Ben quoi ? demanda Gabriel. Pourquoi vous me regardez tous comme ça ?

## *La cheminée*

Les jours suivants passèrent à toute vitesse pour Angela : entre les cours et les entrainements de basket avec Luc et Gabriel, elle était bien occupée. Le peu de temps libre qu'il lui restait, elle décida de le consacrer à décrypter la lettre de ses parents. Elle était persuadée que ce précieux bout de papier contenait d'autres informations sur le mystère qui entourait sa naissance, et surtout sur ce fameux « monde » d'où elle était originaire. Ce sentiment d'avoir toutes les réponses sous la main sans pour autant pouvoir les déchiffrer était terriblement frustrant, et ce n'était pas comme si Angela manquait de persévérance ! Ces derniers jours elle gardait toujours la lettre sur elle et avait redoublé d'imagination : elle avait compté combien de fois était utilisée chacune des lettres de l'alphabet, elle avait lu la lettre à l'envers, avait cherché une anagramme en prenant les dernières lettres de chaque phrase, et avait même essayé de lire la lettre une nuit de pleine lune ! Mais rien de tout cela ne lui avait permis de dénicher quoi que ce soit de plus que ce qu'elle avait déjà trouvé avec ses amis, elle retournait donc leurs découvertes sans cesse dans sa tête :

Angela Rorbens = Angels are born
Gotfrid and Marie Rorbens = Born Fated Gained Mirrors

Se pouvait-il que le « message » dont ses parents parlaient dans la lettre - celui qu'ils avaient gardé secret tout ce temps et lui révélaient enfin - ne soit que ces deux petites phrases ? Elles ne disaient rien à propos de son monde d'origine ou du moyen d'y accéder, rien non plus sur la nature de l'ombre menaçante qui était à sa recherche ou comment s'en protéger : soit ses parents avaient inventé le message le plus frustrant qui soit, soit il était incomplet. Angela se raccrochait désespérément à la deuxième option !

Aujourd'hui, elle avait examiné toute la surface de la lettre avec une loupe empruntée au Père William, elle avait ensuite fait de même avec l'enveloppe ; d'abord l'extérieur, puis l'intérieur. Après trente minutes de recherches infructueuses, elle dut se rendre à l'évidence : aucun indice n'avait été dissimulé nulle part. C'était donc dans le texte même qu'il fallait continuer à chercher. Au lieu de se laisser gagner par la déception d'avoir fait chou-blanc, Angela choisit de positiver.

- Tu sais Azraël, dit-elle à son chat qui somnolait sur le lit de sa chambre, la bonne nouvelle c'est que chaque fausse piste écartée nous rapproche forcément un peu plus de la solution !

Décidant d'en rester là pour ce soir, elle replia la lettre dans l'enveloppe, remit l'enveloppe entre les pages de son *Harryson Potterson* et le posa sur sa table de chevet. Puis elle quitta la chambre pour rejoindre ses amis à la cantine, c'était l'heure du diner.

Elle revint un instant plus tard, frigorifiée.

- Me regarde pas comme ça ! lança-t-elle à son chat qui n'avait pas bougé du lit et qui penchait la tête d'un air moqueur. Puisque tu savais que j'avais oublié mon manteau, tu aurais pu me le dire !

Azraël bâilla ostensiblement en s'étirant pendant que sa jeune maitresse enfilait son vêtement, mettait son écharpe et se dirigeait vers la sortie. Angela se ravisa soudain et fit demi-tour pour attraper son livre sur la table de nuit. Cette fois-ci lorsqu'elle ouvrit la porte, Azraël bondit du lit et la suivit sans hésiter. Angela coupa par le terrain de basket et arriva directement au réfectoire, où plusieurs élèves étaient en train de diner. Voyant que ses amis n'étaient pas encore arrivés, elle s'installa à une table au fond de la salle. Elle pourrait ainsi se réchauffer auprès du feu qui brûlait dans la grande cheminée en pierre. Elle sortit son livre de sa poche, posa l'enveloppe sur la table à côté d'elle et reprit sa lecture des aventures de son sorcier préféré. Les trois jeunes héros étaient en train de se réchauffer dans la cabane de Dagrid, autour d'une tasse fumante de chocolat chaud. La lumière des flammes dansait sur les pages du livre d'Angela et elle sentait la chaleur des braises sur son visage, si bien qu'en fermant les yeux un instant et en se concentrant sur le crépitement des bûches, elle eut l'impression d'être dans la hutte du gardien de Proudlord. Elle fut arrachée brusquement à sa rêverie par la voix nasillarde d'une des sœurs Face :

- Alors la peste, on rêvasse aux corneilles ?

En ouvrant les yeux, Angela reconnut à son t-shirt étoilé que c'était Star qui lui adressait la parole, les mains sur les hanches et un air sournois assorti. Elle était accompagnée par sa jumelle et par son imposant frère Johnson qui se tenait quelques pas en arrière. Devinant que son bref moment de tranquillité était terminé, Angela tendit la main pour attraper son marque-page, avant de se rendre compte qu'il n'était plus sur la table. Elle sentit alors sa gorge se serrer.

- C'est ça que tu cherches ? reprit Star d'un ton moqueur en agitant une enveloppe en papier épais qu'Angela aurait reconnue entre mille.

Elle se leva d'un bond, et cria de toute sa colère :

- Rends-moi ça sale voleuse ! C'est à moi !

Mais Star tendit l'enveloppe à bout de bras hors de sa portée.

- Ahah, dit-elle, tu fais moins la fière sans tes deux copains, petite peste !

- Je n'aurai pas besoin d'eux pour te mettre une raclée si tu ne me rends pas mon enveloppe, grande pouffe !

Angela savait très bien qu'elle ne faisait pas le poids à une contre trois, mais elle venait d'apercevoir Luc passer la porte du coin de l'œil et voulait gagner du temps. Elle essaya d'attraper la lettre en tendant le bras brusquement, mais Star fit un pas de côté.

- Puisque tu y tiens tant à cette enveloppe, va la chercher ! dit-elle en l'envoyant à son frère par-dessus la tête d'Angela. Puis, apercevant Luc qui arrivait en courant, elle cria en levant les bras :

- Attention Johnson, derrière toi ! Renvoie-la-moi !

Luc avait compris ce qui se passait dès qu'il était entré dans le réfectoire : Angela qui criait, Star qui avait piqué l'enveloppe mystère, ça ne pouvait que mal finir s'il n'intervenait pas rapidement ! Il commença à s'approcher sans bruit pour ne pas attirer l'attention, mais quand Star lança l'enveloppe à Johnson il se mit à courir vers lui. Lorsque sa sœur cria, Johnson lui renvoya la lettre, mais Luc était déjà sur lui et il le bouscula de toutes ses forces, malheureusement il ne réussit qu'à dévier son tir. Tout se passa ensuite comme au ralenti : Angela sauta pour tenter d'intercepter la lettre, mais elle passa entre ses doigts et rebondit sur la main de Star. Impuissant, Luc suivit alors avec des yeux horrifiés l'enveloppe filer vers la cheminée et tomber au beau milieu des flammes.

- Nooooon !! hurla Angela en courant vers le feu... avant de reculer à cause de la chaleur du brasier et de tomber à genoux, désespérée.

- Pfff ! Bien fait pour toi... soupira Star en haussant les épaules et en s'éloignant. Ça t'apprendra pour avoir tabassé mon frère à Halloween et pour avoir traité ma sœur de carafe devant toute l'école !

Luc n'entendit même pas la fin de la tirade, son regard était comme hypnotisé par l'enveloppe noircie qu'il apercevait coincée entre deux bûches ardentes, les flammes environnantes léchaient l'épais papier qui était à moitié calciné. Angela se mit à sangloter.

Le sang de Luc ne fit qu'un tour, il fut pris d'un élan irrésistible et se précipita vers la cheminée sans se laisser arrêter par la chaleur. Angela se mit à crier son nom, mais sa voix lui paraissait lointaine. Il mit sa main au milieu des flammes, et empoigna une bûche ardente à pleine main pour la repousser sur le côté. Avec son autre main, il attrapa l'enveloppe au milieu du brasier, elle était parcourue de flammes. Celles-ci disparurent dès que ses doigts entrèrent en contact avec le papier, ne laissant qu'une surface noire et fumante qu'il retira lentement du feu avec des mains tremblantes.

- Mes mains ! prononça-t-il alors d'une voix blanche. Angy, tu as vu mes mains ? Son visage était livide.

- Oui, j'ai vu ! lui répondit-elle rapidement. Viens, je t'emmène à l'infirmerie.

Joignant le geste à la parole elle enveloppa aussitôt les mains de Luc avec son écharpe et l'orienta vers la sortie la plus proche. Straw et Johnson n'osèrent pas lever les yeux lorsqu'ils passèrent devant eux, mais Angela entendit Star grommeler « Se brûler les mains pour un simple courrier, il est complètement fou celui-là ! ».

Arrivée dehors, Angela fit mine de se diriger vers l'infirmerie, avant d'obliquer à droite vers le dortoir des garçons dès qu'elle fut certaine que personne ne les suivait.

- On va chez Gaby, expliqua-t-elle suite au regard interrogateur que lui lança Luc. Il pourra t'aider et il vaut mieux rester discrets sur ce qui vient de se passer.

Angela entra chez Gabriel sans frapper, et ils le trouvèrent à son bureau en train de faire ses devoirs.

- Ah, vous voilà ! dit-il, les yeux encore sur son cahier. On va mange… héééé ?! Vous en faites une tête, dites donc ! Qu'est-ce qui s'est passé ?

- Pour faire court, répondit Angela, Star a jeté la lettre de mes parents dans la cheminée du réfectoire, et Lucy est allé la chercher dans le feu…

- Bien joué Luc, répondit Gabriel, la lettre n'est pas trop abîmée ?

- …en attrapant une bûche embrasée à mains nues, termina Angela en montrant l'écharpe qui entourait les mains de Luc.

- Attends, quoi ? s'exclama Gabriel. À mains nues ? Mais t'es complètement dingue mon gars ! Fais-moi voir ça tout de suite !

Sans attendre, il s'avança vers son ami et commença à dérouler lentement l'écharpe, avant de découvrir que les mains de Luc n'avaient pas la moindre trace de brûlure !

- Pfff, elle est nulle votre blague, vous m'avez fait super peur bande d'idiots !

- Ce n'est pas une blague, et c'est bien ça le problème, répondit Angela d'une voix calme. Lucy a attrapé cette énorme braise à pleine main juste sous mes yeux et cela ne lui a rien fait ! Rien du tout ! Lorsqu'il a attrapé la lettre, j'ai même vu les flammes qui la couvraient disparaitre comme par enchantement !

- Attends t'es sérieuse ? C'est dur à croire votre histoire... Mais par contre si c'est vrai... ce serait vraiment cool ! Hé, attendez une seconde... mais oui ! Ça apporterait un sérieux argument à ton histoire de Lucifer Angy ! Je t'ai toujours dit que tu divaguais, mais là j'avoue que ça changerait la donne ! Luc, tu permets que j'essaye un truc pour vérifier ?

Gabriel se retourna et attrapa un briquet dans un tiroir de son bureau, il l'alluma et tendit le bras vers le jeune métis.

- Vas-y, montre-moi !

Luc ne dit rien et posa la paume de sa main au contact de la flamme. Il resta ainsi plusieurs secondes sans montrer le moindre signe de douleur.

- Satisfait ? dit Angela. Allez, arrêtez, ce n'est pas un jeu !

Mais lorsque Luc souleva sa main, la flamme grossit jusqu'à former une boule de feu de vingt centimètres de haut.

- Oh purée ! jura Gabriel en lâchant le briquet qui était devenu brûlant.

La boule de feu disparut aussitôt et les trois amis se regardèrent quelques instants dans un silence total, jusqu'à ce que Luc prenne finalement la parole, le visage blême.

- Angy, c'est quoi cette histoire de Lucifer ? Tu m'en as parlé l'autre jour, mais je croyais que c'était juste une anagramme, il y a autre chose ?

Angela jeta un regard interrogateur à Gabriel, qui acquiesça.

- C'est lui que ça concerne après tout, il a le droit de savoir…

- OK, ok, mais je ne suis sûre de rien de toute façon, c'est peut-être juste des coïncidences au final... dit Angela en s'asseyant sur le lit.

Lorsque Gabriel se fut assis à côté d'elle et que Luc se fut installé sur la chaise du bureau, elle reprit :

- Bon d'abord Lucy, je dois t'avouer un truc : j'ai lu ton devoir de rentrée.

- Ah bon ? Mais comment tu l'as eu ?

- Ben, je suis juste allé le lire dans le bureau de Miss Lindsay...

- ...en pleine nuit, et sans autorisation ! ajouta Gabriel malicieusement, ce qui lui valut d'être fusillé du regard par Angela.

- Bref, reprit-elle, pour commencer ton nom veut dire *feu* et est aussi l'anagramme de Lucifer, rien que ça ! Ensuite tu es né dans le village d'El Diablo à côté de San Francisco, c'est plutôt explicite non ? Et c'est une région qui est ravagée tous les ans par de violents incendies comme encore cet automne où ils ont fait la une des journaux. Enfin le dernier orphelinat qui t'a expulsé t'a accusé d'avoir mis le feu à un bus apparemment...

- Non, mais c'était pas moi, l'interrompit Luc. Je dormais !

- ...un bus qui rentrait d'une sortie scolaire à la prison d'Alcatraz, continua Angela aucunement perturbée par son intervention, qu'on surnomme aussi l'île du Diable ! Et pour finir, juste avant de te rencontrer j'ai fait un rêve « *prémonitoire* », où un ange précipitait Lucifer sur Terre dans une énorme boule de feu.

Angela laissa quelques instants de silence avant de reprendre.

- Alors ? Qu'est-ce que tu as à dire pour ta défense ?

- Ben, tout ce que tu as dit sur moi est vrai, mais je n'avais jamais fait le rapprochement entre ces différents éléments. Je... Je ne sais pas quoi répondre à part que je n'y suis pour rien et que ça me fait flipper votre truc ! Je peux vous assurer que je ne me sens pas comme le Lucifer qu'on décrit dans les films... mais alors pas du tout !

- Ça, c'est sûr, répondit Gabriel en hochant la tête. On a bien vu que tu n'avais pas de cornes ni de queue pointue ! Mais n'empêche qu'un pouvoir sur le feu, c'est déjà vachement cool ! Et donc admettons que tu sois vraiment Lucifer, tu serais alors vieux de plusieurs milliers d'années ou même plus, tu n'as aucun souvenir de... d'avant ?

- Heu non, aucun ! répondit Luc en se grattant la tête avec sa main droite qui tenait encore l'enveloppe d'Angela.

- L'enveloppe ! s'exclama cette dernière en la lui prenant des mains. Je l'avais complètement oubliée celle-là !

- Zut, un des côtés est complètement calciné, déplora Gabriel. Mais le reste semble avoir résisté, pourvu que le texte soit encore lisible !

Angela sortit la lettre délicatement et l'ouvrit avec appréhension.

- Hum, dit-elle en faisant la moue, le bord droit est complètement brûlé et le papier est noirci par endroits... mais le texte est encore là, ajouta-t-elle en levant la lettre à hauteur de ses yeux pour mieux voir, ça aurait pu être pire !

- Ça n'aurait pas pu être mieux, tu veux dire ! s'exclama soudain Luc, tout excité. Un texte est apparu au verso ! Regardez !

Angela retourna la feuille et ressentit un frisson d'émotion la traverser.

- Ça alors, murmura Gabriel, abasourdi. Comment c'est possible ? Encore de la magie ?

- Mais non ce n'est pas de la magie, lui répondit Angela. Mon père m'avait montré ça une fois dans une chasse au trésor : on écrit avec du jus de citron qui est invisible, mais dès qu'on le chauffe il devient marron et le message apparaît. Je ne comprends même pas comment je n'y ai pas pensé avant, non, mais quelle idiote !

Angela se leva et posa la feuille sur le bureau de Gabriel pour qu'ils puissent lire le texte tous les trois, voici ce qui était marqué :

## Le Chiffre des Anges

En traçant le signe de l'Ange Un,
Quatre deviendront dix par dessin.
La Sainte Famille tu réuniras,
Les chiffres opposés face à face tu placeras,
Et au centre, l'ennemi apparaîtra.
Les défauts de sa cuirasse seront révélés,
Lorsque les trois Pouvoirs seront nommés.

0 = 0
1 = I
2 =
3 =
4
6

Sur le côté droit de la feuille, des chiffres étaient écrits les uns en dessous des autres, mais la brûlure du papier en avait effacé une partie.

- Mais qu'est ce que c'est que ce charabia ? s'interrogea Luc.

- Et bien, répondit Gabriel, ça ressemble à une sorte d'énigme mathématique puisque ça parle de chiffres. Mais je ne vois pas comment quatre pourrait être égal à dix, et des chiffres ne peuvent pas être « opposés », ça ne veut rien dire !

- « *Le chiffre des anges* » en tous cas c'est comme dans le livre de Papa ! s'exclama Angela. Vous croyez qu'il y a un lien ?

- Et bien, il a écrit les deux après tout, ça ne serait pas étonnant, répondit Gabriel. Mais si c'est le titre du texte, peut-être que l'énigme mathématique est la clé qui permet de le déchiffrer.

- Houlà, soupira Luc, il risque de demeurer secret encore longtemps vu la limpidité du truc ! Plus on avance et plus je suis paumé moi…

- Oui moi aussi, mais par contre on a fait un pas de géant aujourd'hui, dit Gabriel pour lui remonter le moral. Et dire que c'est grâce à Star et Johnson qu'on a trouvé ça, c'est quand même le comble !

- Oui enfin, c'est surtout grâce à Lucy, le corrigea Angela. S'il n'avait pas été récupérer la lettre dans le feu…

- …le message aurait été perdu à jamais, termina celui-ci. Et tout ça pour de la jalousie et de la mauvaise foi, ça me rend malade ! Si jamais l'occasion se présente de leur rendre la monnaie de leur pièce, je vous jure que je me gênerai pas !

- Moi non plus, c'est clair ! renchérit Gabriel. Mais en attendant mon grand, tu vas quand même devoir dormir dans ta chambre, je suis sûr que Johnson te réserve ses plus beaux ronflements !

- Oh non, pitié, j'en peux plus !!!!

# Le rêve de Luc

Encore une fois, Gabriel avait vu juste : les crises nocturnes de Johnson s'intensifièrent cette semaine-là. Luc se réveilla plusieurs fois en sursaut au milieu de la nuit, le corps brûlant, et il en profita pour refaire des balades nocturnes avec Griffin, ou plutôt Wolfy comme l'appelait Angela. Le souci est qu'à la fin de la semaine, il était aussi exténué qu'avant les dernières vacances : il somnolait en cours et se prit deux fois le ballon de basket dans la figure lors des entrainements, tellement ses réflexes étaient émoussés.

- Alors ? le taquina Gabriel. Le terrible Lucifer a été terrassé par des petits ronflements ?

- Petits ? Tu rigoles ? C'est un vrai marteau-piqueur ce type ! J'en peux plus, je crois qu'y va y avoir un meurtre.

- Allez courage, demain soir c'est les vacances de Noël, ton calvaire sera bientôt terminé. Et puis j'ai une petite idée pour le prochain semestre, je vais en toucher un mot au Père William.

- Ah bon ? Et c'est quoi cette idée, on peut savoir ?

- Non désolé j'en ai déjà trop dit, c'est pas sur que ça marche !

- Bon ok, je te fais confiance, mais dans ce cas je file me coucher directement. Je n'ai pas faim de toute façon, et il faut vraiment que j'arrive à dormir un peu !

Malgré son état d'épuisement avancé, Luc eut du mal à trouver le sommeil. Il s'était toujours senti coupable d'avoir survécu à l'incendie où ses parents avaient trouvé la mort, mais depuis qu'Angela lui avait reparlé de l'incident du bus brûlé, un doute terrible l'habitait : était-ce lui qui avait déclenché le feu dans son sommeil lorsqu'il était bébé ? Les évènements récents avaient démultiplié ses craintes et il ne finit par s'endormir que lorsque la fatigue eut raison de son esprit embrumé. Quand Johnson vint se coucher après le repas, il trouva donc Luc déjà assoupi, et réussit à se coucher sans le réveiller malgré avoir allumé la lumière, l'avoir éteinte, et s'être cogné dans une chaise - deux fois. Dès qu'il eut fermé l'œil, il se mit à ronfler bien consciencieusement. Puis vers le milieu de la nuit, il eut le malheur de se retourner, et ses ronflements devinrent alors aussi fort que les grognements d'un ours en hibernation.

Luc s'agita dans son sommeil, son corps devint de plus en plus chaud et il plongea dans un rêve inquiétant qu'il avait déjà fait à de multiples reprises ces dernières nuits. Il était redevenu un petit bébé de trois mois, dans la modeste maison de ses jeunes parents. Les ronflements de son père l'avaient fait se réveiller en pleurant et sa maman l'avait mis à l'écart dans la salle de bain, le temps qu'il se calme. Il se mit alors à hurler de plus en plus fort jusqu'à ce que sa peau devienne toute rouge, que des cornes lui poussent sur la tête et qu'une longue queue pointue sorte de sa couche. Des flammes commencèrent alors à entourer son petit corps de diablotin, et lorsque sa mère voulut le prendre dans les bras pour le calmer, elle prit feu et se transforma en torche vivante. Ses hurlements perçaient les tympans de Luc qui devint fou de rage et il explosa en une énorme boule de feu qui consuma tout l'intérieur de la maison, jusqu'à la chambre où ronflait encore son père. D'habitude, Luc se réveillait à ce moment-là en criant, mais aujourd'hui il semblait bloqué dans son rêve, au milieu des flammes qui ravageaient l'habitation.

- Luc, Luc ! retentit la voix de Johnson à côté de lui. Réveille-toi il y a le feu à ton matelas ! Johnson le secouait, mais Luc ne parvenait pas à sortir de son rêve étrange et brûlant.

Voyant que son colocataire ne se réveillait pas, Johnson ne savait pas quoi faire. Il tenta d'éteindre le matelas en tapant dessus, mais il ne réussit qu'à se brûler, et en se cognant contre le bureau il fit tomber par terre l'iPod de Luc. Le feu s'était maintenant propagé aux rideaux et l'air qui entrait par la fenêtre entrouverte attisait les flammes. Johnson commençait à paniquer, de grosses gouttes de sueur coulaient sur son front et il se mit à bégayer :

- T-t-tiens bon, je vais ch-chercher des secours !

Dans sa fuite, Johnson marcha sur l'iPod et une chanson se mit en route sur l'enceinte de Luc. Ce dernier entendit les premières notes de guitare dans son rêve, puis une voix de femme douce et grave emplit la pièce et il se sentit revenir à la réalité petit à petit.

*Voici venir la nuit*
*Qui dévore mon âme*
*Voici venir la flamme*
*Qui brûle et qui détruit*

Luc garda les yeux fermés un instant, envouté par les paroles de la chanson qui résonnaient étrangement avec son cauchemar. Ça sentait le brûlé. Il ouvrit les paupières et vit qu'il y avait du feu partout, la fumée remplissait la pièce et lui piquait les yeux.

*Ce feu est brûlant*
*Je n'voie plus la porte*
*J'veux mourir dedans*
*Maintenant peu m'importe*

Il ne pouvait en effet pas distinguer la sortie, et se dit qu'il allait peut-être revoir ses parents plus tôt que prévu. Apparemment le destin avait fini par le rattraper, mais l'idée de mourir de la même façon qu'eux lui paraissait étrangement normale, presque attirante. Il se laissa submerger par la voix puissante de la chanteuse.

*Tu veux que je brûle*
*La douleur éclatera*
*Tu veux que je hurle*
*Alors ça m'apprendra*

Il avait très chaud, et ressentit une douleur à la poitrine. Il s'assit au bord du lit et regarda ses mains, presque déçu de ne pas les trouver brûlées. Ça lui aurait semblé un châtiment approprié pour le crime dont il se savait maintenant coupable.

*Voici venir la nuit*
*Qui dévore mon coeur*
*La lumière et le bruit*
*Me rendent fou de douleur*

Il crut effectivement qu'il devenait fou, la sensation de brûlure dans sa poitrine était devenue intense, comme si c'était de son cœur même qu'irradiait un torrent de lave et de souffrance. Il tomba à genoux à côté de son lit et se prit la tête entre les mains.

*Ce feu est brûlant*
*Et j'suis toujours dedans*
*Même si je me repens*
*J'en sortirai pas vivant*

La chanson continuait à faire écho à la moindre de ses pensées, il se sentait bercé et hypnotisé à la fois, comme si on voulait le garder assez longtemps dans le brasier pour... pour qu'il y meure ?

Gabriel fut réveillé brusquement au milieu de la nuit par quelqu'un qui tambourinait aux portes en criant « *Au feu ! Au feu ! Sortez tous !* ». Une légère odeur de fumée lui arrivait déjà aux narines, et il sut tout de suite que ce n'était pas une mauvaise blague. Oh, purée ! Gabriel attrapa les bracelets qu'Angela lui avait offerts, son téléphone portable et son manteau qu'il enfila une fois dehors. La nuit était glaciale et il vit que Jimmy et James n'avaient pas eu la présence d'esprit de prendre de vêtements chauds, il leur dit d'aller prévenir le Père William et de rester à l'abri chez lui. Sans perdre un instant, Gabriel sortit son téléphone et composa le numéro des pompiers.

- *Los Angeles Fire Department, quel est l'objet de votre appel ?*

Le temps que Gabriel explique ce qu'il se passait, le Père William était déjà à ses côtés. Il avait tout juste pris le temps d'enfiler une robe de chambre et était encore en pantoufles.

- Tu as déjà averti les pompiers Gabriel ? Bravo, tu as très bien réagi ! Savoir garder son sang-froid dans les situations d'urgence est une grande qualité, tu sais. Tu m'expliqueras cependant une autre fois comment il se fait que tu sois en possession d'un téléphone portable alors qu'ils sont interdits sur le campus.

Il laissa quelques instants de silence pendant lesquels seul le crépitement du feu se faisait entendre. Gabriel n'osait pas détacher son regard des flammes qui commençaient à lécher la façade du bâtiment, mais elles n'étaient en rien responsables de la chaleur qui lui montait aux oreilles. Il vit au loin Sister Sinistras qui s'était déjà habillée et qui regroupait les sœurs et les enfants à peine réveillés sur le terrain de basket.

- Au fait Gabriel, reprit le prêtre, as-tu pu faire le compte de tes camarades ?

- Heu, pas exactement. J'ai envoyé Jimmy et James vous chercher, et comme c'est Johnson qui a donné l'alerte je pense que Luc a dû sortir de leur chambre en même temps que lui.

- Et bien prions pour que tu aies raison dans ce cas, répondit le Père William en jetant un regard inquiet aux flammes qui envahissaient la chambre en question. Mais où diable sont-ils passés tous les deux ?

À peine avait-il posé cette question que le camion des pompiers arrivait déjà dans la cour sud du campus, gyrophares allumés et sirène hurlante. Les hommes du feu descendirent au pas de course et établirent un cordon de sécurité autour du dortoir des garçons afin que personne ne s'en approche. Un officier descendit ensuite du camion... accompagné de Johnson ! Le pompier se dirigea vers le Père William et l'interpella.

- Bonjour mon Père, nous avons failli écraser cet élève sur la route lorsqu'il s'est jeté devant le camion en hurlant « au feu ». J'ai compris qu'il se dirigeait vers la caserne pour nous prévenir de l'incendie... En courant !

- Et bien Capitaine Phil, répondit le Père William en retenant un sourire, je vous remercie de me le ramener sain et sauf. Johnson peut parfois être très... très spontané, dirons-nous.

Le capitaine haussa les épaules et retourna prêter main-forte à ses hommes, qui semblaient en difficulté pour éteindre les flammes.

Gabriel entendit un glapissement juste derrière lui, mais lorsqu'il se retourna, il n'y avait que Cornelius Cole qui arrivait en courant.

- Griffin, dit-il tout essoufflé, avez-vous vu passer... hh, Griffin ? Il était juste, hh... devant moi ! Ah Johnson... je suis content de te trouver enfin... sais-tu où est le jeune Luc ? Il fit une pause pour reprendre son souffle puis reprit de façon moins hachée : je vous cherche partout depuis tout à l'heure, mais tout à coup Griffin s'est mis à aboyer et il a détalé comme une flèche.

- Luc ? répondit Johnson hébété, il... il n'est pas sorti ?

- Nous pensions qu'il était avec toi, répondit le Père William en fronçant les sourcils. Quand l'as-tu vu pour la dernière fois ?

- Je..., poursuivit Johnson en sanglotant à moitié, je n'arrivais pas à le réveiller, il... il y avait le feu partout alors j'ai donné l'alerte, je... je suis allé chercher les pompieeerrrrs... finit-il en fondant en larmes dans les bras de Cornelius Cole.

Le Père William et Gabriel se tournèrent alors lentement vers le bâtiment, dont toute la partie gauche était en flamme. Un horrible pressentiment leur serrait la gorge.

C'est à ce moment précis qu'Angela arriva, elle avait été réveillée par le bruit des sirènes juste quelques minutes auparavant. En voyant la mine catastrophée de Gabriel et du Père William, elle sut tout de suite que quelque chose de grave venait de se passer.

Quelques instants plus tôt, Luc venait de faire une terrible déduction : quelqu'un voulait qu'il meure dans cet incendie, et pire encore peut-être, il s'était rendu compte que cela lui était complètement égal ! Mais la chanson continuait, et il tendit l'oreille pour en distinguer les paroles, qui se mêlaient aux crépitements des flammes et aux cris des pompiers.

*Tu veux que je brûle*
*Tu veux que je hurle*
*Alors ça me montrera*
*Alors ça m'apprendra*

Luc écarquilla soudain les yeux, il venait de réaliser à quel point il s'était trompé : le message ne disait pas qu'il méritait une leçon, mais qu'il devait apprendre quelque chose, au sens propre ! Et plus précisément qu'il devait brûler et avoir mal pour apprendre... mais apprendre quoi ?

Et il comprit. Ce terrible incendie n'était pas un simple accident. Le fait d'avoir passé quinze minutes dans cette pièce en flammes sans ressentir d'autre souffrance que son chagrin et sa culpabilité, c'était la preuve irréfutable qu'il lui fallait pour accepter la terrible vérité : il était bel et bien Lucifer, le prince des ténèbres expulsé du Paradis, l'ange déchu dont Angela avait rêvé !! Luc regarda alors autour de lui, et se dit qu'il avait malheureusement mis trop de temps pour arriver à cette conclusion. La chambre n'était maintenant plus qu'un énorme brasier dont il ne distinguait pas la sortie, la tête lui tournait et sa vision commençait à se brouiller. Il comprit que dans quelques instants le manque d'air aurait raison de lui, quels que soient ses pouvoirs sur le feu.

Lorsqu'il entendit des jappements sortant des flammes devant lui, il sut qu'il délirait et que son cerveau ne recevait plus assez d'oxygène. Il ne lui restait donc que quelques instants à vivre. Mais soudain Wolfy fut devant lui. Il n'arriva pas en courant, il ne sortit pas des flammes. Non. Il apparut, tout simplement. Il tira alors Luc par la manche pour le forcer à se remettre debout, et ramassa dans sa gueule un objet qui était sur le sol. Ensuite il guida Luc à travers les débris enflammés jusqu'à la porte, puis fila vers l'extérieur. En arrivant dans le hall d'entrée, Luc entendit des cris qui venaient du dehors, il reconnut d'abord la voix de Gabriel :

- Mon ami est resté dans la chambre en feu ! Dépêchez-vous !

- Comment ça ? répondit une voix d'homme qui criait également. On m'a dit que tout le monde était sorti !

- C'est trop tard Capitaine, ça devient trop dangereux, répondit une autre voix. Le feu est tellement intense là-dedans qu'il serait trop risqué d'entrer. Je n'ai jamais vu ça !

- Mais d'où sort ce chien ? s'exclama le capitaine. Je croyais que le périmètre était bouclé ! Vite, arrosez-le ! Son dos est en train de prendre feu !

Luc prit alors son courage à deux mains, inspira un dernier coup l'air surchauffé du hall d'entrée et sortit du bâtiment. Angela et Gabriel crièrent de joie en l'apercevant et ce dernier accourut pour le prendre dans ses bras. Mais en voyant les regards stupéfaits des adultes, Luc comprit qu'il allait devoir trouver des explications rapidement, et si possible aucune qui ne faisait mention de Lucifer ou d'un chien fantôme.

Il eut finalement droit à quelques instants de répit, car les pompiers l'installèrent à l'arrière de leur camion et lui apportèrent une couverture de survie et une bouteille d'eau fraîche. Il vit le Père William s'approcher du capitaine des pompiers pour lui poser une question. Luc était trop loin pour entendre, mais il vit qu'Angela n'était qu'à quelques mètres et qu'elle tendait l'oreille. Détournant le regard, il aperçut Wolfy qui venait vers lui, il attrapa sa tête entre ses mains et lui murmura :

- Et bien mon ami, je te dois une fière chandelle ! Et je comprends comment tu disparaissais dans ta niche maintenant, espèce de cachotier ! On est un peu pareils tous les deux finalement !

Le chien-loup lui lança un regard affectueux puis déposa dans ses mains le petit iPod gris qu'il avait récupéré sur le sol de la chambre. Luc réalisa alors que c'était tout ce qui lui restait, l'intégralité de ce qu'il possédait venant de partir en fumée.

Une nouvelle fois.

# Chapitre Cinq

# LE TUNNEL

· · · · · · · · · · · · · · · · · · · · · · · · · · · · · · · · · · · · · · · · · · · · · · · · · · · ·

5.1   L'Enfant dit : que la création évolue à notre image pour que le beau et le bon règnent sur l'univers.

5.2   La Mère pensa que cela était juste, et elle créa la femme et l'homme à leur ressemblance à partir des animaux ordinaires. Homme et femme elle les créa.

5.3.    Le Père les bénit et le Père dit : soyez féconds et multipliez, peuplez la Terre et assujettissez-la.

5.4   Le Père ajouta : que les hommes et femmes dont le cœur est pur viennent peupler Eden pour régner sur les animaux célestes. Le nom de Ischim leur fut donné, il signifie *les hommes parfaits*. L'Enfant leur offrit des ailes pour s'y mouvoir et leur fit don d'un Pouvoir selon leur nature.

5.5   Ils virent que tout cela était bon. Il y eut un soir, il y eut un matin, ce fut le cinquième jour.

**Bible des Anges, Genesis, Chapitre 5.**

# Les vacances de Noël

Le lendemain, un lit fut installé pour Luc dans la chambre de Gabriel, où par chance le feu n'avait pas eu le temps de se propager. D'après les dires du capitaine des pompiers, cet incendie avait été assez étrange, il avait d'abord été incroyablement intense, puis tout d'un coup sa force avait chuté fortement et il avait été très facile à éteindre. Heureusement, il attribuait ce comportement anormal à un changement de la direction du vent, et n'avait pas remarqué qu'il coïncidait avec la sortie de Luc du bâtiment. Quand ce dernier avait expliqué qu'il était resté bloqué aux toilettes, personne n'avait remis sa parole en doute, et Johnson avait été à peine surpris qu'il ait voulu aller aux toilettes au milieu d'un incendie.

Ce soir-là après le diner, Gabriel accueillit donc Luc dans sa nouvelle chambre de façon décontractée, le gros des ennuis ayant été évité.

- Au fait Lucy, commença-t-il. Tu sais, j'avais déjà demandé au Père William que tu viennes t'installer dans ma chambre avant tout ça, et tu serais venu à la fin des vacances de toute façon. Mais faut croire que tu étais vraiment pressé !

- Ah, c'était ça le fameux « plan secret » dont tu m'avais parlé ? répondit Luc en s'allongeant sur son nouveau lit. En tout cas merci de ne pas avoir changé d'avis, c'est promis j'essayerai de ne pas mettre le feu à tes affaires !

- Si j'ai bien compris, c'est la fatigue et les ronflements de Johnson qui ont déclenché ta « crise » non ? Donc à priori je ne cours aucun risque si je ne ronfle pas ! Et puis pour mes affaires ne t'inquiète pas, le seul objet auquel je tiens vraiment c'est mon pendentif, et je l'ai toujours sur moi.

- Par contre, la mauvaise nouvelle c'est que l'assurance ne paye que le gros oeuvre, du coup je me suis proposé pour refaire la peinture... mais ça va me prendre toutes les vacances !

- T'inquiète pas va, dit Gabriel en s'allongeant également et en mettant ses mains derrière la tête. Angy et moi on est aussi bloqués ici pour les vacances, alors on va te filer un coup de main.

- Ah, ben ça c'est sympa, j'osais pas... vous demander... finit Luc en bâillant.

- Mais non c'est rien, t'inquiète. On se gardera quand même un peu de temps pour s'entrainer au basket. Mais bon, tu dois être bien fatigué après les évènements d'hier soir alors je vais te laisser dormir, on verra ça demain. Allez, bonne nuit Lucy...

- ...

- Lucy ?

Gabriel se tourna sur le côté et constata que son ami s'était déjà endormi.

Le lundi suivant, Angela reçut une nouvelle lettre au petit-déjeuner. D'abord fébrile en pensant qu'elle venait encore de ses parents, son excitation retomba légèrement lorsqu'elle vit l'expéditeur au dos : c'était sa tante qui lui écrivait pour Noël, comme tous les ans.

- Je peux la lire ? demanda Gabriel. Ça me fera un entrainement pour mes cours de français.

- Ah, parce que tu apprends le français toi ? s'étonna Luc.

- Oui il se débrouille bien, répondit Angela. Comme ma mère était Française, elle voulait que j'apprenne sa langue maternelle, et ensuite elle a invité Gabriel à participer à mes leçons. Mais par contre je ne savais pas que tu avais continué depuis l'accident Gaby, pourquoi ne m'en as-tu pas parlé ?

- Oh, tu n'en avais pas besoin. Vu que tu passes toutes tes vacances à Paris, tu es presque bilingue ! J'ai juste demandé au Père William de m'inscrire à un cours sur internet pour ne pas perdre la main. Et puis, j'ai quand même le droit d'avoir un jardin secret, non ?

- Alors, vas-y, fais voir... intervint Luc qui sentait que la conversation allait tourner au vinaigre. Tu pourrais nous traduire la lettre d'Angela ? Enfin, si tu l'y autorises bien sûr, demanda-t-il à cette dernière, qui acquiesça en faisant la moue.

- Hum alors, ta tante commence par « *Bonjour mon petit Ange* », elle espère que tout va bien depuis cet été... Elle raconte qu'elle a sauté dans la Seine pieds nus cette semaine... elle...

- Hein ? Quoi ? l'interrompit Angela. Mais elle est folle ! Pourquoi elle a fait ça, raconte !

- Alors si tu veux le détail ça dit qu'elle a « *sauté sans regarder... est tombé dans la Seine... l'eau était glacée... elle a passé un mois à éternuer* ». Mais elle dit ensuite qu'elle serait prête à le refaire !

- Hé bien ! commenta Luc. Tu as dû en voir de toutes les couleurs cet été, toi !

- Ah ah, c'est bien ma tante ça, confirma Angela en riant. Une grande rêveuse avec un grain de folie... et un petit verre de liqueur de temps en temps, *bien sûr* !

- Bon à part ça, pas grand-chose d'intéressant. Ah si ! Elle a apparemment glissé dans l'enveloppe un billet « *pour que tu puisses te faire plaisir à Noël* ».

- Ah oui, elle fait ça tous les ans, je l'ai déjà récupéré... et je sais comment le dépenser ! termina Angela avec un sourire espiègle. Bon en tous cas bravo Gabriel, ton niveau de français est tout simplement impressionnant, il faut croire que ça marche, les cours sur internet !

- Ou alors c'est que j'ai un don exceptionnel pour les langues, suggéra ce dernier en souriant à pleines dents.

- Un don exceptionnel pour la modestie tu veux dire ! s'esclaffa Luc.


L'après-midi, ils furent appelés pour commencer les travaux de peinture dans l'ancienne chambre de Luc, mais malgré qu'une entreprise et refait toute la pièce, il restait une forte odeur de fumée. Comme promis, Gabriel et Angela se portèrent volontaires avec leur ami ; ils avaient commencé depuis presque une heure, lorsque tout à coup Luc éclata de rire :

- Dites, vous vous rendez compte qu'on est en train de repeindre la future chambre de Johnson ! C'est un comble quand même !

- C'est clair ! répondit Angela. En plus d'être bête et méchant, cet idiot a terrorisé Nevaeh, a voulu m'embrocher avec un balai, a jeté la lettre de mes parents au feu et pour finir t'as abandonné endormi dans un incendie ! Et nous tout ce qu'on trouve à faire, c'est lui préparer une jolie chambre toute neuve... ça ne vous choque pas ?

- Oui enfin, Luc a quand même brûlé toutes ses affaires, nuança Gabriel. C'est déjà pas mal comme punition. Sans compter la raclée que tu lui as mise à Halloween Angy... tu l'avais quand même tabassé à en perdre connaissance si je me rappelle bien.

- Oui c'est vrai, mais tu sembles oublier que c'était de la légitime défense et il surtout qu'il l'avait bien mérité ! dit Angela en trempant son pinceau dans la peinture. En tout cas, ça ne m'empêchera pas de faire ça !

Et elle traça en lettres capitales sur le mur la phrase suivante : « JOHNSON EST STUPIDE ». Puis elle prit un rouleau et repassa consciencieusement sur le message.

- Et voilà ! Comme ça, à chaque fois qu'il regardera ce mur il se fera insulter sans s'en rendre compte, c'est pas beau ça ?

Les deux garçons éclatèrent de rire et se mirent eux aussi à écrire sur les murs, si bien qu'à la fin de la journée la chambre fut déjà terminée, et recouverte d'inscriptions invisibles et peu flatteuses.

- Et au fait, demanda Luc à Gabriel quand ils eurent rejoint leur chambre, tu as avancé avec la Bible des anges ?

- Pfff, ne m'en parle pas, j'ai rien trouvé. Et pourtant, le Père William disait que les associations devaient paraitre évidentes !

- Quelles associations ?

- Ah oui, c'est vrai que tu n'étais pas avec nous... Quand il nous a donné le livre, le Père William nous a expliqué que Gotfrid avait une théorie qui associait les chiffres aux personnages de la Bible. Il nous a aussi donné l'exemple de Jésus qui était constamment associé au chiffre 3.

- Ah oui tiens, c'est vrai ! 3 jours au tombeau, mort à 33 ans... c'est drôle, je ne m'en étais jamais rendu compte. Par contre il y en a un autre qui est facile à trouver, c'est le chiffre du Diable, et ne va pas croire que...

- Mais oui, tu as raison bien sûr ! Le 6 de 666, c'est évident ! Génial, merci Luc ! Avec deux chiffres je vais pouvoir essayer de comprendre ce que voulait dire Gotfrid avec sa "clé de lecture"...

Comment tu crois qu'il faut utiliser son drôle de carré là ?
Gabriel avait rouvert la "Bible des anges" et montra l'image à Luc.

- Et bien, répondit celui-ci, ça donne quoi si tu écris le chiffre dedans ?

Prenant une feuille sur son bureau, Gabriel recopia le carré et y traça le chiffre six.

- Ah ! Je crois que j'ai compris ! s'exclama-t-il. Regarde, quand on dessine un 6 on part du haut vers le bas, comme quelque chose qui tomberait du ciel sur la terre...
- ...comme un ange déchu ! compléta Luc. Mais oui, ça colle, la légende dit que Lucifer est un ange tombé du Paradis !
- Tu crois que ça peut nous aider à trouver les autres chiffres ?

- Ben, le 9 peut-être, dit Luc en prenant le crayon. Quand je le dessine il monte de la terre vers le ciel regarde, c'est exactement un 6 à l'envers. Et si c'est l'inverse d'un ange déchu... ça doit sûrement être le chiffre des anges !

- Hum oui, ça paraitrait logique... Surtout qu'il existe 9 sortes d'anges différents, c'est peut-être une des associations dont parlait Gotfrid !

- Il y a différentes sortes d'anges ? demanda Luc, étonné. Mais comment tu sais ça, toi ?

- Ah ah ! Il faut bien que ça serve à quelque chose d'aller au catéchisme

depuis tout petit... Je ne suis pas un expert, mais je me souviens qu'on appelle ça les 9 chœurs des anges, comme si c'était une chorale. Et qu'il y a les chérubins, les séraphins ou encore les archanges... après si tu veux en savoir plus il faudra demander au Père William, il est super calé là-dessus. Bon à part ça, des idées pour les autres chiffres ? Moi je sèche...

- Pfff non, rien de mieux, mais c'est déjà un bon début ! Il faudra qu'on en parle à Angy demain, elle aura peut-être d'autres idées.

Angela fut très intéressée par la théorie des garçons, mais ne trouva rien de mieux. La journée de Noël passa à toute vitesse : le matin fut consacré à la peinture et le père William donna un coup de main aux enfants pour finir la deuxième couche. Une fois terminé, il les félicita du résultat et ils ne furent pas mécontents de poser les pinceaux pour de bon. L'après-midi, ils purent ainsi rejoindre Nevaeh qui aidait les sœurs et Miss Lindsay dans la cuisine pour préparer la fête du soir. Le repas fut joyeux et festif, et le clou de la soirée fut l'apparition de Cornelius Cole qui s'était déguisé en père Noël. Il distribua des clémentines et des chocolats aux enfants comme c'était la coutume à l'orphelinat, puis donna un paquet cadeau supplémentaire à Luc. Lorsqu'il l'ouvrit, ce dernier découvrit une belle veste en cuir de couleur grise et le Père William expliqua :

- Nous savions que tu aimais beaucoup ta veste qui a brûlé dans l'incendie, donc nous nous sommes cotisés avec tous les adultes du campus pour la remplacer. J'espère que la nouvelle couleur te plaira !

Luc parut très ému de cette attention et remercia tout le monde chaleureusement. Ils furent ensuite tous conviés à la chapelle, où le Père William célébra la messe de Noël. Ce n'est qu'une fois couchée qu'Angela se releva sans faire de bruit pour ne pas réveiller Nevaeh. Elle prit deux paquets sous son lit et sortit par la fenêtre en la rabattant derrière elle, puis elle avança discrètement dans la fraîcheur de la nuit jusqu'à la chambre des garçons où elle toqua doucement au carreau. Gabriel lui ouvrit et l'aida à se glisser à l'intérieur en passant par-dessus le bureau, Luc les observait depuis son lit avec un air interrogateur.

- Tu en fais une tête, lui dit Angela. Gabriel ne t'a pas dit qu'on s'offrait toujours nos cadeaux après la messe de minuit ?

- Ben non, répondit ce dernier. Je n'étais pas sûr que tu viendrais cette année, vu qu'on a tous les deux des nouveaux colocataires. Du coup je ne t'ai pas pris de cadeau.

- Ah ben ça, c'est gonfl…

- Mais non je blague, me frappe pas ! dit Gabriel en riant. Je pensais juste te l'offrir demain !

- Humph, j'aime mieux ça. Mais pourquoi diable ai-je un meilleur ami aussi lourd ? demanda-t-elle à Luc.

- Heu, Lucifer j'aimais déjà pas trop, mais si tu commences à m'appeler *Diable* ça va pas le faire par contre ! répondit Luc en fronçant les sourcils.

- Hein ? Quoi ? Mais non c'est juste une expression, je voulais pas t'appeler Diable, je….

- Ahahah, tu verrais ta tête ! Panique pas, je te fais marcher va.

- Ah non, temps mort ! Si tu commences à faire les mêmes blagues pourries que Gaby, je suis foutue moi ! Help !

- Comme si tu savais pas te défendre toute seule... répondit ce dernier. Bon, on les ouvre ces cadeaux ou pas ?

- Mais oui, t'énerve pas mon gros nounours, tiens ! dit Angela en lui tendant l'un des deux paquets qu'elle avait apportés. Joyeux Noël de la part de Lucy et moi !

Gabriel s'empressa d'ouvrir son cadeau et poussa un cri de surprise en découvrant un maillot de basket aux couleurs des Lakers.

- Le maillot officiel de Lebron James ! Vous êtes complètement fous, ça vaut un bras !

- Ben oui, c'est pour ça qu'on s'est mis à deux, expliqua Luc. Je te devais bien ça pour te remercier de m'accueillir dans ta chambre. Et puis comme ça, t'auras aucune excuse si tu ne nous fais pas gagner contre Vine Street !

- OK ! Marché conclu ! En tous cas vous êtes géniaux, j'en rêvais depuis tellement longtemps ! Tenez, à mon tour, dit Gabriel en prenant deux paquets sous son lit et en les tendant à ses amis.

Sur celui d'Angela était écrit « *Pour mon ange* », et elle en sortit un joli gilet rouge, au dos duquel étaient cousues à plat deux ailes en tissu feutré blanc. Angela eut un petit cri de surprise, s'empressa d'essayer le vêtement, puis fit un bisou sur la joue de Gabriel en lui disant « merci mon nounours », si bien qu'il devint presque aussi rouge que le gilet.

Sur le paquet de Luc était écrit « *Go sing in a dream* ».

- Hein ? *Va chanter dans un rêve* ? s'étonna-t-il, avant que son visage ne s'illumine en ouvrant le cadeau : il contenait un t-shirt de son groupe de rock préféré qui indiquait

« *Imagine Dragons - Radioactive* ».

- Ah ! Sur le paquet c'est une anagramme de leur nom, génial !

- Luc Fire sans ses t-shirts de rock, c'est comme Super Man sans costume, expliqua Gabriel. Et comme ça au moins, les gens seront prévenus de ne pas trop t'approcher ! termina-t-il en riant.

- Tiens Lucy, ouvre aussi mon cadeau, dit Angela en le lui tendant. On ne s'est pas consulté avec Gaby, mais il est un peu sur le même thème finalement.

Curieux, Luc défit rapidement le papier cadeau et resta bouche bée en voyant ce qu'il contenait.

- Une… une enceinte Bluetooth ? Mais t'es complètement folle Angy, je... je peux pas accepter ça, ça coute au moins 50$ !

- Hum, oui, même un poil plus si tu veux un son correct. Mais t'inquiète pas, les sous de ma tante ont presque tout payé. Je me suis dit que cette année, tu en avais plus besoin que moi !

- Mais oui, mais non... je…, balbutia Luc, gêné.

- Hé bhéé ! s'exclama Gabriel. Luc Fire a perdu sa langue ! Rien que pour voir ça, ça en valait la peine, bien joué Angy !

- Ah ah, c'est clair que c'est une première ! Non, mais sérieusement Lucy, quand j'ai vu que ton iPod était tout ce qui te restait après l'incendie, je trouvais trop idiot que tu ne puisses même plus l'écouter. Comme ça là au moins, tu pourras casser les oreilles de Gaby avec ton bon gros rock préféré !

- Bon, si c'est pour l'embêter, dans ce cas j'accepte ! répondit Luc en retrouvant son sourire. Et comme c'est un modèle transportable, je vais même pouvoir embêter beaucoup plus de monde ! Bon, du coup par contre j'aurais dû t'offrir mon cadeau avant, parce que là en comparaison il va paraitre un peu ridicule. Enfin je pense que ça te plaira quand même. Tiens, Joyeux Noël !

Angela prit le petit paquet que Luc lui tendait, elle l'ouvrit rapidement et eut un grand sourire en découvrant le livre qu'il contenait.

- Ah ah, bien vu ! dit-elle en montrant le titre à Gabriel : *Harryson Potterson and the cup of fire* (*Harryson Potterson et la vasque de feu*). Luc avait souligné le mot « *fire* » au feutre rouge.

- Ben oui, j'ai vu que t'avais bientôt fini le tome 3, mais par contre faudra que tu m'expliques pourquoi Harryson m'a volé une vasque !

## *La banderole*

Le jour de la rentrée, Star et Straw installèrent pendant le petit-déjeuner une grande banderole au-dessus de la cheminée du réfectoire, on pouvait y lire l'inscription suivante en lettres roses sur fond jaune :

FRIDAY 10/01                   VENDREDI 10/01
BIRTHDAY PARTY OF              FÊTE D'ANNIVERSAIRE
THE FACE SIISTER'S             DES SO2URS FACE

- Bon il faut au moins leur reconnaitre un truc, dit Angela aux deux garçons qui regardaient la scène avec amusement : elles savent s'y prendre pour la communication !

- Ouais, ben moi je trouve qu'elles en font un peu trop justement, répondit Luc, et j'ai pas oublié qu'on leur devait une bonne leçon pour le coup de la cheminée... Gabriel, tu es prêt à m'aider ?

- Aucun souci, tu peux compter sur moi. Tout ce que tu veux pour remettre à leur place ces deux pimbêches !

- Génial ! Pour commencer, tu saurais où trouver de la peinture rose, par hasard ?

Le vendredi matin, lorsqu'Angela arriva au réfectoire, tous les élèves étaient agglutinés devant la banderole des jumelles et discutaient de façon agitée. En s'approchant, Angela remarqua que le texte avait été retouché, et qu'une deuxième bannière avait été ajoutée en dessous. En lisant le message modifié, elle manqua de s'étrangler de rire :

| FRIDAY 10/01 | VENDREDI 10/01 |
|---|---|
| BIRTHDAY PARTY OF | FÊTE D'ANNIVERSAIRE |
| THE FACE BLISTERS | DES FACES DE CLOQUE |
| | |
| STAR = RATS | STAR = RATS |
| STRAW = WARTS | STRAW = VERRUES |

Angela chercha Luc et Gabriel des yeux, ils étaient près de la cheminée en train de rigoler avec Jimmy et James.

- C'est vous qui avez fait ça ? les interrompit Angela.

- J'y suis pour rien moi ! répondit Luc en prenant un air innocent. Je n'ai fait que révéler au monde la simple vérité ! Ce n'est pas de ma faute si elle a choisi d'éclater comme une vilaine pustule !

- C'est clair ! s'exclama James, mort de rire. Non, mais appeler ses filles Rats et Verrues à l'envers, faut être complètement dingue !

- Pfff, pouffa Jimmy, surtout qu'avec leur nom de famille ça fait Face de Rats et Face de Verrues !! Pas étonnant qu'il ait fini à l'asile leur vieux.

- Attention, intervint Gabriel, les jumelles arrivent, taisez-vous !

D'abord ravies que tout le monde les regarde, les sœurs jumelles semblèrent hésiter en entendant des rires fuser à droite et à gauche, puis elles finirent par s'arrêter au milieu de la salle et levèrent enfin les yeux vers la banderole. Au bout de quelques longues secondes, Star et Straw fondirent en larmes simultanément et sortirent en courant de la cantine, accompagnées par les rires moqueurs de leurs camarades.

- Heu, les gars, demanda Angela à ses amis, vous croyez pas que vous y êtes allés un peu fort là ?

Personne ne lui répondit, et elle s'aperçut que les quatre garçons étaient pliés de rire au point d'en avoir les larmes aux yeux.

Le lendemain, alors qu'Angela, Luc et Gabriel étaient en train de s'entrainer au basket dans le gymnase, Johnson s'approcha d'eux, l'air mécontent.

- Hé vous trois, j'ai quelque chose à vous dire !

- Oui ? demanda Luc. Des remerciements pour la peinture de ta chambre peut-être ?

- Euh non, c'est pour vous dire que c'est pas gentil ce que vous avez fait à mes sœurs. Et c'est pas vrai, not'père n'était pas un fou ni un sar... un sardi...

- Un sadique ? suggéra Luc. Et bien, je suis rassuré de le savoir, mais qu'est-ce qui te fait dire ça ?

- Ben, tout simplement il m'a appelé *Johnson* et à l'envers ça veut rien dire de bizarre. Si ça se trouve, c'est juste le hasard pour le prénom des filles et papa l'a pas fait exprès !

- Heu, tu rigoles là j'espère, intervint Gabriel. Tu ne sais pas que *Johnson* c'est de l'argot pour ce que t'as dans le slip ?

- N'importe quoi... répondit Johnson avec un air méfiant.

- Ben si, reprit Angela, tout le monde sait ça ici... Pour être tranquille, il faudrait que t'ailles dans un autre pays ; en France par exemple ils disent *Paupaul,* donc là-bas tu serais pas embêté.

- Mais non je vous crois pas ! répondit l'intéressé. Vous vous moquez de moi ! Et puis y'en a d'autres des Johnson !

- Ah bon ? Et c'est quoi tes exemples ?

- Ben Magic Johnson, l'entraineur des Lakers, ou je sais pas moi... La chanson que mes sœurs me mettent tout le temps, là... «Mister Johnson» de la p'tite chanteuse... vous savez ? Jane !

- Ben qu'est-ce que tu crois qu'il a de magique son *Johnson* à l'entraineur ? lui répondit Angela en levant les yeux au ciel. Et puis la chanteuse dont tu parles s'appelle *Jain* ! Elle est Française en même temps, du coup je sais pas si elle l'a fait exprès pour *Mister Johnson,* mais en tout cas les paroles peuvent prêter à confusion, tu vérifieras sur internet !

- Oh là là, oh là là, gémissait Johnson d'un air catastrophé en se tenant la tête entre les mains. C'est horrible, j'suis foutu !

Luc lui posa la main sur l'épaule pour essayer de le réconforter :

- Euh... on peut t'appeler John si tu veux...

Johnson lui lança un regard de chien battu où brillait une lueur d'espoir. Il murmura tout doucement :

- Oh oui je veux bien, c'est gentil ça ! Il prit Luc dans les bras en l'étouffant à moitié et il ajouta en reniflant : t'as toujours été gentil toi, sniff, j'suis content que t'aies pas brûlé dans l'incendie, sniff, je... j'étais allé chercher les pompiers, tu sais ?

- Oui oui je sais, tout va bien, répondit Luc en se dégageant puis en emmenant Johnson vers la sortie. Bon Johnson... euh John, je pense que tu ferais mieux de te reposer un peu, ça ira mieux après !

Il revint vers ses amis quelques instants plus tard en faisant mine de s'essuyer le front du revers de la main.

- On dirait que tu viens de te faire un nouvel ami ! le taquina Gabriel.

- Oh m'en parle pas, je préférerais quand il se prenait pour Hulk !

- Ben pas moi, dit Angela en souriant. Il est très bien comme ça je trouve ! Et puis il m'a refait penser à quelque chose avec son histoire de pompiers... j'avais complètement oublié de vous raconter !

- Hum, je sens que c'est fini pour le basket aujourd'hui, dit Gabriel en posant son ballon par terre. Bon alors vas-y raconte, on t'écoute !

- C'était l'autre jour, juste après que Lucy soit sorti du dortoir en flammes et soit allé s'asseoir à l'arrière du camion de pompiers...

- Ah oui, je me rappelle ! la coupa celui-ci. J'avais vu que le Père William parlait au capitaine, tu as entendu ce qu'ils disaient ?

- Non pas tout, j'étais trop loin. Le Père William regardait autour de lui comme s'il ne voulait pas qu'on l'entende. Le seul mot que j'ai deviné, c'est qu'il a demandé quelque chose à propos de « l'incendie ».

- Ah zut ! fit Gabriel. On est bien avancé avec ça !

- Attends c'est pas fini. Le capitaine a d'abord fait non de la tête, mais quand le Père William est parti il l'a rattrapé, et cette fois-ci il parlait à voix haute, donc j'ai tout entendu.

- Et alors ? demanda Gabriel. Qu'est-ce qu'il a dit ?

- Il a dit comme ça (Angela mit ses mains sur ses hanches et imita la voix grave du capitaine) : « En y réfléchissant, je crois avoir déjà vu un feu comme ça, mais ça remonte à au moins une dizaine d'années, du temps où je combattais les feux de forêt près de San Francisco ».

- C'est tout ? Il ne s'en rappelait pas plus ?

- Figure-toi que c'est exactement ce que lui a demandé le Père William, mais arrête de m'interrompre si tu veux savoir la fin ! Il a répondu : « Hum, c'était une petite maison avec un incendie tellement intense qu'on n'a pas pu entrer pendant un long moment. On a sauvé un enfant caché dans une salle de bain, mais ses deux parents y ont perdu la vie ».

- Une salle de bain ? bondit Luc. Il faut absolument que je parle à ce pompier, je suis sûr que c'était la maison de mes parents !

- Ah bon pourquoi ? C'est quoi cette histoire de salle de bain ?

D'abord hésitant, Luc finit par céder aux questions de ses camarades et il leur raconta le rêve qu'il avait fait la nuit de l'incendie.

- Si le capitaine des pompiers était là le jour où mes parents sont morts, conclut-il, je dois absolument lui parler ! Il connaitra peut-être des détails qui pourront confirmer ce que j'ai vu dans mon rêve.

- Oui, c'est possible, acquiesça Angela. On n'a qu'à y aller le week-end prochain, et comme la caserne est juste à côté du commissariat, je pourrai passer voir si le détective Dricker a du nouveau.

## *La caserne*

La semaine suivante, Angela chercha donc une façon de se rendre à la caserne des pompiers, ou du moins une excuse pour s'absenter assez longtemps du campus. Le vendredi soir au diner, elle expliqua donc aux garçons les idées qu'elle avait trouvées.

- Bon alors, c'était pas facile… dit-elle en chuchotant, mais la première solution serait que Gaby prétexte un malaise pour retenir l'attention des adultes, et pendant ce temps on fait l'aller-retour vite fait avec Lucy.

- Heu, j'adore pas cette idée, répondit Gabriel sans enthousiasme, c'est quoi la deuxième ?

- Ben, c'était de déclencher l'alarme incendie pour faire venir les pompiers ici... mais bon, pas sûr qu'on arrive à leur parler sans s'attirer trop de questions.

- Ah ben, de mieux en mieux ! dit Gabriel en haussant le ton, on pourrait carrément mettre le feu tant qu'on y est !

- Chut, parle moins fort Gaby, dit Angela en jetant des coups d'œil inquiets autour d'elle. Oui effectivement j'y ai pensé, mais c'est quand même risqué si le feu se propage ou que les pompiers mettent plus longtemps que prévu à venir.

- Elle y a pensé ! gémit Gabriel en se prenant la tête entre les mains. Elle y a pensé !

- Ça va, ça va les amoureux, intervint Luc qui s'impatientait. Arrêtez vos prises de tête et laissez-moi faire.

Sans un mot de plus il se leva et se dirigea vers la table des professeurs d'un pas assuré, ses deux camarades ne purent que le suivre du regard d'un air hébété. Ils le virent adresser la parole au Père William, qui se retourna et posa une question à Cornelius Cole ; ce dernier acquiesça d'un hochement de tête, et quelques secondes plus tard, Luc revenait vers eux avec un grand sourire.

- Ça y est, c'est arrangé ! Cornelius nous déposera demain matin à la caserne en allant en ville, départ à neuf heures. Ben quoi, faites pas cette tête, un simple merci suffira !

- Mais, mais... bégaya Angela, qu'est-ce que tu leur as dit ?

- Oh juste la vérité, que suite à l'incendie de la semaine dernière on voulait revoir les pompiers pour les remercier. Le Padre a dit que c'était une excellente idée et a demandé à Cornelius de nous déposer.

En voyant la tête éberluée d'Angela, on aurait pu croire qu'elle venait de voir Luc souffler du feu par les narines. Elle ne dit pas un mot de tout le reste du repas, et jeta de temps à autre un coup d'œil furtif dans sa direction.

Un peu plus tard, au moment de se coucher, Gabriel posa une question à son colocataire.

- Au fait, Lucy, pourquoi tu nous as appelés « les amoureux » tout à l'heure ? Tu crois vraiment que... qu'Angy...?

- Ben oui gros nigaud, Angy ! Évidemment, Angy ! Et qu'elle t'appelle « mon gros nounours » par ci, et qu'elle te fait des gros bisous par là... y'a bien que toi pour te rendre compte de rien !

- Mouais, c'est facile à dire ça, répondit Gabriel d'un ton dubitatif. Mais les filles c'est pas aussi simple que ça en a l'air... et Angy encore moins, si tu veux savoir !


Le lendemain, les trois enfants étaient fin prêts dès 8h45, et ils se dirigèrent ensemble vers la maison de Cornelius pour être sûrs qu'il ne parte pas sans eux. En les voyant arriver, Wolfy se dressa sur ses pattes et se mit à pousser des petits jappements d'excitation, puis il courut dans leur direction et se mit à faire des bonds autour de Luc.

- Et bhé ! Et nous ? demanda Angela. On te connait depuis tout petit avec Gaby quand même !

Comme s'il avait compris ce qu'elle disait, Wolfy vint lui donner un petit coup de langue sur la main, puis retourna aussitôt se frotter contre Luc en agitant la queue frénétiquement.

- Ah ah, rigola celui-ci, je ne sais pas ce qu'il a, mais depuis l'incendie c'est comme ça dès qu'il me voit. On dirait presque que...

- Que votre amitié s'est renforcée ? suggéra Angela.

- Oui, c'est exactement ça ! Comment t'as deviné ?

- Oh ça se voit ! Et puis ça m'a fait la même chose avec Azraël après l'accident. Des fois j'ai l'impression qu'il comprend tout ce que je dis, et qu'il sait même ce que je vais faire avant...

- Bonjour les enfants ! l'interrompit Cornelius en ouvrant la porte de chez lui. C'est vous qui avez excité Griffin comme ça ? Bon allez, suivez-moi, comme je vais à la déchetterie je veux bien que vous m'aidiez à porter ces bouteilles vides et cette caisse de vieux journaux de Sœur Judith. Il faut les porter jusqu'à la camionnette.

Les trois enfants s'exécutèrent et se serrèrent ensuite sur la banquette côté passager. Ils arrivèrent à la caserne des pompiers quelques minutes plus tard. Comme il faisait beau, ils assurèrent au gardien qu'ils feraient le retour à pied et il n'insista même pas pour venir les chercher. La caserne était un long bâtiment en briques claires, la partie gauche était trouée de quatre grandes portes en bois de six ou sept mètres de haut. Deux des portes étaient ouvertes et dans chaque embrasure en forme d'arche se tenait un camion de pompier, qui semblait prêt à prendre la route à la moindre alerte. Les enfants se dirigèrent vers la partie droite du bâtiment où se trouvaient les bureaux. La porte y était plus petite, mais elle avait la même forme arrondie en haut et était entourée d'un triple fronton en briques sur lequel était inscrit fièrement le nom de la caserne :

« *Fire Station 27* »

En entrant, ils demandèrent à voir le capitaine Phil, et à leur grand étonnement on leur indiqua un bureau au fond sans leur poser de question. Luc alla toquer courageusement et la grosse voix du capitaine leur dit d'entrer.

- Ça alors ! s'exclama-t-il en les voyant. C'est bien la première fois que des enfants viennent toquer à la porte de mon bureau. Par contre je vous préviens, si c'est pour des tickets de tombola je n'ai pas le temps, j'ai une réunion importante dans... hé, mais, je te reconnais toi ! Tu es le rescapé de l'incendie à l'orphelinat, n'est-ce pas ?

- Oui, c'est bien ça capitaine, je m'appelle Luc. Luc Fire. On venait justement avec mes amis pour vous remercier de votre intervention. Sans vous, c'était tout le bâtiment qui partait en fumée !

- Oui c'est sûr, c'était un sacré brasier. Heureusement que le vent a tourné, sinon je ne suis pas sûr qu'on en serait venu à bout !

- Et vous voyez souvent des feux aussi intenses ? demanda Angela, innocemment.

- Oh non, heureusement ! C'est drôle, j'en parlais justement avec le Père William l'autre jour, et la seule fois où j'ai déjà vu ça c'était il y a plus de dix ans.

- Dix ans ? répéta Gabriel qui avait compris la technique d'Angela. Et c'était aussi dans le coin ?

- Non, à l'époque je travaillais dans l'unité du Cal Fire à San Francisco. On combattait principalement les feux de forêt, mais ce jour-là on nous avait appelés en renfort pour un incendie très violent dans un petit village.

- Un village ? Vous vous rappelez quel village c'était ? demanda Luc en peinant à garder une voix neutre.

- Oh oui, je m'en souviendrai toujours tellement le nom me hante depuis cette nuit terrible, *El Diablo* qu'il s'appelait ce maudit village, El Diablo ! Et cette maison brûlait comme les flammes de l'enfer mes enfants, les collègues ont dû m'arroser en continu pour que je puisse pénétrer à l'intérieur. Même comme ça, je n'ai pas réussi à atteindre la chambre des parents, mais heureusement la salle de bain où ils avaient mis leur enfant était plus proche de l'entrée et je suis arrivé à temps.

- C'était vous ? réalisa Luc en ouvrant de grands yeux. C'est vous qui m'avez sorti des flammes ?

- Pardon ? demanda le capitaine en haussant les sourcils. Ooooh !

- Oui monsieur, cette maison, c'était celle de mes parents !

- Hé bien ça alors ! dit le capitaine en s'avançant sur son fauteuil pour mieux voir Luc. Je me suis souvent demandé ce qu'était devenu ce pauvre bébé... Tu ne t'en sors pas trop mal, on dirait !

- Grâce à vous ! Je ne saurais jamais vous remercier assez... je... je vous dois la vie, tout simplement !

- C'est justement pour ça qu'on fait ce métier tu sais mon garçon, dit le capitaine en le regardant affectueusement. Pour sauver des vies ! Ce n'est pas toujours facile, mais quand on y arrive, on sait pourquoi on prend des risques.

- Ce n'est pas moi qui vous contredirai là-dessus ! Dites-moi, est-ce que par hasard vous avez su la cause de l'incendie à l'époque ?

- Hum, ça fait trop longtemps pour que je me souvienne de... attends si, je me rappelle que le rapport des experts m'avait paru bizarre. Il disait que le feu s'était propagé depuis la salle de bain, mais c'est là que je t'ai trouvé et le feu y était au contraire plus calme qu'ailleurs. C'est d'ailleurs ce qui t'a sauvé, je pense, car les flammes encerclaient ton couffin, plus que quelques minutes et il prenait feu.

- Et qu'est-ce qui aurait pu le déclencher, à votre avis ?

- Oh sûrement comme d'habitude, dit le capitaine en se levant de son fauteuil. Un problème électrique ou un feu de cheminée mal éteint... le plus important c'est que tu t'en sois sorti, non ? Bon allez je file, je vais être en retard à ma réunion, ajouta-t-il en les raccompagnant vers la sortie. Au revoir, les enfants, et repassez quand vous voulez. Luc, j'espère te revoir ailleurs que dans une maison en feu la prochaine fois.

- Ahahah, moi aussi ! Je vous promets que je ferai attention !

- Ça alors, dit Luc à ses amis une fois qu'ils furent dehors, c'est incroyable d'avoir enfin les réponses à des questions que je me suis posées toute ma vie.

- Oui c'est chouette, lui répondit Gabriel. D'autant plus que tu sais maintenant que ton rêve n'était qu'un rêve justement.

- Ah bon, pourquoi ?

- Et bien d'abord le capitaine a dit que tu étais dans un couffin, et non dans les bras de ta maman réduite en cendre. Et ensuite, si tu avais eu des cornes et une queue de diablotin je suis à peu près sûr qu'il en ferait encore des cauchemars !

Luc ne répondit rien, la logique de son ami paraissait imparable, mais une impression désagréable lui tiraillait encore les entrailles, comme s'il avait raté un élément important alors qu'il l'avait juste sous les yeux.

Ils arrivèrent rapidement au commissariat qui était presque adossé à la caserne des pompiers. Le détective était ravi de les voir et les informa qu'il avait deux nouvelles informations concernant l'accident des parents d'Angela. D'abord, il avait réétudié toutes les photos que les experts avaient prises et le camion n'avait pas laissé de traces de frein avant le point d'impact. Deuxièmement, les témoignages des pompiers évoquaient un feu étonnamment difficile à éteindre, ils avaient tous affirmé qu'ils n'avaient jamais vu ça.

- La bonne nouvelle Angela, continua Dricker, c'est que ces deux éléments semblent conforter les souvenirs dont tu m'as parlé la dernière fois, et renforcent l'hypothèse d'un accident provoqué intentionnellement.

- Ah, j'en étais sûr, jura Gabriel. Les ordures !

Angela était abasourdie, les implications lui faisaient froid dans le dos. Qui donc aurait pu vouloir la mort de ses parents ??

- La mauvaise nouvelle par contre, c'est que je n'ai plus de piste à explorer et que je n'ai pas réussi à trouver la moindre preuve permettant de connaitre le motif d'un tel crime ou la personne qui l'aurait commandité. Tu ne te rappellerais rien d'autre, par hasard ? Il n'y a pas un petit détail qui... Ah ! Excusez-moi, je dois prendre cet appel, dit-il en sortant précipitamment du bureau. *Allô oui ? Détective Dricker à l'appareil...*

Angela se retourna lentement vers ses amis, abasourdie.

- Le téléphone... le téléphone de Papa avait la même sonnerie…

- Ben ça nous avance pas trop, répondit Luc en haussant les épaules. C'est la sonnerie par défaut, tout le monde a la même !

- Oui, mais c'est pas ça... en l'entendant, je me suis rappelée que le téléphone de Papa avait sonné juste avant l'accident ! Je suis sûre de l'avoir vu se pencher pour l'attraper, je... Dricker doit pouvoir retrouver qui était au bout du fil !

## Sister Sinistras

Le mois de janvier était passé à toute vitesse, car les cours avaient repris de façon plus intense qu'avant les vacances de Noël, et les devoirs pleuvaient de tous les côtés : le Père William leur faisait des interrogations surprises sur les tables de multiplication, Miss Lindsay leur avait donné à lire « Bilbo le Hobbit », qui faisait plus de 400 pages, et ils avaient dû rendre à Sister Sinistras la semaine précédente un exposé de trois pages pour son cours d'histoire. Aujourd'hui, les élèves étaient un peu anxieux, car la sœur devait justement leur rendre leurs copies.

- Bonjour, commença-t-elle d'une voix sèche en entrant dans la classe. Je ne sais pas ce qui s'est passé avec vos copies de la semaine dernière, mais elles étaient moins exécrables que d'habitude. Deux exposés étaient même relativement acceptables et leurs auteurs vont venir nous dire ce qu'ils en ont retenu. Gabriel, c'est à toi de commencer, viens au tableau !

Gabriel se leva de façon hésitante, un peu surpris.

- Allez, dépêche-toi, ne fais pas ton peureux, le pressa Sister Sinistras. Je te corrigerai si tu dis des âneries.

- Heu, j'ai choisi l'histoire de la ville de Los Angeles. J'ai retenu que la région était habitée depuis plus de 10 000 ans. Les habitants de l'époque étaient surnommés les « *Gabrielinos* » par les explorateurs portugais et espagnols qui ont découvert la région.

- Qui sait me dire d'où vient ce nom de Gabrielinos ? demanda la sœur. Johnson je te vois bâiller, une idée ?

- Euh, c'est parce que c'est Gabriel qui fait l'exposé ?

Les élèves éclatèrent de rire, et même Sister Sinistras ne put retenir un sourire avant de ramener le calme dans la classe.

- Tut tut tut les pipelettes, on se tait ! Johnson dit des bêtises plus grosses que lui comme d'habitude, mais cela vient tout de même du nom Gabriel. En fait, les explorateurs espagnols qui étaient très catholiques ont construit beaucoup de monastères et le plus proche d'ici s'appelait *la Mission de Saint Gabriel Archange*, d'où leur surnom.

- Madame, intervint Linda, c'est quoi un archange ?

- C'est un ange avec un arc, banane, lui répondit Noah à voix basse, ce qui fit pouffer de rire Ava et Emily qui étaient assises juste devant lui.

- Je t'ai entendu, Noah ! intervint Sister Sinistras. Figure-toi que grâce à Linda tu te coucheras moins bête ce soir. Un archange, c'est un prince des anges ou une sorte de chef si tu préfères.

- Et il y en a combien madame, des archanges ? demanda Angela depuis le fond de la classe.

- On lève la main Angela ! Il n'y en a que trois dont les noms soient cités dans la Bible : Gabriel, Raphaël et Michael, tu devrais le savoir ! Mais dis-moi Gabriel, à propos de noms je crois que tu as aussi trouvé d'où venait le nom de Los Angeles, n'est-ce pas ?

- Oui, mais c'était un peu compliqué madame, je peux relire ?

Sister Sinistras eut un petit mouvement sec du menton et Gabriel lut sur sa feuille : « en 1781 à sa création, les Espagnols qui fondèrent la ville l'appelèrent « *el pueblo de Nuestra Señora Reina de Los Angeles del rio de Porciuncula* », c'est un peu long comme nom de ville, mais ça veut dire « *le village de Notre Reine des Anges du fleuve de Porciuncula* ». Je pense que le nom était trop long alors on n'a gardé que « Los Angeles », les gens étant de plus en plus flemmards, la plupart ne dit aujourd'hui plus que les initiales : *L.A.* ».

- Ah ah, c'est à peu près ça Gabriel, répondit la sœur d'un ton condescendant. Bon, le deuxième exposé que j'ai trouvé correct, c'était celui de Straw ! Allez, ne sois pas timide et viens nous dire pourquoi tu as choisi ce sujet jeune fille.

- Heu moi ? dit Straw en se levant, vous ne vous moquez pas ?

Sœur Judith dut l'encourager pour qu'elle vienne au tableau.

- Alors Straw, explique-nous pourquoi tu as choisi de faire un exposé sur une actrice de cinéma.

- Et bien, j'ai choisi ce sujet parce que c'est ma star favorite, après ma sœur bien sûr, hihi. Mais je vous avoue que c'est le Père William qui m'a mis la puce dans l'oreille, parce que sans lui j'aurais jamais entendu parler de Marilyn. Je me rappellerai toujours des paroles qu'il a prononcées pour me réconforter le jour où maman nous a abandonnés à l'orphelinat :

- « Bonjour petite », qu'il m'a dit, « tu me rappelles l'histoire d'une autre pensionnaire qui est arrivée comme toi un vendredi 13 et qui avait le même visage triste entouré de cheveux d'or. Tu veux que je te dise un secret ? C'est devenu la star de cinéma la plus connue et la plus aimée du monde ! Elle s'appelait Norma Jean Baker en arrivant à Hollygrove, mais tout le monde s'en souvient aujourd'hui sous le nom de Marilyn, Marilyn Monroe ».

- Un vendredi 13, vraiment ? l'interrompit James en faisant la moue.

- Oui oui, répondit Sœur Judith. Straw a tout à fait raison, Marilyn Monroe est restée à Hollygrove du vendredi 13 septembre 1935 au 7 juillet 1937. C'est encore inscrit dans les registres de l'orphelinat, pour ceux qui veulent vérifier !

- Et c'est depuis notre dortoir, reprit Straw toute fière, qu'elle regardait la ville la nuit. Elle se disait souvent « il doit y avoir des milliers de filles qui rêvent comme moi de devenir des stars de cinéma », mais un soir il parait qu'elle aurait ajouté « Mais je ne vais plus me soucier d'elles, c'est moi qui rêve le plus fort ». Eh bien moi, je me répète cette phrase tous les soirs, et je suis sûre qu'avec ma sœur on peut rêver deux fois plus fort que Marilyn Monroe !

## *La statue*

Un samedi après-midi, Angela et ses amis voulurent aller s'entrainer au basket, mais Cornelius Cole avait justement choisi ce moment-là pour lessiver le gymnase. Ils allèrent donc jouer sur le terrain extérieur même s'il faisait encore froid en ce début du mois de mars. Leur exercice favori était de jouer à deux contre un, celui qui était tout seul jouait en défense et devait empêcher les autres de marquer. Angela étant rapide et vive, c'était surtout en défense qu'elle révélait le meilleur d'elle-même : elle savait intercepter une balle en plein dribble mieux que quiconque. Gabriel de son côté, profitait le mieux de sa grande taille en jouant le rôle de pivot, c'est-à-dire en réceptionnant la balle près du panier et en tournant sur lui-même pour tirer à bout portant. Enfin, Luc était particulièrement adroit au tir, et il excellait pour marquer des paniers à trois points depuis la zone extérieure.

- Bon allez, ça suffit pour aujourd'hui, déclara Luc au bout d'une grosse demi-heure. Je vais prendre une douche.

- OK, lui répondit Gabriel. Moi je m'entraine encore un peu aux trois points, je sais que je peux progresser. Et toi Angy ?

- Pfff, j'ai eu largement ma dose moi aussi, on se rejoint pour diner, ok ? Allez je file, à toute !

Angela prit une douche rapide et comme il lui restait une demi-heure avant le repas, elle décida d'avancer la lecture de son livre. À peine se fut-elle installée sur son lit qu'Azraël rappliqua immédiatement depuis son panier pour quémander quelques caresses. Angela commença à lui gratter la tête d'une main, et il s'installa en boule à côté d'elle en ronronnant. Elle attrapa son livre et en retira la lettre de ses parents qu'elle avait glissée dans une nouvelle enveloppe. Comme à chaque fois qu'elle la touchait, elle ne put s'empêcher de réciter en murmurant le petit poème que le feu avait révélé au dos de la lettre.

*En traçant le signe de l'Ange Un,*
*Quatre deviendront dix par dessin.*
*La Sainte Famille tu réuniras*
*Les chiffres opposés face à face tu placeras,*
*Et au centre, l'ennemi apparaitra.*
*Les défauts de sa cuirasse seront révélés,*
*Lorsque les trois Pouvoirs seront nommés.*

- Grrr, ça ne veut vraiment rien dire ce truc, jura-t-elle en s'apprêtant à poser la lettre sur sa table de nuit. Un miaulement interrogateur interrompit son geste et elle s'aperçut qu'Azraël la regardait en penchant la tête sur le côté d'une façon assez comique.

- Eh bien quoi ? Pas la peine de me regarder avec cet air moqueur monsieur je-sais-tout ! Tiens, si c'est si facile que ça t'as qu'à me montrer la réponse, toi ! ajouta-t-elle en lui tendant l'enveloppe.

Azraël pencha la tête de l'autre côté et la regarda un instant en plissant les yeux, puis attrapa la lettre entre ses dents d'un coup vif et la lui arracha des mains en bondissant du lit. Angela n'avait pas eu le temps de dire « Hé, rends-moi ça ! » que sa queue avait déjà disparu par la porte entrouverte. Angela bondit de son lit. En sortant du dortoir, elle aperçut le chat qui trottinait tranquillement en direction du bâtiment principal.

- Azraël ! Reviens ici, espèce de voleur ! hurla-t-elle avant de se lancer à sa poursuite.

En passant l'angle du bâtiment, elle vit la queue du chat disparaitre dans l'embrasure de la grande porte d'entrée, mais lorsqu'elle y arriva celle-ci était impossible à ouvrir. Angela se mit alors à tambouriner sur l'épaisse porte en bois en criant.

- Azraël, si tu ne m'ouvres pas tout de suite je te prive de nuggets pour un mois tu m'entends, un mois !

La jeune fille sursauta en entendant la voix moqueuse de Gabriel, qui s'était approché en l'entendant crier.

- Hé Angy, tu te rends compte que t'es en train de demander à un chat de t'ouvrir la porte, là ?

- Mais oui ! Mais non ! C'est... c'est qu'il a volé la lettre de mes parents et je viens de le voir entrer alors que c'est fermé à clé !

- Calme-toi, va... calme-toi et laisse-moi regarder ça, reprit Gabriel en s'approchant de la porte à double battant. Il attrapa les deux gros anneaux en métal à pleine main et tira dessus de toutes ses forces. Les portes semblèrent résister un instant, puis s'ouvrirent lentement dans un grincement de métal, avant de s'écarter brusquement en venant taper contre l'embrasure en pierre. Angela s'engouffra dans l'ouverture sans attendre, suivie de près par son ami.

La silhouette noire d'Azraël se détachait nettement à l'autre bout du hall, contre le bloc de marbre blanc sur lequel reposait la statue de l'ange. Il faisait sa toilette tranquillement, comme s'il les attendait. Lorsqu'il aperçut les deux enfants, il ramassa l'enveloppe entre ses dents et disparut en trottinant de l'autre côté de la statue. Angela lui courut après en criant :

- Gaby, passe à gauche, ne le laisse pas s'échapper !

- Mais ! Où est-il passé ? s'exclamèrent-ils en chœur en arrivant de l'autre côté. Ils se rendirent vite à l'évidence : Azraël s'était volatilisé.

- Ça alors, c'est bizarre ! s'exclama Gabriel. C'est exactement l'endroit où tu étais devenue invisible, quand le vieux Cornelius avait failli te surprendre avec sa lampe torche. Tu crois que c'est une coïncidence ?

- On va vite le savoir, dit Angela. S'il est juste invisible, je devrais quand même pouvoir le toucher. Elle passa la main tout le long du bloc de marbre à quelques centimètres du sol. « Non il n'est pas là », conclut-elle en se relevant, mais Gabriel l'attrapa par l'épaule.

- Attends, ne dis rien, j'ai entendu un bruit.

Angela tendit l'oreille, et cette fois-ci elle l'entendit elle aussi : un miaulement étouffé qui semblait provenir de l'intérieur de la statue...

- Mais oui tu as raison, on dirait bien Azraël ! Mais par où est-il entré là-dedans ?

- Ça, je n'en sais rien, dit Gabriel en collant l'oreille contre la pierre. Mais le son semble plus fort vers le sol, ajouta-t-il. Azraël doit être coincé sous la statue. Aide-moi à pousser, il faut le sortir de là !

- Mais t'es fou, c'est beaucoup trop lourd !

- C'est pas le moment de discuter, il va manquer d'air ! Aide-moi je te dis, dépêche-toi !

Gabriel s'était arc-bouté des deux mains contre le bloc de marbre et poussait de toutes ses forces en grimaçant. Angela fit de même à côté, mais sa main gauche glissa contre la pierre et toucha celle de Gabriel. Elle ressentit un léger picotement et avant qu'elle n'ait le temps retirer sa main, elle sentit le bloc de marbre avancer de quelques millimètres.

- Il a bougé ! s'écria Gabriel. Il a bougé, continue avec moi !

Angela laissa sa main contre celle de Gabriel et ils poussèrent en même temps de toutes leurs forces. Cette fois-ci, l'énorme bloc de marbre bougea de trois bons centimètres. Angela n'arrivait pas à croire ce qu'elle voyait, mais en repensant à son chat qui était coincé dessous, elle se dit qu'elle se préoccuperait de la logique plus tard.

- Allez, encore un effort Gaby ! se mit-elle à encourager son ami en poussant elle aussi de tout son poids.

Gabriel vira au rouge cramoisi et poussa tellement fort que ses bras en tremblaient. La statue crissa sur le sol et laissa apparaitre une ouverture sombre qui faisait presque dix centimètres de large.

- Azraël, tu vas bien ? demanda Angela avec inquiétude.

Un miaulement clair lui répondit et en se penchant elle distingua le museau blanc de son chat levé vers elle en contrebas.

- Il est bien là-dessous ! Il faut qu'on ouvre un peu plus pour qu'il puisse sauter, dit-elle à Gabriel en l'implorant du regard.

Après cinq nouvelles minutes d'efforts, ils parvinrent à doubler la taille de l'ouverture ; mais il y eut un bruit sourd et le bloc de marbre s'immobilisa, comme si quelque chose l'empêchait de s'ouvrir davantage. Il n'en fallait pas plus à Azraël pour sauter, s'agripper au rebord et se glisser par l'ouverture. Il déposa l'enveloppe - intacte - aux pieds de sa maitresse et se frotta à sa jambe en faisant le dos rond. Tout heureuse de le retrouver sain et sauf, Angela le prit dans ses bras et ne pensa même pas à le gronder.

- Angy, viens voir ! dit Gabriel. Il s'était penché sur l'ouverture en gardant la main gauche appuyée sur le bloc de marbre, et éclairait à l'intérieur avec la lampe de son téléphone portable.

Angela s'approcha et vit qu'il y avait sous la statue une cavité d'environ un mètre de large et deux mètres de profondeur.

- Regarde ! s'exclama-t-elle à son tour en se penchant un peu plus. Il y a une ouverture dans le mur et je vois le début d'un escalier ! Prête-moi ta lampe, je vais voir où ça mène...

- Oui bien sûr, pas de problème, répliqua Gabriel en la lui tendant. Par contre vu la taille de l'ouverture, tu as de bonnes chances de rester coincée à mon avis. Et si jamais tu passes, mais que le mécanisme se referme, je te rappelle que je ne sais pas l'ouvrir tout seul. Allez, bonne chance !

- Euh, tout compte fait tu as raison, répondit Angela. Il vaut mieux que l'on revienne plus tard avec Luc... et un peu d'équipement.

Satisfait, Gabriel enleva sa main du bloc de marbre, qui revint aussitôt à sa place initiale en crissant doucement. Angela avala sa salive péniblement en réalisant qu'elle l'avait échappé belle.

- Bon, ça tombe bien, dit Gabriel comme si de rien n'était. C'est l'heure du diner et tous ces efforts, ça m'a creusé l'appétit !

Lorsqu'ils rejoignirent Luc à la cantine, ils étaient tellement excités qu'ils se mirent à parler tous les deux en même temps, dans un flot de paroles désordonnées. Une fois que le jeune métis réussit à mettre de l'ordre dans leurs propos, l'excitation le gagna à son tour.

- Quoi ? s'exclama-t-il avec un regard brillant, avant de reprendre à voix basse en se penchant vers ses camarades. Vous avez réussi à ouvrir la statue ? Mais comment vous avez fait ?

- Et bien Azraël était coincé dessous, répondit Gabriel. Alors on n'a pas trop réfléchi et on a juste poussé de toutes nos forces...

- Mais c'est impossible ! Cette statue pèse au moins six tonnes !

Alors que Gabriel et Angela regardaient Luc avec un air perplexe, Cornelius Cole entra en trombe dans la cantine avec un air furieux et se dirigea vers le Père William.

- Mon père, venez vite ! Quelqu'un a forcé les portes du bâtiment principal !

- Calmez-vous mon brave, lui répondit le prêtre, calmez-vous. Que voulez-vous dire par forcées ? Que s'est-il passé ?

- Et bien je les avais fermées à clé tout à l'heure, mais quand je suis repassé à l'instant elles étaient grandes ouvertes et le mécanisme de la serrure était complètement tordu !

Angela jeta un regard interrogateur à Gabriel, qui secoua la tête en signe d'incompréhension.

- Hum, vous avez raison c'est bien étrange, dit le Père William en se levant. Il faut que je voie ça par moi-même. En marchant vers la sortie, il marmonna dans sa barbe pensivement « Hum, j'espérais avoir un peu plus de temps devant moi... » .

En voyant l'air abasourdi de ses deux amis, Luc leur demanda d'un ton suspicieux :

- Attendez, ne me dites pas que vous êtes responsable de ça ?

- Ben, la porte était coincée alors j'ai forcé un peu... répondit Gabriel d'une voix étrange et en regardant ses mains avec un air perplexe. Je sais que je suis costaud, mais de là à tordre du métal ?

- Et bien ça reste à vérifier, mais ça expliquerait comment tu as pu déplacer la statue en tout cas, ajouta Luc en lui tendant la main avec un grand sourire : bienvenue au club des gens dangereux mon ami !

Ils avaient convenu de se retrouver à minuit devant la porte d'entrée du bâtiment principal afin d'explorer ensemble le passage secret.

- Bon, c'est le moment ou jamais de ressortir mon dossier sur le code de la statue non ? demanda Luc à son colocataire. Il nous reste quelques heures à tuer, alors autant que je te montre ce que j'avais trouvé. Tiens, voici le texte inscrit sur le bloc de marbre comme le Père William nous l'avait écrit au début de l'année, tu te rappelles ?

- Oui, Angela avait trouvé le mot « Angels » avec la première lettre de chaque mot, mais je croyais que tes recherches n'avaient rien données ?

- Disons plutôt que je suis arrivé dans une impasse et que je ne m'y suis pas repenché depuis plusieurs mois

```
              T O
A  C  C  E  S  S
N  E  A  R  B  Y
G  A  R  D  E  N
E  N  F  I  R  E
L  O  C  K  E  D
S  T  A  T  U  E
```

maintenant. En fait l'astuce est de faire l'inverse : il faut prendre la dernière lettre de chaque mot.

- SYNEDE ? Mais ça ne veut rien dire !

- Attends, laisse-moi finir, pour les premières lettres il faut lire de haut en bas, mais pour les dernières il faut lire de bas en haut : EDEN YS.

- Eden, comme le jardin d'Eden dans la Bible ?

- Exactement ! confirma Luc. C'est le nom du Paradis dont sont chassés Adam et Ève. Et devine quoi ? La Bible dit que son accès est gardé par des anges avec des épées de feu !

- Ah bon ? Incroyable ! Et YS ça veut dire quoi ?

- Et bien je pense qu'il n'y a pas qu'un mot, mais carrément une phrase cachée. En prenant le mot TO qui se trouve à l'extérieur du carré parfait, ça donnerait quelque chose comme « To Angels, Eden Ys... », mais c'est là que je bloque, ça veut dire « Pour les Anges, Eden est... », mais il manque clairement un mot, et je ne comprends pas pourquoi ils ont écrit "Is" avec un Y. Si ça se trouve, je me trompe complètement.

- Non ça se tient ton truc, dit Gabriel en faisant les cent pas dans la chambre. Eden est à la fois en lien avec le mot anges et le mot jardin, c'est forcément ça ! Par contre des francs-maçons ne peuvent pas avoir fait une faute d'orthographe aussi grossière sans une bonne raison.

- Oui, mais laquelle ?

- Hum, aucune idée... attends, tu as le message original dans ton dossier ? Je veux dire la version non décodée ?

- Euh oui, bien sûr j'en avais fait une copie, dit Luc en la lui tendant. Tu as une idée ?

- Disons plutôt une intuition, je pense que ce Y est la clé pour trouver le dernier mot de ta phr... Mais oui, regarde ! La lettre Y s'écrit ⬡•, on dirait une flèche !

- Mais t'es génial ! s'écria Luc qui n'en revenait pas. Et donc si cette flèche vers la gauche nous indique le dernier mot, on trouve...

- TO ANGELS, EDEN YS NEARBY ! s'exclamèrent en chœur les deux garçons. « Pour les anges, le Paradis est tout proche » !

- Bon par contre ça nous avance pas trop cette phrase en fait, remarqua Gabriel en haussant un sourcil.

- Hum, voyons voir ça, lui répondit Luc avec une expression amusée... Tout d'abord, ça nous confirme que le « jardin » cité dans le texte est le jardin d'Eden. Ensuite, comme le mot « Nearby / Proche » est présent à la fois dans la première phrase ET dans la phrase cachée, je pense que ça veut dire que l'entrée du jardin d'Eden est vraiment proche, voire carrément sous la statue si j'en crois l'escalier que vous avez découvert.

- Un escalier pour le Paradis... dans Hollygrove ! Et bien ça alors !

- Attends ce n'est peut-être pas tout ! Comme le message caché dit que le jardin d'Eden est proche « Pour les anges », ça peut vouloir dire qu'il ne l'est pas pour tout le monde. Les yeux de Luc pétillaient maintenant avec malice. Il faudrait donc être un ange pour pouvoir y entrer, or d'après la Bible je vois au moins un ange qui ait été expulsé du Paradis et qui puisse vouloir y retourner...

Luc avait laissé la phrase en suspens, mais Gabriel la termina en tapant dans le dos de son ami.

- ... Lucifer ! Mais oui, bien sûr ! Ça expliquerait ta fascination pour cette statue en tout cas... et si ce passage a été fait à ton intention, il faut absolument qu'on trouve comment l'ouvrir !

- Oh, pour ça j'ai ma petite idée... Je ne comprenais pas comment il était possible de faire brûler du marbre, mais j'ai l'intuition que le feu magique de Lucifer a une petite chance de réussir !

Les deux garçons s'éclipsèrent par la fenêtre de leur chambre à minuit moins cinq. Ils avaient mis des habits sombres pour se fondre dans la nuit, et se glissèrent silencieusement sous la fenêtre de Johnson, puis passèrent discrètement derrière le dortoir des sœurs et celui des filles. Lorsqu'ils arrivèrent au buisson qui était à l'angle du bâtiment principal, ils s'aperçurent qu'Angela les y attendait déjà.

- Salut Angy, commença Gabriel, tu ne devineras jamais ce qu'on a trouvé avec Lucy...

- Chuuut, répondit-elle à voix basse, vous me raconterez à l'intérieur, on est trop près des dortoirs ici. Mais avant ça, on a un problème à régler : Cornelius a verrouillé la porte.

- Eh bien, c'est parfait ! s'exclama Luc en voyant la chaine qui était passée entre les deux anneaux en métal et fermée par un gros cadenas. J'étais justement impatient de voir de mes yeux les prouesses de monsieur muscle. Gabriel, si tu veux bien te donner la peine ?

- Sérieusement ? demanda ce dernier en prenant le cadenas dans ses mains. Tu crois que je peux ouvrir ça ?

- Non non, pas le cadenas, l'interrompit Luc en lui attrapant le bras. Cornelius verra tout de suite s'il est cassé. Essaye plutôt d'ouvrir un anneau, la soudure devrait céder en premier.

Gabriel passa un doigt de chaque main dans un des anneaux, et tira de toutes ses forces. Ses doigts blanchirent sous la pression, mais le maillon se déforma à peine.

- Grmmph, grommela Gabriel en reprenant son souffle. Je ne vais pas me laisser avoir par une bête chaine quand même !

Il rapprocha les mains à hauteur de sa poitrine pour s'aider de la force des épaules et grimaça sous l'effort ; Angela vit de la sueur perler sur son front, mais cette fois-ci l'anneau finit par s'ouvrir lentement.

- Waouh, impressionnant, commenta Luc de façon admirative.

- Oh c'est pas miraculeux non plus, répondit Gabriel en enlevant la chaine et en ouvrant doucement la porte. C'était juste une petite chaine, faut pas exagérer.

Luc laissa passer Angela, se glissa dans l'ouverture et referma la porte derrière lui, puis il rattrapa Gabriel.

- J'exagère pas tu sais, une chaine de ce type peut soulever un poids de 500 kg. Seuls Hulk ou Superman sont censés pouvoir faire des trucs comme ça !

Gabriel haussa les épaules, mais avait l'air un peu perturbé et ne dit plus un mot jusqu'à ce qu'ils arrivent au pied de la statue. L'ange blanc et majestueux était éclairé par la lumière bleutée de la lune qui filtrait par la fenêtre, il était magnifique.

- Au fait Gaby, dit Angela dont la voix résonna dans le silence du hall. Qu'est-ce que tu voulais me dire tout à l'heure ?

- Ah oui, répondit-il, content de changer de sujet. On a décrypté le message de la statue avec Lucy ! Il va pouvoir l'ouvrir avec son pouvoir sur le feu et le passage qu'il y a dessous mène au Paradis, mais seuls les anges peuvent y accéder, mais heureusement il est Lucifer.

- Hein ? Quoi ? Tu me la refais moins vite ?

Luc éclata de rire, puis réexpliqua comment ils avaient trouvé la phrase cachée dans le texte de la statue, ainsi que les déductions qu'ils avaient faites.

- Et ben ! dit Angela lorsqu'il eut terminé. Je ne sais pas si tout est vrai les garçons, mais ça a l'air cohérent en tout cas. J'avoue que j'aurais trouvé cette histoire d'anges et de Lucifer complètement délirante il y a six mois, mais ça vient compléter parfaitement la lettre de mes parents et le passé de Lucy. C'est presque comme si...

- Comme si c'était le chainon manquant n'est-ce pas ? termina Luc. Je me suis dit la même chose, figure-toi. Mais le fait que la réponse à nos questions se trouvait gravée sur une statue vieille de plusieurs centaines d'années me semble complètement dingue.

- Oui et bien à mon avis, intervint Gabriel en montrant le bloc de marbre, c'est surtout là-dessous qu'il doit y en avoir, des réponses. Et la seule façon d'en avoir le cœur net, c'est d'aller voir... Luc, c'est à toi de jouer ! termina-t-il en tendant son briquet à son camarade.

Ce dernier s'en saisit et l'alluma, puis il se rapprocha face à la statue avec une lueur de défi dans le regard. Il approcha sa main gauche de la flamme, les doigts écartés comme s'il voulait attraper une petite balle. Le feu sembla attiré par une force invisible et vint former une boule de feu qui se mit à tournoyer sur elle-même entre ses doigts.

- Hé hé, je me suis entrainé, dit Luc tout fier en voyant la tête de ses amis. Bon alors c'est pas tout, mais je l'allume où cette statue ?

- Peut... peut-être sur les mains comme toi ? suggéra Gabriel en ne lâchant pas la boule de feu des yeux.

Luc l'approcha des mains de l'ange qui étaient jointes comme s'il priait, mais les flammes glissèrent sur le marbre sans aucun effet.

- Les ailes, dit alors Angela d'une voix calme. Ce sont forcément les ailes. Dans le rêve que j'ai fait la nuit avant de te rencontrer, les ailes de Lucifer étaient coupées et s'enflammaient au sol avant qu'il ne soit maudit et expulsé sur Terre.

Elle se rappela alors que cet ange vaincu dont elle avait rêvé le jour de la rentrée était un traître et un menteur. Il avait juré de lui faire payer son exil pour une raison mystérieuse et il se tenait juste à côté d'elle en chair et en os. Elle ne put s'empêcher de frissonner.

Luc contourna la statue et approcha sa main enflammée de l'aile droite de l'ange. Les plumes en marbre prirent feu immédiatement, et en quelques instants les flammes se propagèrent sur tout le reste de l'aile, comme sur une flaque d'essence qui s'embrase.

- Ouah, bien vu Angela ! s'exclama Luc en faisant un pas en arrière.

- Oui, mais par contre la statue ne bouge pas, dit-elle, déçue.

- L'autre aile, intervint Gabriel. Il doit falloir allumer les deux !

Luc renouvela l'opération sans perdre de temps. La deuxième aile prit feu aussi facilement que la première, mais cette fois-ci ils entendirent un mécanisme se mettre en marche, et le bloc de marbre sur lequel reposait la statue se mit à reculer, jusqu'à dévoiler complètement l'ouverture qui se trouvait en dessous. Les deux ailes s'éteignirent alors aussi vite qu'elles s'étaient enflammées.

- Hé Angy, je comprends pourquoi ça s'était bloqué quand on poussait, dit Gabriel en faisant la moue. On forçait dans l'autre sens !

Angela leva les yeux au ciel, puis passa la main sur une des ailes de l'ange, le marbre était encore tiède, mais le feu n'y avait laissé aucune trace. Luc s'avança alors vers le trou sombre creusé dans le sol.

- Bon, on s'endort là ou on y va ?

Et sans attendre la réponse de ses camarades, il sauta agilement à l'intérieur en prenant appui sur le rebord. Gabriel le rejoignit en premier, et leva les bras vers Angela pour l'aider à descendre. Elle s'appuya sur sa main pour sauter sur le sol et il ressentit comme un frisson à son contact, mais elle se dégagea rapidement et les doigts de Gabriel se refermèrent sur le vide.

Luc avait sorti sa lampe torche et s'était engagé dans l'escalier creusé à même la roche qui descendait vers les entrailles de la Terre. Angela le suivit, et Gabriel alluma le flash de son téléphone pour éclairer les marches. Au bout de plusieurs minutes de descente, ils entendirent la statue se remettre en place en haut de l'escalier. Luc eut un bref moment d'hésitation puis déclara :

- Bon, de toute façon, maintenant qu'on est là autant avancer. Il y a sûrement une sortie de l'autre côté.

Ils reprirent leur descente, leurs deux lampes repoussant le noir total qui les entourait. Peu après, l'escalier prit fin et ils arrivèrent dans un long couloir obscur. Gabriel sentit Angela frissonner et voulut lui prendre la main pour la rassurer, mais une nouvelle fois il ne fit qu'effleurer ses phalanges avant qu'elle ne retire son bras brusquement.

Gabriel eut l'impression que de la glace se formait dans sa poitrine, et il sentit, sans vraiment comprendre pourquoi, qu'à cet instant précis ses derniers espoirs s'envolaient. Il ne comprenait pas ce qu'Angela pouvait lui reprocher, à part de l'aimer trop fort peut-être, mais malgré ce que disait Luc, il sentait bien qu'elle voulait qu'il reste un simple ami.

Les lampes des garçons révélèrent des murs aux reflets dorés et couverts de décorations géométriques complexes et détaillées.

- Whaaa ! s'exclama Luc en passant la main sur le mur voisin. On dirait de l'or pur... ils ne font pas les choses à moitié ces anges dites donc !

Comme si son geste avait déclenché un interrupteur invisible, les dessins sur les murs se mirent à briller d'une lueur dorée. Cette lumière se propagea le long du mur et dévoila aux enfants ébahis un couloir d'une vingtaine de mètres de long dont l'extrémité se terminait par une porte massive et ouvragée. En s'approchant, ils s'aperçurent que c'était une porte en bois foncé, elle possédait deux battants, mais n'était pas pourvue de serrure ni de poignée. La porte était entourée par un fronton en pierre de taille, et sur celle du haut était gravée l'inscription suivante :

« *A number was given to everyone* ».

Cela veut dire « *Un chiffre fut donné à tout le monde* ». En plein milieu de la porte, il y avait un grand disque de marbre blanc finement ciselé. Son centre était occupé par le dessin d'un ange encapuchonné dont les mains étaient jointes et les ailes déployées. L'extérieur du disque était composé de deux cercles concentriques d'une dizaine de centimètres de hauteur.

- C'est drôle, remarqua Luc, j'ai d'abord cru que c'était une horloge, mais les chiffres sur le tour ne vont que jusqu'à 9 !

- Oui tu as raison, dit Gabriel en s'approchant davantage. Et tous ces symboles autour de l'ange, vous pensez qu'ils servent à quoi ?

- Attends, ne touche pas ! s'écria Angela, mais il avait déjà effleuré l'un des symboles, et la roue du milieu s'était déplacée de plusieurs centimètres en émettant un léger cliquetis. Au bout de quelques instants où elle n'osa même pas respirer, Angela reprit la parole :

- Ouf, j'ai eu peur qu'un piège ne se déclenche ! Ne touche pas n'importe quoi, on ne sait jamais.

- Mais non, tu regardes trop de films... si tu veux mon avis, c'est plutôt une sorte de verrou à combinaison, comme sur les coffres-forts.

- Bon comme y'a que 20 symboles, dit Angela en commençant à tourner la roue, ça fait 20 combinaisons, on n'a qu'à toutes les essayer !

- Malheureusement ce n'est pas aussi simple, intervint Luc. N'importe quel symbole peut correspondre à n'importe quel chiffre ! Tu as 20 choix pour le premier chiffre, puis 19 choix pour le 2ème, etc.

- Du coup, conclut Gabriel en tapotant sur son téléphone, le nombre de possibilités c'est donc quelque chose comme $20 \times 19 \times 18 \times 17 \times 16 \times 15 \times 14 \times 13 \times 12 \times 11$. Oula, ça fait plus de 670 milliards de combinaisons !

- Ah oui quand même, dit Angela d'un air dépité. Un coffre-fort serait plus facile à ouvrir que cette porte en fait ! Bon on va clairement pas tous les essayer ce soir, mais faudrait au moins comprendre comment on rentre un « code ». Tu as une idée Gaby ?

- Ben à mon avis il n'y a pas trente-six solutions, il faut mettre un symbole en face d'un numéro comme ici le zéro et le symbole infini.

- Bon OK, dit Angela en souriant, j'ai comme l'intuition qu'ils vont pas ensemble ceux-là, mais c'est pas grave. Et ensuite ?

- Et bien il doit falloir « valider » notre choix, en appuyant sur l'ange par exemple dit-il en essayant. Hum, apparemment ce n'est pas ça, ou alors en appuyant sur le chiffre peut ê...

Il s'interrompit au milieu de sa phrase, car dès qu'il eut appuyé sur le zéro, la case s'alluma avec une lumière blanche, qui se transmit à la case du symbole qui était en face.

- Whaaa ! Génial ! s'exclama Luc. Je peux essayer ?

Il fit tourner la roue des symboles, où l'infini était toujours allumé, puis appuya successivement sur tous les chiffres. Chacun d'eux s'alluma d'une couleur différente, et le symbole situé en face s'alluma de la même couleur. Lorsqu'il appuya sur le dernier chiffre, tous les symboles qui avaient été sélectionnés se mirent alors à clignoter. Avant de s'éteindre brusquement.

- Bon ben on peut déjà rayer cette combinaison-là, dit Luc en rigolant.

- Il doit y avoir une logique pour déduire les couples de chiffres et de symboles, c'est obligé, dit Gabriel en tapant dans son poing.

- Mais oui Gaby, je sais ! s'exclama Angela. Tu te rappelles les chiffres à moitié brûlés au dos de la lettre de mes parents ? Je suis sûr que c'était ça ! Allons la rechercher dans ma chambre…

- Mais oui tu es géniale Angy, on va commencer par là. Lucy, est-ce que tu peux rallumer les chiffres s'il te plait ? Je vais prendre une photo avec les couleurs.

- Pas bête, c'est peut-être des indices, dit Luc en s'exécutant.

Puis lorsque Gabriel eut pris la photo, il ajouta :

- Bon ben je pense qu'on n'ira pas plus loin ce soir, on réfléchira mieux demain avec la lettre et à tête reposée. On rentre ?

- Heu oui… si on arrive à rouvrir la statue depuis l'intérieur, lui rappela Angela d'un air sombre. Sinon ce tunnel en or sera notre tombeau.


Le retour ne posa en fait aucun souci. Il suffit que Luc approche une boule de feu du socle en marbre pour que le passage s'ouvre à nouveau. En sortant du bâtiment, Gabriel remit la chaine en place et redonna au maillon ouvert sa forme initiale, si bien qu'il ne restait aucune trace de leur entrée dans les lieux. Satisfaits, les garçons se séparèrent d'Angela et lui souhaitèrent bonne nuit tandis qu'ils rejoignirent leur chambre en passant par la fenêtre.

Ils se mirent rapidement au lit et Gabriel alluma son radio-réveil pour vérifier que l'heure et le volume étaient correctement réglés pour le lendemain. Il allait éteindre, mais s'arrêta brusquement lorsque l'animateur annonça :

*« Et maintenant chers auditeurs, une de mes chansons préférées de l'excellent duo français AaRON : Le tunnel d'Or. »*

La douce voix du chanteur s'éleva, lente et mélancolique, accompagnée de quelques notes de piano.

*Regarde il gèle, là sous mes yeux*
*Des stalactites de rêves, trop vieux*
*Toutes ces promesses qui s'évaporent*
*Vers d'autres ciels vers d'autres ports*

Gabriel se rappela alors le froid qu'il avait ressenti quand Angela l'avait repoussé la deuxième fois dans le tunnel aux murs d'or. Il avait justement eu l'impression que ses vieux rêves s'étaient évaporés. Était-il possible que cette chanson soit un nouveau Signe ?

*Et mes rêves s'accrochent à tes phalanges*
*Je t'aime trop fort, ça te dérange*
*Et mes rêves se brisent sur tes phalanges*
*Je t'aime trop fort*
*Mon ange, mon ange...*

Gabriel sentit son cœur accélérer dans sa poitrine, comment les paroles pouvaient être si fidèles à ce qui s'était passé tout à l'heure ? Les mêmes sentiments, les mêmes pensées... il n'osait plus bouger.

- T'en fais une tête ! remarqua Luc qui s'était tourné de côté sur son lit. C'est cette chanson qui te fait ça ? Dommage que je ne comprenne pas le français... ça parle de quoi ?

- Oh, ça me rappelle juste de vieux souvenirs, mentit Gabriel pour cacher son trouble. Une histoire d'abandon.

- Ah ! C'est vrai qu'elle a l'air triste... mais la voix et la mélodie sont vraiment belles.

*Je t'aime trop fort, ça te dérange*
*Et mes rêves se brisent sur tes phalanges...*

- C'est drôle, reprit Luc, même sans comprendre les paroles je peux sentir l'émotion du chanteur. Ça a quelque chose de magique la musique, non ?
- Oui, répondit simplement Gabriel, la gorge nouée par l'émotion.

*Seul sur mon sort, en équilibre*
*Mais pour mon corps mon cœur est libre*
*Ta voix s'efface de mes pensées*
*J'apprivoiserai ma liberté*

Encore une fois la chanson semblait lui parler, mais ça sonnait plus comme un conseil cette fois : il fallait qu'il tourne la page, qu'il retrouve sa liberté au lieu de courir après de vieux rêves impossibles. Le dernier refrain sembla résonner en lui comme un adieu, comme s'il acceptait seulement maintenant ce qu'Angela lui avait demandé l'an dernier : tirer un trait sur ses sentiments et redevenir juste amis.

Mais de vrais amis.

# Chapitre Six

# L'ASSASSIN

. . . . . . . . . . . . . . . . . . . . . . . . . . . . . . . . . . . . . . . . . . . . . . . . . . . . . . . .

6.1    Il advint que le plus puissant des animaux célestes se dressa contre les Ischim. Dans sa fureur, le dragon rougit le ciel de leur sang et dévasta Cydonia, la ville du Temps.

6.2    La colère de l'Enfant fut terrible. Devant son bras étendu, les entrailles de la Terre s'ouvrirent, et la bête y fut enfermée.

6.3    La Mère érigea alors trois cités célestes, trois sanctuaires fortifiés pour les Ischim. *La ville des Étoiles, la ville des Lumières* et *la ville des Dieux* elle les nomma.

6.4    Il advint ensuite que le plus puissant des Ischim déroba deux des armes éternelles et manigança pour faire sortir le dragon de sa prison de feu.

6.5    Le traître conspira pour prendre le pouvoir et s'entoura d'anges rebelles. Un seul ange courageux se dressa contre lui et empêcha sa victoire en risquant sa vie.

6.6    Le traître fut nommé Lucifer, et marqué du chiffre du mal. Il fut jeté sur Terre, privé de Pouvoir, et banni d'Eden pour 666 milliers de siècles. Il y eut un soir, il y eut un matin, ce fut le sixième jour.

**Bible des Anges, Genesis, Chapitre 6.**

# *Maths et déductions*

Le lendemain matin, dès qu'ils eurent avalé leur petit-déjeuner, Angela suivit les garçons dans leur chambre pour essayer d'avancer sur ce qu'ils appelaient maintenant « le code de la porte de l'ange ».

- Bon les garçons, j'ai amené la lettre. Depuis trois mois je ne comprenais pas ce que voulait dire 0 = 0 et 1 = 1, mais en fait à droite ce sont des symboles ! Regardez sur la photo de la porte qu'a prise Gabriel, il y a comme un œuf à droite, et en bas comme un bâton, ça pourrait correspondre non ?

- Carrément ! s'exclama Luc. En tous cas, si c'est bien ça c'est génial, il ne nous manquerait plus que huit signes !

- Attends, j'ai eu un doute à ce propos justement, dit Gabriel, refais voir le texte ?

Le Chiffre des Anges

En traçant le signe de l'Ange Un,
Quatre deviendront dix par dessin.
La Sainte Famille tu réuniras,
Les chiffres opposés face à face tu placeras,
Et au centre, l'ennemi apparaîtra.
Les défauts de sa cuirasse seront révélés,
Lorsque les trois Pouvoirs seront nommés.

```
0 = 0
1 = |
2 =
3 =
4
6
```

- Ah oui, ouf, dit Gabriel d'un air soulagé avant d'expliquer : comme il n'y a que dix lignes de chiffres à droite, on n'a bien que dix symboles à trouver. S'il avait fallu attribuer un nombre de 0 à 20 à chacun des symboles, le nombre de possibilités aurait été beaucoup plus élevé.

- Ah bon, ça en aurait fait combien ?

- 2,4 milliards de milliards de combinaisons. À peu près.

- Ah oui, quand même ! Luc était impressionné par le résultat, mais il l'était presque autant par le don de Gabriel pour les maths. Bon par contre ça veut aussi dire qu'on a dix symboles en trop, non ?

- Et oui, excellente déduction Sherlock. Soit ils servent à quelque chose, soit c'est juste pour brouiller les pistes.

- Ouais, dit Angela en faisant la moue. La bonne vieille technique des aiguilles dans la botte de foin quoi. Sauf que là on ne peut pas tricher en mettant le feu au foin pour qu'il ne reste que les aiguilles.

- Oui c'est bien dommage d'ailleurs, je me serais fait un petit feu de joie avec plaisir, rétorqua Luc en se frottant les mains d'un air machiavélique. Qu'est-ce qu'il nous reste comme indices ?

- Les couleurs ! dit Gabriel en montrant triomphalement son téléphone. Elles nous donnent les paires suivantes :

| | | | | |
|---|---|---|---|---|
| 0=Blanc | 1=Noir | 2=Bleu | 3=Gris | 4=Jaune |
| 5=Vert | 6=Marron | 7= Violet | 8=Rouge | 9=Orange |

- Est-ce qu'il pourrait y avoir un lien entre la couleur et le symbole demanda Luc ? L'œuf blanc ça marche pour le zéro, le bâton noir pour le 1 pourquoi pas, même si le marron était plus logique. On pourrait aussi dire un cœur rouge pour le 8, et une lune grise pour le chiffre 3.

- Ah oui, c'est pas mal continua Angela, mais pour le 4 tu dirais plutôt une étoile jaune ou bien un éclair jaune ?

- Mouais je suis pas convaincu, répondit Gabriel. C'est très subjectif tout ça. Et de toute façon je ne vois rien qui me fasse penser à du violet, du marron ou encore de l'orange. À mon avis c'est plutôt une fausse bonne idée.

- Et le texte sur le fronton ? fit remarquer Luc. On n'en a pas parlé, mais il contient peut-être un indice pour résoudre l'énigme. Il disait « Un chiffre a été donné à tout le monde », mais pourquoi parler de personnes alors que c'est à des symboles qu'on doit faire correspondre les chiffres ? Ça ne vous rappelle rien ?

- Ben si, on dirait exactement la théorie de Gotfrid ! fit remarquer Gabriel avant de soupirer : dommage qu'on ne l'ait pas résolue.

- Ah oui, donc en définitive c'est simple, dit Angela ; il suffit de trouver la couleur qui va avec le symbole qui va avec le chiffre qui va avec la personne ! Ça fait combien de combinaisons ça Gaby ?

Ils éclatèrent de rire tous les trois en même temps, puis décidèrent d'aller faire un peu de basket histoire de se changer les idées. Après tout, il ne restait plus qu'un mois avant la deuxième rencontre du tournoi et ce n'était pas le moment de ralentir les entrainements.


La semaine suivante, Angela fut pour la première fois de sa vie impatiente de voir arriver le cours de maths. À peine le Père William avait-il commencé le cours, qu'elle leva la main aussi haut qu'elle pouvait.

- Oui Angela ? demanda-t-il d'un air amusé. Tu souhaites répondre à la question que je n'ai pas encore posée ?

- Euh non, pas vraiment mon Père. En fait je me demandais si vous saviez qui avait inventé les chiffres et si vous aviez déjà entendu parler de symboles qui y seraient associés ?

- Hum, c'est une question intéressante ma foi. Figure-toi que les chiffres sont justement au départ des symboles qui servent à représenter les nombres. Se pourrait-il que mon éternelle patience ait fini par éveiller en toi un intérêt pour les mathématiques ?

Angela rosit légèrement, mais ne se laissa pas démonter.

- Pour être honnête, c'est plus l'histoire de l'invention des chiffres qui m'intéresse, et savoir si des symboles y sont associés.

- Et bien, et bien, commençons par le mot *chiffre* lui-même qui vient de l'arabe « ṣĭfr » : sa signification veut dire « le vide » et les mathématiciens arabes l'utilisaient en tant que zéro. Si son nom désigne aujourd'hui tous les chiffres, c'est que ce fut l'une des plus grandes révolutions de ces « *chiffres arabes* » : tous les autres systèmes de numération de l'époque comme celui des Égyptiens, des Grecs ou encore des Romains n'avaient tout simplement pas de chiffre zéro !

- Incroyable ! s'exclama Luis… et mon Père, comment se fait-il qu'on utilise des chiffres d'origine arabe ? Comment sont-ils arrivés aux États-Unis ?

- Et bien c'est entièrement grâce à un homme qui s'est battu pour les faire adopter en Occident. Quand on sait les immenses répercussions que les chiffres et mathématiques modernes ont entrainés parmi les sociétés occidentales, je trouve toujours incroyable que personne ne connaisse son nom.

- Peut-être qu'on ne sait pas qui c'est ? suggéra Gabriel.

- Et si justement, c'est ça le plus étonnant ! C'était un moine français du nom de Gerbert d'Aurillac, il a étudié les chiffres arabes lors de voyages en Espagne et au Maroc et il les a trouvés beaucoup plus pratiques pour le calcul que les chiffres romains qui nécessitaient des bouliers. Il s'est ensuite battu pour imposer ce système en Europe lorsqu'il est devenu Pape en l'an 999.

- Et ce fut l'invention des Papamathiques ! s'exclama James, créant l'hilarité générale.

- Mais du coup, rebondit Angela, est-ce que les chiffres actuels correspondent à des symboles, ou à des personnes ?

- Ah ça par contre non, il n'y a aucune correspondance de ce type en mathématiques, répondit le Père William.

Voyant l'air déçu d'Angela, il reprit avec un air malicieux.

- Mais... tu as de la chance d'avoir posé ta question à un prêtre, car dans la Bible il y a bien des associations entre certains chiffres et des personnes ou des symboles ! Par exemple le 1 est le symbole de Dieu qui est unique et pur. Le 2 à l'inverse symbolise l'Être Humain en qui il existe une dualité intérieure entre le bien et le mal.

Angela écrivit sur son cahier 1 = Dieu et 2 = Être Humain, elle était suspendue aux lèvres du prêtre. Enfin un début de réponse !

- Le 3 symbolise la totalité, continua-t-il. La Trinité c'est par exemple Dieu dans tous ses aspects. Le 4 symbolise le cosmos ou le monde avec ses 4 points cardinaux.

Le prêtre s'était retourné et écrivait au tableau les équivalences de chiffres et de symboles, il avait l'air passionné par ce sujet.

- Le 7, continua-t-il, symbolise la perfection et est très souvent utilisé en relation avec des choses divines ; il y a par exemple 7 sacrements ou 7 dons du Saint-Esprit. Par ricochet le 6 représente ce qui n'est pas parfait puisque c'est 7 moins 1. Le 666 ou 3 fois 6 est donc l'imperfection totale, et est bien connu pour être le chiffre du Diable.

Angela repensa à son rêve où Lucifer avait été « marqué du chiffre du mal et maudit pour 666 milliers de siècles », ça n'était donc pas qu'une coïncidence ? Elle regarda ce qu'elle avait écrit sur son cahier.

- Et les autres chiffres ? demanda-t-elle. Ils n'ont pas de signification ?

- Hum, pas à ma connaissance… le 8 est parfois utilisé comme symbole de la vie après la mort, car son dessin forme une boucle infinie, mais il est peu utilisé dans la Bible, tout comme le 9. Le 5 revient parfois, mais symbolise en général un nombre indéterminé.

- Et le 0 ?

- Et bien le 0 n'est jamais utilisé dans la Bible, car rappelle-toi, les Hébreux ne l'avaient pas encore inventé, tout simplement. Est-ce que tu as beaucoup d'autres questions, termina le prêtre sur un ton amusé, ou puis-je revenir à la leçon du jour ?

- Euh non, ça ira pour aujourd'hui mon Père, merci beaucoup !

- Eh bien dis-donc, lui dit Gabriel lorsqu'ils furent arrivés à table pour le diner, pas bête d'avoir demandé au Père William pour les chiffres, c'est sûr qu'il en connait un rayon sur le sujet !

- Oui je sais, j'ai piqué l'idée à Lucy : « il suffit de demander » ! Elle fit un clin d'œil à Luc et poursuivit : et pour le coup ça a plutôt bien marché non ?

- Oui, je pense qu'on tient quelque chose, mais j'ai besoin de tout mettre à plat. On va se poser tranquillement dans notre chambre ?

Ils finirent donc de manger rapidement et une fois qu'ils furent installés au calme dans la chambre des garçons, Angela résuma ce qu'elle avait marqué sur son cahier.

- Bon alors, je n'ai pas noté les concepts abstraits, mais uniquement les êtres ou choses concrètes, voilà ce que ça donne :

0 = ?    1 = Dieu    2 = Être Humain   3 = Trinité   4 = Cosmos,
5 = ?    6 = Diable   7 = Saint-Esprit   8 = ?        9 = ?

- On n'est pas sorti de l'auberge, se plaignit Gabriel. Non seulement il en manque la moitié, mais en plus ça ne nous donne aucun symbole !

- Oui, confirma Luc, c'est sûr que c'est pas très clair. Mais bon on peut quand même en déduire au moins trois choses pour avancer : d'abord même si la Bible n'a pas de réponse pour tous les chiffres, je pense que c'est vraiment ce genre d'équivalences qu'on doit trouver, exactement comme dans la théorie de Gotfrid !

- Oui c'est vrai qu'en croisant les deux, on peut déduire sans trop de risque que 9 = Anges, et essayer de confirmer pour les autres chiffres si ça colle, comme pour le Diable et le 6 que vous aviez trouvé !

- Exactement ! La deuxième chose c'est que ces entités peuvent nous aider à comprendre une des phrases du *Chiffre des anges* qui était au dos de la lettre : « Les chiffres opposés face à face tu placeras ». Deux chiffres ne peuvent certes pas être opposés, mais par contre le Diable est clairement l'opposé de Dieu, donc il faut peut-être à un moment « placer » le 6 en face du 1. En tout cas si l'on trouve toutes les entités je suis sûr que ça nous aidera.

- Et la troisième chose ? demandèrent en chœur Angela et Gabriel.

- Et bien je pense que Gaby a raison, ça ne va pas nous aider pour les symboles. Je pense plutôt qu'il doit y avoir un lien directement logique entre les chiffres et les symboles qui leur correspondent.

- Et peut-on savoir d'où te vient cette intuition, avant d'abandonner la seule piste qu'on a ? demanda Angela avec les mains sur les hanches.

- C'est parce que 0=O et 1=I se ressemblent tellement que je suis persuadé que ce n'est pas un hasard, il doit aussi y avoir un lien visuel avec les autres symboles. Comme le signe infini qui est un 8 couché, ou l'aile qui ressemble à un 9 avec des plumes…

- C'est vrai que ça se tient aussi, acquiesça finalement Angela. Mais pour les autres chiffres, c'est plus compliqué, non ? On n'a qu'à continuer à suivre les deux pistes et voir laquelle avance le plus vite. Bon allez, dormez bien les garçons, finit-elle en bâillant. Moi les maths j'ai pas l'habitude, je suis crevée !

# *L'avertissement*

La semaine suivante, Sœur Margaret constitua les équipes de basket pour le tournoi, afin que les enfants aient le temps de mettre en place des habitudes de jeu. Luc et Gabriel furent logiquement placés dans l'équipe 1 avec Jimmy, Linda et Noah qui étaient tous vraiment bons. Angela était un peu déçue de ne pas être avec eux, mais elle fut nommée capitaine de l'équipe n°2 avec uniquement des personnes qu'elle appréciait : Nevaeh, Luis, Isabella et Ava. Par chance, Star et Straw étaient cette fois dans la même équipe, où Emily, Ashley et Johnson allaient devoir compenser leurs étourderies.

Les entrainements s'intensifièrent dans les jours suivants, et les enfants ne virent pas le temps passer jusqu'aux vacances de Pâques, le fameux Spring Break. N'ayant pas de nouvelles du détective Dricker depuis longtemps, les enfants décidèrent d'utiliser leur temps libre pour aller lui rendre une petite visite. Comme les températures s'étaient bien réchauffées ces dernières semaines, ils en profitèrent pour y aller à pied. Les feuilles des palmiers ondulaient sous une légère brise et Angela referma instinctivement le gilet rouge que Gabriel lui avait offert à Noël.

Il leur fallut une dizaine de minutes pour arriver au commissariat, et presque autant d'attente pour que le détective soit disponible pour les recevoir. En ouvrant la porte, le détective Dricker était un peu moins jovial qu'à son habitude :

- Bonjour les enfants, vous allez bien ? Bon je m'excuse de ne pas être revenu vers vous depuis l'autre jour, mais je préférais limiter nos entrevues. En effet à peine une heure après votre départ, j'ai reçu une lettre de menaces, et je ne voulais pas que son auteur s'en prenne à vous. Il leur donna un papier blanc sur lequel étaient collés des mots découpés dans des journaux. Angela lut à haute voix :

« SIX Tu TIENT à LA VIS
Arrêtes D'ENQUÊTEr SÛR L'AXIdent
siNON ELLE ferRAT ENCORE dès VICTIME »

- Rassurez-vous, reprit le détective en voyant leurs airs inquiets, je n'ai pas arrêté mon enquête. Bien au contraire ! Quand j'ai reçu ça, je me suis dit qu'on devait se rapprocher du but !

- Et c'est qui cette « elle » dont il parle à votre avis ? demanda Luc. Angela comprit qu'il avait une petite idée à ce sujet, mais laquelle ?

- Oui, c'est bizarre je suis d'accord, mais vu la teneur du message je pense que c'est une femme dérangée qui parle d'elle à la troisième personne. Ou quelqu'un avec une double personnalité peut être ?

- Brrr, ça fait froid dans le dos en tous cas, commenta Gabriel.

- Ne vous inquiétez pas pour ça, dit le détective en rangeant la lettre dans son tiroir de bureau. Ce n'est pas la première fois que je reçois des menaces, et tous ceux qui les ont proférées sont aujourd'hui derrière les barreaux. Et puis il y a plus important, j'ai trouvé du nouveau grâce à ce dont s'est rappelée Angela à votre dernière visite !

- La sonnerie du téléphone a donné quelque chose ? demanda celle-ci en brûlant de curiosité.

- Et bien la mauvaise nouvelle c'est que l'incendie du véhicule a été tellement intense que le téléphone de ton père était réduit en cendres. Impossible de consulter la liste des derniers appels.

- Mais vous avez trouvé quelque chose, n'est-ce pas ?

- Qu'est-ce que tu crois, je ne suis pas devenu détective en abandonnant à la première difficulté ! J'ai réussi à obtenir le relevé d'appels chez l'opérateur de ton père et il y a bien eu un coup de fil pile à l'heure de l'accident !

- Oui bon ça on le savait déjà, grommela Luc.

- Ah ah, monsieur fait le blasé ! Et si je te dis que le numéro était celui d'une carte prépayée achetée la veille de l'accident à l'autre bout de la ville, qu'est-ce que tu en penses ?

- Hum, c'est un bon début, vous avez le nom de l'acheteur ?

- Et bien et bien, tu as de bons réflexes mon garçon, fit Dricker avec un clin d'œil. Attention si tu continues comme ça, tu finiras détective ! Le téléphone a été mis au nom de M. X, mais ce monsieur n'a pas laissé d'adresse et le propriétaire du magasin n'a pas su nous faire de portrait-robot. Pour sa défense, ça remonte à plus d'un an.

- Encore une impasse alors ? déplora Angela, déçue.

- Oh, je n'ai pas dit mon dernier mot. Aussi vrai que je m'appelle Dricker, je trouverai qui est derrière tout ça ! Il a fallu employer les bons arguments, mais notre vendeur de téléphones a fini par se porter « volontaire » pour venir éplucher notre fichier de délinquants. Je suis sûr qu'on va finir par le coincer.

Sur le chemin du retour, alors qu'ils essayaient de trouver qui aurait pu en vouloir aux parents d'Angela, celle-ci demanda à Luc :

- Au fait, tout à l'heure j'ai eu l'impression que tu avais une idée derrière la tête quand tu as interrogé Dricker, c'était quoi ?

- Une idée derrière la tête ? Ah oui, le « Elle » ! J'ai eu une intuition quand tu as lu la lettre, mais ensuite j'ai eu peur de paraitre idiot.

- Dis quand même, suggéra Gabriel. Au pire ça confirmera nos soupçons à ton sujet… finit-il en éclatant de rire et en esquivant le coup de poing que Luc voulut lui donner.

- Bon je me lance, si on traduit la lettre de menace sans les fautes ça donne : « Si tu tiens à la vie, arrête d'enquêter sur l'accident. Sinon elle fera encore des victimes », j'ai tout de suite pensé à « l'ombre menaçante » de la lettre d'Angela… pas vous ?

- Ouah, s'exclama Gabriel, non pas du tout, mais c'est… c'est pas idiot par contre ! Quand t'y penses Angela, tes parents ont écrit cette lettre juste avant l'accident et ils disaient que cette ombre est à ta recherche. Il est tout à fait possible qu'elle t'ait retrouvée, ait provoqué l'accident pour essayer de t'éliminer, et qu'elle cherche maintenant à finir son travail !

- Hum dans ce cas, réfléchit Angela à haute voix, l'ombre menaçante, celle qui a acheté le téléphone et l'auteur de la lettre de menace ne seraient qu'une seule et même personne ?

- Oui, c'est ce que je pense, termina Luc. Et si cette "ombre" sinistre traine dans le coin, ça pourrait expliquer les évènements étranges qu'on a eus à l'orphelinat : Miss Lindsay qui est empoisonnée, Dricker qui se fait renverser, l'incendie du dortoir et maintenant cette lettre de menace... la bonne nouvelle, c'est qu'elle n'est pas très discrète et que le filet est en train de se resserrer autour d'elle.

## *Le tournoi de basket*

Sœur Margaret leur fit reprendre les entrainements par équipe dès le retour des congés, et les quelques semaines avant le tournoi furent bien occupées. Les élèves étaient tous très motivés pour conserver l'avance de la première manche et enfin prendre leur revanche sur l'école de Vine Street. Même Star et Straw avaient délaissé leurs talons compensés et avaient été aperçues en tenue de sport sur le terrain d'entrainement, enfin... à ce qu'il paraissait. L'esprit d'Angela restait néanmoins préoccupé par l'énigme de la porte de l'ange. Elle était persuadée que c'était derrière cette porte qu'elle trouverait les réponses aux questions qu'avait soulevé la lettre de ses parents : qui était-elle vraiment, et d'où venait-elle ? Ces deux questions hantaient ses nuits régulièrement et c'est pour cela que la veille du tournoi, elle était toute seule avec Sœur Ruth à la salle informatique au lieu de s'entrainer au basket.

Cela faisait maintenant plus d'une demi-heure qu'elle parcourait tout ce que le moteur de recherche renvoyait sur « *l'histoire des chiffres* », « *porte avec ange* » ou encore « *énigmes mathématiques* », mais elle n'avait rien trouvé d'intéressant et commençait à se décourager. Alors qu'elle s'apprêtait à éteindre son ordinateur, elle se ravisa au dernier moment : et si elle cherchait tous les mots-clés ensemble ?

Sans trop y croire, Angela écrivit « *Symbole Chiffre Énigme Porte* », ce qui ne donna rien d'utile, elle passa alors la recherche en mode images et son regard resta scotché sur l'écran : ce n'était pas un, mais quatre des symboles de la porte qui venaient d'apparaitre tout en haut de la page !

Reprenant espoir, Angela cliqua sur le lien vers le site internet, et lorsque le contenu s'afficha, elle eut l'impression que sa mâchoire allait tomber sur le clavier.

- Ouahhh, géniaaal… ne put-elle s'empêcher de murmurer en retrouvant ses esprits.

Fébrile, elle sortit de son sac une photo de la porte de l'ange que Gabriel lui avait imprimé, badigeonna dessus à la hâte avec son blanco, puis sortit de la salle informatique en courant. Elle arriva sur le terrain de basket tout essoufflée et cria en direction de Luc et Gabriel :

- Le foin les garçons ! J'ai trouvé comment mettre le feu au foin !

Voyant l'air perplexe de ses amis, Angela leur expliqua :

- Certains symboles de la porte de l'ange sont de simples chiffres dédoublés comme dans un miroir ! Regardez : si on les coupe en deux ça se voit tout de suite !

Et j'ai vérifié sur la photo de la porte, exactement un symbole sur deux peut se couper en deux pour former un chiffre ! Ces symboles miroirs sont même dans l'ordre de 0 à 9 : comment ne l'a-t-on pas vu avant ?

- Ouah c'est absolument génial ! s'exclama Gabriel qui n'en revenait pas. Incroyable ! Il nous suffit donc de mettre chacun de ces dix symboles en face du chiffre correspondant !

- Hum, on peut essayer, commenta Luc d'un air dubitatif. Mais je doute fortement que cela fonctionne.

- Ah bon, et pourquoi ? demanda Angela en fronçant les sourcils, avant que son visage ne s'éclaire subitement. Mais oui ! La lettre !

- Exactement ! À priori tes parents avaient réussi à décrypter le code de la porte, mais le seul indice qui soit parvenu jusqu'à nous c'est 0 = O et 1 = I. Comme dans les symboles miroirs le 0 = ∞ et le 1 = M, ils sont forcément faux, et c'est donc sûrement toute la liste qu'il faut enlever.

- Bon alors maintenant qu'on a séparé le foin des aiguilles, conclut Gabriel, il ne nous reste plus qu'à mettre les 8 symboles restants en face des bons numéros ! Ça vous dit qu'on retourne dans le tunnel demain soir, une fois qu'on aura gagné le tournoi ?

Angela acquiesça en souriant, ils pouvaient difficilement y aller ce soir alors que l'école était en effervescence pour le match du lendemain. Et en attendant d'avoir le champ libre, mettre la pâtée à Vine Street lui sembla une alternative presque aussi réjouissante. Elle posa donc son sac et rejoignit les garçons sur le terrain d'entrainement d'un pas décidé.

Le lendemain, les choses ne se passèrent toutefois pas du tout comme elle l'avait prévu. Pour commencer, son réveil ne se déclencha pas, et ce fut Nevaeh qui dut la sortir du lit en rentrant du petit-déjeuner.

- Allez la belle au bois dormant, debout ! Tiens, croque là-dedans, dit-elle en lui tendant une pomme. C'est tout ce que j'ai pu sauver pour toi.

Angela s'exécuta, puis se leva en la remerciant d'une voix pâteuse.

- On ne parle pas la bouche pleine, mademoiselle, lui répondit sa jeune colocataire en riant. Va plutôt te doucher en vitesse, on est attendu au terrain de basket dans dix minutes.

- Moui M'dame, tout de suite M'dame ! rétorqua Angela en se drapant dans sa serviette de toilette et en sortant de la chambre d'un air princier… avant de crier de douleur en se cognant le pied dans la porte. Elle avança ensuite en boitillant dans le couloir et tomba nez à nez avec les jumelles qui sortaient de la salle de bain en tenue de sport et qui s'éloignèrent en ricanant. « Décidément, cette journée commence bien mal », ne put s'empêcher de penser Angela. Une fois douchée, elle retourna en vitesse à la chambre pour s'habiller et fila sur le terrain pour ne pas être en retard… avant de se rendre compte en arrivant qu'elle était la seule en tenue de sport.

- En civil Angela, j'avais dit en civil ! l'accueillit Sœur Margaret d'une voix irritée. Deviendrais-tu aussi distraite que les sœurs Face ? Allez, retourne vite te changer, le match n'est que cet après-midi.

Angela devint rouge comme une tomate et fit demi-tour en baissant la tête. Lorsqu'elle revint discrètement se placer à côté des garçons quelques minutes plus tard, Sœur Margaret était en train de terminer son discours.

- …pour conclure, donnez le meilleur de vous-mêmes tout à l'heure, je compte sur vous ! En attendant, tout le monde retrousse ses manches pour installer les gradins et la décoration !

- J'ai manqué quelque chose ? demanda Angela à ses amis en suivant le mouvement.

- Non rien du tout, lui répondit Luc. Elle nous a juste rappelé que ça fait déjà trois ans qu'on n'a pas gagné la coupe et que l'honneur d'Hollygrove est en jeu.

- Whaou, génial, conclut Angela, zéro pression quoi ! Il manquerait plus que Vine Street gagne l'avantage et on est foutu niveau moral.

Et effectivement les paroles d'Angela semblèrent prémonitoires. La première équipe à passer fut celle des sœurs Face, et elle ne tint pas le choc fasse à l'équipe n°3 de Vine Street qui était encouragée par des élèves survoltés dans les tribunes. Il ne semblait y avoir que des banderoles avec des licornes, et les cris de « Vine Street ! You won't beat » scandés à chaque panier couvraient complètement les quelques « Bouh » et sifflements lancés par Angela et ses amis. James conclut d'une voix blanche dans le micro :

- Et c'est finalement sur un score de 2 à 25 que Vine Street remporte ce premier match. Vine Street démarre donc le tournoi de basket avec 23 points, et pour l'instant la coupe est virtuellement entre leurs mains, car Hollygrove avait seulement 20 points d'avance à l'issue du tournoi de balle aux prisonniers.

On entendit ensuite un "Boum", suivit d'un second et Angela se retourna dans tous les sens pour voir ce qu'il se passait, avant d'éclater d'un rire nerveux en se rendant compte que c'était James qui se tapait le front avec le micro d'un air dépité.

C'était maintenant au tour de l'équipe d'Angela d'entrer sur le terrain et elle rassembla ses camarades autour d'elle :

- Bon, je vous rappelle qu'on a une équipe très forte en face de nous, avec notamment Gina et Judy qu'il faudra surveiller. Il va falloir qu'on limite la casse au maximum pour que notre équipe n°1 n'ait pas trop de points à rattraper, donc notre stratégie est simple : défense, défense, défense. Allez, go Hollygrove, go !

Le plan d'Angela sembla fonctionner au début, mais c'était sans compter sur le formidable duo formé par Gina et Judy qui donnait des ailes à l'équipe de Vine Street. Angela et Nevaeh furent dribblées à plusieurs reprises et dominées dans les duels en hauteur par Judy qui les dépassait d'une demi-tête.

- Alors Angela, lui lança cette dernière après avoir mis un superbe panier, tu fais moins la fière qu'à la balle aux prisonniers ! On dirait qu'on va garder la coupe chez nous un an de plus, héhé !

Angela ne répondit pas à sa provocation et se contenta de serrer les dents. À la fin de la première manche, l'équipe d'Angela était menée 18 à 14 et elle avait une boule dans la gorge en sortant du terrain. James aussi apparemment, et c'est avec une voix dépitée qu'il annonça la pause :

- Et Vine Street sort vainqueur de cette première mi-temps, bravo c'est... c'est pas mal joué. Voilà, c'est plutôt pas trop mal joué il faut le reconnaitre, mais rien d'insurmontable pour Hollygrove non plus. Hein ?

Avant la reprise, Angela demanda à son équipe de venir autour d'elle pour tenter de les remotiver. Nevaeh prit instinctivement ses deux voisines par les épaules et aussitôt toute l'équipe fit de même. Angela fut agréablement surprise par une telle cohésion malgré la tournure difficile du match, et cela l'aida à avoir une voix plus assurée.

- Bon, Vine Street est aussi agressif que prévu, et être mené au score n'est pas une position agréable. Mais si l'on arrive à garder cet écart de quatre points seulement, je considère qu'on aura atteint notre objectif. On ne change donc pas de stratégie et on reste en défense : Nev et Isa, vous restez près de moi et on ne dépasse pas le milieu de terrain. Luis et Ava, je compte sur votre rapidité pour marquer autant de points que possible en contre-attaque. Allez, on y va. Hollygrove !

- The Treasure Trove ! répondit son équipe d'une seule voix.

Malgré ce regain d'énergie, l'équipe de Vine Street réussit à leur mettre deux paniers d'affilée en début de seconde période. Gina jubilait et faisait des signes vers les gradins pour déclencher des vivats ! Alors qu'Ava s'apprêtait à faire l'engagement, Angela n'arrivait pas à détacher son regard du tableau des scores : 22 points, Vine Street avait 22 points ! Elle n'entendait plus que les battements de son cœur, et vit comme au ralenti Gina qui faisait un cœur avec les doigts en direction des gradins en criant « vingt-deux ! vingt-deux !». Angela eut l'impression qu'un déclic se produisit alors dans sa tête... juste avant de se prendre le ballon de basket en pleine figure ! Le choc la fit chanceler et Nevaeh dut l'attraper par les épaules pour qu'elle ne tombe pas.

- Ouch ! ça a dû faire mal ça, lui dit-elle en l'accompagnant sur le bord du terrain. Assieds-toi une seconde ici, va.

Isabella qui avait aussi accouru lui tendit un mouchoir, et Angela se rendit alors compte qu'elle saignait du nez. Sœur Margaret siffla un arrêt de jeu et Luis s'approcha pour se confondre en excuses.

- Désolé Angy, j'étais persuadé que tu m'avais entendue !

- C'est rien t'inquiète... ça va passer, le rassura-t-elle. Mais par contre vous allez devoir jouer quelques minutes sans moi, alors il va falloir improviser.

- À quatre contre cinq notre défense ne tiendra pas, intervint Ava. Je propose qu'on passe tous en attaque pour essayer de rendre coup pour coup les points qu'ils nous marqueront. Vous êtes d'accord ?

La réponse de l'équipe 2 fut un « oui » unanime. Ils profitèrent d'avoir l'engagement pour être offensifs dès la reprise du match et Ava réussit à marquer un magnifique panier à trois points presque aussitôt. Nevaeh parvint ensuite à subtiliser le ballon entre deux dribbles de Judy, et elle transperça la défense de Vine Street qui ne put que la regarder marquer deux points supplémentaires. Lorsque Luis réussit à son tour à marquer un panier à trois points quelques instants après, les élèves d'Hollygrove explosèrent de joie dans les gradins. Angela n'en revenait pas, en quelques minutes à peine ses camarades venaient de revenir à égalité avec leurs adversaires ! Et avec une joueuse en moins !

Maintenant que son nez ne saignait plus, elle revint sur le terrain sous les encouragements du public, et de James dont les commentaires étaient maintenant beaucoup moins réservés :

- Vine Street vient de se prendre un uppercut dont il sera dur de se relever, mais si Hollygrove retrouve en plus sa capitaine ça va faire maaal ! Allez Angela, mets les K.O. !

On aurait effectivement dit que l'équipe des licornes venait de prendre un coup sur la tête, ils étaient plus lents et commençaient à faire des erreurs. Angela en profita pour intercepter une passe et envoyer le ballon immédiatement à Ava qui était sous le panier adverse.

- C'est incroyable ! explosa James lorsqu'elle réussit à marquer à nouveau. Le match vient de basculer ! Hollygrove mène maintenant au score à quelques minutes de la fin !

Gina n'avait pas dit son dernier mot, et elle tenta le tout pour le tout en fonçant en solo vers le panier adverse. Elle réussit à prendre Angela de vitesse, fit un tour complet sur elle-même en dribblant pour se débarrasser de Luis et n'eut plus qu'à ajuster son tir... mais c'était sans compter sur le retour éclair d'Isabella, qui réussit à la contrer in extremis. Nevaeh attrapa le ballon au rebond et fit la passe à Angela qui ne prit pas le temps de viser et tira de toutes ses forces vers le panier.

- TROIS POINTS ! s'égosilla James dans son micro. C'est un nouveau trois points, juste avant le coup de sifflet final ! Le score est maintenant de 27 à 22 en faveur d'Hollygrove, c'est tout simplement MA-GNI-FI-QUOI !

Le public cria avec enthousiasme, et Sœur Margaret siffla effectivement la fin du match quelques instants après. Alors que ses équipiers accouraient pour fêter la victoire, Angela n'en revenait pas, ils étaient à nouveau dans la course pour la coupe !

- Merci Ava, dit-elle en prenant sa camarade dans les bras. Ton changement de stratégie nous a sauvés !

- Oui, et je t'avoue que je ne m'attendais pas à un tel résultat. Comme quoi la meilleure défense parfois, c'est l'attaque !

- Ahahah, bien dit ! Je m'en rappellerai !


Alors que Luc et Gabriel venaient la féliciter avant de rentrer à leur tour sur le terrain, Angela leur glissa discrètement :

- J'ai eu un flash tout à l'heure avant de me prendre le ballon dans la figure, je suis certaine que le cœur est le symbole du chiffre 2. Mais je vous expliquerai plus tard, vous avez un match à gagner avant !

La partie démarra sur les chapeaux de roues, les deux équipes semblaient se donner à 200% et les points pleuvaient dans les deux sens. À la fin de la première mi-temps, le score était vraiment symbolique d'un début de match ultra serré : 32 ex aequo.

- Quel jeu mes amis ! Quel jeu ! conclut James d'une voix un peu éraillée à force de crier à chaque belle action. Ces deux équipes ont déjà battu en une mi-temps le score des matchs précédents, c'est tout simplement incroyable !

Comme Angela avant lui, Gabriel appela son équipe autour de lui pour ajuster leur stratégie sur la seconde période.

- Allez les gars, il faut continuer comme ça, on tient le bon bout ! Il faut faire particulièrement attention à leur duo d'attaque : David et Zack ont mis les trois quarts des points jusqu'à maintenant.

- Ouais je sais, se plaignit Noah qui jouait défenseur. Mais que veux-tu qu'on fasse contre David, c'est un vrai géant ce type !

- Oui c'est sûr qu'au basket notre bon vieux Goliath est encore plus avantagé qu'à la balle aux prisonniers, remarqua Luc en souriant. Mais vous avez réussi à le ralentir assez pour qu'avec Gabriel on marque autant de points que lui, et ça c'est déjà pas mal ! Ne le lâchez pas d'une semelle et la fin du match devrait bien se passer.

Malheureusement, la suite du match ne se passa pas bien. Mais alors pas bien du tout. Luc réussit pourtant à ouvrir le score de la seconde période avec un superbe panier à trois points, haut fait qui lui valut d'être encensé par James d'un nouveau « Magnifiquoi ! ».

Mais comme si cela avait piqué l'orgueil des licornes, ces dernières contre-attaquèrent avec une force décuplée, quitte à passer en force s'il le fallait. Jimmy se prit un coup de coude dans les côtes, et Gabriel un coup de boule lors d'un combat aérien un peu musclé avec Goliath. La méthode de Vine Street n'était ni élégante ni fair-play, mais en attendant elle portait ses fruits : ils menaient maintenant au score avec 60 points, alors que Hollygrove n'en avait que 48.

- Ah, ils veulent la jouer physique ? dit Gabriel en serrant les poings. Je vais leur montrer ce que je sais faire !

- Non, intervint Luc, ne fais pas ça Gaby ! Je sais que ce n'est pas juste, mais on doit garder une discrétion absolue sur nos pouvoirs !

- Grumph ! OK, mais débrouille-toi pour qu'on gagne la coupe !
Sinon je les écrase, discrétion ou pas discrétion…

Luc se donna à fond pour essayer de remonter au score, mais
alors qu'il armait son bras pour marquer un nouveau trois points,
Zach lui fonça dessus et le percuta à pleine vitesse : Luc fut projeté
au sol où il resta étendu, le souffle coupé par le choc. Lorsque
Gabriel lui tendit la main pour l'aider à se relever, le jeune métis
lui dit en grimaçant :

- Ok Gaby, trop c'est trop ! Celui-là mérite effectivement une
bonne leçon. Et tant pis pour la discrétion.

- C'est vrai, je peux ? répondit son ami en se frottant les mains.
Chouette chouette chouette !

- Euh, retiens-toi quand même, précisa Luc. Je ne veux pas qu'il
se retrouve dans les gradins ou à l'hôpital !

Lorsque Gabriel eut la balle et que Zack lui fonça dessus, il fit
un pas de côté et lui donna un *léger* coup d'épaule… ce qui
l'envoya s'écraser lamentablement sur la pelouse après un vol
plané de trois bons mètres de long. Bizarrement, plus personne
n'osa barrer le chemin de Gabriel après ce coup d'éclat, et il en
profita pour aller marquer plusieurs paniers sans rencontrer de
résistance. Il réussit ainsi à réduire considérablement l'écart de
points, mais sans parvenir toutefois à dépasser Vine Street, car
Goliath marqua plusieurs paniers dans le même temps. Ce dernier
réussit même à marquer un magnifique *dunk* dans la dernière
minute du match et resta accroché au panier, ce qui provoqua des
cris hystériques parmi les élèves de Vine Street. Gabriel s'apprêtait
à faire l'engagement, lorsque son regard tomba sur le tableau des
scores :

*Hollygrove 66 - Visiteurs 70. Temps restant à jouer : 15 secondes.*

Gabriel sentit le découragement l'envahir. Il entendit alors la
voix de Luc qui l'interpellait :

- Gaby ! Le ballon ! Passe-moi le ballon, vite !

Son ami ne semblait pas avoir compris que le match était
perdu, mais devant son insistance il lui fit une dernière passe,
pour l'honneur. Il s'attendait à voir Luc foncer vers le panier

adverse, ou bien même envoyer le ballon dans la tête de Goliath, mais sûrement pas à ce qui suivit :

Luc rattrapa le ballon à deux mains, fléchit les genoux, et tira vers le panier de toutes ses forces... depuis le milieu du terrain !

Gabriel écarquilla les yeux et suivit du regard le ballon s'envoler très haut dans les airs en laissant derrière lui un panache de fumée. Arrivé au sommet de la parabole, il prit feu d'un coup avant de retomber comme une météorite embrasée. Il transperça alors le panier adverse et rebondit trois fois sur le sol avant de s'éteindre, en même temps que l'arbitre sifflait la fin du match.

Les spectateurs restèrent médusés quelques secondes, avant que des cris de joie et des sifflets ne retentissent dans les gradins.

- INCROYAAABLE ! s'époumona James dans son micro. QUELLE FIN DE MATCH DE FOLIE !!

- Wouah, ça c'était cool ! s'exclama Gabriel qui n'en revenait pas. Par contre j'te mets zéro pour la discrétion Lucy, si après le coup du ballon enflammé, tu te fais pas griller... je sais pas ce qu'il leur faut !

- J'ai pas fait exprès j'te jure ! répondit son ami avec un air un peu paniqué. Je voulais juste marquer ce foutu panier, c'est tout !

Zack et Goliath s'approchèrent d'eux en arborant un air hautain.

- Joli tour de passe-passe, commença le géant. Mais ça suffira pas pour gagner le match !

- Hé oui, continua le capitaine adverse en désignant le tableau des scores. Aussi impressionnant qu'il soit, ton panier ne vaut que trois points, on gagne quand même le match 70 à 69 !

Les deux joueurs de Vine Street se tapèrent dans les mains et s'éloignèrent en ricanant pour fêter la victoire avec leur équipe.

- Pfff, tout ça pour ça, soupira Gabriel. C'est clair que du coup tu risques de gros ennuis pour pas grand-chose au final.

- Pas grand-chose ? s'étonna Luc en souriant. Il n'y a que moi qui sais compter ici ou quoi ?

Gabriel lui lança un regard interrogateur, mais la voix de Sœur Margaret retentissait déjà dans les haut-parleurs :

- Vine Street gagne donc de justesse ce troisième match en marquant 1 point, ce qui amène leur score total à 24 points. C'est une belle prouesse, mais ce ne sera pas suffisant pour battre les 25 points accumulés par leurs adversaires. C'est donc Hollygrove qui remporte sur le fil ce tournoi inter-école !

- HOO-LLYY-GROOVE ! hurla James avec les mains en porte-voix.

- THE TREASURE TROOVE ! lui répondit la foule en délire.

Angela cria plus fort que tout le monde et courut retrouver les garçons qui faisaient des bonds sur le terrain : ils avaient enfin gagné ! Ils avaient gagné la coupe !

## *La chapelle*

Après la cérémonie de remise du trophée, il y eut un goûter qui fut très apprécié par tout le monde, et ce fut l'occasion pour Angela et ses amis d'aller féliciter Judy, Gina et David pour la belle bataille qu'ils avaient menée.

- C'est vous qu'il faut féliciter, répondit Gina. Vous l'avez bien méritée, cette coupe ! Qu'est-ce que vous diriez d'enterrer la hache de guerre et de venir nous voir à Vine Street de temps en temps ? Après tout, on est presque voisin !

- Oh oui, carrément ! répondit Jimmy un peu précipitamment. C'est une super idée !

Le groupe éclata de rire, et Angela remarqua que Jimmy rougissait légèrement malgré son grand sourire. Et elle pouvait le comprendre, Gina avait l'air d'être une fille vraiment chouette ! Le goûter continua dans la bonne humeur générale, et les élèves ne finirent par se disperser que lorsque la pluie commença à tomber. Lorsqu'elle aperçut le Père William qui courait se mettre à l'abri, Angela l'interpella :

- Mon Père, attendez une seconde ! Est-ce que je peux passer vous voir tout à l'heure avec les garçons ? On a du nouveau sur le livre de Papa, mais on a besoin de vos lumières.

- Vraiment ? Mais bien sûr, avec plaisir. Vous n'avez qu'à me retrouver à 18h à la chapelle, je serai ravi de vous aider si je le peux.

Angela le remercia en s'efforçant de ne pas sauter de joie, décidément cette journée finissait beaucoup mieux qu'elle n'avait commencé !

Elle eut tout juste le temps de se doucher et de se changer avant d'attraper son manteau à capuche et de filer sous l'orage qui obscurcissait le ciel. Lorsqu'elle arriva à l'entrée de la chapelle, Luc l'attendait sous le porche, comme s'il n'avait pas osé entrer.

- Tiens, lui dit-il simplement en lui tendant l'épais livre en cuir. Si tu veux, je t'attends ici, j'ai de la musique dans mon sac à dos et Gabriel nous rejoint dans dix minutes...

Angela se surprit à frissonner, elle était à moitié trempée et la pluie battante avait fait chuter la température de plusieurs degrés.

- Hum, l'idée de te laisser grelotter dehors est tentante ! lui répondit-elle en souriant. Mais je sais que tu es aussi impatient que moi de savoir si le Père William va trouver quelque chose, alors viens, ne fais pas ton timide !

Heureusement l'intérieur du bâtiment avait conservé la chaleur de la journée et Angela put poser son manteau mouillé sur un banc. Les lampes à lumière tamisée et les bougies allumées à l'entrée contribuaient à donner une ambiance chaleureuse à la petite chapelle.

Angela aperçut le prêtre qui leur tournait le dos et se tenait à genoux en position de prière. Elle n'osa pas le déranger, car ils étaient en avance, mais il se releva presque aussitôt en effectuant un signe de croix, comme s'il avait senti leur présence.

- Avancez, n'ayez pas peur, commença le prêtre de sa voix douce. Angela, je sais que tu ne pries plus beaucoup depuis l'accident de tes parents, mais qu'est-ce que tu dirais d'allumer une votive comme quand tu étais petite ?

Elle acquiesça et montra à Luc les petites bougies bleues qui étaient à l'entrée de la chapelle et qu'elle avait toujours aimées. Leurs flammes étaient certes toutes petites et toutes fragiles, mais elles représentaient aussi les remerciements les plus profonds et les espoirs les plus fous de tous les gens qui venaient prier ici.

- Vous pouvez les prendre avec vous si vous voulez, leur dit le prêtre lorsqu'ils en eurent allumé une chacun. Il leur faisait signe de le rejoindre au premier rang.

- Alors les enfants ? ne put s'empêcher de demander le prêtre dès qu'ils furent assis. Vous avez réussi à ouvrir le livre de Gotfrid ?

Ses yeux brillaient presque autant que la flamme de leur bougie, et Angela fit un grand sourire avant de répondre.

- Oui, mais ça n'a pas été simple ! Si Lucy ne nous avait pas aidés, Gaby et moi, je pense qu'on n'y serait jamais arrivés !

Angela montra au Père William la méthode précise qu'il fallait employer pour ouvrir le livre, et après s'être enthousiasmé devant l'ingéniosité du système, celui-ci se tut pour lire avec attention la seule page de texte qu'il y avait toujours à l'intérieur. Son visage resta impassible, mais il relut une deuxième fois le texte avant de s'exprimer.

- Hum, « *Je laisse cette responsabilité entre vos mains* », du Gotfrid tout craché : toujours aussi solennel et mystérieux ! En tout cas je comprends mieux ta question sur la symbolique des chiffres, Angela. Avez-vous pu avancer depuis mon dernier cours ?

Angela lui expliqua ce qu'ils avaient trouvé pour le 6 et le 9, et le prêtre approuva en hochant la tête, puis il ajouta :

- Les indications du carré sont donc à prendre au pied de la lettre on dirait. Il faut suivre le dessin de chaque chiffre, c'est bien ça ?

- Oui, exactement, expliqua Luc : c'est comme si le simple tracé des chiffres était en fait un code, et qu'il suffisait de savoir comment le lire pour connaitre leur vraie signification ! Mais par contre, on ne trouve pas comment utiliser les lettres sur le côté :

        i = Esprit   c = Corps   ^ = Masculin   u = Féminin

On a essayé avec les chiffres qui contenaient ces lettres, mais certains n'en ont aucun comme le « sept », et l'accent circonflexe n'est utilisé dans aucun chiffre !

- Oui effectivement, répondit le prêtre avec un air pensif, mais êtes-vous vraiment sûrs que ce sont des lettres ? Regardez bien, je pense que ce sont les éléments qui servent à tracer les chiffres : ligne droite, courbe, angle, demi-cercle !

        I = Esprit   ( = Corps   ^ = Masculin   U = Féminin

- Mais oui ! s'exclama Angela. Ça peut marcher ! Le 6 et le 9 sont tout en courbe, ça veut donc dire qu'ils ont un corps, c'est peut être ça que voulait dire *Angels are Born !*

- Hum, peut-être bien, acquiesça le prêtre. Mais essayons avec un autre chiffre que vous n'avez pas trouvé, le 1 par exemple. Je pense que l'on peut aller plus loin que ça dans la description : Je suis un esprit, car composé uniquement de traits droits. Je suis un chiffre masculin, car je

CIEL - ESPRIT

VIE - OBSCURITÉ

LUMIÈRE - MORT

TERRE - MATIÈRE

comporte un angle. Par ailleurs, je monte d'abord vers le ciel puis redescends vers la terre. Enfin, je suis le trait d'union entre l'esprit et la matière et ne suis attiré ni par l'obscurité ni par la lumière : qui suis-je ?

- Whaaa… s'exclama Angela qui n'en revenait pas. Vous arrivez à lire tout ça avec l'analyse de mon père… c'est incroyable !

- Et en plus, rajouta Luc, ça rejoint ce que vous nous aviez dit sur le chiffre 1 qui symbolisait Dieu, l'unicité, la perfection et tout ça…

- Oui, je trouve aussi que ça correspond bien à Dieu, conclut le prêtre. Mais Gotfrid nous dit que le chiffre des anges n'est pas lié aux religions… je choisirais donc plutôt le terme Créateur, ou Père.

- Hum, ok. Je peux faire le 2 ? demanda Angela avec enthousiasme en n'attendant pas la réponse des autres. Je suis fait de courbes et de droites, je suis donc à la fois esprit et corps. J'ai un angle et un U, je suis donc à la fois masculin et féminin.

CIEL - ESPRIT

VIE - OBSCURITÉ

LUMIÈRE - MORT

TERRE - MATIÈRE

- Euh, c'est possible ça ? Y'a comme un bug dans le code, non ? l'interrompit Luc, dubitatif.

- Chut, laisse-moi continuer. Je commence au ciel et descends sur terre où je reste attaché pour finir vers la mort. Je suis attiré vers la lumière et la vie. Qui suis-je ?

- Ah oui, dit Luc en se grattant la tête, il va pas être facile celui-là.

- Mais si ! s'exclama Angela. J'ai trouvé, ce sont les êtres vivants ! Ils vont par deux, un mâle et une femelle... et ils ont à la fois un corps et un esprit !

- Pas mal ! dit le Père William en approuvant de la tête. Ça me semble valable et en tout cas je n'ai pas mieux ! Allez, Luc, à ton tour... tu veux essayer le 7 par exemple ?

- Oui, il me plait le 7 je sais pas pourquoi... Ah si, c'est parce que vous nous aviez dit que c'était le chiffre parfait, c'est tout moi ça !

Angela lui donna un coup de coude dans les côtes et Luc fit mine d'avoir mal avant de reprendre, tout sourire.

- Vous aviez aussi dit qu'il y avait 7 dons de l'Esprit saint ou un truc du genre, non ? Mais j'aime bien les 7 péchés capitaux aussi, ou les 7 merveilles du monde. Bon en tout cas pour l'analyse c'est facile, il est 100% droites donc 100% esprit ! Il est attaché fermement au ciel et va vers la lumière, puis descend vers la terre et la vie. Bon ben je pense qu'y'a pas  photo, on peut dire que c'est l'*Esprit* avec un E majuscule celui-là ! Vous en pensez quoi ?

- Hum bravo ! Le félicita le Père William, ça me semble juste. Vous commencez à ne pas être trop mauvais je trouve, que diriez-vous de continuer avec le chiffre...

Le prêtre s'interrompit tout à coup et se leva lentement en se retournant vers l'entrée de la chapelle. Il fit signe aux enfants de ne pas bouger, mais Angela aperçut entre les bancs une silhouette sombre et encapuchonnée qui se trouvait dans l'embrasure de la porte. Elle était entrée dans un silence total, mais derrière elle le bruit de la pluie battante s'était fait plus fort.

- Qui êtes-vous ? Que voulez-vous ? demanda le Père William d'une voix autoritaire en direction de l'inconnu.

L'ombre ne répondit rien, mais avança lentement d'un air menaçant jusqu'au milieu de l'allée. Voyant que le prêtre ne s'écartait pas, elle sortit une main gantée armée d'un gros pistolet et tira deux coups de feu dans sa direction. BLAM ! BLAM ! La double détonation résonna dans la chapelle, mais le prêtre ne bougea toujours pas. Deux trous fumants perçaient le sol à ses pieds.

- Sortez immédiatement d'ici ! cria-t-il d'une voix remplie de fureur. Les armes sont interdites dans la maison du Seigneur !

L'ombre lança un ricanement moqueur et détourna son pistolet pour viser Luc en pleine tête. Le sang d'Angela se glaça dans ses veines, puis tout s'accéléra.


Le Père William s'élança en hurlant « NOOON ! PAS EUX ! ». Il sauta pour s'interposer, mais le coup de feu le percuta en pleine poitrine et il s'écroula sur Angela. Elle étouffait à moitié sous son poids et un liquide chaud et poisseux lui coula sur les mains. Elle vit d'un air paniqué l'assassin jeter son pistolet au loin et dégainer lentement une longue dague de sa ceinture. Elle était comme hypnotisée par la lame sinueuse qui luisait à la lueur des bougies.

- HALTE-LÀ ! CRÉATURE MALÉFIQUE ! hurla soudain Cornelius Cole qui arrivait en courant dans la chapelle, armé d'un vieux fusil et suivi de près par Wolfy et Gabriel.

L'assassin fit volte-face pour se tourner vers cette nouvelle menace, mais le vieux Cole n'hésita pas un instant et lui tira dessus. L'ombre cria de douleur et porta la main à son épaule, puis elle s'élança vers la sortie. Comme Cornelius lui bloquait le chemin, elle prit appui sur un banc et sauta au-dessus de sa tête en faisant une figure acrobatique. Elle atterrit derrière lui, puis tournoya sur elle-même en fendant l'air de sa dague en direction du gardien, qui s'écroula alors par terre en poussant un cri de douleur. Wolfy voulut protéger son maitre et mordit l'assassin à la main, mais ce dernier s'en débarrassa en l'assommant d'un coup violent sur la tête. L'ombre attrapa alors une fiole ambrée sous sa cape et força le vieil homme à en avaler le contenu, avant de la briser à terre et de se tourner vers la porte. Gabriel lui barrait le passage, tétanisé, mais l'ombre déploya une immense paire d'ailes et bondit vers la fenêtre qui donnait sur le cimetière. Retrouvant son courage, Gabriel sauta à sa suite et réussit à lui attraper un pied, mais un mouvement vigoureux l'envoya s'écraser contre un mur. L'assassin ne perdit pas un instant, il sauta à travers la vitre qui explosa en mille morceaux et disparut entre les tombes en quelques battements d'ailes.

- Mais qu'est-ce que c'était que cette horreur ? demanda Luc une fois qu'il se fut ressaisi. Et pourquoi elle nous a attaqués ?

- J'en sais rien, répondit Angela, le souffle coupé et encore sous le choc. C'était peut-être l'ombre menaçante, non ? Tu sais, celle de la lettre ? En tous cas il faut qu'on aille chercher de l'aide, donne-moi un coup de main pour sortir de là-dessous s'il te plait...

Luc réussit à dégager Angela en allongeant le Père William sur le sol, il était inconscient et très pâle. Sa respiration était faible et difficile, et sa poitrine était maculée de sang. Un peu paniqués, les deux enfants allèrent voir le vieux Cornelius qui s'était assis par terre, le dos contre un banc de l'allée. La dague avait tranché son fusil en deux et lui avait laissé une large blessure sanglante au milieu du ventre, il respirait péniblement.

- Monsieur Cole, l'interpella Luc en s'agenouillant devant lui. Le Père William aussi est blessé, que doit-on faire ?

- Ohhh, c'est ma faute, je n'aurais jamais dû aider cette créature démoniaque ! se lamenta alors le vieil homme en se prenant la tête dans les mains. C'est ma faute ! Elle l'a tué à cause de moi !

- Zut, murmura Luc à Angela, il est en état de choc, il ne va pas pouvoir nous aider. Va voir comment se porte Gaby pendant que je surveille son état.

Angela s'éloigna à pas feutrés, et Luc reporta son attention sur le gardien de l'école qui regardait dans le vide. Tout à coup, Cornelius l'attrapa par le bras et déclara d'une voix sifflante :

- William, mon ami, je, je dois te dire la vérité avant de mourir. L'ombre s'est servie de moi, elle... elle ne voulait pas que les enfants découvrent le passage et m'a menacé de révéler la vérité sur Griffin si je ne l'aidais pas. J'ai refusé de coopérer, mais elle a empoisonné Emma pour me faire chanter.

- Ah zut, Angy avait raison ! s'exclama Luc. Miss Lindsay s'est vraiment fait empoisonner !

Cornelius s'était mis à sangloter, Luc lui prit la main et le gardien se ressaisit, mais il reprit son monologue d'une voix hachée.

- Ensuite l'ombre m'a obligé à renverser le détective pour qu'il ne reprenne pas son enquête, mais ces satanés marmots sont allés le voir à l'hôpital… Comme ils s'approchaient trop de la vérité, l'ombre m'a alors ordonné d'éliminer le jeune métis.

À ces mots, Luc eut un mouvement de recul, mais il ne lâcha pas la main de Cornelius. Il devait savoir la suite coûte que coûte.

- Et alors, demanda-t-il avec empressement. Qu'avez-vous fait ?

- J'ai refusé, mon ami ! J'ai résisté autant que je pouvais ! Mais l'ombre s'en est prise à Nevaeh le soir d'Halloween : c'est elle qui a envoûté Johnson, j'en suis sûr. Ma petite Nevaeh… Je n'avais plus le choix, tu comprends ? Plus le choix du tout, il faut me croire !

Le vieil homme avait attrapé Luc par son t-shirt et l'implorait avec un regard brûlant de fièvre. Il grimaça soudainement et retomba sans forces contre le banc. Luc s'aperçut alors que sa plaie au ventre avait pris une vilaine couleur noire, et que les veines alentour étaient sombres et pulsaient étrangement. Sans pitié, il secoua le gardien par l'épaule.

- L'incendie, c'est vous qui avez déclenché l'incendie ?

- Ouiiii, avoua-t-il en sanglotant et en serrant sa tête entre ses mains. Mais je ne voulais pas tuer le garçon, je le jure mon Père. Je voulais juste qu'il se fasse renvoyer !


Angela revint à cet instant, soutenant Gabriel qui avait passé son bras par-dessus son épaule.

- Ça va Gaby ? Pas trop amoché ? lui demanda Luc.

- Ça va, j'ai la tête dure. Mais avouez que le coup des ailes c'est quand même abusé ! Vous pensez que l'assassin était un ange ?

- Si c'est le cas, il était pas du genre sympa, répondit Angela. Et Cornelius, ça va ?

- Oh, Angela, tu es venue ? demanda le gardien qui s'apaisa en reconnaissant la jeune fille. Pourras-tu confier Griffin au jeune Luc quand tu le verras ? Ce n'est pas un loup ordinaire, tu sais...

- Un chien ordinaire vous voulez dire ? demanda Angela en jetant un regard interrogateur à Luc, mais il était tout aussi perplexe.

- Ah, ma brave petite, je peux te le dire maintenant. Sa... sa mère était une magnifique louve blanche. Elle s'était échappée d'un zoo qui les maltraitait et elle a déposé son louveteau à mes pieds a... avant de mourir de ses blessures. Cough ! Cough !

Une grosse quinte de toux interrompit le récit de Cornelius, et lorsqu'il reprit d'une voix faible, un filet de sang foncé coulait de ses lèvres qui avaient pris une teinte noire.

- J'ai... promis... à la louve de m'occuper de son petit. J'ai... j'ai raconté que Griffin était un chien-loup pour le proté... pour le protéger. Luc... doit protéger... Luc... maintenant.

Cornelius poussa un soupir et ferma les yeux avec un air apaisé, comme si sa confession l'avait soulagé d'un grand poids.

- Il est inconscient, mais il respire encore, remarqua Luc. Par contre sa blessure n'est pas belle à voir, à mon avis ce que lui a fait boire l'ombre devait être empoisonné... je ne suis pas sûr qu'il lui en reste pour très longtemps.

Gabriel se pencha pour examiner la coupure noirâtre, lorsqu'Angela s'exclama tout à coup :

- Ton pendentif, Gaby ! Regarde ton pendentif !

Gabriel s'immobilisa, et vit que la chaine qu'il avait autour du cou était tendue en direction de la blessure de Cornelius, la griffe à son extrémité semblait comme attirée par un aimant. Mais plus étrange encore, la griffe si blanche d'habitude était devenue aussi noire que de l'encre !

- Je n'ai jamais vu un truc pareil, dit Luc avec un air sombre. Mais ça m'a tout l'air d'être mauvais signe. Vous croyez qu'on peut encore les sauver, lui et le Padre ?

En se relevant, il appuya par mégarde sur l'iPod qui se trouvait dans sa poche et des notes de guitare mélancoliques s'élevèrent de son sac à dos, quelques mètres plus loin.

*Le ciel pluvieux est noir*
*Venez donc vous abriter*
*Confier vos mercis, vos espoirs.*
*Une fiole d'ambre est fatalité*
*Ici la messe est noire,*
*Les votives décapitées.*

- Il a parlé d'une fiole ? D'une votive ? s'exclama Angela. Mets plus fort Lucy, on dirait un Signe !

- Ou alors pour une coïncidence, c'est une sacrée coïncidence ! répondit Luc en allant chercher son sac et en en sortant l'enceinte portative pour en monter le son à fond. La chanson de Levis Castello emplit alors la chapelle silencieuse de sa complainte envoutante.

*Mes yeux sont emplis de larmes*
*L'heure et les cloches ont sonné*
*Voici la fin des vies, voici la mort des âmes*
*Comme vous, elles seront moissonnées*
*Lorsque notre assassin sortira ses armes*
*Pour venir tuer le roi nouveau-né*

Ce nouveau couplet laissa Angela sans voix, on aurait dit que c'était le commanditaire de l'assassin qui leur envoyait ce message, comme s'il regrettait son geste. Mais qui pouvait bien être ce roi nouveau-né qu'il voulait assassiner ?

*Les trompettes, alors, se lamentèrent*
*Pour pleurer cette hécatombe*
*L'agent double vole sur les tombes*
*Avec le prêtre à terre, ils gagnent la frontière*

- La frontière ? Mais quelle frontière ? s'exclama Angela en jetant un regard inquiet au corps du Père William, qui n'avait pourtant pas bougé d'un pouce.

- Je ne sais pas, répondit Luc en ramassant le fusil coupé. Mais méfiez-vous, l'assassin pourrait revenir.

- Chut ! Taisez-vous les pipelettes ! les coupa brusquement Gabriel. Je n'entends plus les paroles de la chanson !

*Avale cette fiole mortelle*
*Et suspends ton souffle un instant*
*Je souhaite que la vérité se révèle*
*Je n'ai rien à cacher maintenant*
*Ma repentance sera éternelle*
*J'aurais préféré vivre autrement*

Alors que la chanson reprenait le refrain et s'achevait sur une dernière note de guitare, les trois enfants se regardèrent en silence un moment.

- Vous n'avez pas entendu sa confession, expliqua Luc en montrant le corps inanimé de Cornelius. Mais on aurait dit que c'était de lui que parlait ce dernier refrain.

Suite au regard interrogateur de ses amis, Luc leur raconta le rôle qu'avait joué le vieil homme dans les évènements étranges qui avaient secoué l'orphelinat depuis la rentrée.

- Lorsque je suis arrivé, remarqua Gabriel avec le regard sombre, le vieux Cole était déjà devant la chapelle avec son fusil. En y repensant, c'était presque comme s'il accompagnait l'assassin et qu'il montait la garde. Ce n'est sûrement qu'en me voyant arriver qu'il a décidé d'entrer.

- C'est possible en effet, répondit Angela, mais n'oublions pas que s'il montait la garde, il le faisait sûrement sous la menace. Même si c'était le cas, il s'est bien racheté par la suite. Ne le condamnez pas trop vite, car sans son intervention, l'assassin nous aurait tous tués à l'heure qu'il est.

Cornelius ouvrit alors soudain les yeux, mais ils étaient devenus totalement noirs. Il attrapa Angela par la manche et articula dans un râle d'agonie.

- A-llez... allez en Eden... pour sauver... Wi-lliam ! Dépêchez-vous !

Sa tête retomba alors sur le côté et Angela regarda ses amis avec les yeux emplis de larmes avant de souffler :

- Je crois... je crois qu'il ne respire plus.

*Chapitre Sept.*

# LA PORTE

· · · · · · · · · · · · · · · · · · · · · · · · · · · · · · · · · · · · · · · · · · · · · · · · · · · · · · · · · · · ·

7.1   Le Père dit : que l'Esprit soit ! Et l'Esprit fut.

7.2   La Mère lui donna sagesse et conseil.

7.3   L'Enfant lui confia piété et science.

7.4   Le Père lui transmit force et crainte.

7.5   La Mère offrit alors l'Esprit aux êtres humains sur Terre.

7.6    L'Enfant l'offrit aux Ischim en Eden, et il vit que cela était bon.

7.7   Il y eut un soir, il y eut un matin, ce fut le septième jour.

**Bible des Anges, Genesis, Chapitre 7.**

# La porte de l'ange

Luc brisa le long silence qui avait suivi le terrible constat d'Angela. Il savait qu'ils devaient agir vite, mais sa voix lui sembla lointaine, comme venant d'un garçon avec bien plus d'assurance qu'il n'en ressentait.

- Bon, je pense qu'il faut qu'on retourne dans le tunnel : Cornelius et la chanson nous envoient tous les deux dans cette direction. L'ombre a forcément dû venir par ce chemin, et s'il existe un remède il se trouvera sûrement là d'où elle vient.

Angela acquiesça lentement et sembla retrouver du courage.

- Bon, je vais appeler Dricker pour qu'il envoie des secours, mais on devrait peut-être rester avec William jusqu'à leur arrivée, non ?

- Non, répondit Gabriel, s'ils nous trouvent ici, ils ne nous laisseront plus partir. Et ne t'inquiète pas, ils seront là en moins de cinq minutes, rester là ne changera rien de toute façon. Allez, appelle-les, mais ne dit pas qui tu es et camoufle ta voix, moi je passe à la chambre prendre du matériel. Lucy, tu te charges d'ouvrir le passage sous la statue et on t'y rejoint dans cinq minutes ?

- OK pour moi, approuva Luc. Allez viens Gaby, ne perdons pas de temps.

Angela prit le téléphone que Gabriel lui tendait et composa le numéro du détective Dricker, tandis que ses amis disparaissaient sous la pluie.

- Allô détective ? fit Angela avec une voix aussi grave que possible. Je viens d'entendre des coups de feu en provenance de la chapelle d'Hollygrove. Est-ce que vous pouvez y envoyer une patrouille et une ambulance au plus vite ?

- Aïe c'est ce que je craignais, je suis déjà en route parce que je n'arrivais pas à joindre le Père William ! Un témoin vient tout juste de reconnaitre le gardien de l'orphelinat dans notre fichier de délinquants ! Mais qui est à l'appareil ? Allô ?

- ...

- Allô ?

Angela raccrocha sans laisser au détective le temps de lui poser plus de questions. S'il était déjà en route, il arriverait d'une minute à l'autre : il n'y avait pas un instant à perdre ! Elle fit juste un crochet par sa chambre pour récupérer la lettre de ses parents, et fit promettre à Nevaeh de dire aux adultes de ne pas s'inquiéter, qu'ils reviendraient au plus vite. Elle fila ensuite rejoindre les garçons dans le bâtiment principal, Azraël ayant sauté de son lit pour lui courir après. Luc et Gabriel l'attendaient devant la statue, et Angela remarqua immédiatement que quelque chose clochait : le passage n'était pas ouvert.

- Il y a un souci avec ton pouvoir, Lucy ? demanda-t-elle.

- Non ce n'est pas ça, répondit-il en faisant apparaitre une boule de feu dans sa main à l'aide de son briquet pour le lui prouver. On dirait que le mécanisme est bloqué de l'intérieur... Gabriel non plus n'a pas réussi à faire bouger la statue !

Angela s'agenouilla et prit la tête de son chat entre les mains.

- Azraël, on va avoir besoin de tes services. Peux-tu retourner voir sous la statue comme tu avais fait avec ma lettre et nous dire ce qui est bloqué ? Toi seul connais ce passage secret.

Le chat la regarda en penchant la tête comme s'il n'avait pas compris la question et commença à se lécher la patte en feignant l'indifférence.

- *S'il te plait* ? Est-ce que tu peux nous aider, *s'il te plait Azraël* ?

Ce dernier bondit aussitôt sur ces pattes, et Angela leva les yeux au ciel en soupirant. Non, mais quelle diva celui-là ! Ce que le chat noir fit alors laissa les trois amis complètement stupéfaits :

Il entra dans la statue comme si elle était constituée de beurre fondu plutôt que de marbre massif. En toute simplicité.

- Mais, mais, bredouilla Gabriel. Ce n'est pas possible de faire ça !

- Et devenir invisible ou déplacer des statues de six tonnes, tu crois que c'est normal ? lui répondit Luc qui avait maintenant une boule de feu dans chaque main. Y'a un truc qui tourne pas rond dans cet orphelinat moi je vous dis, et ça date pas d'hier !

- En tout cas, ça explique beaucoup de choses, ajouta Angela. Et notamment comment il s'était retrouvé là-dessous la dernière fois !

Ils entendirent alors un bruit métallique étouffé provenant de sous la statue, et Azraël ressortit de la pierre, l'air satisfait de lui-même.

- Bon c'est à moi de jouer maintenant, dit Luc en approchant ses deux mains des ailes de la statue et en y mettant feu d'un coup.

Les immenses ailes s'embrasèrent immédiatement et la statue glissa sans bruit pour révéler l'entrée du passage secret. Sur le sol gisait la dague de l'assassin, dont la lame sinueuse était noire et luisante.

- Bien joué Azraël, le félicita Angela, c'est donc ça qui bloquait le mécanisme. Ne touchez pas à la lame, ajouta-t-elle en sautant dans l'ouverture. Elle est sûrement empoisonnée, elle aussi !

Elle attrapa le poignard par le manche et l'enveloppa dans un sac plastique que Gabriel lui tendait d'en haut et qu'il rangea ensuite avec précaution dans son sac à dos.

- Par contre, dit ce dernier pensivement, je me demande bien comment l'assassin a pu ouvrir la statue, ou encore la porte qui se trouve en bas ? Vous croyez que c'était un ange déchu et qu'il est retourné en Eden ? C'est peut-être idiot d'aller se jeter dans la gueule du loup, non ?

- Arrête Gaby, lui dit Luc en lui tapant sur l'épaule. Ne fais pas ton froussard. Cornelius nous a clairement dit que notre seule chance de sauver le Père William était au bout de ce couloir ! Tu tiens à lui, oui ou non ? Moi personnellement, il s'est sacrifié pour me protéger donc je n'hésite pas une seconde.

- Moi non plus, renchérit Angela. C'est le seul père qu'il me reste !

- Et moi, c'est le seul que j'ai jamais eu. Tu as raison, allons-y !! conclut Gabriel en sautant rejoindre Angela.

Les trois amis descendirent les escaliers jusqu'au tunnel et Luc passa la main sur le mur qui s'alluma de sa belle couleur dorée. Ils entendirent le mécanisme de la statue qui se remettait en place derrière eux, mais cette fois-ci ils s'y attendaient. Jusque-là, il n'y avait pas d'autre surprise de l'assassin, ils arrivèrent donc rapidement devant la porte de l'ange.

- Et bien les garçons, il n'y a plus qu'à trouver la bonne combinaison ! Comme Lucy disait que la forme du symbole faisait penser au chiffre associé, j'ai eu un flash pendant le tournoi quand Judy faisait un cœur avec ces deux mains en criant « 22 ». Deux chiffres 2 face à face forment un cœur, je suis certaine que c'est le bon symbole !

- Allez, je fais un essai ! dit Gabriel sans voir que Luc n'avait pas l'air d'accord. Il fit tourner le rond en marbre et appuya sur les symboles au fur et à mesure. Le zéro serait l'œuf, commenta-t-il. Le 1 en face du bâton, le 2 en face du cœur... par contre je ne vois rien qui ressemble à un 3 !

- Oui, répondit Luc, j'avais vu que ma théorie des formes ne marchait pas pour tous les chiffres, mais une autre idée est de regarder la construction de chaque symbole : le bâton a 1 trait, le cœur est fait de 2 traits, le triangle a 3 traits, le sablier 4 traits, l'éclair 6, le losange 8.

- Il te manque 5, 7 et 9, commenta Gabriel qui avait entré la combinaison au fur et à mesure. Il reste la lune, l'étoile et l'aile.

- Et bien l'étoile a 5 branches, l'aile a une forme de 9 si on la retourne, et pour le croissant de lune il ne reste que le 7 même si je ne vois pas de lien de forme ou de construction.

Lorsque Gabriel eut appuyé sur tous les symboles et sur l'ange du milieu, ils se mirent à clignoter, puis s'éteignirent tous en même temps.

- Ah zut, y'a plus qu'à recommencer ! pesta Luc. Dommage, je trouvais que mon idée était bonne, moi !

- Qui sait si les anges ont la même logique que nous ? dit Angela. Je pense qu'il faut faire au plus intuitif, essaye donc ça Gaby :

4 = losange. Mais si, il a 4 côtés ! dut-elle se justifier quand Luc protesta. Regarde, on dirait même qu'il est formé de quatre triangles.

- Ah oui, ça c'est fort ! reconnut-il. OK, continue.

- Je dirais 5 = étoile à 5 branches, 6 = éclair pour le nombre de traits, 8 = sablier... si si, moi la forme du sablier me fait directement penser à un 8 ! 9 = aile. Il m'en manque un, non ?

- Oui, mais pour celui-là c'est facile, répondit Gabriel en appuyant sur la dernière combinaison possible, 7 = croissant de lune !

Lorsque Gabriel appuya sur l'ange, Angela sentit son cœur battre plus fort, ils devaient absolument passer pour sauver William ! Mais les lumières clignotèrent et s'éteignirent à nouveau brusquement.

- Ah zut, foutue porte ! s'exclama-t-elle, en tapant dessus avec son poing. On ne sait même pas si on avait des bonnes réponses !

- Et oui, répondit Gabriel. Tu n'en avais même peut-être qu'une seule de fausse... mais c'est ça qui fait la sécurité du système justement !

Pendant ce temps, Luc griffonnait à la hâte sur une feuille de papier, il s'arrêta soudain et s'écria « Mais oui ! Évidemment ! »

- Hein ? Tu as trouvé quelque chose ? demandèrent en chœur Angela et Gabriel en se retournant.

- Oui, répondit-il, tout excité, c'est Angela qui m'a mis sur la voie avec sa « logique des anges » ! Je ne comprenais pas que certains symboles comme l'œuf fassent penser à leur chiffre par leur forme, et que d'autres symboles aléatoires fassent penser à leur chiffre par leur construction : 5 branches pour l'étoile, 3 sommets pour le triangle... Sauf que ça n'est pas aléatoire !

- Ah bon ? demanda Angela, perplexe. Tu trouves quelque chose de logique là-dedans, toi ?

- Regarde ! reprit Luc en lui montrant son papier : Le 0, 1, et 2 ressemblent à leur symbole par la forme, tu es d'accord ?

- Oui, jusque-là ça va...

- Mais pour le 3 tu es obligée de passer en mode « construction », avec les trois sommets du triangle, pareil pour le losange qui est formé de quatre triangles, et pour l'étoile qui est formée de cinq... losanges ! On a donc trois symboles « formes », et trois symboles « construction » qui s'enchainent parfaitement... Comment sont à votre avis les trois prochains symboles ?

- En mode formes ! s'exclama Gabriel, qui avait compris la logique de Luc.

- Et oui ! Pour le chiffre 6, l'éclair construit avec 6 traits est donc une fausse piste, il faut trouver le symbole qui ressemble le plus au 6. Regardez le croissant de lune, c'est la même forme !

- Et l'éclair au niveau de la forme ressemble beaucoup au 7, reprit Gabriel en griffonnant sur la feuille, il peut même être formé avec deux 7 regardez !

- Le chiffre 8 correspond donc bien à mon sablier, termina Angela. Mais par contre après on devrait donc repasser en mode « construction », non ?

- Logiquement oui, reprit Luc, mais regarde bien : il ne nous reste que le chiffre 9 qui se trouve donc tout seul. Il n'est pas dans une série de trois, c'est presque comme s'il avait été rajouté après coup. Et vu que le seul symbole restant est l'aile, on n'a pas trop le choix, surtout que la ressemblance des formes est frappante. On essaye ?

Gabriel rentra la combinaison et Angela sentit à nouveau l'excitation la gagner au fur et à mesure que les chiffres s'allumaient.

- Croisez les doigts ! lança Gabriel avant d'appuyer de façon théâtrale sur l'ange central pour valider la combinaison.

Lorsque tous les symboles s'allumèrent en blanc, les trois amis poussèrent un cri de victoire commun qui résonna dans le couloir derrière eux. Ils regardèrent alors avec fascination l'ange central tourner lentement sur lui-même, les symboles s'allumant en doré les uns après les autres. Lorsque l'ange revint à sa place initiale, la grande porte s'ouvrit en deux par le milieu. Les battants s'écartèrent alors lentement dans un silence total, révélant aux yeux des enfants ébahis la salle majestueuse qui se trouvait derrière.

# La table de cire

Angela n'en croyait pas ses yeux, une grande pièce rectangulaire s'étendait devant eux, baignée d'une douce lumière dorée. Les murs faisaient au moins cinq mètres de haut et étaient décorés de peintures colorées formant de larges bandes verticales. Tout autour de la salle à leur hauteur, étaient représentées de profil des créatures ailées avec un corps de lion et une tête humaine.

- C'est drôle on dirait des sphinx égyptiens, remarqua Luc. Mais je ne crois pas qu'ils aient des ailes normalement, si ?

- En tout cas on se croirait à l'intérieur d'une pyramide avec tout ce sable par terre, ajouta Gabriel. Vous aviez déjà vu du sable noir comme ça ? C'est flippant…

- Oui carrément, confirma Angela en frissonnant. Surtout que la porte derrière nous vient de se refermer, évidemment !

- À mon avis c'est par là qu'il faut continuer, indiqua Gabriel en montrant du doigt une nouvelle porte immense qui était à l'opposé de la salle. Par contre, c'est pas très malin de l'avoir mis à deux mètres du sol, quelqu'un a pensé à prendre une échelle ?

- Et ça, qu'est-ce que c'est à votre avis ? demanda Angela en indiquant un meuble rond qui trônait au beau milieu de la pièce. Un large et épais plateau rouge était porté par trois statues dorées de sphinx ailés. Ils étaient en position semi-assise et regardaient chacun dans une direction opposée.

- Aucune idée, dit Gabriel en passant à côté. On dirait une table en marbre recouverte d'une couche de cire rouge. Mais venez plutôt m'aider à trouver comment on peut atteindre cette deuxième porte. Je ne sais pas pour vous, mais si on trouve ces foutus anges, moi je leur apprendrais à fabriquer des escaliers !

- Et moi des poignées pour leurs portes !! renchérit Angela.

- Et moi à passer le balai !!! rajouta Luc en shootant dans un monticule de sable noir qui se trouvait près de la table.

Luc monta sur les épaules de Gabriel, et il passa plusieurs minutes à examiner la porte en métal massif, mais il ne décela aucun mécanisme ni aucune inscription qui aurait pu indiquer comment il fallait l'ouvrir.

- Les garçons venez voir, je crois que j'ai trouvé ! Angela se tenait à côté de la table en marbre sur laquelle Azraël était monté, et elle leur faisait signe de la rejoindre.

- Regardez, continua-t-elle, on voit des écritures par transparence sur le pourtour de la table. Vous pouvez m'apporter de la lumière ?

Gabriel alluma la lampe de son téléphone et Angela effleura la cire avec son doigt. Aussitôt, la cire recula au contact de sa peau et la jeune fille retira sa main instinctivement. Sur le bord de la table en marbre blanc apparaissait maintenant le mot *signe* gravé dans une belle écriture incurvée. D'abord prudente puis de plus en plus sûre d'elle, Angela passa son doigt sur tout le pourtour de la table. La cire rouge reculait au fur et à mesure et laissa apparaitre le texte suivant écrit en cercle :

*En traçant le signe de l'Ange Un,*
*Quatre deviendront dix par dessin.*
*La Sainte Famille tu réuniras,*
*Les chiffres opposés face à face tu placeras,*
*Et au centre, l'ennemi apparaitra.*
*Les défauts de sa cuirasse seront révélés,*
*Lorsque les trois Pouvoirs seront nommés.*

- Mais c'est le texte de la lettre Angy ! s'exclama Gabriel. Comment est-ce possible ?

- Je dirais plutôt « Comment diable tes parents ont-ils eu connaissance de ce texte ? », dit Luc en tournant un regard méfiant vers Angela.

- Mais qu'est-ce que tu veux que j'en sache moi ? répondit-elle du tac au tac. Vu qu'ils avaient trouvé les symboles, ils sont peut-être déjà venus dans cette salle, tout simplement. Et puis arrête avec ton numéro de diable, ça ne fait rire que toi !

- Bon ce texte ne nous avance pas vraiment vu qu'on n'y a jamais rien compris, intervint Gabriel pour recentrer le débat. Dis

Lucy, et si tu lançais ton iPod pour voir s'il nous donne un autre indice ?

- Non, mais n'importe quoi toi, c'est pas sur commande !

- Allez quoi ! insista Gabriel. Ça a bien marché dans la chapelle !

- Pfff, ok j'essaye si tu veux, finit par lâcher Luc en sortant son iPod. Mais si tu veux mon avis, c'est complètement stupide.

Lorsqu'il appuya sur le bouton « aléatoire », un magnifique duo lyrique de voix d'homme et de femme s'éleva de l'enceinte, mais les paroles n'avaient ni queue ni tête et la chanson s'arrêta au bout de 10 secondes.

- Tu vois je t'avais dit que c'était stupide ! lança Luc, dépité.

Gabriel regarda l'iPod d'un air déçu, avant que son expression ne change brusquement et qu'il éclate de rire :

- Ahahah ! « *This is stupid* », la chanson s'appelle justement « *Ce truc est stupide* » ! Lucy mon pote, tu es la première personne que je connaisse à se faire chambrer par son iPod ! À mon avis si tu veux que ça marche, il faut que tu y croies un minimum.

- iPod ! dit Luc en tenant le lecteur entre ses deux mains jointes pour se moquer de son ami. iPod si tu m'entends, donne-nous un indice sur comment ouvrir cette fichue porte...

- ... *S'il te plait* ! ajouta Gabriel, en pressant lui-même sur le bouton *play*.

Cette fois-ci, une musique lancinante emplit la pièce, avec des sons orientaux de flûtes et de percussions mêlés à de l'électro.

- *Clock Tick*, de *Wax Taylor*, commenta Luc. Sympa ! En tout cas pour l'ambiance au moins il ne s'est pas trompé, il ne manque plus que les danseuses du ventre pour qu'on se croie en Égypte !

| | |
|---|---|
| *Let me take you back,* | *Laisse-moi te ramener,* |
| *Using my lantern, I see* | *En prenant ma lanterne, je vois* |
| *The clock tick, all night, all day* | *L'horloge fait tic-tac, la nuit, le jour* |
| *All night, all day* | *Toute la nuit, tout le jour* |

- Bon et alors, ça veut dire quoi son message ? demanda Luc en se tournant vers Gabriel.

- Ben j'en sais rien moi, attends la suite de la chanson d'abord !

| | |
|---|---|
| *Let me take you back,* | *Laisse-moi te ramener,* |
| *Using my lantern 'cause,* | *En prenant ma lanterne, car,* |
| *The clock tick, all night, all day* | *L'horloge fait tic-tac, la nuit, le jour* |
| *All night, all day* | *Toute la nuit, tout le jour* |

- Super, conclut Luc, dépité. Y'a que deux phrases dans ta chanson à la noix, ça va pas nous mener bien loin !

- Au contraire, au moins le message est limpide : premièrement *l'heure tourne*, donc il faut qu'on se dépêche. Deuxièmement *il faut retourner en arrière avec une lanterne*, la vraie question c'est pourquoi : on aurait oublié un indice ou autre chose ?

- Je ne sais pas, répondit Angela, pensive. Moi aussi j'ai l'impression d'avoir oublié quelque chose depuis tout à l'heure, mais je n'arrive pas à mettre le doigt sur ce que… le livre ! C'est le livre de Papa que j'ai laissé dans la chapelle, il faut qu'on retourne le chercher !

- Tu l'as oublié là-haut ? s'étonna Gabriel. Zut ! Et la chapelle doit grouiller de flics à l'heure qu'il est. Si quelqu'un nous voit, on ne pourra plus redescendre ici !

- Oui, il y a un risque, intervint Luc, mais Angy a raison, c'est forcément important. Après tout, c'est un livre sur les anges et les chiffres, c'est exactement le thème du poème de cette foutue table ! Et puis, même la chanson nous dit qu'il faut retourner en arrière, ça devrait te convaincre ça, non ?

- Bon, ok, capitula Gabriel. Lucy, il faut que tu y ailles aussi pour ouvrir la statue, mais moi je reste ici pour avancer sur l'énigme. À défaut de lanterne prends mon téléphone Angy, il fait sombre là-haut.

Luc approcha une vasque en métal qui se trouvait dans un coin de la pièce et alluma dedans une boule de son feu magique.

- Tiens, dit-il à Gabriel, ça te tiendra chaud et tu y verras un peu mieux. Attention à ne pas te brûler avant qu'on ne revienne !

Lorsqu'Angela et Luc arrivèrent dans le hall de la statue, il était heureusement vide. Ils ouvrirent sans bruit la grande porte du bâtiment, et coururent sous la pluie jusqu'à l'entrée de la chapelle. Des rubans de signalisation jaunes en barraient l'accès, mais aucun signe de vie ne leur parvint de l'intérieur.

- On dirait qu'ils sont partis, murmura Luc, va chercher le livre ! Je reste caché ici pour être sûr que personne ne te surprenne.

L'intérieur de la chapelle était effectivement désert, mais çà et là étaient parsemées des traces laissées par la police : d'autres balisages, des plots de signalisation numérotés et au sol des traces de craie blanche indiquant les emplacements où se trouvaient Cornelius et le Père William. Angela eut alors le pressentiment que les secours n'étaient pas arrivés à temps.

- Alors ? lui demanda Luc quand elle ressortit, tu l'as trouvé ?

- Oui je l'ai, répondit-elle en lui montrant le livre en cuir sombre. Il était en évidence sur le banc, mais heureusement la police n'y a pas prêté attention. Allez, on y retourne ?

Angela resta silencieuse sur le chemin du retour, car elle ne voulait pas inquiéter Luc en évoquant les traces de corps dessinées à la craie. Elle ne put s'empêcher de frissonner en imaginant la fermeture éclair de sacs mortuaires se refermer sur le visage des deux hommes qui comptaient le plus pour elle. Mais cette pensée renforça sa résolution : si personne sur Terre n'avait pu les sauver, ce serait aux anges de réparer cette injustice !

Lorsqu'ils arrivèrent à nouveau dans la salle, un peu essoufflés, Gabriel les accueillit joyeusement.

- Venez voir ici, cette table est géniale ! Et posez vos manteaux mouillés à côté du mien, le feu de Luc va les faire sécher.

Angela suivit son conseil et remarqua en s'approchant que la cire recouvrait à nouveau toute la table. Gabriel traça alors un grand trait avec son doigt, et à nouveau la cire s'écarta en laissant apparaitre le marbre blanc en dessous. Gabriel fit deux autres traits comme s'il coupait des parts de pizza.

- Génial, c'est une table à dessin en fait ! s'exclama Luc. Comment t'as eu cette idée ?

- C'est le nom du chanteur de tout à l'heure qui m'a mis sur la piste, expliqua Gabriel, tout fier de lui. « Wax Taylor » ça veut dire « Tailleur de Cire », pas mal pour une chanson à la noix, hein ? Et attendez c'est pas tout, regardez !

Gabriel traça un dernier trait, mais lorsqu'il eut terminé, la cire fondit sous leurs yeux pour reformer une surface lisse et uniforme.

- Et voilà ! s'exclama Gabriel. On ne peut pas faire plus de quatre traits sans que tout s'efface ! Par contre, je n'ai toujours pas trouvé le rapport avec l'énigme.

Les trois enfants se penchèrent autour de la table, et Angela récita à voix haute :

- *En traçant le signe de l'Ange Un, Quatre deviendront dix par dessin.* C'est peut-être en rapport avec les quatre traits, non ?

- Oui, répondit Luc, pourquoi pas. Mais comment quatre peuvent-ils devenir dix ?

Il y eut un moment de silence pendant lequel les trois enfants se regardèrent d'un air perplexe, lorsque tout à coup, Luc s'écria :

- Ton pendentif Angy ! La solution c'est ton pendentif !

Surprise, Angela s'aperçut que le pendentif que Gabriel lui avait offert pour son anniversaire dépassait de son t-shirt. Mais elle ne comprenait pas le rapport entre le symbole anarchiste et l'énigme. Luc ne perdit pas de temps en explication et se mit à dessiner sur la cire : il commença par tracer un cercle au centre de la table, puis il traça trois traits qui allaient d'un bout à l'autre de la table. Chaque trait en croisait un autre sur le cercle du milieu, pour former un triangle parfait en son centre.

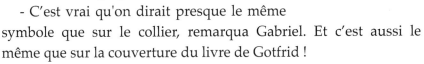

- C'est vrai qu'on dirait presque le même symbole que sur le collier, remarqua Gabriel. Et c'est aussi le même que sur la couverture du livre de Gotfrid !

- Oui, bien vu ! Mais surtout, regardez : en dessinant quatre traits, j'ai obtenu dix cases. *Quatre deviendront dix par dessin !*

- Whaaa, c'est génial ! C'est ça alors, *le Signe de l'Ange Un* ?

- Regardez les garçons ! s'exclama Angela. Ça marche ! La cire est en train de changer de couleur !

Les trois enfants médusés regardèrent la cire rouge s'assombrir de plus en plus jusqu'à devenir complètement noire.

- Ça veut sûrement dire qu'on peut passer à l'étape suivante maintenant, suggéra Luc. Et il se mit à réciter :

*La Sainte Famille tu réuniras,*
*Les chiffres opposés face à face tu placeras,*
*Et au centre, l'ennemi apparaitra.*

- Mais la grande question c'est « comment faut-il les placer » ?

- Angy ? demanda Gabriel. Le livre de ton père n'était pas censé nous donner les réponses là-dessus, justement ? Est-ce que William a eu le temps de vous mettre sur une piste avant de se faire attaquer ?

- Une piste ? Mieux que ça ! Il a réussi à décrypter complètement le code de Gotfrid, ou plutôt le code des anges si l'on en croit ce dernier... Malheureusement, l'ombre nous a attaqués avant qu'on ait pu terminer... Mais je pense qu'on doit pouvoir continuer tous seuls maintenant, n'est-ce pas Lucy ?

Luc expliqua alors à Gabriel ce qu'ils avaient trouvé pour les chiffres 1, 2 et 7, et comment il fallait utiliser le carré et le dessin des chiffres.

- Bon, j'ai pas encore tout compris, tu peux me montrer comment déchiffrer un autre numéro ?

- Euh, oui, je vais essayer, il reste quoi... le 4 par exemple ?

Luc ouvrit la Bible des anges de Gotfrid et l'ouvrit à la première page, puis il s'agenouilla dans le sable noir et s'appliqua à tracer le carré comme il apparaissait dans le livre. Il commença alors son analyse, comme ils l'avaient fait avec le Père William.

- Alors déjà lui, c'est uniquement des droites alors ce serait un « pur esprit ». Il est né de la terre, est monté

CIEL - ESPRIT

VIE - OBSCURITÉ

LUMIÈRE - MORT

TERRE - MATIÈRE

vers le ciel, puis va de la vie vers la mort. Il n'est ni masculin ni féminin. Franchement... pour celui-là ce n'est pas très facile je trouve.

- Le Père William a précisé qu'il y avait souvent des liens entre les chiffres et leur entité, leur rappela Angela. Ça vous fait penser à quoi le chiffre 4, instinctivement ?

- Ben je sais pas moi, répondit Gabriel. Les 4 saisons, les 4 éléments. Les 4 points cardinaux aussi, c'est peut-être... la nature ?

- Ou la Terre ! s'écria Luc. Tout ce que tu viens de dire concerne la planète Terre. Et devine quand s'est formée la croûte terrestre... il y a 4,4 milliards d'années, ça ne peut pas être juste une coïncidence !

- Ou alors, c'est une sacrée coïncidence ! Excellent ! Et bien tu vois quand tu veux ! le taquina Angela. Allez, je fais le 5, j'ai trop envie de savoir ce que c'est ! Moi pour le 5 je pense aux 5 sens, aux 5 doigts de la main... du coup je dirais... l'être humain ! Vous en pensez quoi ?

- Ben c'est pas idiot, approuva Gabriel en hochant la tête. Faisnous l'analyse de Gotfrid pour voir si ça correspond ?

- Ah ah ah ! L'analyse de Gotfrid, ça sonne bien je trouve ! Bon alors à la fois corps et esprit... ça fonctionne. À la fois masculin et féminin, évidemment ! Il a sa racine dans le ciel, et après un court séjour sur Terre il remonte vers le Paradis... OK, je brode un peu, mais ça colle plutôt bien, non ? finit-elle avec un grand sourire.

- Pas mal ! Et ça a un côté poétique, approuva Gabriel. En plus un être humain avec les bras et les jambes tendues ça ressemble à une étoile à 5 branches, comme le symbole sur la porte.

- Bon ok, je valide ! conclut Luc. Tu veux essayer le suivant Gaby ?

- Euh, bon ok, si vous insistez... je sais pas trop encore où ça va nous mener, mais allons-y gaiment ! Qu'est-ce que le 8 va pouvoir bien nous apprendre ? Là pour le coup, y'a pas grand-chose qui me vienne en tête... à part le 8 couché qui est le symbole mathématique de l'infini, bien sûr ! Si on ajoute le symbole du sablier qui y était associé, j'ai comme l'impression qu'il a quelque chose à voir avec la mesure du temps.

- Fais voir ce que donne l'analyse de papa ?

- Et bien pour commencer on ne sait pas où il commence et où il finit. Il n'est attaché à rien, comme s'il glissait sur tout. Il ne penche pas plus vers la lumière que l'obscurité, pas plus vers la mort que vers la vie, mais il crée une boucle sans fin entre le ciel et la terre, entre la matière et l'esprit.

- Waaah, c'est beau ce que tu racontes, je crois que je vais pleurer, dit Luc en faisant mine d'essuyer une larme sur sa joue. Aïeuh, me frappe pas, je rigole ! Allez, je te l'accorde, le 8 c'est sûrement le temps, par contre ce qui est bizarre, c'est que les courbes indiquent une entité « corporelle », vous croyez qu'il y a un vieux « monsieur Temps » avec une barbe blanche derrière cette porte ?

- Qui sait ? dit Gabriel en haussant les épaules. Peut-être qu'on le rencontrera de l'autre côté et qu'il te fermera enfin ton clapet !

- Bon ça suffit les garçons, arrêtez de vous chamailler comme des enfants ! Je vous rappelle qu'on est là pour sauver William, et qu'on n'a pas toute la nuit… vous vous rappelez de ce que disait la chanson ? Tic-tac, tic-tac ! Allez, il faut terminer les chiffres pour ouvrir la porte, et vite ! Il ne nous reste plus que le zéro !

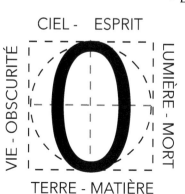

- Logique, puisque le Padre nous a dit qu'il avait été inventé en dernier. Comme symbole ben, c'est le vide quoi, et le Padre nous a aussi dit qu'il n'était pas présent dans la Bible parce qu'il n'avait pas encore été inventé à l'époque.

- Pour l'analyse, je dirais qu'il est tout en courbe donc 100% « corps », il n'a pas de début ni de fin, comme le 8. Et il est neutre vis-à-vis de tous les côtés : vie, mort, etc. Il n'est ni masculin ni... mais si ! Regardez, c'est justement deux symboles féminins collés ensemble !

- Ah oui tu as raison, je ne l'avais jamais vu comme ça ! remarqua Luc, scotché. Ça pourrait même être le symbole parfait de la féminité en fait ! Et vu qu'il était représenté par un œuf qui symbolise aussi le fait de donner la vie, je pense qu'on peut dire que le zéro c'est la Déesse-Mère ou quelque chose comme ça. Pas étonnant qu'il n'y ait pas de zéro dans la Bible finalement !

- Ouh, il me plait celui-là, il me plait beaucoup ! conclut Angela, ravie. Bon, récapitulons :

0 = Déesse   1= Dieu    2 = Êtres vivants    3 = Jésus    4 = Terre
5 = Humains  6 =Diable  7= Esprit        8 = Temps       9 = Anges

- Ça nous aide comment pour savoir où mettre les chiffres sur la table tout ça ? Je suis pas sûr qu'on soit beaucoup plus avancé moi !

- Mais si, répondit Gabriel. Il suffit d'être logique et de respecter les consignes : *La Sainte Famille tu réuniras, Les chiffres opposés face à face tu placeras, Et au centre, l'ennemi apparaitra.* À mon avis la « Sainte Famille » ce ne peut être que la Déesse, Dieu et Jésus, et la seule façon de les réunir sans les séparer par d'autres chiffres c'est de les placer dans le cercle du milieu, à l'extérieur du triangle.

- OK, marque-les sur la table Gaby, lui demanda Luc. Ensuite il faut réfléchir à ce qui peut opposer certaines entités... pourquoi pas le Temps qui est 100% corps, et l'Esprit qui est 100 % esprit ?

- Ou plutôt l'Ange et l'Ange déchu ? suggéra Angela. En plus le 6 et le 9 sont vraiment construits l'un à l'inverse de l'autre ! Pareil pour le 5 et le 2, ce qui voudrait dire que l'être humain est différent du reste de la création, ça colle non ?

- Voilà, dit Gabriel, je les ai regroupés comme je trouvais logique : le 9 près du zéro, car il est aussi tout en courbe. Le 2 près du 1 car dans la Bible c'est Dieu qui crée les êtres vivants et les Hommes. Et le 4 près du 3 parce que Jésus s'est incarné sur Terre. Donc au milieu il me reste le 8, ce qui voudrait dire que « l'ennemi qui apparait au centre », c'est le temps !

- Oui c'est pas idiot ça, approuva Luc. Vu que le temps tue tous les êtres vivants… Par contre, comment on sait si c'est la bonne réponse ? Gabriel ? Hé Gabriel, ça va ?

Ce dernier avait soulevé sa main pour mieux regarder les chiffres qu'il avait tracés sur la table de cire, mais il s'était interrompu au milieu de son geste et restait ainsi, complètement immobile et le visage sombre. Luc s'approcha pour le secouer, mais il retira sa main précipitamment, comme s'il s'était brûlé.

- Qu'est-ce qu'il y a ? demanda Angela, brusquement inquiète.

- Du sable… murmura Luc d'une voix blanche. Il s'est transformé en statue de sable noir !

- Quoi ?? s'écria Angela en commençant à paniquer. Mais comment ? Pourquoi ?

- Je… Je n'en sais rien… ce doit être une sorte de piège.

- Et tout ce sable dans la salle ? Tu penses que ce sont d'autres personnes qui… ? Eurk, je crois que je vais vomir !

- Oui, répondit Luc en ramassant une poignée de sable couleur d'encre. On dirait que d'autres personnes sont venues ici avant nous… mais qu'elles ne sont jamais ressorties.

- Et tu crois qu'on peut encore sauver Gabriel ?

- Hum, peut-être qu'il suffit de résoudre l'énigme pour annuler ce maléfice. Mais il faut qu'il reste entier, alors surtout… ne le touche pas !

Angela prit Azraël dans les bras, car il commençait à ronronner dangereusement près de Gabriel.

- Bon, reprit-elle avec plus d'assurance. Il faut qu'on essaye une autre combinaison, on ne peut pas le laisser comme ça !

- Je vais le faire, c'est trop risqué si on se trompe encore.

- Non justement, c'est à moi d'essayer ! Si je me transforme en sable moi aussi, tu pourras encore aller chercher des secours, alors que moi je resterai bloquée sous la statue de l'ange de toute façon.

Sans laisser le choix à son ami, Angela s'approcha avec détermination de la table de cire, qui était redevenue rouge et lisse comme à leur arrivée. Elle traça résolument le rond barré d'un A, et lorsque la cire fut à nouveau noire, elle ne put s'empêcher de la trouver menaçante.

- Bon, si Gabriel s'est trompé quelque part, je pense que c'est quand il a parlé de Dieu et de la création, c'est trop « biblique ». Papa disait que sa théorie pouvait réconcilier toutes les religions, mais elle doit aussi forcément faire des légères entorses. C'est peut-être parce que je suis une fille, mais s'il y a une Déesse avec comme symbole l'œuf il me semble plus logique que ce soit elle qui donne la vie non ? Donc intuitivement je dirais que le 2 doit aller avec le 0.

- Et au contraire, rebondit Luc, on avait parlé des anges qui étaient asexués. Si c'est le cas, ils ne peuvent justement pas donner la vie ! Je suis sûr qu'il faut mettre le 9 en face du 2 !

- Oui, bien trouvé ! Le reste me paraissait cohérent, je mets le fameux 8 du temps au milieu et il nous reste donc le 6 en face du 5, et le Diable opposé aux humains ça me parait bien !

Tout juste eut-elle terminé de dessiner le 6, qu'Angela vit les chiffres commencer à disparaitre, et sentit ses jambes se solidifier. Elle eut à peine le temps de dire « Oh, zuut ! » que sa voix s'étrangla. Tout devint noir, et sa dernière pensée fut pour Luc : pourvu qu'il sorte de là !

- Angyyyy !!!! Nooooon !!!

Luc cria de toutes ses forces, et sa voix résonna dans la salle comme à l'intérieur d'un tombeau. Il tomba à genoux dans le sable en se prenant la tête dans les mains. Et s'il venait de perdre ses amis pour toujours ? Même Azraël s'était transformé en sable dans les bras d'Angela, quelle horreur ! Comment pouvait-il les sortir de là ? Il sentit alors quelque chose d'humide et râpeux se frotter contre sa main, et se figea instantanément. Quel piège immonde la salle avait-elle encore inventé ?

Il entendit alors un jappement joyeux et s'aperçut que c'était Wolfy qui lui léchait la main pour le réconforter. Il cria de joie et enserra le loup dans ses bras, il n'avait jamais été aussi heureux de le voir !

- Wolfy ! Comment es-tu arrivé là, chenapan ? Tu es entré avec Angy et moi tout à l'heure je parie... mais pourquoi es-tu resté invisible tout ce temps ? Tu avais peur que l'ombre revienne ?

Wolfy glapit, puis s'approcha de la table et se mit à grogner.

- Ah, moi non plus je n'aime pas cette saleté je t'avoue. Mais je dois... je dois essayer de sauver mes amis, dit Luc en se relevant et en approchant sa main de la table de cire.

Au moment de toucher la table, il s'arrêta brusquement.

- Non, j'ai promis à Angy d'aller chercher du secours. Si je me trompe, on restera bloqué ici pour toujours. Allez viens Wolfy, on s'en va.

Luc fit quelques pas en direction de la porte puis s'immobilisa, car le loup tirait sur son pantalon en grognant.

- Et bien quoi Wolfy ? Qu'est-ce qui te prend ? Oh mince ! Gabyyyy !

En se retournant, il venait de voir que la statue de son ami s'était enfoncée dans le sol jusqu'aux genoux. Il revint en courant sur ses pas et constata que les pieds d'Angela avaient aussi disparus, mélangés avec le sable noir qui recouvrait le sol.

- Non, non, NON ! Restez entiers ! cria Luc en sentant la panique l'envahir. Si vous vous mélangez au reste du sable, je ne pourrais plus vous faire revenir ! Je ne peux pas les laisser disparaitre Wolfy, je dois tenter le tout pour le tout !

Wolfy poussa alors un « Ahou, Ahou » en secouant la queue.

- Oui tu as raison, il suffit que je ne me trompe pas après tout !

Luc refit le signe de l'Ange Un sur la table, et la cire vira instantanément au noir, presque avec avidité. Luc traça alors les premiers chiffres de la Sainte Famille, mais sa main se mit à trembler.

- Bon, dit-il à voix haute pour se donner du courage. Si je reprends le raisonnement d'Angy, j'ai le 2 des êtres vivants qui va avec le 0 de la Déesse donneuse de vie, et opposé au 9 des anges qui ne peuvent pas donner la vie. Ensuite j'ai le 4 de la Terre qui va avec le 3 de Jésus incarné sur Terre, et opposé au 7 de l'esprit immatériel. Ça me semble imparable, alors c'est forcément le dernier couple qui est faux. Si je mets le 8 au milieu alors je dois forcément inverser… Aïeuh !

Luc hurla de douleur en se tenant le mollet, que Wolfy venait de mordre violemment.

- Non, mais ça va pas ! Tu as failli tout me faire rater ! On dirait que tu le fais exprès, espèce de… de… attends une minute… Tu l'as fait exprès ? Il ne faut pas mettre le 8 au milieu, c'est ça ? Et si le 8 ne va pas au milieu, ça veut dire que le temps irait avec le Père ? Mais oui ! Et donc à l'opposé du temps ce sont les êtres humains, qui sont mortels par nature ! Mais par contre… par contre ça veut dire que l'ennemi qui apparait au centre, c'est le 6… c'est le signe de l'ange déchu… de, de Lucifer !

Abattu par cette révélation, Luc traça donc en dernier « son » signe au milieu du triangle central, retenant son souffle alors qu'il complétait le sinistre puzzle.

Lorsqu'il vit la table redevenir rouge sang, et qu'il sentit le sable glisser le long de ses jambes, son cœur s'arrêta de battre dans sa poitrine.

***

- Eh Lucy, t'en fais une tête ! s'écria soudain Angela, ce qui donna à Luc la peur de sa vie. Moi aussi j'ai cru que ça avait raté, mais regarde, je suis normale ! Alors, c'est qui la meilleure ?

- Elle est bien bonne celle-là ! s'énerva Gabriel. C'est moi qui fais tout le boulot et c'est comme ça qu'on me remercie ? Ben quoi ? Me regardez pas bêtement comme ça ! On va pas rester planté là quand même, regardez derrière vous… la voie est libre !

Luc n'en revenait pas, ses amis ne se rappelaient même pas avoir été changés en sable, comme si le temps s'était arrêté pour eux pendant qu'ils étaient transformés en statues !! Sans lui laisser le temps de se remettre de ses émotions, Gabriel ramassa ses affaires et se dirigea vers le grand escalier en sable noir

- Et bien voilà ! murmura-t-il en montant les marches. Je me doutais bien qu'il servait à quelque chose ce stupide sable noir !

# Chapitre Huit

# LES SPHINX

• • • • • • • • • • • • • • • • • • • • • • • • • • • • • • • • • • • •

8.1   Le Père dit : qu'il y ait une mesure à la vie de toute chose ! Et à toute chose une mesure de vie il fut donnée. Cette mesure fut appelée Temps.

8.2   Le Temps prit pour unité la ronde de la Terre autour de son étoile. Cette unité fut appelée année.

8.3      À chaque être vivant fut donné du Temps selon son espèce.

8.4   Le Temps accordé aux espèces animales se compta en heures, jours et années. Aux espèces végétales, il fut donné du Temps jusqu'à plusieurs siècles.

8.5.   Le Temps accordé aux animaux de magie se compta en siècles et en millénaires, selon leur nature.

8.6      Aux planètes, aux étoiles et aux galaxies, il fut donné le plus de Temps. Mais un Temps mesuré il fut donné. Ainsi à toute chose fut-il donné un début, et une fin.

8.7      Parmi le règne du vivant, aux Ischim seuls fut-il accordé de se soustraire au Temps. Et le Père vit que cela était bon.

8.8   Il y eut un soir, il y eut un matin, ce fut le huitième jour.

**Bible des Anges, Genesis, Chapitre 8.**

# Le duel

Gabriel écarta les lourdes portes dorées avec ses deux mains, et fut frappé de stupeur en contemplant ce qui se trouvait derrière.

Deux énormes statues de sphinx ailés se tenaient à quelques mètres en face de lui. Elles semblaient taillées chacune dans un immense bloc de cristal, l'un noir comme la nuit et l'autre blanc comme la neige. Les statues scintillaient à la lumière d'une vasque qui brûlait dans un coin de la pièce. Gabriel réalisa que cette salle était environ deux fois plus petite que la précédente, et également moins haute. Il aperçut ensuite, juste devant les sphinx, plusieurs statues de chevaliers en capes blanches qui lui tournaient le dos, puis il s'écria tout à coup :

- Regardez, derrière les sphinx, il y a un grand rideau rouge... la sortie doit se trouver de l'autre côté !

Angela s'avança alors et fut frappée par la splendeur et le réalisme des statues jumelles. Les corps de félins des sphinx étaient couchés sur le sol et ils avaient une grande paire d'ailes repliées sur les flancs. Leurs pattes avant reposaient sur les coudes et leur buste était relevé, ce qui leur donnait un air majestueux. Des casques dorés et finement ouvragés couvraient leurs énormes têtes, ne laissant apparaitre que leurs visages androgynes. Sur ces casques étaient dessinée une paire d'ailes partant de la nuque et allant jusqu'à leurs oreilles avant de descendre le long de leur cou. Enfin un tissu blanc et épais dépassait de l'intérieur, il descendait en plis sur leur front et de chaque côté du visage jusqu'à toucher leurs pattes griffues étendues devant eux.

- Bon et bien, il va falloir passer entre ces charmantes créatures pour atteindre la sortie, on y va ensemble ?

- OK, suivez-moi prudemment, dit Luc en allumant une boule de feu dans chaque main. Il pourrait y avoir un autre piège...

À peine eurent-ils fait un pas en direction du rideau rouge, que soudainement le sphinx de gauche déploya ses ailes de cristal noir pour leur barrer le chemin. Il ouvrit alors lentement les paupières. Le fond de ses yeux était aussi noir que sa pupille, mais ses iris formaient un cercle d'un blanc lumineux ; il transperça les enfants de son regard intense et se mit à parler d'une voix grave.

- *Veuillez ne plus bouger, insouciants voyageurs !*
  *Quiconque veut emprunter le passage vers l'ailleurs,*
  *Devra renouveler ses vœux avec honneur.*
  *Converser en vers purs prouvera votre valeur,*
  *Tous les esprits obscurs subiront ma fureur.*

Aussitôt, Angela intima à ses amis de garder le silence. Puis elle réfléchit un long moment avant de déclarer, hésitante :

- *Noble et... belle créature... accepte mes excuses,*
  *Mais me voici... confuse, car ces vœux je le jure,*
  *Je n'en sais la nature... N'y vois aucune ruse !*
    - *Vous ne les connaissez ? Je vais vous DÉVORER !*

Le sphinx bondit sur ses pattes, ailes déployées et toutes griffes dehors, mais le sang d'Angela ne fit qu'un tour et elle haussa la voix.

- *Halte là, cher ami ! ... Erreur de nourriture !*
  *Aussi grave cet oubli, n'efface notre droiture !*
  *Testez donc mon esprit, je fais candidature !*

Le sphinx s'adoucit à ses paroles et rentra ses griffes avant de répondre.

- *Au moins tu sais rimer, et en alexandrins !*
  *Avant de vous juger, à jouer je suis enclin.*
  *Inclure tout l'alphabet, dans une phrase vous devrez,*
  *Il vous faut pour gagner, du moins de lettres user.*
- *Avons-nous garantie, dans le cas d'une victoire,*
  *De ne pas fier ami, finir dans ta mangeoire ?*
    - *Si vous me dominez, je libère ce chemin,*
      *Sans même vous toucher, parole de Chérubin !*
      *Je vous laisse commencer, honneur aux Séraphins.*

À ces mots, le sphinx reprit sa position allongée, et il commença à se lécher les pattes comme un chat faisant sa toilette. Angela emmena ses amis quelques mètres plus loin et ils se mirent à chuchoter vivement.

- Dis donc Angy, t'as assuré grave ! commença Luc, impressionné. Où est-ce que t'as appris à débiter des alexandrins comme ça ?

- Ah ah, merci, c'est grâce à mon père. Tous les dimanches depuis que j'ai sept ans on faisait des duels de poèmes. Au début c'est difficile, mais une fois que tu n'as plus besoin de compter le nombre de pieds sur tes doigts, ça va mieux !

- Compter des doigts de pied ? Mais pourquoi ? demanda Gabriel qui n'en comprenait pas l'intérêt.

- Mais non gros bêta, un alexandrin c'est un vers qui a douze pieds, douze syllabes quoi ! Enfin bref, j'ai eu de la chance sur ce coup-là, mais par contre pour le défi du sphinx, je sèche complet. C'est possible de faire une phrase avec toutes les lettres de l'alphabet ?

- Oui bien sûr, je crois même que ça s'appelle un pangramme, répondit Luc. Mais par contre un duel du pangramme le plus court, c'est ça qui va être compliqué ! Essayez de marquer toutes les lettres de l'alphabet sur une feuille, et on les barre au fur et à mesure, ok ?

Au bout de dix minutes, les trois amis n'étaient arrivés à aucun résultat et commencèrent à s'énerver. Le sphinx noir n'avait pas donné de limite de temps pour trouver une première phrase, mais la perspective de se faire dévorer vivant mettait les trois enfants à cran.

- Allez Gaby ! l'encouragea Angela. Trouve-moi des mots avec K et X… on n'avance pas assez vite là !

- Mais pourquoi c'est à moi de tout faire ? Regarde ! Luc ne dit rien depuis tout à l'heure ! À part faire le pitre, il ne sert à rien en fait !

- Ah ouais, vous le prenez comme ça ? dit Luc en se levant et en se dirigeant vers la porte, furieux. En partant il criait presque :

- Allez bye bye, je vais quand même pas passer tout le week-end à faire une stupide phrase qui contient les vingt-six lettres de l'alphabet !!!!

Gabriel bondit à sa suite, mais la voix du sphinx le stoppa net.

*- Enfin c'est pas trop tôt ! Je m'endormais un peu…*
*109 lettres c'est trop, mais tu n'es pas bien vieux.*
*Maintenant plus un mot, je peux faire beaucoup mieux !*

Gabriel et Angela regardèrent Luc avec des yeux grands comme des soucoupes, il avait réussi à faire une phrase avec toutes les lettres de l'alphabet ? Sans faire exprès ? Luc se retourna avec un grand sourire, mais ne dit pas un mot, la réponse du sphinx ne se fit pas attendre.

*- Admirez jeunes sots, un pangramme de feu :*
*Portez ce vieux whisky au juge blond qui fume !*

Gabriel écrivit la phrase dans son cahier, puis s'exclama :

- 37 lettres ! Sa phrase ne fait que 37 lettres, comment peut-on battre ça ?

- T'inquiète, j'ai compris le truc, répondit Luc en griffonnant à son tour pendant quelques minutes puis en déclarant à voix haute :

- The quick brown fox jumps over the lazy dog [1]

*- Pas mal pour un marmot, mais voici encore mieux !*
*Pack my box with five dozen liquor jugs* [2]

- Ah mince, s'exclama Gabriel, il a battu ta phrase de 35 lettres, la sienne n'en fait que 32 ! Trouve quelque chose, vite !

- Ah parce que tu crois que c'est facile toi ? J'avais tout misé sur celle-là… Essayez de gagner du temps, il me manque des mots !

Au bout de cinq longues minutes, pendant lesquelles Luc sentit des gouttes de sueur lui couler sur le front, le sphinx s'impatienta :

*- Hâte-toi l'escargot ! Je me lasse de ce jeu...*
*Abandonne aussitôt, que je t'arrache les yeux !*
*Pour quitter ce tombeau, tu devras dire tes vœux !*

Luc releva lentement la tête et regarda longuement la créature de cristal qui le surplombait de toute sa hauteur. Il s'avança alors et fixa le sphinx noir directement dans les yeux, puis cria avec défi :

*- Cette énigme n'est en fait qu'une grande illusion !*
*Dans tes yeux à facettes, se cache la solution !*
*Écoute ta défaite, voici ma conclusion !*
*SPHINX OF BLACK QUARTZ JUDGE MY VOWS !!!*[3]

À ces mots, le sphinx poussa un cri déchirant, puis courba la tête lentement, comme résigné.

---

[1] Le rapide renard brun saute au dessus du chien paresseux

[2] Mets cinq douzaines de carafes de liqueur dans ma boite

[3] Sphinx de cristal noir, juge mes voeux !

*- Bravo noble Séraphin, malgré ton très jeune âge,*
*Tu as su être malin, et faire preuve de courage !*
*Vos cœurs sont purs et saints, vos vœux sont sans nuage.*
*Comme promis à l'Ange Un, je libère le passage !*

- Vingt-neuf lettres ! s'exclama Gabriel. Tu es génial Lucy !!

Le sphinx replia alors ses ailes majestueuses, mais à peine les enfants avaient-ils fait un pas en avant, que le sphinx blanc se leva d'un bond et déploya ses ailes à son tour, les forçant à reculer. Son jumeau allongé se mit à ricaner :

*- Allons jeunes orphelins, trêve d'enfantillages,*
*Vous vous montrerez bien sous votre vrai visage.*
*Si vous n'êtes pas des saints, ça je m'y engage,*
*Notre deuxième gardien fera un vrai carnage !*

# Le Sphinx Blanc

- Hé sale menteur ! s'écria Gabriel furieux. Tu nous avais donné ta parole, c'est quoi cette arnaque ?

Mais le sphinx noir ne réagit pas à sa provocation et ne lui fit aucune réponse. Luc s'approcha de son ami et le prit par le bras.

- Calme-toi Gaby, ça ne sert à rien de l'énerver. Et puis si tu y arrives, je ne suis pas sûr que ça tourne à notre avantage. Par contre l'heure tourne toujours pour William, alors si on veut avoir une chance de le sauver il faut vite trouver comment passer ce deuxième obstacle !

- Laissez-moi faire, intervint Angela en s'approchant du félin à tête humaine pour s'adresser à lui.

*Mes respects, cher gardien, pouvez-vous nous aider ?*
*Votre noir compagnon, devait si nous gagnions,*
*Libérer le chemin et nous laisser passer.*
*De cette condition, dépend notre mission !*

Le sphinx fixa sur la jeune fille ses iris d'un noir profond, et répondit de sa voix puissante aux accents cristallins :

*- Tu es donc sur une quête, il me le semblait bien,*
*Mais tu dois te soumettre, finir cet examen.*

*Car, nous dit le prophète, viendra un assassin !*
*Un ange malhonnête, qui prendra ce chemin.*
*Son âme trop imparfaite, trahira ce gredin,*
*Et assurer sa perte sera notre destin !*

Angela frémit à ces paroles et répondit aussitôt :

- *Nous recherchons aussi, cet assassin cruel,*
*Il frappa nos amis, de blessures mortelles !*
*Il est passé ici, nous en sommes formels,*
*Laissez-nous un sursis, traquons ce criminel !*

      - *Vous nous croyez donc bêtes ? Personne ici ne vint !*
      *L'épreuve est incomplète, vous n'y couperez point.*

La réponse du sphinx laissa Angela sans voix : par où l'ombre était-elle donc passée ? Elle ne pouvait malheureusement pas se payer le luxe de trouver la réponse, le temps pressait pour sauver William.

      - *Soit vous avez menti, soit il s'est fait la belle.*
      *Mais qu'il en soit ainsi, finissons ce duel !*

Le sphinx sembla satisfait de cette réponse et ne releva pas l'accusation implicite d'Angela. Il réfléchit un instant puis annonça :

      - *Cette nouvelle épreuve n'est pas faite pour des mômes,*
      *C'est, j'en veux pour preuve, la plus dure du royaume,*
      *Voici notre chef-d'œuvre, le test des palindromes !*
      *Vous devrez pour gagner, parler avec emphase,*
      *L'histoire continuer, avec les mêmes bases,*
      *Et surtout inversée, pouvoir lire votre phrase !*

Méfiante, Angela répondit prudemment :

- *Je vous laisse commencer, mettez-moi en extase.*

Le sphinx acquiesça, et sous le regard médusé des enfants, il enleva un drap blanc qui se trouvait au mur et dévoila un grand miroir rectangulaire. Il écarta ensuite de la patte un des chevaliers transformés en statue de cristal, qui s'effondra dans sa cape avant de se briser en mille morceaux. Angela déglutit en réalisant le sort réservé à ceux qui échouaient cette épreuve. Satisfait de son installation, le sphinx fixa Azraël des yeux, semblant chercher l'inspiration avant de déclarer :

      - *Was it a cat I saW ?*          - *(Ai-je vu un chat ?)*

Angela vit avec stupeur la phrase s'afficher en lettres lumineuses sur le miroir. Gabriel murmura alors, tout excité :

- Regardez, la phrase peut se lire dans les deux sens !

- Whaaa, c'est ça un palindrome ? Mais c'est impossible à faire !

- Mais non c'est génial, répondit Gabriel, c'est de la symétrie ! Ça ressemble plus à des maths qu'à de la poésie !

Il sortit son carnet et son stylo, griffonna quelques instants puis murmura « aïe, le plus dur c'est de rester sur le même thème ». Enfin il sembla satisfait, et s'adressa au sphinx distinctement :

- *Step on no petS !*          - *(N'écrase pas les animaux)*

La phrase de Gabriel vint remplacer l'autre sur le miroir, et ses deux amis crièrent de joie en voyant qu'il avait réussi. Mais ils n'eurent pas le temps de savourer cette victoire, car le sphinx blanc répliqua aussitôt.

- *God, as a Devil deified,*          - *(Dieu, comme un Diable*
  *lived as a doG.*                          *déifié, vivait comme un chien.)*
- *God ? As a doG ?*          - *(Dieu ? Comme un chien ?)*

La question avait échappé à Gabriel, surpris par les propos du gardien. Lorsque son jumeau noir bondit sur ses pattes avec un air triomphant, Gabriel sut qu'il avait fait une erreur.

- *Ça y'est tu as perdu ! Tu ne dois pas copier !*
  *Même fin et même début, ça s'appelle tricher !*

Contre toute attente, le sphinx blanc l'arrêta dans son élan, et déclara d'une voix autoritaire :

- *Nous avions, mon ami, oublié de le dire.*
  *Il est fort celui-ci, il sait bien réfléchir.*
  *De si bonne compagnie est trop rare à venir,*
  *Continuons la partie, ne gâche pas mon plaisir !*

Et sans attendre de réponse de son compagnon, le sphinx blanc s'adressa à nouveau à Gabriel.

- *Do good ? I do, Ô GoD ! -*     *(Faire le bien ? Oui Ô Dieu !)*

Ça alors ! Quel revirement de situation ! Alors que le sphinx noir ne pensait qu'à les manger, son ami couleur de neige préférait la nourriture de l'esprit. Gabriel se prit à espérer que s'il gagnait à la loyale, le sphinx blanc respecterait sa parole et les laisserait passer. Cette pensée lui rendit courage, et il se sentit plus inspiré.

- *Live not on evil Madam, live not on eviL !*   - *(Ne vis pas du mal, Madame, ne vis pas du mal !)*

Luc cru d'abord que son ami s'était trompé en disant deux fois la même phrase, mais il s'aperçut sur le miroir que l'ensemble pouvait bien se lire dans les deux sens. Mais comment diable avait-il fait ?

- *I madam ! I saw Ron or was I mad ? Am I ?*   - *(Moi Madame ! J'ai vu Ron ou suis-je fou ? Le suis-je ?)*

Le rythme s'accéléra, les trois répliques suivantes sonnant comme des coups d'épée dans un duel endiablé.

- *Dammit I'm maD !*   - *(Zut je suis fou !)*
- *Mad at AdaM ?*   - *(Fou de rage contre Adam ?)*
- *Madam, in Eden I'm AdaM.*   - *(Madame, en Eden je suis Adam)*

Le sphinx fut complètement désarçonné. Gabriel avait pris de l'assurance et répondait du tac au tac avec autant de facilité que lui. L'idée même de pouvoir échouer à son épreuve reine le faisait frissonner. Au bout d'une longue minute, il parvint à trouver un mot parfait, qui clouerait enfin le bec à cet insolent freluquet :

- *...EvE*   - *...Eve*

Mais Gabriel avait mis ce répit à profit pour couvrir son carnet de mots, et il asséna comme un coup de tonnerre son dernier palindrome :

- *Name no side in Eden. I'm Mad ! A maid I am, Adam mine. Denied is one maN !*   - *(Ne choisis pas de camp en Eden. J'enrage ! Je suis encore vierge, mon Adam. L'homme sera rejeté !)*

Les deux sphinx restèrent debout en silence suite à cet échec cuisant, immobiles et menaçants. Gabriel ne savait pas s'il avait gagné le droit de passer ou s'ils allaient payer de sa vie l'insolence d'avoir osé les vaincre. Mais les deux créatures ailées mirent un genou à terre en inclinant la tête et déclarèrent à l'unisson :

- *Voici donc maintenant notre tâche achevée.*
*Vous êtes purifiés par notre jugement !*
*Le Jardin vous attend, vous y êtes invités,*
*Mais nous devons tester un peu de votre sang.*
*Les anges uniquement peuvent y accéder,*
*Nous devrons vous tuer s'il en est autrement.*

# Le dernier test

Les trois amis se jetèrent alors des regards affolés : aucun d'eux n'avait envie de passer ce test stupide alors qu'il y a moins d'un an ils ne croyaient même pas aux anges !

- Vous, vous ne risquez rien, commença Angela. Mais moi je n'ai pas de pouvoir. Allez-y en premier, d'accord ?

- Et devenir invisible, ça ne compte pas peut-être ? rétorqua Gabriel. Je l'ai vu de mes propres yeux je te rappelle, alors que des gens costauds il y en a plein les rues, ça n'a rien d'extraordinaire ! Je vais vous attendre ici, on ne sait jamais.

- Pfff, je vous pensais pas aussi trouillards, rétorqua Luc. Je vous signale que le seul qui court un vrai risque ici, c'est moi. Ça m'étonnerait que nos matous en cristal acceptent de me laisser entrer dans le jardin d'Eden quand ils sauront que je suis *Lucifer* !

Laissant ses amis sans voix, Luc se dirigea alors vers le sphinx noir et piqua son doigt sur la griffe qu'il lui tendait. Celui-ci la porta à sa langue puis inclina la tête en signe d'assentiment. Angela et Gabriel prirent alors leur courage à deux mains et s'approchèrent chacun d'un des gardiens, poussant un soupir de soulagement lorsqu'ils acquiescèrent simultanément.

Angela ne put cependant réprimer un long frisson qui lui parcourut le dos : les sphinx venaient de confirmer qu'ils étaient tous les trois des anges ! Des anges, nom de Dieu ! Elle n'en revenait pas, la lettre de ses parents avait finalement raison de bout en bout. Qu'est-ce que cela impliquait vraiment ? Décidée à avoir les réponses à toutes les questions qui se bousculaient dans sa tête, elle avança résolument vers le rideau rouge qui se trouvait au fond. Elle s'arrêta brusquement lorsque le sphinx blanc prit à nouveau la parole.

*- Attention, pour passer, trois choses à respecter :*
*Ne pas avoir mangé, sans être affamé.*
*Ne pas être habillé, sans être dénudé.*
*Être seul à entrer, mais être accompagné !*

Gabriel ne put résister à l'envie d'aller soulever le rideau, mais derrière il n'y avait qu'un mur en pierre sans aucune ouverture.

- Ah, mais vous n'arrêtez jamais avec vos énigmes à la noix ? s'emporta-t-il. Vous entendez au moins ce que vous demandez ? C'est juste impossible, ça s'appelle des opposés ! Arghh, je crois que je vais les étrangler si ça continue !!

- Calme-toi Gaby, intervint Angela, ça ne sert à rien de t'énerver et je crois au contraire qu'il vient de nous aider. À mon avis, ce qu'il nous a récité, c'est la clé pour entrer au Paradis. Rien que ça !

- Et tu ne voudrais pas qu'on y laisse entrer le premier idiot venu quand même ? renchérit Luc, taquin.

- Et bien puisque c'est si facile, monsieur je-sais-tout, dis-moi comment on peut être à la fois nu et habillé ou seul et accompagné ? Et tant qu'à faire, comment je peux calmer mon ventre qui gargouille, sans rien avaler ?

- Hum, j'avoue que je n'en sais rien du tout, une idée Angy ?

- Pfff, non aucune, « *être seul à entrer, mais être accompagné* » ... non, mais sérieux, c'est quoi ce charabia ?

- Ben je sais pas, répondit Gabriel en haussant les épaules. Mais en tout cas le type qui a pondu ça, il doit pas être du genre limpide dans la vie de tous les jours. Imagine le gars il a des enfants : « Bon alors je compte jusqu'à trois, mais sans dépasser un ! Après, vous montez dans vos chambres, mais sans bouger d'un poil ! Et enfin vous rangez vos jouets, mais surtout vous ne touchez à rien ! ».

Luc éclata de rire quand Gabriel se mit soudainement à crier à tue-tête « *Un ! Un ! Un !* » avec un air complètement idiot. Il était tellement drôle, que Luc avait du mal à reprendre sa respiration.

Angela esquissa un sourire, mais elle rappela vite ses amis à l'ordre.

- Hé ho, les garçons ! Je sais qu'on a tous besoin d'évacuer la pression, mais ce n'est pas le moment de craquer ! William est entre la vie et la mort et l'heure tourne ! Tic-Tac, Tic-Tac !

- Mais oui, s'interrompit brusquement Gabriel, comme la chanson ! Tu es géniale ! Il faut qu'on utilise l'iPod de Lucy, je suis sûr qu'il pourrait nous donner un indice pour l'énigme !

- Hum pourquoi pas après tout, répondit ce dernier en le sortant de sa poche. Ça ne coute rien d'essayer en tout cas, et là je bloque complet !

Luc appuya sur le bouton de lecture aléatoire, et cette fois-ci il espérait vraiment que l'iPod les aide à sortir de ce mauvais pas. C'était un sentiment qu'il n'avait jamais ressenti et qui le troublait profondément. C'était comme si ses parents veillaient sur lui et le guidaient, même s'ils n'étaient plus de ce monde. Le son clair d'une batterie le sortit de ses pensées, et la mélodie laconique d'une guitare électrique emplit la pièce. Une voix grave de jeune femme s'éleva alors en marquant un rythme lancinant.

*Franchis la rivière extérieure*
*Et tu verras le soleil se baigner*
*Au nord-est se trouve la paix intérieure*
*Si tu fais un détour momentané*
*Avec le Dantian inférieur*
*Il te faudra crier*

- Bon ben c'est pas très clair... commenta Luc, déçu.
- Chut, lui intima Angela. Écoute la suite.

*Tu as du pain sur la planche*
*Ne le laisse pas gâcher*
*Nourri, mais affamé*
*Ni nu ni habillé*

- Ah ! Là c'est comme dans l'énigme ! Mais c'est toujours pas clair pour autant…

*Attrape la lune, sois prudente,*
*Cette griffe de tigre est impatiente*
*Je dis « Servez-vous vous-mêmes »*
*Accordez-vous à qui vous malmène*

- Bon, le tigre je vois bien, mais la lune par contre ?
- Chut Gaby, répondit à nouveau Angela. J'ai une idée, mais laisse-moi écouter la suite des paroles.

*Tu as des problèmes embêtants*
*Mais ils sont là à mi-temps*
*Ils sont qu'à moitié vrais*
*Les laisse pas t'avaler !*

- Les sphinx, elle parle des sphinx ! s'exclama Angela.

- Hein ? s'étonna Gabriel. Comment ça ?

- Mais si, ils sont deux donc ils sont gardiens la moitié du temps uniquement ! Et depuis le début, le sphinx noir veut nous avaler non ?

- Et donc, termina Luc, ce qu'ils nous disent n'est qu'à moitié vrai !

- Exactement ! Et pour réconcilier deux opposés, il suffit d'en prendre la moitié !

- Mais oui ! s'exclama Gabriel en tapant dans ses mains. J'ai compris ! La chanson nous dit clairement de ne pas gâcher notre pain, ça veut donc dire qu'il faut le manger ! Et si on est en train de manger, on a encore le ventre vide, mais on n'est plus affamé !

- Et la chanteuse dit aussi de nous accorder avec ceux qui nous malmènent, continua Angela. Il faut donc qu'on prenne modèle sur les sphinx, regardez : ils ne sont pas habillés, mais ne sont pas complètement nus puisqu'ils ont un voile sur la poitrine. Il faut qu'on trouve quelque chose à se mettre qui ne soit pas un habit !

- Heu, des capes ? suggéra Luc en désignant les statues des chevaliers autour d'eux. Vous croyez qu'on peut… ?

- Mais oui, la chanson le dit aussi : *servez-vous vous-mêmes !*

Pour illustrer son propos, Angela s'avança vers la statue la plus proche et saisit délicatement la grande cape blanche qui lui couvrait les épaules. Elle inspira profondément puis tira un grand coup dessus… avant de tout lâcher brusquement en criant de toutes ses forces : la tête de la statue s'était détachée et venait d'exploser sur le sol en mille morceaux de cristal noir !!

- Ah, c'est donc ça un cri du Dantian inférieur ! s'exclama Luc une fois que sa frayeur fut passée. Décidément ce charabia commence à avoir du sens ! Il s'approcha d'une autre statue et détacha délicatement la cape en défaisant une boucle qui se trouvait à l'épaule. Il se tourna ensuite vers ses amis.

- Par contre pour la dernière partie de l'énigme, c'est quoi la moitié entre être seul et être accompagné ? Être un et demi ?

- Heu, je te laisse faire la moitié alors, répondit Gabriel tout en imitant son exemple pour prendre une cape. Ça me plait pas trop cette idée.

- Mais si ! s'écria tout à coup Angela en désignant les sphinx. Il faut s'accorder avec eux, rappelez-vous : mi-hommes, mi-animaux ! Si je passe la porte avec Azraël dans les bras, je serai bien seule, mais quand même accompagnée non ?

- Mais oui tu as raison ! s'enthousiasma Luc. C'est génial ! Par contre, laisse-moi essayer d'abord avec Wolfy, on ne sait jamais…

Angela protesta, mais Luc s'était déjà mis en sous-vêtements et avait attaché la cape de chevalier sur ses épaules. Il mit ses habits dans son sac à dos et s'approcha du mur avec la main sur l'encolure de son loup.

- Attends ! s'exclama Gabriel en fouillant dans son sac et en lui tendant une pomme. Croque là-dedans avant de passer !

- Ah oui zut, j'avais complètement oublié, merci !

Luc mordit dans la pomme et s'enfonça dans le mur d'un pas résolu, il ne fut même pas ralenti et disparut complètement en un instant.

Gabriel regarda alors Angela d'un air catastrophé.

- Ohhh, par contre on n'a plus qu'Azraël comme animal ! Ça veut dire qu'un seul de nous deux pourra passer ! Mais ne t'inquiète pas pour moi va, essaya-t-il de relativiser. Je vous attendrai ici le temps qu'il faudra, je commence à les trouver sympas ces sphinx, au final.

- Oh, tu vas me faire verser une larme ! Merci pour ton sacrifice héroïque mon Gaby, mais il ne sera pas nécessaire… Je te rappelle qu'Azraël peut passer à travers les murs, je suis sûre qu'il reviendra te chercher si tu lui demandes gentiment ! Maintenant tourne-toi, je dois me changer !

Gabriel s'exécuta, se sentant aussi ridicule qu'un coq venant de s'élancer majestueusement d'un toit… avant de se rendre compte qu'il ne pouvait pas voler. Angela piqua une pomme dans son sac, prit le baluchon qu'elle avait fait avec ses habits, et après avoir enfoncé sa main dans le mur, disparut complètement avec Azraël. Gabriel se retrouva alors tout seul et il trouva que les sphinx derrière lui avaient une allure beaucoup moins sympathique tout à coup. Il se déshabilla en vitesse tout en appelant à voix basse :

- Azraaaël ?
- …
- Minou-minou ?
- …
- Azraël tu m'oublies pas hein ?

# Chapitre Neuf

# LE JARDIN

. . . . . . . . . . . . . . . . . . . . . . . . . . . . . . . . . . . . . . . . . . . . . . . . . . . . . . . . . . . . . . . . . . . . . . . .

9.1    La Mère créa une nouvelle Ischim et la façonna à son image pour l'élever au rang de Sainte. Elle la nomma *Ange*, ce qui veut dire *Messager*, et la plaça à ses côtés. Ce fut le premier Ange.

9.2    Le Père éleva alors tous les Ischim au rang de Saints, donnant naissance à une chorale d'Anges. Il ordonna ensuite cette chorale en trois pupitres, chacun composé lui-même de trois chœurs.

9.3    L'Enfant choisit trois Anges pour leur bravoure et les éleva au-dessus des autres. Mikâel, Rēphael et Gebraïel ils se nommaient. Il leur donna le titre de Séraphins, ce qui veut dire « les brûlants ».

9.4    À chacun des Séraphins fut confiée la clé de l'une des cités célestes. Gardien il en fut nommé, et régent des trois pupitres.

9.5    Mikâ-El reçut la charge du premier pupitre, composé des chœurs des Séraphins, des Chérubins, et des Trônes. Il lui fut confié  pouvoir, justice et lumière.

9.6    Rēpha-El reçut la charge du deuxième pupitre, composé des chœurs des Dominations, des Vertus et des Puissances. Il lui fut confié bonté, sainteté et force.

9.7    Gebraï-El reçut la charge du troisième pupitre, composé des chœurs des Principautés, des Archanges et des Anges. Il lui fut confié gouvernement, révélations et amour.

9.8    Le Père et la Mère élevèrent à leurs côtés les trois Séraphins. Ils y rejoignirent l'Enfant, l'Esprit, le Temps et le premier Ange.

9.9    Tous les Neufs, ils virent tout ce qu'ils avaient fait, et voici, cela était très bon. Ainsi il y eut un soir, il y eut un matin, ce fut le neuvième jour.

**Bible des Anges, Genesis, Chapitre 9.**

# Holy-wood

Luc sortit en titubant de l'autre côté du mur, et découvrit devant lui une petite clairière bucolique. Wolfy glapit de contentement et se mit à courir en direction du sous-bois.

- HÉ ATTEND REV... pfff, laisse tomber ! termina Luc, dépité, lorsqu'il s'aperçut que le loup avait déjà disparu entre les arbres. Leurs feuillages étaient parés de couleurs automnales, allant de l'orange clair à un rouge carmin qui s'harmonisaient joliment avec le soleil couchant.

- Étrange, pour un mois de juin ! remarqua Luc à haute voix. Bon, voyons d'où je suis sorti, continua-t-il en se retournant.

Il ne put s'empêcher de pousser un long sifflement d'admiration en découvrant une grande paroi rocheuse dans laquelle était taillée une magnifique porte à même la pierre. Deux piliers massifs soutenaient un large fronton rectangulaire, mais le passage était obstrué au bout d'un mètre à peine par un grand mur en pierre brute, comme celui qui se trouvait derrière le rideau des sphinx.

Luc entendit alors un battement d'ailes non loin dans la clairière, et sentit un souffle d'air agiter sa cape, mais il n'eut pas le temps de se retourner qu'une voix grave et puissante retentit derrière lui.

- Reste où tu es voyageur, ne bouge surtout pas !

Lorsqu'il sentit la lame enflammée d'une épée passer à côté de sa joue, Luc regretta immédiatement d'avoir obéi à cet ordre.

- Euh, je... je viens en paix... balbutia-t-il. Peut-on discuter tranquillement avant de prendre des décisions regrettables ?

Luc sentit l'épée de feu s'éloigner de son cou, mais il percevait toujours sa présence menaçante au-dessus de sa tête. Une sensation de danger imminent lui tordit les boyaux et il plongea au sol pour sauver sa peau. Mais au lieu d'entendre un coup d'épée fendre l'air, c'est la voix d'Angela qui retentit depuis la porte en pierre :

- Ben alors Lucy ? Qu'est-ce que tu fais par terre ? Tu vois bien que cet... ange a des intentions pacifiques !

Luc se releva rapidement, et se retourna d'un air méfiant pour être sûr qu'il n'y avait plus de danger. L'ange majestueux qui était debout devant lui avait la tête baissée et le poing droit serré sur sa poitrine en guise de salut. Il était vêtu d'une tunique courte ainsi que d'une armure de style gréco-romaine, et le pommeau de son épée dépassait de façon inoffensive entre ses deux ailes d'un noir de jais repliées dans le dos.

- Des humains ici ! dit l'ange à la peau foncée en redressant sa tête, qui était rasée de près. C'est une première ! Si vous avez pu passer cette porte, c'est que le Roi a accepté de vous laisser passer, il doit vouloir vous voir j'imagine. Je m'appelle Mikâ-El, puis-je vous escorter tous deux jusqu'à la citadelle ?

- Merci noble guerrier ! répondit Angela en inclinant la tête. Donnez-moi un instant, je dois renvoyer mon chat chercher notre troisième compagnon resté en arrière. Allez Azraël, continua-t-elle en le posant à terre. Ne laisse pas Gaby attendre trop longtemps.

- Azrâel ? Il me semblait bien t'avoir reconnu, vieux gredin ! Je comprends mieux pourquoi tu étais si souvent absent de la table du conseil maintenant ! C'était donc ça ta "mission de haute priorité"...

Azraël inclina doucement la tête pour effectuer un salut plus humain que félin, puis partit en direction de la porte de pierre en dressant fièrement la queue.

- Azrâel ? s'étrangla Angela dès qu'elle eut retrouvé l'usage de la parole. Mais... mais comment pouvez-vous connaitre mon chat ?

- *Ton* chat ? Ah elle est bien bonne ! Sache jeune humaine, qu'Azrâ-El est et sera de tout temps Malak Al Maut, l'Ange de la Mort. Le prendre pour un simple chat est plus qu'une bêtise, c'est une erreur incommensurable qui peut être fatale !

- Mais c'est impossible ! Je le connais depuis qu'il est tout bébé, vous racontez n'importe quoi !

- Ah, dans ce cas, dit l'ange visiblement impressionné, cela veut dire qu'il est passé par le grand tourbillon pour renaître auprès de toi. Cette mission devait effectivement être sacrément importante pour qu'il en vienne à de telles extrémités ! Quel est ton nom, jeune demoiselle ?

Mais avant qu'Angela n'ait le temps d'ouvrir la bouche, Gabriel déboula de la porte de pierre en hurlant, trébucha dans sa cape et s'étala de tout son long sur le sol.

- Et bien ! dit l'ange visiblement amusé. Ce n'est pas la peine de vous prosterner devant moi, jeune homme : relevez-vous donc !

Nullement gêné, Gabriel se remit debout en époussetant sa cape et demanda à ses amis :

- Heu, les gars, c'est qui le grand rigolo à plumes là ?

- Mes plumes vous dérangent ? demanda l'ange, et en un instant ses ailes disparurent, comme s'il les avait escamotées quelque part.

- Hum, c'est mieux, fit Gabriel en essayant de ne pas avoir l'air impressionné. En tout cas vous n'avez pas vu la tête des sphinx que j'avais au derrière, un peu plus et je me faisais bouffer tout cru, moi !

- Les sphinx ? s'étonna l'ange nommé Mikâ-El. Ah, vous avez donc croisé nos gardiens ce qui explique également vos accoutrements…exotiques. J'ai toujours trouvé que Shamsiel et Zotiel avaient un sens de l'humour un peu... *particulier*. Je parie qu'ils vous ont fait le coup des énigmes, n'est-ce pas ?

- Le coup ? demanda Luc. Quel coup ? Il ne devait pas y avoir d'énigmes normalement ?

- Ahahah, j'en étais sûr ! s'exclama Mikâ-el en riant. Ils m'avaient aussi piégé la première fois que je suis passé, ils n'ont pas changé ces deux voyous !

Voyant l'air courroucé d'Angela et de ses amis, il arrêta de rigoler et reprit en essayant de rester sérieux :

- Mais non, je vous le confirme, il suffit normalement de réussir le test du sang pour qu'ils vous laissent passer. Des humains ne devraient d'ailleurs pas y parvenir et votre présence ici est décidément perturbante. Il faut que je vous emmène voir le couple Royal au plus vite. Ils vont vouloir vous questionner !

- Les anges ont un roi et une reine ? demanda Luc, étonné.

- Bien sûr ! répondit Mikâ-El. Il faut bien quelqu'un pour faire régner la justice. Sur Terre vous les connaissez sous le nom de Dieu, me semble-t-il. De façon assez naïve, il faut bien le reconnaitre !

- D-Dieu ? bredouilla Gabriel. Vous voulez nous emmener voir Dieu ?

Angela était également abasourdie, mais elle retrouva vite ses esprits en pensant au Père William gisant dans son sang.

- Excusez-moi, la route est longue ? demanda-t-elle. On a une requête urgente à formuler auprès de votre... de votre Roi.

- La route ? Par la route ce serait difficile effectivement, lui répondit l'ange. La ville des étoiles se trouve au-dessus des nuages, nous irons en volant ! Mais ne vous inquiétez pas, nous y serons rapidement, votre moyen de transport ne devrait plus tarder... Ah ! Le voilà justement, finit-il en montrant du doigt un point blanc dans le ciel.

Ce point grossit rapidement, et Angela réalisa alors que l'animal majestueux qui décrivait une trajectoire parfaite au-dessus d'eux n'était autre qu'un magnifique cheval ailé couleur de neige. Elle se frotta les yeux pour être sûre qu'elle ne rêvait pas, et le contempla alors atterrir gracieusement dans la petite clairière, en brassant puissamment l'air autour de lui. Une fois posé, il trottina doucement dans leur direction en repliant ses ailes sur son dos tout en secouant légèrement la tête.

- Bonjour Pegasus ! lança l'ange en direction du cheval ailé. Hé bien, chers amis ! La Reine envoie son propre destrier à votre rencontre, vous êtes décidément des invités de marque !

- Mes respects, Seigneur Mikâ-El ! retentit une voix masculine dans la tête d'Angela. Votre intuition légendaire vous aura permis encore une fois de vous trouver au bon endroit au bon moment, dirait-on.

- Intuition légendaire ? N'en rajoute pas, espèce de flatteur, je me trouve là simplement par hasard. On m'a indiqué qu'un amphistère avait été aperçu cet après-midi dans le bois sacré, je venais donc m'assurer que le danger était écarté. Je n'ai rien débusqué, mais nous ne devrions pas trop trainer par ici, il rôde peut-être encore dans les parages.

Le cheval blanc acquiesça puis inclina la tête en direction des enfants, et Angela entendit à nouveau la voix grave résonner dans son esprit.

- Bienvenue, nobles voyageurs ! Nos Souverains m'envoient auprès de vous afin de vous ramener sans tarder devant eux, accepteriez-vous de monter sur mon dos ?

- Ouiii ! s'écria aussitôt Angela en hochant la tête vigoureusement. Elle ne rêvait que de ça depuis qu'elle avait aperçu l'animal céleste !

- Vous devriez finir de vous rhabiller avant, suggéra l'ange. Vous risquez d'avoir froid en altitude !

Les trois enfants se dépêchèrent de remettre leurs habits et attachèrent les capes de chevalier par-dessus pour couper le vent. L'ange à la peau sombre fit la courte échelle pour aider Angela puis Gabriel à monter sur le cheval ailé.

- Je me débrouille, refusa par contre Luc en jetant un coup d'œil méfiant à Mikâ-El. Gabriel, tu me donnes un coup de main ?

Une fois qu'ils furent montés tous les trois, Pegasus se mit à trottiner et sa voix retentit à nouveau dans leur esprit :

- Accrochez-vous bien jeunes passagers, le décollage surprend quelque peu et en a fait tomber plus d'un !

Angela eut à peine le temps d'agripper à deux mains la longue crinière blanche, qu'elle sentit le pur-sang accélérer brusquement et les mains de Gabriel se crisper autour de sa taille. Lorsque Pegasus déploya ses ailes, il décolla instantanément, et Angela en eut le souffle coupé. À peine eut-elle retrouvé sa respiration qu'elle cria dans le vent :

- Azraël ! L'ange a-t-il pensé à prendre Azraël et Wolfy ?

- Ne t'inquiète pas pour eux, ils n'ont pas besoin de moi ! lui répondit Mikâ-El en venant voler à côté d'elle. Regarde donc en dessous si tu ne me crois pas !

Angela jeta un coup d'œil vers le bas et faillit tomber de leur monture : Azraël avait deux ailes noires magnifiques et faisait des pirouettes dans les airs en semblant rayonner de bonheur.

- Wahou ! s'écria Luc en pointant son doigt vers le nord, Wolfy aussi a des ailes, c'est trop génial !

Le loup venait en effet d'émerger à la cime des arbres quelques centaines de mètres plus loin, battant vigoureusement de ses ailes grises pour prendre de la hauteur. Pegasus vira de bord pour le rejoindre, et Angela réalisa tout à coup où ils étaient : la clairière d'où ils avaient décollé se trouvait juste au pied de la colline du mont Lee, là où se trouvait sur Terre le fameux panneau HOLLYWOOD ! Semblant lire dans son esprit, la voix de Pegasus lui répondit :

- Nous l'appelons ici *Holy-Wood, le Bois Sacré*, il est magnifique n'est-ce pas ? Mais il ne faut pas se fier à son nom ni à sa beauté, car la nuit il devient le terrain de chasse de créatures féroces qui peuvent être mortelles... même pour le plus puissant des anges.

- C'est le cas de l'animal dont a parlé Mikâ-El tout à l'heure ?

- L'amphistère ? Oui tout à fait, son venin magique est mortel pour la plupart des êtres vivants, je te souhaite de ne jamais en rencontrer.

Ils passèrent alors au-dessus d'un fleuve qui ressemblait à la Los Angeles River et lorsqu'ils arrivèrent de l'autre côté, le soleil les inonda de sa lumière. Ils virèrent à l'ouest et Angela aperçut le soleil couchant qui se reflétait dans un immense bassin où aurait dû se trouver la ville de Los Angeles. Elle se pinça pour voir si elle ne rêvait pas, le soleil et l'horizon étaient clairs, presque blancs, et c'était tout le reste du ciel qui était rouge orangé, comme si les couleurs étaient inversées !!

- Ouaaah ! s'exclama Luc. *Le soleil qui se baigne*, comme dans la chanson ! C'était la seule partie qui ne s'était pas vérifiée... enfin, pas tout à fait. Dites Mikâ-El, est-ce que vous savez par hasard ce qui se trouve « *loin au nord-est* » ?

- Hum, pas grand-chose, à part des lacs salés à plusieurs jours de vol d'ici, et encore plus loin la montagne de feu. C'est un coin dangereux pour un jeune humain, puis-je savoir le pourquoi de cette question ?

- Oh comme ça, c'est juste une phrase qu'il y avait dans une chanson de mon iPod.

- Un iPod ? s'étonna l'ange. C'est quoi un iPod ?

- C'est un appareil qui fait de la musique, répondit Luc, en mettant la main dans sa poche. Tenez, ça ressemble à... ZUT ! Rattrapez-le ! S'il vous plait !

Mikâ-El plongea à la poursuite de l'iPod de Luc qui tombait vers le sol à toute vitesse. Il fut encore plus rapide et le rattrapa de justesse avant qu'il n'atteigne le haut d'un grand sapin rouge.

- Attention, accrochez-vous bien, dit Pegasus aux enfants. Nous allons couper à travers un nuage !

Mikael avait dû appuyer sur l'iPod en le rattrapant, car une chanson se fit entendre à plein volume depuis le sac à dos de Luc.

- Hé ! s'écria celui-ci en reconnaissant les premières notes. C'est mon groupe préféré !

*Enfant la nuit tu complotais*
*Tu étais loin, tu observais*
*Tu aurais voulu tout changer*
*Tu ne cessais de rêver !*

- Alors ? le taquina Gabriel. Comme ça tu complotes la nuit mon p'tit Lucy ? C'est pas joli-joli ça !
- Tais-toi et regarde devant ! On arrive à la citadelle !
- Whaaa, c'est magnifique ! C'est ça la ville des étoiles ? Mais comment une ville aussi grande peut-elle flotter dans les airs ?

La cité entière semblait en effet bâtie sur un gigantesque morceau de terre arraché du sol et qui lévitait devant eux comme par magie.

*Nous sommes là, ne t'en va pas !*
*Nous sommes les guerriers, gardiens de cette cité*

Comme pour répondre aux paroles de la chanson, les enfants pouvaient maintenant distinguer deux énormes statues qui se trouvaient de part et d'autre de la porte fortifiée. Elles représentaient deux anges guerriers revêtant heaume et armure, l'un était un homme armé d'un bouclier rond et d'un glaive, l'autre était une femme avec une longue lance et un arc en bandoulière. Ils paraissaient fiers et puissants, et Angela ne put s'empêcher de les trouver quelque peu impressionnants.

*Car un jour viendra*
*Où contre tous tu combattras*
*Adieu, je vais chercher ma couronne céleste*
*Alors je deviendrais Roi en un jour funeste !*

Ils ne prêtaient plus attention à la chanson, ils étaient hypnotisés par le spectacle qui s'étalait devant leurs yeux émerveillés. Plus que l'immense cité flottant dans les airs, plus encore que les statues d'anges géants qui gardaient la porte, c'était l'apparition des gardes étincelants se trouvant sur les murailles qui les fascinait. Ailés, armés et immobiles, ils semblaient faire corps avec les remparts, et leur vision était à la fois magnifique et redoutable.

*Nous sommes là, ne t'en va pas !*
*Nous sommes les guerriers, gardiens de cette cité*

Mikâ-El rejoignit les enfants au moment où Pegasus atterrissait devant la porte principale, sur une large avancée herbeuse prévue à cet effet au pied des deux statues. À leur grande surprise, les gardes sur les remparts se mirent alors à accompagner en chœur le dernier refrain de la chanson, comme pour leur souhaiter la bienvenue pendant que les larges portes s'ouvraient lentement. Mikâ-El rendit son iPod à Luc, qui l'éteignit et le remit discrètement dans sa poche. Mais les gardes reprirent à nouveau les paroles, en frappant leurs boucliers en rythme. Des notes de trompettes s'élevèrent alors pour les accompagner.

*Nous sommes là, ne t'en va pas !*
*Nous sommes les guerriers, gardiens de cette cité*

Angela et ses amis entrèrent donc dans la ville des anges sur le dos d'un cheval ailé, et accueillis par le chant de centaines de guerriers en armure qui descendirent des remparts pour leur faire une haie d'honneur. Ils en restèrent bouche bée tellement cette vision était incroyable, et ils regardaient autour d'eux avec des yeux écarquillés en se demandant à nouveau s'ils n'étaient pas en train de rêver.

- C'est quand même dingue, remarqua Angela, à quel point Los Angeles parait dérisoire devant une telle citée !

- Oh, oui ! acquiesça Gabriel. Et si les gens sur Terre savaient que ce monde existe, je suis prêt à parier que leurs préoccupations de tous les jours leur paraitraient tout autant dérisoires !

## La ville des étoiles

- Laissez passer ! cria Mikâ-El, en direction des badauds attroupés dans la rue qui montait en lacets. Laissez passer, nous sommes attendus à la salle du trône !

Les rues pavées étaient bordées de maisons en briques et en bois de plusieurs étages, où de nombreuses fenêtres étaient équipées de larges balcons permettant d'atterrir ou de prendre son envol. Ils étaient actuellement tous occupés par des anges curieux attirés par l'agitation. Arrivé sur une place bondée, Pegasus déploya ses ailes pour faire reculer la foule, et profita de l'espace ainsi libéré pour s'élancer d'un bond dans les airs. Il faillit heurter au passage une statue qui se trouvait au centre de la place, et les anges poussèrent des cris de soulagement lorsqu'il l'évita de justesse. Il battit alors puissamment des ailes en faisant le tour de la place pour prendre de la hauteur, et lorsqu'il parvint à passer au-dessus du toit d'une maison, ses passagers poussèrent un cri d'admiration, l'ensemble de la cité s'étendait tout à coup sous leurs yeux !

Ou plutôt la moitié de la cité, réalisa Angela ; en effet la ville des anges était construite sur une énorme colline avec une sorte de cathédrale au sommet, et ce qui était sur l'autre versant leur était donc masqué. Mais partout où elle pouvait poser son regard, il y avait des maisons séparées par des ruelles étroites. De temps en temps un bâtiment plus imposant semblait surnager à la surface de cette mer de tuiles ocre, et ils passèrent même au-dessus d'un immense stade avec des gradins, où deux équipes s'affrontaient en vol autour d'un ballon... d'un ballon ailé ?!

- Regardez ! s'écria Gabriel. On se dirige vers la cathédrale tout en haut ! Là-bas !

- Ah ah, répondit la voix de Pegasus, ce n'est pas une cathédrale, c'est le Palais Royal ! Mais tu as raison jeune homme, c'est bien là que je vous emmène.

- Et nous n'y allons pas tout seuls ! s'exclama Luc à son tour. Regardez tous les anges qui nous suivent !

Pegasus vira de bord, et ils purent effectivement constater qu'une dizaine de gardes avaient décollés à leur suite, suivis par une multitude d'anges de tous âges qui s'envolaient de tous les balcons de la ville. Ayant pris assez de hauteur, Pegasus descendit en vol plané vers le palais, et Angela eut une vue imprenable sur le bâtiment. Il était magnifique. À mi-chemin entre un château fort et une cathédrale, il était constitué d'une complexe imbrication de tours et de colonnes de pierres blanches sur plusieurs étages, surmontée par des statues d'anges et des coupoles rouges et dorées plus belles les unes que les autres. Les murs étaient percés de hautes fenêtres et décorés de pierres ouvragées qui donnaient à l'ensemble un aspect aérien, semblant défier complètement les lois de la gravité.

Le cheval ailé fit un dernier virage et descendit vers une grande piste d'atterrissage ronde, qui se trouvait au bout d'une longue avancée en pierre surplombant la ville de plusieurs dizaines de mètres. Pegasus atterrit délicatement sur le gazon en se cambrant légèrement, et trottina jusqu'aux gardes placés un peu plus loin. Ils s'écartèrent alors pour le laisser s'engager sur un étroit pont de pierre puis sur un chemin de gravier blanc qui menait aux portes du palais en passant au milieu d'un splendide jardin. Au pied de la grande porte en bois rouge se tenait une double rangée de gardes en armures qui leur faisaient une haie d'honneur. Jetant un œil en arrière, Angela s'aperçut que les habitants de la ville atterrissaient en nombre de l'autre côté du pont, et commençaient à s'y engager les uns après les autres dès que leurs ailes avaient disparues. L'intérieur du bâtiment ne ressemblait en rien à tout ce qu'elle avait pu voir sur Terre : l'énorme couloir central avait un plafond de plusieurs dizaines de mètres de haut, percé de couloirs latéraux à différentes hauteurs et dont des anges en tuniques entraient et sortaient en virevoltant, certains portant des parchemins, d'autres des provisions ou encore des ustensiles divers. Tout au bout du couloir, il y avait une seconde porte, ouverte également et qui donnait sur une immense pièce circulaire.

- Il est temps de descendre, résonna la voix grave de Pegasus dans l'esprit d'Angela. Vous êtes arrivés. Avancez au milieu de la pièce, ils ne vont pas tarder.

Elle mit pied à terre la première et, suivie de ses amis, entra dans la grande salle qui était entièrement vide. À l'extrémité opposée se trouvait une volée de marches menant à trois grands fauteuils en pierre. Dans celui du milieu était installé une statue en cristal blanc, à l'intérieur de laquelle, réalisa Angela en s'approchant, était figée pour l'éternité une jeune fille d'une grande beauté. Sur le mur derrière le triple trône, était suspendu un grand drapeau similaire à d'autres qu'elle avait déjà aperçus en survolant la ville : sur un fond de ciel étoilé étaient assemblés trois triangles qui formaient une sorte de pyramide blanche, grise et noire, entourés par d'autres triangles de toutes les couleurs. Tout autour de la salle, de gros piliers soutenaient les étages supérieurs, et sur chaque pilier il y avait un large bouclier coloré, décoré de motifs géométriques : des vagues, des triangles, un soleil, et d'autres qu'Angela n'avait jamais vus auparavant. Elle s'aperçut que derrière eux, les habitants de la ville qui les avaient suivis joignaient leurs mains en entrant dans la pièce, ce qui avait pour effet de refaire apparaitre leurs ailes. Ils prenaient ensuite leur envol pour remplir petit à petit les étages supérieurs. Le rez-de-chaussée se remplit en dernier, et lorsqu'il n'y eut plus de place pour personne, un murmure parcourut l'assemblée.

Une porte s'ouvrit vers le fond de la salle, et la foule s'écarta pour laisser passer un couple étrange : un vieil homme à la peau sombre et aux cheveux gris s'avançait avec dignité en prenant appui sur un long bâton, aussi noir que sa tunique et sa longue cape. En voyant ses yeux d'un blanc laiteux, Angela comprit qu'il était aveugle. À son bras gauche se tenait une femme âgée, mais extrêmement belle, aussi différente de lui qu'il était possible. Portant une longue robe blanche et une cape immaculée, elle semblait glisser sur le sol tellement sa démarche était souple et légère. Sa longue chevelure était blanche comme la neige, et sa peau très pâle contrastait avec le noir intense de ses yeux. Ils inclinèrent tous deux la tête en direction de l'assemblée et montèrent lentement les marches pour accéder au triple trône. Luc sortit alors de son mutisme et murmura le plus doucement possible à ses amis :

- Whaaa, Dieu est noir ? Personne ne nous croira jamais, mais c'est trop coooool !

- Et une Déesse ? lui répondit Angela en murmurant également. On va passer pour des fous si on raconte ça !

- Ou pour des hérétiques, ajouta Gabriel plus sombrement.

Lorsque le roi et la reine arrivèrent en haut des marches, ils s'inclinèrent devant la jeune fille enfermée dans le cristal et s'assirent chacun sur un siège de part et d'autre. La salle tomba alors dans un silence total, tout le monde semblant attendre quelque chose... mais quoi ? Au bout d'une longue minute qui lui parut une éternité, Luc voulut poser la question qui lui brûlait les lèvres :

- Bonjour, je m'appelle Luc Fire et... euh...

- Bonjour jeune Luc, répondit l'homme vêtu de noir, je suis ton père !

Luc et ses amis regardèrent le roi en ouvrant de grands yeux.

- Eh bien quoi ? Qu'y a-t-il ? Cela te surprend ? Pour ton information je suis aussi le père de tout le monde ici présent. En tous cas, sache que ta mère et moi sommes très heureux que tu aies enfin retrouvé le chemin de la maison !

- Je vous demande pardon mon roi, répondit Luc. Mais je pense qu'il y a erreur sur la personne. Mais qui je suis n'est pas très important, je voulais surtout vous demander si vous pouviez sau...

- Mais si justement, c'est très important ! l'interrompit le monarque céleste d'un ton autoritaire. Le peuple des anges ici rassemblé est en droit de connaitre vos identités à tous les trois. N'est-ce pas... Lucifer ?

- Quoi ? Lucifer ici ? Hein ? Lucifer le traître ? Il a osé revenir ?

Toutes ces questions avaient surgi de mille lèvres en même temps dans l'assemblée, et Mikâ-El parut plus surpris que tous les autres encore. Il recula d'un pas et tira son épée de feu.

- LUCIFER ? Sale traître, tu as osé revenir !! Tu aurais pu au moins attendre que ma malédiction soit complètement écoulée, vermine !

- Comment ça, *votre* malédiction ? s'étonna Luc, furieux lui aussi.

- Ah oui, intervint Angela en essayant de calmer son ami, c'est lui qui heu... enfin qui t'as vaincu et exilé du Paradis. J'ai peut-être oublié de te raconter ce détail-là, désolée.

- Ah, c'est donc ça ! J'avais raison de me méfier de lui alors. Et bien... ? ajouta Luc en serrant les poings. Qu'est-ce qu'on attend ? J'ai aucun problème pour aller lui roussir les plumes, moi !

- Calme-toi Lucy, intervint Gabriel. Pas la peine que ça dégénère, je te signale qu'on est trois contre une ville entière là... et puis à priori tu l'avais bien méritée ton expulsion à l'époque, alors temps mort, OK ?

- Ah, Gebraïel, mon petit ! déclara la dame en blanc. Toujours aussi raisonnable on dirait ! Tu vois Mikael, au moins Samael nous a-t-il ramené ton frère Gebraïel et ta sœur Angela, pour ça déjà tu peux lui être reconnaissant !

À l'évocation de leurs deux noms, des murmures et des exclamations parcoururent l'assemblée.

- Angela ? Gebraïel ? demanda Mikâ-El. C'est bien eux ? C'est... inespéré c'est vrai... Mais sans *lui*, ils n'auraient pas disparu du tout, et puis n'oublie pas qu'il ne se nomme plus Samael, mais Lucifer !

- Je l'appellerai comme bon me semble, répondit la reine. Il faut bien que mon âge me donne quelques privilèges... et puis tu ne crois pas qu'une malédiction de 66,6 millions d'années c'est déjà suffisant ?

- Oui et bien justement, à cause d'Isa il n'est pas allé au bout de sa peine, dit Mikâ-El en pointant du doigt la jeune fille en cristal. Je réclame qu'il soit renvoyé pour les 540 mille années restant à sa sentence !

- Et bien et bien mon garçon, pourquoi tant de colère ? Si ma fille aînée a voulu lui appliquer une remise de peine, c'est qu'elle avait ses raisons. Et puis si Shamsiel et Zotiel, tes plus fervents gardiens, l'ont laissé passer dans notre monde, c'est bien que son cœur avait changé. En un sens, cela veut dire que ta punition a porté ses fruits.

- De toute manière, intervint le Roi, avec ta mère nous sommes tellement heureux de revoir notre famille au complet, qu'il est hors de question de renvoyer Samael où que ce soit ! Au contraire nous allons célébrer son retour comme il se doit. Allez, dit-il en tapant des mains, que l'on dresse les tables dans la grande salle des fêtes !

Plusieurs anges descendirent alors des balcons en voletant et se précipitèrent vers le couloir, ils avaient l'air très excités.

- La grande salle des fêtes ! J'ai bien entendu ? C'est incroyable !

- Elle n'a pas servi depuis presque 2000 ans ! Je ne te raconte pas le nettoyage, va chercher des renforts !

- Une dernière chose, reprit le Père en s'adressant à Angela et ses amis, nous tenons à vous prouver notre gratitude de vous revoir parmi nous, vous serez donc nos invités d'honneur. Je vous laisse rejoindre vos chambres, et vous donne rendez-vous à la salle des fêtes dès que vous aurez revêtu les tenues qui vous ont été préparées.

- Mais Père ! protesta Mikâ-El. Comment se fait-il que tu accordes un tel privilège à ces trois ingrats ? Dois-je te rappeler que Gebraïel s'est enfui et n'a pas donné de nouvelle depuis dix ans ? Qu'Angela a défié ton autorité et t'a désobéi volontairement... Et que Lucifer est entré en rébellion ouverte contre toi ? Alors que moi, qui t'ai toujours servi fidèlement et œuvré pour la grandeur de ton royaume, je n'ai jamais été honoré de la moindre fête en mon honneur !

- Mon enfant, répondit la Reine en se levant à son tour. Toi, tu es toujours avec nous, et tout ce qui est à nous est à toi. Mais nous devons festoyer et nous réjouir, car ta soeur était morte et elle est revenue à la vie, ton frère était perdu et il a été retrouvé. Et n'aie crainte, sache que ce vœu qui est si cher à ton cœur te sera bientôt accordé, va donc en paix et joins-toi à nous ce soir.

Mikâ-El sembla un instant perturbé par la réponse de la reine, mais il fit ensuite un profond salut en mettant sa main sur la poitrine, et proposa de ramener les enfants à leurs chambres comme si sa colère s'était dissipée. Le couple royal acquiesça, puis prit congé en descendant lentement les marches et en disparaissant par la petite porte d'où il était arrivé. Ce fut alors le signal pour que toute la salle se vide petit à petit par son entrée principale.

## *La grande fête*

- Voici les chambres des invités, leur indiqua Mikâ-El en désignant un immense couloir sur lequel ils avaient débouché. Des chambres ont été préparées spécialement pour vous : Angela et Azraël vous avez la première chambre à droite, Gebraïel, la première à gauche, et Luci... pardon... Samael, la deuxième à gauche avec ton loup...

- Wolfy ! termina Angela, il s'appelle Wolfy. Dites-moi Mikâ-El, vous aviez l'air drôlement en colère contre nous trois tout à l'heure, mais nous n'avons aucun souvenir des évènements dont vous parliez et nous vous promettons que nous ne voulons aucun mal à personne. Serait-il possible de repartir sur de nouvelles bases ?

- C'est déjà oublié ma chère ! Les paroles du Roi et de la Reine sont sacrées. Ce qu'ils disent, le peuple des anges tout entier le respecte et l'applique. Quant à votre mémoire perdue je n'y pensais plus, car j'ai été pris par surprise, mais c'est effectivement normal. Cette amnésie est le prix à payer pour le transfert d'un esprit dans un nouveau corps, elle devrait s'estomper au bout d'une centaine d'années, parfois moins. Ne vous en faites donc pas et soyez rassurés, vous pouvez compter sur mon aide et ma bienveillance.

L'ange s'inclina profondément avant de reprendre :

- Ah, une dernière chose, vous pouvez m'appeler Mikael ; la décomposition du nom est utilisée en signe de respect dans notre peuple, et vous êtes tous les trois d'un rang égal au mien. Allez, changez-vous vite, je vous attendrai en bas du grand escalier.

Rassurée par la bienveillance de Mikael, Angela entra dans la chambre qui lui avait été indiquée et fut émerveillée par le raffinement de la pièce. Le plafond était très haut, ce qui ajoutait à la sensation de volume créée par la taille de la chambre, et les grandes fenêtres laissaient entrer beaucoup de lumière malgré l'heure tardive. La vue sur les toits du palais et sur le reste de la ville était magnifique, la mer de nuages se trouvant en arrière-plan conférait au tout un aspect irréel. Les meubles en bois étaient finement ouvragés, et un grand miroir se trouvait face à un lit à baldaquin comme on n'en voyait que dans les films de princesse. Angela se débarrassa de la vieille cape empruntée à la statue de chevalier, et se dirigea vers le lit sur lequel était posée une tenue propre et soigneusement pliée. Elle enfila rapidement la tunique très simple qui lui arrivait aux genoux, noua la ceinture de cuir tressée autour de sa taille et attacha les sandales hautes qui lui montaient jusqu'en haut des mollets. La touche finale était une couronne de fleurs blanches qu'elle déposa délicatement sur sa tête. Ainsi parée, elle rejoignit les garçons qui l'attendaient dans le couloir, adossés à la balustrade. À leurs bredouillements décontenancés en guise de commentaires, elle sut que sa tenue avait été parfaitement choisie.

Mikael les attendait effectivement en bas de l'escalier, il avait lui-même ôté son armure et passé une tunique plus simple dans le même style que celles des enfants. Il les félicita d'être à l'heure et les invita à le suivre jusqu'à la grande salle des fêtes.

- Je pense qu'on aurait fini par trouver tout seul, remarqua Angela. Vu que tout le monde se dirige vers le même endroit !

Effectivement, autour d'eux les couloirs étaient emplis d'anges joyeux ayant revêtu des bijoux ou des parures de fleurs et qui discutaient bruyamment en les dépassant de tous les côtés. Un peu plus loin, ils arrivèrent dans un hall bondé, et ils s'aperçurent que tous les anges avaient mis pied à terre et faisaient la queue pour passer à travers une grande porte. En apercevant Mikael et les enfants, les anges s'écartèrent de part et d'autre en s'inclinant respectueusement, et ils purent donc fendre la foule jusqu'à la porte. Deux gardes en armure firent résonner leurs poings sur leur poitrine lorsqu'ils passèrent, et ils entrèrent alors dans l'immense salle rectangulaire qui se trouvait derrière. La première chose qui frappa Angela ce furent les tables, des tables de banquet à perte de vue, mais surtout des tables qui étaient aussi suspendues dans les airs au-dessus de leurs têtes !! La salle des fêtes était encore plus grande que la salle du trône, et la verrière qui lui servait de toit à plusieurs dizaines de mètres de hauteur était d'une beauté à couper le souffle. Les bougies décorant les tables s'y reflétaient et se mélangeaient avec les étoiles que l'on commençait à apercevoir dans le ciel nocturne. Des anges déployaient leurs ailes à côté d'eux pour s'élever vers les tables situées à différentes hauteurs, mais Mikael fit signe aux enfants de se diriger vers la grande table en U qui se trouvait au sol devant eux. Une voix résonna alors dans la pièce.

- Saluons l'arrivée de Mikâ-El, Gardien de la ville des Étoiles, l'Invaincu, membre du conseil des Neuf et Régent du premier pupitre. Levons-nous pour le Général des 7 légions et le pourfendeur de dragon.

Angela regarda Mikael avec des yeux grands comme des soucoupes, et celui-ci lui rendit un petit sourire en coin accompagné d'une légère inclinaison de la tête.

- Pour vous servir, gente dame.

- Saluons l'arrivée, poursuivit l'annonceur, d'Azrâ-El, l'Ange de la Mort, Malak Al Maut, maitre du Livre des Âmes et Commandeur des légions de miséricorde.

Ce fut au tour d'Azraël d'effectuer un bref salut en miaulant de contentement, Angela n'en croyait pas ses oreilles.

- Saluons l'arrivée de Gebraï-El, le héros de Dieu, Gardien de la ville des Lumières, membre du conseil des Neuf et Régent du troisième pupitre.

Des trois enfants, Gabriel était celui qui avait l'air le plus abasourdi par cette annonce. Du moins jusqu'à ce que l'annonceur reprenne :

- Saluons l'arrivée d'Angel-A, le premier Ange, l'Immaculée, membre du conseil des Neuf et aîné des Séraphins.

- Saluons l'arrivée de Sama-El, le porteur de Lumière, Gardien de la ville du Temps, Cydonia la maudite. Écartez-vous devant Lucifer, le chevaucheur de dragon ! Traître au royaume et Ennemi du peuple !!

Le sourire de Luc s'était effacé aussi vite qu'étaient montés les sifflements dans la salle, certains anges se mettant à tambouriner sur le sol ou sur les tables à l'évocation de ces titres funestes.

- Hum ! Hum ! HUM ! intervint le roi des anges qui venait d'entrer dans la pièce au bras de son épouse et qui vint poser une main sur l'épaule de Luc. Et si nous ne gardions dorénavant que « Sama-El, le porteur de Lumière » ? C'est bien suffisant me semble-t-il, n'es-tu pas d'accord mon amour ?

La reine acquiesça en souriant chaleureusement à l'attention de Luc. L'annonceur reprit alors, un peu plus fort encore.

- Saluons dignement l'arrivée du couple Royal ! Acclamez le Père et la Mère de tous les anges, les créateurs du ciel et de la terre et donneurs de toute vie ! Levez-vous tous pour les bâtisseurs des cités célestes et les serviteurs du peuple !

Le roi et la reine s'avancèrent alors sous les vivats, jusqu'à leurs places qui présidaient à l'extrémité de la grande table en U. Ils invitèrent les trois enfants à se placer debout en face d'eux, et Mikael s'assit à côté de la reine. Le roi réclama le silence, et sa voix se fit entendre clairement à tous les étages de la salle.

- Et bien mes chers enfants, nous sommes comblés de vous accueillir parmi nous comme il se doit ! Venez donc prendre place à mes côtés.

Luc s'avança d'un pas et demanda d'une voix hésitante :

- Nous aimerions... enfin j'aimerais d'abord vous présenter une requête qui est en fait la raison de notre venue ici, serait-il possible de sauv...

- On ne refuse pas une invitation du Roi mon jeune ami... l'interrompit Mikael sans animosité. Venez vous asseoir, vous pourrez présenter votre requête à la fin du repas.

Les enfants furent donc invités à prendre place à la gauche du couple royal. Pendant ce temps, le roi et la reine avaient pris une carafe de vin et un panier de pain, et faisaient le tour de la table pour servir les convives. Voyant l'air surpris d'Angela, Mikael se pencha pour expliquer.

- C'est un geste symbolique que nous faisons depuis la nuit des temps, il nous rappelle que plus un ange a un rôle important dans la société, plus il doit se mettre au service des autres. Le Roi et la

Reine ont les plus grandes responsabilités, ils sont donc avant toute autre chose des serviteurs du peuple angélique dans son ensemble !

Lorsqu'ils eurent fini, le roi et la reine revinrent à leur place, et le monarque leva sa coupe en regardant les enfants de ses yeux aveugles :

- Je bois à l'audace ! Au courage ! Et à la persévérance ! Puis en approchant la coupe de ses lèvres, il ajouta : « Que la fête commence ! ».

- NOOOOON, NE BUVEZ SURTOUT PAAAS !!!!

Le cri de Luc avait stoppé net le mouvement du roi, et mit fin aux rires et aux acclamations qui avaient suivi son toast.

- Regardez ! reprit le jeune métis qui était devenu le centre d'attention des milliers de convives. Le pendentif de Gabriel est devenu tout noir ! Et il semble attiré par votre coupe, comme devant la blessure de Cornelius... comme devant du poison !

La main du roi se mit à trembler et il lâcha sa coupe qui tomba sur la table et se renversa au sol. De la fumée s'échappa en crépitant de la flaque sur le sol en pierre, et des cris s'élevèrent dans l'assistance.

- Du venin d'amphistère ! cria Mikael en se levant d'un bond.

L'air abattu, le roi s'était assis sur son fauteuil en se tenant la tête entre les mains, et son épouse l'entourait de ses bras pour essayer de le calmer. Mikael prit les choses en main :

- Gardes ! Quelqu'un vient de tenter d'assassiner notre Roi, nous devons le protéger et faire évacuer la salle ! Raziel, dit-il en se tournant vers un ange en armure argentée. Va vite fouiller dans les cuisines, pour voir si tu peux trouver une trace de l'empoisonneur !

Puis, en amplifiant sa voix de façon magique, il ajouta à l'attention des convives :

- Je prie chacun de bien vouloir sortir dans le calme, la fête doit être ajournée suite à ce qui vient de se produire. Le pire a été évité, mais nous devons immédiatement rechercher l'auteur de cet attentat. DANS LE CALME J'AI DIT !!

Un groupe d'anges qui commençait à courir s'immobilisa instantanément, et Angela se dit que le mouvement de panique avait été évité de justesse. Vu le nombre de personnes dans la salle, Mikael venait probablement d'empêcher de nombreux blessés.

Ce dernier distribua quelques ordres, puis raccompagna ensuite les trois amis à leur chambre en remerciant chaleureusement Luc de sa présence d'esprit. Il leur souhaita à tous une bonne nuit tout en demandant à deux anges armés de monter la garde dans le couloir, par mesure de précaution.

Angela s'effondra sur son lit, épuisée, elle n'avait jamais eu autant d'émotions dans une seule journée !

## *Le deuxième jour*

Le lendemain matin, Angela fut réveillée par un rayon de soleil qui venait lui caresser la joue. Elle s'aperçut qu'Azraël était roulé en boule sur son ventre et elle se redressa brusquement, ce qui eut pour effet de l'envoyer atterrir à l'autre bout du lit.

- Hééé ! Vieux dégoûtant ! Maintenant que je sais que tu es Malak machin-truc l'ange de la mort, c'est hors de question que tu te frottes contre moi !!

Azraël pencha alors la tête sur le côté et se mit à miauler tristement. Il regardait sa maitresse avec de grands yeux brillants et avec ses petites oreilles repliées en arrière.

- Oh non, ça c'est pas juste ! Comment veux-tu que je résiste si tu me fais cette tête-là ? Allez, viens me faire un câlin, on fait la paix ok ?

Azraël ne se fit pas prier deux fois, et se mit à ronronner de plaisir quand Angela commença à lui gratter la tête.

- Ah ah, tu restes quand même un chat avant tout, petit coquin. Allez viens, je m'habille rapidement et on va voir aux cuisines s'ils ont quelque chose qui ressemble à des nuggets !

- Bonjour dame Angel-A ! la saluèrent les gardes lorsqu'elle ouvrit la porte. Avez-vous dormi convenablement ? Vos jeunes amis sont allés se restaurer et vous prient de les rejoindre, savez-vous où se trouvent les cuisines ?

- Heu, non pas encore, pouvez-vous m'indiquer le chemin ?

- Oh, ce n'est pas compliqué gente dame, vous descendez d'un étage et vous suivez les odeurs de chocolat chaud ! N'allez pas plus bas par contre, c'est un endroit peu fréquentable !

Angela remercia les gardes et dévala les escaliers en courant, car son ventre commençait à gargouiller, elle était morte de faim !

Effectivement, dès qu'elle arriva en bas des escaliers, de bonnes odeurs commencèrent à lui chatouiller les narines. Elle arriva directement dans les cuisines du palais, mais ne put s'empêcher de se demander où menait l'escalier qui continuait à descendre dans l'obscurité : le château avait il des égouts ? Ou alors des cachots ?

La cuisine était une grande pièce chaleureuse où régnait un brouhaha et une agitation vivifiantes. De grandes tables en bois rustique entourées de bancs étaient disposées au centre et des anges allaient et venaient avec des assiettes pleines de provisions. En entrant dans la pièce, elle entendit parmi les discussions de ses voisins des commentaires sur les évènements de la veille :

- Tu as beau dire, remarqua un vieil ange en armure penché sur un bol fumant. Un attentat sur le Roi ça n'avait jamais eu lieu, qui donc parmi ses enfants pourrait désirer sa mort ? C'est absurde !

- C'est surtout une chance que le Seigneur Sama-El soit intervenu à temps, non ? répondit son voisin qui avait l'air plus jeune. Un peu plus et... brrr, je ne veux pas y penser !

- Samael ? Tu veux parler de ce Lucifer ? Humff ! Tu n'es pas assez vieux pour te rappeler, mais c'est de la mauvaise graine, crois-moi ! Tu ne trouves pas ça étrange toi, une tentative d'empoisonnement pile le jour de son retour ? Et si ça n'était pas qu'une coïncidence ?

Angela s'avança pour défendre son ami, mais au même moment elle entendit justement la voix de Luc qui l'appelait.

- Hé, Angy ! Par ici !

Elle l'aperçut un peu plus loin en train de lui faire des grands signes de la main, et décida de laisser en paix le vieil ange paranoïaque. Elle se dirigea vers Luc qui était au fond de la pièce, assis à une table se trouvant près d'une grande cheminée.

- Viens, assieds-toi là ! Je t'ai gardé une place, commença Luc gaiment. Il faut absolument que tu goûtes le chocolat chaud, il est divin ! Et leur pain beurré au miel est une tuerie, je vais t'en chercher une tranche. Tiens, je te présente Raziel, dit-il en lui montrant un ange plus âgé assis en face de lui. Mikael lui a demandé de nous accompagner aujourd'hui.

- Bonjour, dame Angel-A, le salua l'ange en question en lui faisant un petit signe de la tête. Mikâ-El s'excuse, mais il doit mener les investigations pour tenter de retrouver l'empoisonneur. Il m'a donc chargé de vous emmener faire un tour dans la ville pour vous faire découvrir nos us et coutumes et répondre à toutes vos questions. Il vous informe également que la fête est bien reprogrammée pour ce soir, et que cette fois-ci il s'assurera que rien ne vienne la gâcher ! Allez, je vous laisse déjeuner tranquillement et je vous rejoins tout à l'heure sur le parvis du Palais.

Luc revint s'asseoir avec un grand bol de chocolat chaud encore fumant et une tranche de pain au miel qu'il déposa devant Angela.

- Tiens, goûte-moi ça, tu m'en diras des nouvelles !

- Hummch, délichieux ! dit Angela qui s'était jetée sur l'épais pain de campagne. Déchoulée, ch'étais morte de faim !

- Et voilà pour ce petit chat affamé, dit une cuisinière aux formes généreuses en posant une assiette de lait frais devant Azraël. Bon appétit ! lança-t-elle en repartant aussitôt s'affairer aux fourneaux.

- Et Gabriel ? demanda soudain Angela en relevant la tête de son bol. Il est tombé dans la marmite de chocolat chaud ?

- Ahahah ! Tu ne crois pas si bien dire, il en a repris trois fois ! Mais non il n'est pas tombé dedans, il est juste parti aux écuries pour apporter du pain sec et des pommes à Pegasus. On a été séparés un peu brusquement hier et il s'est envolé sans qu'on n'ait le temps de le remercier comme il se doit. Gaby avait l'air pressé de le revoir, alors je lui ai dit qu'on les rejoindrait dès que tu aurais mangé.

- OK, je me dépêche de me resservir alors, je sais pas si leurs vaches ont des ailes ou quoi, mais leur lait est super bon !

- Oui, hein ? Et bien si Raziel ne m'a pas raconté d'histoires, tu seras encore plus surprise quand tu verras d'où vient le lait. Mais comme je ne le croyais pas, il m'a promis de nous emmener voir.

- Hein ? dit Angela en reposant son bol. Mais c'est quoi ce faux suspense, là ? Qu'est-ce qu'il t'a dit ?

- Mais non c'est pas du suspense, je veux pas te faire peur si c'était juste une blague, c'est tout. On verra bien tout à l'heure de toute façon... bon alors, tu te ressers ?

- Heu non, répondit Angela en faisant la grimace, elle venait d'imaginer la traite d'une créature gluante et informe. Finalement j'ai plus trop faim... on va rejoindre Gaby ?

Luc se leva de table en haussant les épaules.

- OK, comme tu veux ! Suis-moi, les écuries sont par là.

Ils passèrent par l'arrière des cuisines et parcoururent une centaine de mètres dans un large couloir qui descendait en pente douce. Ils croisèrent en chemin un cheval aux ailes repliées qui portait des sacs de farine, et Angela comprit que c'était par ici que le palais se faisait ravitailler en nourriture. Ils arrivèrent rapidement aux écuries, où une odeur de paille fraîche et de crottin emplit leurs narines. La salle était vraiment immense, et les murs semblaient creusés à même la pierre, de grandes allées permettaient aux anges et aux chevaux de se déplacer, et de part et d'autre se trouvaient des box individuels. Ils passèrent devant celui d'un magnifique étalon à la robe marron clair et qui les regarda avec curiosité. Sur son box était écrit son nom : *Xanthos*.

- Et bien ? On ne dit pas bonjour, jeunes inconnus ? résonna une voix dans la tête d'Angela qui ne put s'empêcher de sursauter.

- Oh zut, excusez-moi ! répondit Angela à voix haute. Je... je pensais que seul Pegasus pouvait parler !

Le cheval à la robe alezane eut un hennissement moqueur qui ressemblait étrangement à un rire humain.

- HihhihhhhhhiiHHii ! Bien sûr que non ! Tous les chevaux sont télépathes ! Non, mais d'où est ce que vous sortez tous les deux ? Vous connaissez Pegasus, dites-vous ? Vous ne seriez pas ces *sans ailes* dont tout le monde parle depuis hier, par hasard ?

Il y avait dans sa voix un ton dédaigneux qui ne plut pas du tout à Luc.

- On ne peut rien vous cacher, Xanthos, répondit-il d'un ton neutre. Lucifer, pour vous servir ! ajouta-t-il en faisant une révérence.

- Lucifer ! s'exclama le cheval ailé avec un mouvement de recul et en soufflant par les naseaux. BrrRrrR, passez votre chemin, je... j'ai beaucoup à faire !

- Oh vraiment ? Quel dommage ! Pourriez-vous au moins nous indiquer où nous pouvons trouver le box de Pegasus dans ce cas ? Vous ne voudriez pas faire attendre le Seigneur des enfers, quand même ?

- Vous... vous ne pouvez pas le manquer, dit Xanthos précipitamment en se tournant vers le fond de son box. C'est le dernier sur votre gauche juste avant la sortie ! Allez, allez, du vent maintenant ! ajouta-t-il en agitant la queue comme pour chasser un insecte irritant.

- Hahaha, t'as vu sa tête ? lâcha Luc un peu plus loin entre deux rires étouffés. Non, mais quel prétentieux celui-là !

- Arrête Lucy, t'exagères ! répondit Angela en fronçant les sourcils, ça ne se fait pas de jouer sur la peur des gens comme ça ! Et puis fais gaffe, tu vas te créer une sale réputation !

- Oui enfin ça pour la réputation, je crois que c'est grillé de toute façon, répondit son ami en haussant les épaules. Et puis, tu l'as entendu quand il nous a traités de "sans ailes" ? Non, mais c'est quoi ce racisme ?

- C'est vrai que sur ce coup je l'ai trouvé presque méprisant, reconnu Angela. Il avait peut-être mérité une petite leçon, mais... Oh, regarde ! Ils sont là-bas… Gaby ! Ohé !

Gabriel était accoudé à un box tout au bout de l'allée, en train de croquer dans une pomme. Non loin derrière lui se trouvait une grande ouverture dans le mur de pierre, par laquelle s'engouffrait la lumière du dehors. On distinguait les toits de la ville en contrebas.

- Salut Angy, bien dormi dans ton lit de princesse ?

- Arrête Gaby, tu sais bien que je déteste les princesses ! Si jamais tu m'appelles encore comme ça, je te fais avaler ta pomme tout rond...

- Tu ne crois pas si bien dire pourtant, Gebraï-El, répondit la voix de Pegasus qui passa la tête par-dessus la porte de son box. De par son titre de premier ange, Angela est considérée par certains comme la première dans la ligne de succession du trône.

Surtout depuis que l'Enfant Royal a dû être enfermé dans du cristal de vie.

- Elle a été emprisonnée là-dedans volontairement ? s'étonna Luc. Mais pourquoi ?

- Ce n'est pas à moi qu'il incombe de vous révéler cette histoire, mais sachez juste qu'elle a été gravement blessée durant la révolte du deuxième Ordre, et que le Roi a demandé à un Chérubin d'user de son pouvoir pour la maintenir en vie jusqu'à ce qu'il puisse trouver un remède... c'était il y a bientôt 2000 ans.

- Un Chérubin ? demanda Gabriel. Mais je croyais que c'était les sphinx qui avaient le pouvoir de transformer les gens en statue, non ?

- Vous avez encore beaucoup à apprendre sur notre monde, mes jeunes amis. Ceux que tu appelles sphinx sont en réalité le huitième chœur des Anges, les plus puissants après les Séraphins. On les appelle les Chérubins.

- Ah bon, vraiment ? s'étonna Luc qui n'en revenait pas. Et moi qui pensais qu'un Chérubin c'était un petit ange joufflu... brrr, ils font froid dans le dos en vrai !

- Là où je voulais en venir, poursuivit Pegasus, c'est que l'Enfant étant hors d'état de gouverner si besoin était, Angela est considérée par une partie du peuple comme la princesse légitime. C'est pour cela que son départ soudain il y a treize ans avait créé une grande inquiétude, et que le Père avait donné l'autorisation à un ange de partir avec elle dans l'espoir de la ramener saine et sauve. Cet ange, c'était toi Gebraï-El.

Angela regarda Gabriel avec une pointe d'admiration, et celui-ci se mit à rougir légèrement.

- Et quelqu'un sait pourquoi je voulais partir à l'époque ? demanda Angela à Pegasus. Est-ce que je fuyais quelque chose ?

- Non personne ne l'a jamais su, mais c'était justement ça qui était inquiétant. Seul Gebraï-El semblait avoir une idée de tes motivations, et il a laissé entendre que rien ne pourrait t'empêcher de partir. Il a refusé catégoriquement de donner la moindre indication sur ce qu'il savait et où tu comptais aller, mais le Roi n'avait pas d'autre choix, alors il a accepté ses conditions.

- Hum, intervint Luc, ça explique l'excitation causée par notre arrivée. La princesse disparue qui revient en compagnie de l'ennemi juré du royaume, ce n'est pas banal !

- Je ne peux pas te laisser dire cela, mon jeune Seigneur. N'oublie pas que les Chérubins ont jugé que ton âme était à nouveau pure, et que le Roi et la Reine t'ont accueilli comme leur fils en te rendant ton nom de Sama-El. Tu es ici chez toi et si quelqu'un laisse entendre le contraire, il aura affaire à moi ! Allez, il est temps que nous allions visiter la ville, Raziel va s'impatienter si on le fait attendre de trop.

- Chouette ! dit Angela en se dirigeant vers l'ouverture dans le mur. C'est vrai qu'hier on est passé en coup de vent !

- Non ! Pas par-là ! s'écria Gabriel en retenant Angela par l'épaule. Pegasus m'a dit que ce serait comme te prendre un mur dans la figure.

- Je confirme, reprit le cheval ailé. Cette entrée secondaire est bloquée par une barrière invisible que seuls les animaux célestes peuvent franchir, vous devez remonter par les escaliers et je vous retrouverai là-haut sur l'aire d'atterrissage.

Cela laissa Angela pensive, et lorsqu'ils retrouvèrent Raziel à l'entrée du palais, elle lui demanda :

- Raziel, excusez-moi, je me demandais si l'empoisonneur n'aurait pas pu passer par les écuries vu qu'elles sont collées à la cuisine. Qu'en dites-vous ?

- Hum, s'y cacher éventuellement, mais nous n'avons rien trouvé hier. Par contre il n'aurait pas pu entrer par là, car l'entrée est bloquée par une barrière in...

- Invisible, oui je sais, termina Angela. Mais comme l'assassin a réussi à traverser la porte d'Holy-Wood, je me disais qu'il avait peut-être réussi à traverser cette barrière aussi. Serait-ce possible ?

- Je ne connais personne capable d'un tel prodige ! répondit l'ange un peu dubitatif. Mais ça ne coute rien de faire surveiller l'écurie quelques jours, sait-on jamais ? Attendez-moi, je vais en parler à Mikâ-El.

Pegasus était déjà prêt lorsqu'ils arrivèrent à l'extérieur, sa crinière blanche flottant dans la brise du matin. Angela et ses amis grimpèrent sur son dos et après une brève prise d'élan, il sauta par-dessus la balustrade. Il plongea d'abord à pic pour prendre de la vitesse avant de déployer ses ailes et de remonter brusquement au-dessus de la ville.

- Whouhouuu !!! s'écria Gabriel en levant les bras en l'air. C'est géniaaal !!!

- Ahahah, ton enthousiasme fait plaisir à entendre, répondit le pur-sang. Attends un peu de réapprendre à voler de tes propres ailes et tu m'en diras des nouvelles !

- Hein ? Vous voulez dire qu'on peut apprendre… à voler ? Vraiment ?

- Bien sûr ! Tous les anges ont des cours de vol pendant leur première année d'école ! C'est obligatoire !

Les trois amis se regardèrent comme s'ils venaient de gagner au loto, mais Pegasus continua, imperturbable.

- Où est-ce que vous voulez que je vous emmène, d'ici-là ?

- Le lait ! demanda Angela immédiatement. Je veux voir d'où venait le lait que j'ai avalé ce matin !

- Ah ah, très bon choix, c'est par ici, fit le cheval en virant de bord.

Quelques minutes après, Luc pointa du doigt en bas et s'écria :

- C'est incroyable, Raziel disait donc vrai ! Regarde, Angela !

- Ben quoi ? Où tu vois des animaux ?

- Justement, il n'y en a pas ! La rivière blanche là-dessous, c'est une rivière de lait !

- Noooon, tu rigoles ? Mais comment est-ce possible ?

- Et bien puisque tu poses la question, lui répondit Raziel qui venait de les rejoindre. Autant t'apprendre tout de suite qu'il y a quatre rivières dans la ville : eau, lait de vache, lait de chèvre et miel.

- Une rivière de miel ? Vraiment ? Mais… mais pourquoi ?

- Les quatre rivières sont d'origines magiques, répondit l'ange comme si c'était évident. On raconte que l'Enfant s'est épris de miel et de fromages lors d'un séjour sur Terre il y a bien longtemps. Comme il n'y a pas d'abeilles ni de vaches en Eden, il a créé ces rivières pour offrir leurs délices au peuple des anges.

Angela regarda avec stupéfaction la rivière blanche et mousseuse qui tourbillonnait entre les rochers à ses pieds. Du fromage de rivière ! Décidément, ce monde était de plus en plus surprenant.

Le reste de la journée sembla s'écouler en accéléré tellement la cité des anges était pleine de surprises et de sources d'émerveillement pour Angela et ses amis. En fin de matinée, ils allèrent déguster des fromages sur l'un des marchés de la ville et Raziel leur apprit qu'il en existait 999 sortes, tous meilleurs les uns que les autres.

- Est-ce que ça a un rapport, demanda Luc, avec le fait que le 9 soit le chiffre des anges ?

- Ah ah ! Et à ton avis ? demanda Raziel en souriant. Je peux te donner un indice : notre bon Roi a toujours été très friand de tout ce qui est symboles ou autres clins d'oeil et mystères cachés. Vous en découvrirez un peu partout en Eden si vous êtes attentifs !

- Oh vous savez, lui répondit le garçon en levant les yeux au ciel. On a déjà croisé quelques-uns de ses "easter eggs" !

Ils eurent droit à un gâteau au miel au dessert, et le vendeur leur expliqua que la rivière changeait de goût en fonction des saisons : acacia, pin ou encore miel de fleurs de montagne. Il avait dans sa boutique des pots de toutes les couleurs aux parfums enchanteurs, mais il n'avait jamais vu une seule abeille de sa vie !

Dans l'après-midi, ils allèrent visiter l'école des anges, où Raziel leur annonça qu'une place avait été réservée pour chacun d'eux à partir de la rentrée de septembre. Lorsqu'Angela demanda en quoi consistaient les cours, il répondit qu'en première année ils suivraient un cursus général pour mieux connaitre le monde des anges : au programme il y avait des cours sur l'histoire des anges, sur les animaux célestes, des cours de chants et des journées d'initiation aux différents services à la communauté. À la fin de l'année, ils pourraient choisir le service dans lequel ils voudraient commencer à se spécialiser à partir de l'année suivante.

- Ah au fait, vous aurez aussi des cours de Wingball bien sûr, c'est là que vous apprendrez à voler !

- Du *Wingball* ? s'écria Gabriel en faisant un grand sourire à Luc, qui avait l'air aussi intéressé que lui. Qu'est-ce que c'est ?

- Aaahh ! Je me disais bien que ça ne te laisserait pas indifférent. Puisqu'il faut te rafraîchir la mémoire, c'est notre sport national et c'était ton loisir favori avant ton départ pour la Terre. Tu n'étais pas si mauvais que ça d'ailleurs... et Angel-A non plus !

- C'est ça qu'on a vu hier en passant au-dessus du stade ? demanda Luc. Avec le ballon ailé ?

- *Les* ballons ailés tu veux dire, il y en a trois ! Mais oui tu as raison, c'était même la finale de la saison ! Les meilleurs joueurs de la ville ont été sélectionnés pour participer à la coupe du monde qui a lieu l'année prochaine.

- Une coupe du monde ? L'année prochaine ? s'exclamèrent les trois amis en chœur.

- Ahahah ! Oui, vous avez bien entendu. Et vous avez de la chance, c'est un évènement qui n'a lieu que tous les dix ans ! C'est une des rares occasions où tous les anges des trois cités célestes se retrouvent ensemble pour faire la fête. En plus l'an prochain ce sera la 199ème édition, je suis sûr qu'ils vont nous réserver quelques surprises !! Mais en attendant, il est temps de rentrer au palais, l'heure de la fête approche.

- Oh non ! Dites-nous au moins comment ça se joue ! supplia Angela.

- Et bien voyons... trois ballons ailés sont enfermés dans des cages au milieu du terrain. Toutes les 9 minutes, un ballon au pouvoir différent est lâché dans l'arène. Il peut hurler quand on l'attrape, se rendre invisible ou encore passer à travers les gens, et il fait tout son possible pour échapper aux joueurs ! L'équipe qui arrive à enfermer le ballon dans les cages adverses marque des points, et celle qui a le plus de points gagne la partie, tout simplement.

En voyant l'air stupéfait des trois enfants, Raziel crut que ses explications n'avaient pas rendu justice à son sport favori.

- Bon, j'en ai déjà trop dit, le Wingball ne doit pas s'expliquer, il faut le vivre ! Vous découvrirez ça l'année prochaine ! Allez, allez, remontez en selle maintenant, on va être en retard si ça continue.

En remontant sur le cheval ailé, les trois enfants échangèrent des regards ravis, ils avaient des étoiles plein les yeux !

*Chapitre Dix.*

# ÉPILOGUE

· · · · · · · · · · · · · · · · · · · · · · · · · · · · · · · · · · · · · · · · · · · · · · · · · · · · · ·

10.1   Ainsi furent achevés la Terre, Eden et toutes leurs armées.

10.2   La Sainte Famille acheva au dixième jour son œuvre.

10.3   Ils le bénirent, parce qu'en ce jour ils se reposèrent de toute l'œuvre qu'ils avaient créée.

**Bible des Anges, Genesis, Chapitre 10.**

# La fête

En arrivant dans sa chambre, Angela trouva sur son lit une jolie robe rose brodée de blanc et une nouvelle couronne de fleurs assortie.

- Non, mais ils m'ont prise pour la belle au bois dormant ou quoi ? Hors de question que je mette ce déguisement ! Non Azraël, ce n'est pas la peine de faire les yeux doux, je ne céderai pas !

Quelqu'un se mit alors à tambouriner sur la porte et la voix de Luc se fit entendre de manière étouffée :

- Angy ouvre, il faut qu'on te montre quelque chose, dépêche-toi !

Elle courut à la porte et les garçons entrèrent en trombe dans sa chambre. Luc tenait dans ses mains un épais livre qu'Angela reconnut immédiatement : c'était celui de son père !

- Il est tombé de mon sac quand j'ai voulu y ranger mes habits, et regarde, du nouveau texte est apparu !

- *Bible des anges, Genesis, Chapitre Zéro* ? lut Angela sur la page que Luc lui montrait. Mais qu'est-ce que ça veut dire ?

- C'est... c'est presque incroyable, lui répondit Gabriel. Le texte a dû apparaitre en résolvant les énigmes ou en arrivant en Eden.

- Et la Genèse, c'est la création du monde dans la Bible ! s'exclama Luc. Regarde, chaque chapitre raconte la naissance des entités qui peuplent l'univers : le zéro c'est la mère, le 2 les êtres vivants, le 5 les humains, le 9 les anges, etc. ! Ton père est un génie, il avait tout compris !

- Oui, mais... mais comment est-ce possible ? Il n'a pas pu venir ici pourtant, comment a-t-il pu deviner tout ça ?

- Un mystère de plus, reprit Luc. Mais regarde, nous sommes tous les trois cités dedans : au chapitre 6 il parle de Lucifer, « Le plus puissant des Ishim » et au chapitre 9 il parle du « premier Ange », et de Gebraï-El à qui il est confié les clés d'une des villes célestes... C'est complètement dingue, non ?

- Oui, dit Angela en refermant l'épais livre. Et je t'avoue que ça me fait même un peu peur. Je crois que j'aimerais bien rentrer à la maison pour réfléchir à tout ça à tête reposée, ça vous dit ?

- Moi aussi je me disais que ça serait chouette de revoir le Padre et les copains d'Hollygrove, lui répondit Luc... c'est d'ailleurs pour ça que j'avais commencé à faire mon sac, je voulais vous proposer de rentrer chez nous après la fête.

- T'es sûr ? Bon ok, dit Gabriel en voyant l'air déterminé de Luc, mais pas avant qu'on demande au Roi de sauver Cornelius Cole, termina Gabriel. Il a beau avoir fait des trucs pas très nets, c'est quand même grâce à lui si on est encore vivant et si on a pu sauver la vie du Roi. Par contre, promettez-moi une chose : ok pour passer l'été sur Terre, mais on revient ici pour la rentrée, d'accord ? Je n'ai aucune envie de rater ça !

- OK, promis ! Moi ça me va ! Et toi, Lucy ?

- Je ne voyais pas les choses autrement, répondit Luc avec le sourire. Ça m'étonnerait qu'on apprenne à voler si on reste à Hollygrove ! Bon, on reste planté là ou on va faire la fête ?


Les trois amis sortirent en riant de la chambre et se dirigèrent vers la grande salle des fêtes qui était déjà presque pleine lorsqu'ils arrivèrent. La verrière était ouverte et un léger vent agitait les nappes sur les tables suspendues. Ils allèrent se placer au même endroit que la veille et attendirent avec impatience que le repas puisse commencer.

Lorsque l'annonceur salua l'arrivée du couple royal, tous les regards se tournèrent vers la porte d'entrée, mais elle restait vide.

- Là-haut ! s'exclama quelqu'un à la table des enfants.

Ils levèrent les yeux et virent alors le roi et la reine qui chevauchaient un char tiré par deux Chérubins semblables à ceux qui gardaient la porte d'Eden, l'un blanc et l'autre noir. Ils descendirent lentement en slalomant entre les convives, avant de venir s'immobiliser au milieu de la table en U. Ils mirent pied à terre et remercièrent les Chérubins qui inclinèrent la tête et allèrent s'installer un peu plus loin dans un coin de l'immense salle.

- Mes chers enfants ! commença le roi d'une voix forte. Nous sommes heureux d'être à nouveau parmi vous, mais si nous faisons la fête ce soir au lieu de célébrer mes funérailles, c'est uniquement grâce à l'intervention providentielle de jeunes personnes courageuses. Je vous demande d'applaudir Samael,

Gabriel et Angela, à qui je serai éternellement reconnaissant de m'avoir sauvé la vie !

La salle explosa en une salve d'applaudissements ponctuée de cris de « Vive le Roi ! », auxquels il mit fin en levant une main en l'air.

- Afin de leur montrer la reconnaissance du peuple des anges tout entier, je souhaite récompenser leur courage exceptionnel par un cadeau non moins exceptionnel : ils pourront chacun me demander d'exhausser ce qu'il y a de plus cher à leur cœur, et si c'est en mon pouvoir, je le leur accorderai.

L'assemblée des anges fut agitée de murmures approbateurs et de quelques voix mécontentes qui furent vite réduites au silence.

- Et bien, mes chers enfants, l'un de vous sait-il déjà ce qu'il voudrait me demander ?

Gabriel s'avança d'un pas et commença d'une voix hésitante.

- Nous aimerions... enfin j'aimerais vous demander si vous pouviez sauver notre ami le Père William qui s'est fait lâchement tirer dessus hier après-midi.

- Nous... intervint Angela, nous pensons qu'il n'a pas survécu. Pouvez-vous le sauver quand même ?

Luc et Gabriel la regardèrent avec étonnement, mais le roi sembla considérer la demande comme s'il s'agissait d'un problème mathématique compliqué, et non de quelque chose d'impossible.

- Hum, une résurrection donc ? C'était plutôt la spécialité de mon Fils, dit-il en se levant. Mais voyons ce que je peux faire.

Il ferma les yeux et murmura quelques instants en prenant appui sur son bâton, puis les ouvrit à nouveau avec un sourire fatigué.

- Et voilà, il se réveillera tranquillement dans son lit d'hôpital dans quelques minutes. Excusez-moi si ça a pris un peu de temps, il a fallu que je modifie la mémoire du personnel soignant qui avait constaté son décès hier soir. Ah, les formalités administratives !!

Gabriel n'en revenait pas que ce soit aussi facile, ce vieil homme étrange en face de lui avait le pouvoir de rendre la vie d'un claquement de doigts ? Mais de quels autres miracles était-il encore capable ? Il le remercia chaleureusement, en se demandant encore une fois s'il n'allait pas se réveiller d'un moment à l'autre.

- Et toi Samael ? dit la Reine en se levant à son tour. Quelle est la chose que tu souhaites que nous t'accordions ?

- Un autre de nos compagnons a donné sa vie pour que nous échappions au mystérieux assassin venu de votre monde, je souhaite que vous la lui rendiez. Il s'appelait Cornelius Cole et c'était notre ami.

- Un ange-assassin, dis-tu ? Diantre, voilà quelque chose que je n'avais jamais vu ! Il est inquiétant qu'un de nos enfants ait pu accumuler assez de haine pour en arriver à transgresser ainsi nos règles les plus sacrées ! Puis-je accéder à tes souvenirs pour essayer de le reconnaitre ?

Luc fit signe que oui et s'approcha de la reine, elle tendit alors sa main droite et en plaça le pouce et le majeur sur les tempes du jeune homme.

- Hum, dit-elle après quelques instants. C'est bien un ange… et très doué pour le combat qui plus est. Mais je n'arrive pas à distinguer son visage et ce qui est plus inquiétant encore, c'est que je ne détecte aucune aura magique, comme s'il avait trouvé le moyen de se rendre complètement invisible !

- Oui, il est vif et discret comme une ombre, dit Angela en sortant du sac de Gabriel la dague de l'assassin. Nous avons trouvé ceci dans le passage vers votre monde, ce qui prouve qu'il y est revenu, mais les sphinx nous ont assurés qu'ils n'avaient vu passer personne.

Mikael s'approcha pour récupérer la dague avec précaution et l'observa attentivement.

- Hum, c'est une lame très ancienne, remarqua-t-il. Il s'en dégage une sombre magie qui n'augure rien de bon.

- Et pour Cornelius Cole, demanda Luc. Est-ce que vous avez pu le sauver ?

- Excuse-moi, reprit la reine, je me suis laissé distraire. Mais les images que j'ai vues ne me laissent aucun doute, votre ami a été empoisonné avec du venin d'amphistère. Je suis vraiment désolée.

- Elle a raison, confirma le roi, je ne le trouve nulle part, il est trop tard.

- Trop tard ? s'indigna Luc. Désolée ? Vous voulez dire que vous ne pouvez pas le sauver ? Mais pourquoi ? Comment est-ce possible ? Vous êtes... vous êtes Dieu, vous pouvez tout faire !

- Ah, si seulement c'était aussi simple mon jeune ami, lui répondit le roi. Je suis navré, mais il y a des règles dans ce monde que même ses créateurs ne peuvent outrepasser. Si une âme est détruite par une source magique, alors elle disparait et rien ne peut la faire revenir. L'amphistère produit le venin magique le plus mortel qui soit, contre un tel poison, même moi je ne peux rien. Je suis sincèrement désolé pour ton ami, mais il faudra faire ton deuil, je ne peux pas réaliser ton vœu. Je sais que cela ne compensera pas ta perte, mais le mieux que je puisse faire c'est de te laisser choisir un autre vœu si tu le souhaites. Et toi Angela, que puis-je pour toi ?

- Et bien... savoir que je ne reverrai jamais Cornelius est une terrible nouvelle, mon Père. Mais cela rend mon choix encore plus limpide, ce que je désire de tout cœur c'est de revoir mes parents, Gotfrid et Marie Rorbens. Ils me manquent énormément et leur lettre me laisse penser qu'ils sont venus se réfugier dans ce monde

En voyant un sourire triste apparaitre sur le visage de la reine, Angela sentit un creux se former dans sa poitrine.

- Je suis désolée ma chérie, lui dit la reine d'une voix douce. Ils n'ont jamais atteint notre monde, eux non plus. Il est probable que l'incendie qui leur a couté la vie était d'origine magique, ce qui me laisse à penser que…

Angela éclata en sanglots en entendant la terrible nouvelle, tout ce qu'elle avait imaginé dire à ses parents, tous les espoirs qu'elle entretenait depuis la rentrée venaient de s'écrouler en un instant ! Gabriel voulut passer son bras autour de ses épaules, mais elle s'en dégagea et reprit avec une détermination farouche.

- Si je ne peux pas revoir mes parents, alors laissez-moi au moins revoir mes amis d'Hollygrove et le Père William !

- Un laissez-passer ? dit le roi pensivement. Hum, c'est faire une entorse à nos règles, mais pourquoi pas... Oui, en y réfléchissant cette idée me plait et je vais faire encore mieux : je vous offre à tous les trois le don de pouvoir voyager entre la Terre et Eden comme bon vous semblera, à la manière des animaux célestes du troisième Ordre. L'idée de vous voir partir aussitôt après vous avoir retrouvés me fend le cœur, j'espère que vous accepterez de revenir vivre parmi nous... vous avez encore tant de choses à apprendre !

La générosité du roi fut saluée par les applaudissements de toute la salle. Et les trois enfants s'inclinèrent profondément pour le remercier.

- Samael, demanda alors le roi. Avant de lancer les festivités, as-tu pu trouver ce qui te ferait plaisir ? Mon offre n'est valable qu'aujourd'hui, malheureusement.

- Hum, c'est difficile... j'hésite beaucoup, dit Luc pensivement. Je peux donc choisir n'importe quel vœu, mais il faut que vous me l'accordiez aujourd'hui impérativement, c'est bien ça ?

- Oui tout à fait, c'est exactement ça. Allez, ne sois pas timide.

- D'accord, et bien je souhaite que vous m'accordiez aujourd'hui la possibilité de reformuler ce vœu plus tard, lorsque je connaitrai mieux votre monde.

Des murmures outrés et des cris d'indignation s'élevèrent dans la salle devant tant d'impertinence, mais le roi éclata de rire au point d'en avoir les larmes aux yeux.

- Oh ! Oh ! Oh ! Oh ! Mais non ! Tu n'as pas bien compris mon garçon ! Quand je dis aujourd'hui... ça veut dire aujourd'hui, voyons !

- Je crois qu'il t'a très bien compris mon chéri, dit la reine en posant sa main sur le bras de son mari. Et ma foi, il respecte scrupuleusement les règles que tu as énoncées, je crois que tu as trouvé plus malin que toi !

- Hum, soit ! Je me plie à ton jugement, très chère, même si je n'aime pas beaucoup l'idée d'avoir une dette en suspens. J'y ajoute donc une condition : Samael, je t'autorise à formuler ton vœu plus tard, mais cette autorisation prendra fin dans un an jour pour jour, que tu te sois décidé... ou non !

- Merci mon Roi, dit Luc en saluant bien bas. Je saurai me souvenir de votre générosité.

Satisfait, le roi déclara alors d'une voix puissante :

- Et maintenant... QUE LA FÊTE COMMENCE !!

Comme s'ils avaient attendu ce signal, des plateaux chargés de victuailles se mirent alors à entrer en flottant dans les airs à la queue leu leu, pour venir se poser sur les tables devant les convives. Angela remarqua avec un sourire que tous les plateaux avaient deux petites ailes blanches qui battaient frénétiquement de chaque côté.

- Et bien avec ça, on ne va pas mourir de faim ! s'exclama Gabriel en observant avec envie les plats de pâtes, de patates, les quiches et autres plateaux de fromages qui voletaient autour de lui. Mais par contre c'est bizarre, ajouta-t-il un peu déçu, on dirait qu'ils ont oublié toute la viande !

- Désolé mon garçon, expliqua le roi en lui faisant signe de venir s'asseoir à côté de lui. Mais les seuls animaux que nous avons dans la ville sont considérés comme des amis. Tu n'aurais pas envie de manger Pegasus ou Wolfy à ce que je sache ? Et bien pour les autres c'est pareil ! Mais bon, ajouta-t-il avec un clin d'œil, si ton ami Samael veut utiliser son vœu pour une grosse côte de bœuf, je peux arranger ça !

- Euh non, ça ira, merci ! répondit Luc avec un grand sourire en se servant au passage dans un panier rempli de pains de toutes sortes.

Angela reprenait pour la deuxième fois d'une délicieuse salade verte avec des noix, du miel et du fromage de chèvre lorsque Raziel fit brusquement irruption dans la salle en criant :

- Nous l'avons retrouvé ! Nous avons trouvé l'empoisonneur !

Il était suivi par deux gardes qui poussaient devant eux un ange en pagne qui avançait en boitant. Il avait la tête couverte d'un sac de toile et les mains attachées derrière le dos. Les rires et les conversations se turent immédiatement, tandis que Raziel forçait l'ange captif à se mettre à genoux en face du roi et de la reine, avant de déclarer :

- Angela a eu l'intuition que le coupable avait peut-être agi depuis les écuries, alors je les ai fait surveiller ce soir par deux hommes de confiance. Ils viennent de surprendre ce gredin, et regardez ce que j'ai trouvé sur lui !

Raziel tendit alors une dague exactement identique à celle qu'Angela avait trouvé sous la statue, et une fiole en verre ambré qu'elle ne reconnut que trop bien : c'était la même que l'ombre avait forcé Cornelius à avaler, avant de la briser sur le sol de la chapelle.

- Du venin d'amphistère ! Constatez par vous-même, ma Reine.

La reine déboucha la fiole et la porta à son nez avant de grimacer.

- C'est bien du poison ! Qui est donc celui qui a osé ?

Raziel retira brusquement le sac de toile et dévoila le visage inquiet d'un ange qui avait un bandeau sur l'oeil droit.

- Yehohanan ? s'exclama la reine, visiblement très surprise et très peinée par cette découverte. Mais non, ce n'est pas possible... je croyais que tu aimais Isa, comment as-tu pu faire ça ?

- Silence ! ordonna Mikael au jeune homme. Ne dis pas un mot tant que tu n'as pas d'abord prononcé tes vœux devant un Chérubin. Que tout mensonge soit puni comme il se doit !

Mikael tapa dans ses mains et le grand Sphinx de cristal noir quitta le coin de la salle pour venir se placer devant l'accusé.

*- Coupable ou innocent ? Tes vœux tu dois citer.*

*Tu seras purifié... ou paieras de ton sang !*

L'ange hésita un instant, mais baissa les yeux et se mit à réciter :

*- Je... Je promets de servir, le royaume des anges,*
 *Le garder sans faillir, et chanter ses louanges.*
 *Rechercher la lumière, chérir la vérité,*
 *Quels que soient les ornières, ou le prix à payer.*
 *Je défendrai l'Enfant, la Reine et puis... le Roi,*
 *Je prête ici serment, sur mes ailes et ma foi,*
 *De ne jamais mentir à quiconque en Eden,*
 *De ne jamais partir en guerre contre la Reine.*
 *De ne jamais voler ce qui n'est pas à moi,*
 *De ne jamais tuer si ce n'est pour le Roi.*
 *Sphinx of black quartz, judge my vows ![4]*

---

[4] Sphinx de cristal noir, juge mes voeux

*- Est-ce toi qui as versé, ce poison tout*
puissant,

*Dans la coupe destinée au Roi ici présent ?*

- Oui, c'est moi, mais je... je suis vraiment désolé, je voulais juste le forcer à trouver un remède... pour sauver la Princesse ! Pitié !

*- As-tu empoisonné notre Roi en pensant,*
*Qu'un tel agissement te serait pardonné ?*
*Nous allons donc juger ton geste déshonorant,*
*Qu'une goutte de ton sang révèle la vérité !*

L'ange nommé Yehohanan piqua alors son doigt tremblant sur la griffe du terrible Chérubin. À peine l'eut-il touchée, que son doigt se couvrit de cristal noir et qu'il vit avec horreur le matériau se propager le long de son bras. En quelques instants, il fut recouvert des pieds à la tête, transformé en statue de cristal dont le visage était figé dans une expression de terreur absolue pour l'éternité. La reine ne put retenir un cri de douleur et se mit à sangloter dans les bras de son mari.

- Emmenez ce traître hors de ma vue ! ordonna Mikael à ces deux gardes. Qu'il paye pour son crime jusqu'à la fin des temps !

Le gardien de la cité tapa ensuite à nouveau dans ses mains, donnant ainsi le signal que le repas pouvait continuer. Les conversations reprirent de façon aussi subite qu'elles s'étaient arrêtées, chacun commentant avec excitation l'évènement incroyable dont ils venaient d'être témoins.

- Et bien, remarqua Luc, la justice des anges est drôlement expéditive, pas de procès qui s'éternisent ici !

- Oui c'est sûr qu'au moins le problème est vite réglé, lui répondit Gabriel. Mais en même temps quand tu as un détecteur de mensonges magique et infaillible, ça aide à obtenir des aveux ! Et je t'avoue ne pas être fâché de savoir que ce tordu est hors d'état de nuire, je n'ai pas arrêté de vérifier la couleur de mon pendentif pendant tout le repas !

La reine se leva de son fauteuil et imposa à nouveau le silence à l'assemblée des anges. Elle avait les yeux rougis par les larmes, mais sa voix était calme et ferme.

- Encore une fois, ceux-là mêmes qui ont sauvé notre Roi il y a tout juste une journée ont à nouveau prouvé leur valeur. Par leur perspicacité et leur regard neuf, ils nous ont permis de mettre hors d'état de nuire l'auteur du crime et de ramener la paix dans notre cité. Ils ont protégé celui sans qui ma vie n'aurait plus de sens, et je leur dois une reconnaissance éternelle. Il m'incombe maintenant de leur prouver cette reconnaissance, et je souhaite pour cela leur offrir en cadeau ce que j'ai de plus précieux.

Elle défit alors ses cheveux, et en retira un petit bâton rouge et blanc qui les maintenait en chignon. Il était à peine plus grand qu'un stylo, mais elle le remit à Angela comme s'il s'agissait d'un bien très précieux.

- Angel-A, pour avoir conduit tes amis jusqu'ici avec courage et avoir aidé à démasquer l'assassin, je te donne Dream-Maker. Ma fille me l'avait confiée pour me porter chance et pour que mes rêves se réalisent. Ne te fie pas à sa petite taille, sa magie est puissante, et aujourd'hui c'est à toi que je veux la confier. Qu'elle t'aide à exaucer tes rêves et à protéger tes amis !

Angela se tourna comme le lui indiquait la reine, et cette dernière lui fit un chignon, en lui insérant le bâtonnet en métal dans les cheveux pour les maintenir en place.

La reine tapa ensuite des mains, et Pegasus entra dans la salle en hennissant, ses sabots claquant sur le sol de pierre jusqu'à ce qu'il vienne s'incliner profondément devant sa maitresse.

- Gebraï-El, pour avoir utilisé ton vœu de manière altruiste et pour avoir aidé à sauver ton Roi, je te confie Pegasus, mon fidèle destrier. Il t'obéira loyalement et te transportera plus vite que le vent. Qu'il t'aide à trouver l'âme sœur et à protéger tes amis !

Gabriel avait un sourire jusqu'aux oreilles, il remercia chaleureusement la reine et promit qu'il s'occuperait de Pegasus comme de lui-même. La reine s'approcha alors de Luc avec un étrange sourire et déclara :

- Sama-El, pour avoir agi avec sang-froid et sauvé mon époux, je te demande de me donner ce que tu as de plus précieux.

Des murmures intrigués parcoururent l'assemblée, mais Luc n'hésita pas une seconde et sortit son iPod de sa poche.

- Voici ce que j'ai de plus précieux, ô ma Reine. C'est le seul souvenir que j'ai de mes parents, et même si je ne m'explique pas comment, ses chansons semblent me guider quand j'en ai le plus besoin.

- Accepterais-tu de me le donner ?

- Je ne voudrais le perdre pour rien au monde, répondit Luc en le déposant dans la main de la reine. Mais s'il peut vous aider en quoi que ce soit, je le mets à votre service sans hésiter.

- Je te remercie de ta confiance, mon fils. Hum, c'est bien l'objet dont Mikael m'a parlé. C'est étrange, il possède effectivement une petite quantité de magie très diffuse, c'est comme si elle avait déteint sur lui... Créer des objets magiques était plutôt la spécialité de ma Fille, mais voyons si je peux la rendre fière de moi.

La reine referma alors ses deux mains autour de l'iPod, et une douce lumière blanche se mit à briller entre ses doigts.

- Sama-El, sauveur de Roi, je te rends ton bien... avec mon humble contribution. Il ne faiblira plus et tu pourras le commander par ta simple volonté. Tu pourras également le faire entendre à ceux que tu désires. Qu'il t'aide à trouver ta voie et à protéger tes amis !

Elle rendit son iPod à Luc, qui la remercia chaleureusement et reçut l'objet en inclinant la tête comme s'il s'agissait d'une pierre précieuse.

La reine tapa dans ses mains et le ballet des plats volants reprit son cours de plus belle. Aux plateaux de fromages bien garnis, succédèrent une ribambelle de desserts de toutes sortes. Les cuisiniers s'en étaient donné à cœur joie et il y avait des tartes et des gâteaux plus appétissants les uns que les autres. Angela n'avait plus très faim et elle se contenta d'un muffin aux myrtilles, mais Gabriel se servit trois énormes parts de gâteau au chocolat, qu'il attaqua comme s'il n'avait encore rien mangé. Alors qu'il regardait avec envie une part de tarte au citron meringuée qui flottait paresseusement devant son nez, la reine se pencha vers eux avec un doux sourire.

- Et bien Samael, maintenant que nous avons tous bien mangé, que dirais-tu de nous mettre un peu de musique ?

- C'est vrai ? Je peux ?

La reine acquiesça avec un sourire amusé, et Luc sortit son iPod et le tendit devant lui en déclarant joyeusement :

- Maestro ! Fais-nous danser !!

Une musique rétro se fit alors entendre aux oreilles d'Angela comme si un groupe de musiciens s'était mis à jouer juste devant elle. À en juger par l'air surpris de ses voisins, c'était la salle tout entière qui entendait les notes de trompette et le rythme entrainant de la batterie.

*Tape des mains !*
*Et tu swingues plus fort.*
*Tape des pieds !*
*Et tu swingues plus fort.*
*Fais un bond !*
*Et tu swingues plus fort.*

Les anges se regardèrent les uns les autres en ne sachant pas trop quoi faire, mais certains commençaient à marquer le rythme.

*Fais la danse du truck*
*Bouge en rythme et écoute bien*
*Tout le monde danse le swing !*

Lorsque les paroles recommencèrent, cette fois-ci Luc sauta par-dessus la table et se mit à taper des mains comme elles le disaient. Lorsqu'elles dirent de taper des pieds, Angela et Gabriel sautèrent au milieu de la scène avec lui et se mirent à danser. Lorsque les paroles dirent de faire un bond, de nombreux anges sautèrent sur les tables ou sur la scène centrale pour se joindre à eux. Il n'en fallait pas plus pour voir que c'était un peuple qui avait la musique dans le sang !

Luc ne savait pas ce qu'était la « danse du truck », mais il se mit à danser en bougeant les épaules et en pointant les index vers le plafond, et toute la salle imita son exemple dans une effusion d'énergie joyeuse.

*Tape des mains !*
*Et tu swingues plus fort.*
*Tape des pieds !*
*Et tu swingues plus fort.*
*Fais un bond !*
*Et tu swingues plus fort.*

Au troisième refrain, toute la salle dansait et chantait sur les paroles, et Angela fut émerveillée par la vision à couper le souffle de cette immense salle remplie d'anges qui tournoyaient dans les airs. Lorsque la musique s'arrêta, une partie des convives se mit à reprendre le rythme en tapant sur les tables, et deux anges jouèrent à la trompette le solo de la chanson, si bien que toute la salle se mit à chanter.

Luc s'arrêta un instant de danser pour reprendre son souffle et regarda par curiosité sur son iPod comment s'appelait la chanson. Après tout, c'était quand même le premier tube du monde des anges ! En apercevant le petit écran, il éclata de rire et le montra à Angela qui leva les yeux au ciel. L'album de Part Of Stell-Art sur lequel se trouvait *Tape des mains* s'appelait *Le Journal du Démon* : si Lucifer lui-même avait choisi la chanson, il n'aurait pas fait mieux !

## *Le retour sur Terre*

La fête avait continué tard dans la nuit, et le réveil du lendemain matin fut un peu difficile pour Angela, quand Azraël lui mordilla les orteils.
- Humm, arrête… dit-elle encore à moitié endormie. J'veux pas aller en cours de maths…
Angela réalisa alors où elle était, et ouvrit les yeux d'un seul coup.
- Azraël, dit-elle joyeusement. Fais tes valises, on rentre à la maison !

Angela sauta du lit et s'habilla en un éclair, puis elle alla tambouriner à la porte des garçons en criant :

- Debout là d'dans ! Allez, on s'réveille, on a d'la route à faire !

- Non, mais ça va pas ! cria Luc en retour. Il est 6h ! Arrête ton boucan ou je te fais griller comme un chamallow !

- Taisez-vous ! hurla aussi Gabriel en jetant une chaussure contre sa porte, qui trembla sous le choc. J'veux dormir !

Tout compte fait, Angela se dit que ça n'était pas très poli d'insister, et qu'elle allait profiter d'être debout pour descendre préparer un bon petit-déjeuner. Luc et Gabriel arrivèrent dix minutes après, en grommelant qu'ils n'arrivaient pas à se rendormir, heureusement l'odeur du chocolat chaud et du pain encore fumant leur rendit le sourire. Lorsqu'ils furent tous rassasiés, ils passèrent apporter un peu de pain à Pegasus qui fut ravi de l'attention et leur dit qu'il les rejoindrait en haut immédiatement. Un petit comité d'accueil les attendait sur l'ère de décollage lorsqu'ils arrivèrent à l'extérieur du palais : Mikael était en discussion avec le roi et la reine, et Raziel se tenait un peu à l'écart.

- Bonjour mes Seigneurs ! dit ce dernier lorsqu'il les aperçut. Vous êtes bien matinaux dites-moi, êtes-vous déjà prêts pour le voyage de retour ?

- Bonjour Raziel, répondit Angela. Il a fallu en tirer certains du lit, mais quoi de meilleur que de se réveiller aux aurores ?
Elle fit un clin d'oeil aux garçons qui lui répondirent par une grimace. Le roi et la reine s'avancèrent alors vers eux et ils reprirent immédiatement un visage innocent, ce qui fit pouffer Angela.

- Mes enfants, commença la reine, cela nous fait de la peine de vous voir partir aussitôt, mais nous comprenons votre besoin de revoir vos proches et vous souhaitons un bon voyage de retour.

- À condition que vous nous promettiez de revenir ! ajouta le roi en souriant. Votre place est ici parmi nous, et vous avez une ou deux montagnes de choses à apprendre avant de pouvoir reprendre votre siège au conseil des Neuf ! Le peuple des anges a besoin de vous, autant que vous avez besoin de lui pour redécouvrir qui vous êtes vraiment.

Pegasus choisit ce moment pour atterrir un peu plus loin sur la pelouse et Angela entendit sa voix grave dans sa tête.

- Mes respects Majestés, Seigneur Mikâ-El, Raziel, bonjour. Mes chers voyageurs, nous pouvons y aller dès que vous êtes prêts.

Ils ne se firent pas prier et montèrent rapidement sur le dos du cheval ailé. Lorsqu'ils furent tous installés, la reine vint caresser tendrement le front de Pegasus.

- Au revoir mon cher compagnon, dit-elle doucement. Prends soin de ton nouveau maitre et de ses amis et ramène-les-nous rapidement.

- Bien sûr ma Reine, répondit le cheval ailé. Vous pouvez compter sur moi. Et si un jour vous avez besoin de moi, vous n'avez qu'à m'appeler, j'accourrai depuis l'autre bout du monde !

Puis en se tournant vers les enfants il ajouta :

- Bon, tout le monde est prêt ? Alors c'est parti !

Le cheval céleste se cabra en hennissant, et voyant que ses cavaliers restaient bien accrochés, il démarra en trombe et sauta par-dessus la barrière pour se jeter dans le vide. Il déploya alors ses grandes ailes blanches et fit une large boucle pour permettre à Mikael, Azraël et Wolfy de les rejoindre. Ils planèrent au-dessus de la ville et franchirent les grandes portes sans même s'arrêter, saluant au passage les gardes qui se trouvaient sur les murailles. Angela aurait aimé que la descente dans les nuages dure plus longtemps tellement cette sensation était magique. Mais la vue qui les attendait en dessous était également magnifique, et elle reconnut bientôt la clairière du bois sacré d'*Holy-Wood*, au-dessus duquel ils firent un dernier passage en cercle avant de se poser.

Les enfants eurent le temps de descendre de leur monture avant que Wolfy et Azraël ne les rejoignent, suivis de Mikael.

- Et bien ! dit Gabriel à Pegasus. La Reine ne mentait pas quand elle disait que tu étais rapide comme le vent !

- Oh, ça oui ! confirma Mikael. Les chevaux célestes sont les animaux les plus rapides d'Eden, et Pegasus est plus rapide encore que tous les autres. Prends bien soin de lui mon jeune ami, c'est un compagnon exceptionnel.

Pegasus hennit de plaisir et partit en trottant dans la clairière, poursuivit par Wolfy et Azraël.

- Quant à Dream-Maker, ajouta Mikael à l'intention d'Angela, je n'en avais jamais entendu parler avant... Mais si la reine te l'a confiée, c'est sûrement pour une bonne raison, je ne peux que te recommander de toujours la garder avec toi.

- Merci pour vos conseils, répondit Angela. Est-ce que par hasard vous enseignez à l'école des anges ? On serait ravi de profiter de votre expérience en tant que gardien l'an prochain !

- Ahahah ! Moi ? Professeur ? Mais non je...

- Allez, s'il vous plait, le supplia Angela. Ce serait génial !

- Ma foi, l'idée est assez amusante, je vous promets d'y réfléchir... mais je ne suis pas sûr d'être très doué pour la chose ni d'avoir trop de temps pour ça. D'ailleurs à propos de temps, je crois qu'il est l'heure de se dire au revoir, il vaut mieux ne pas trop trainer par ici.

- Heu, et comment fait-on pour rentrer sur Terre ? demanda Luc.

- Et bien normalement il faut un ordre de mission du Roi ou de la Reine, répondit Mikael. Mais avec le don spécial que vous a fait le Roi, il vous suffit de traverser la porte comme vous l'avez fait dans l'autre sens, exactement comme peuvent le faire les animaux du troisième Ordre. Regardez, Azraël vous montre l'exemple.

Effectivement, sans montrer la moindre hésitation, celui-ci s'était dirigé vers la porte creusée dans la roche et était passé à travers le mur en pierres.

- C'est quoi au fait ces histoires d'Ordres ? demanda Angela, curieuse. Il y en a combien ? Et quels sont les autres animaux ?

- Et bien ça ma chère, lui répondit Mikael en souriant, il te faudra revenir nous voir pour le découvrir ! Bonnes vacances terrestres d'ici là, n'oubliez pas que la rentrée est le 9 septembre !

Un poil déçue, mais faisant contre mauvaise fortune bon cœur, Angela fit ses adieux et passa à travers le mur. Elle se retrouva instantanément de l'autre côté, juste derrière les sphinx de cristal noir et blanc, qui étaient visiblement en train de dormir. Luc arriva peu après en criant : BAISSE-TOI ! VITE !!

Angela eut à peine le temps de se jeter à terre qu'une énorme masse blanche bondissait à travers le mur et elle entendit Gabriel crier « YIIHAAAHHH !!! » juste au-dessus de sa tête. Il atterrit quelques mètres plus loin entre les deux sphinx en renversant au passage une statue de chevalier, qui alla se briser sur le sol en mille petits éclats de cristal.

- Pegasus ?! s'écria Angela en relevant la tête. Tu ne restes pas là-bas ?

- Et comment pourrais-je veiller sur vous si je reste « là-bas » ? lui répondit le cheval en hennissant. Non, mais quelle idée !

- Mais regarde, dit Gabriel. Tu as perdu tes ailes ! Je savais que je n'aurais pas dû te laisser venir !

- Mais non, tous les animaux célestes perdent leurs ailes en traversant la barrière des mondes, c'est normal ! Regarde pour Azraël et Wolfy, c'est pareil... et puis rassure-toi, on les retrouvera tous lorsqu'on reviendra en Eden. Bon, on y va ? J'ai hâte de revoir cette bonne vieille Terre, moi, depuis le temps que je n'y étais pas revenu !

Les trois enfants et leurs compagnons passèrent donc entre les deux imposants sphinx, mais malgré tout ce vacarme ils étaient étonnamment encore en train de dormir.

- Ils ne se réveillent que s'ils ont un humain ou un ange à juger, expliqua Pegasus. On dirait que le don du Roi vous rend totalement invisibles à leurs yeux comme nous autres animaux, c'est incroyable !

Ils ne s'attardèrent pas pour autant et passèrent rapidement dans la salle de la table de cire. Ils ouvrirent ensuite la porte des anges pour remonter le couloir doré, puis les longs escaliers en pierre.

- Attendez, intervint Luc. Laissons Azraël repérer si la voie est libre, je ne voudrais pas tomber nez à nez avec Sister Sinistras !

- Bien vu, répondit Angela en prenant Azraël dans les bras. Mais j'ai une meilleure idée, ça fait longtemps que j'ai envie d'essayer un truc.

Elle monta sur le dos de Pegasus avec son chat, et lorsqu'elle se redressa, son corps disparut dans la base de la statue jusqu'à la ceinture. Son visage réapparut quelques instants plus tard avec un grand sourire.

- Ça a marché ! dit-elle avec un air incrédule. Ça a vraiment marché, c'est trop cool ! Ben quoi ? Pourquoi vous me regardez de travers ?

- Mais… comment t'as fait ça ? demanda Gabriel. Je croyais que ton pouvoir c'était de te rendre invisible !

- Mais non, rappelle-toi de la portière ! Et la statue quand je t'ai aidé à pousser... je me doutais que mon pouvoir c'était le miroir, mais je n'avais pas encore pu vérifier.

- Le miroir, quel miroir ? demanda Luc, perplexe.

- Mais si, *Né avec un destin gagne Miroir*, l'anagramme de mes parents, vous vous rappelez ? J'en ai déduit que mon pouvoir c'est de copier ceux des autres en les touchant... et on dirait que j'avais raison !

- Ouah, c'est génial ! s'exclama Gabriel. C'est hyper pratique ton truc, t'es un peu comme Mimic dans les X-men en fait !

- Heu, si tu le dis... répondit Angela en haussant les épaules. Au fait, la voie est libre, on peut y aller quand vous voulez.

Luc alluma une boule de feu avec son briquet et la statue s'écarta doucement dès qu'il la toucha. Ils montèrent un à un dans le hall et Pegasus dut se contorsionner pour sortir, car le trou était à peine assez large pour le laissez-passer. Tout juste étaient-ils sortis du bâtiment qu'ils tombèrent nez à nez avec Sœur Margaret.

- Ah vous revenez juste à temps les enfants ! Le Père William a demandé de vous emmener au plus vite près de lui quand ce serait le cas, pouvez-vous aller le trouver dans sa maison ? Je suis en retard pour la cérémo… mais, ça alors ! Que faites-vous avec un cheval ??

- Heu, c'est justement pour ça que nous devons voir le Padre, improvisa Luc. Ne vous inquiétez pas, il est au courant !

La sœur sembla étonnée de cette explication, mais fila néanmoins vers la chapelle sans poser plus de questions. Ils ne rencontrèrent personne d'autre en chemin et Angela toqua sans hésitation sur la porte du prêtre. Son cœur battait à cent à l'heure, sans qu'elle ne sache vraiment pourquoi.

- Entrez ? fit une voix lointaine qui lui sembla étrange.

Mais en ouvrant la porte, Angela le reconnut aussitôt et cria de soulagement en le voyant calmement assis sur son lit.

- William ! C'est bien vous !

Elle courut vers lui et posa sa tête contre sa poitrine en le serrant de toutes ses forces dans ses bras.

- Ouch ! Doucement jeune fille, je sors à peine de l'hôpital et ma blessure n'est pas encore cicatrisée ! Mais moi aussi ça me fait plaisir de vous revoir tous les trois ! Asseyez-vous donc, je crois que vous avez deux-trois choses à me raconter.

- Hum, fit Luc, je me disais bien qu'on ne s'en sortirait pas aussi facilement qu'avec Sœur Margaret. D'ailleurs comment se fait-il que notre absence prolongée ne l'ait pas inquiétée plus que ça ?

- C'est votre amie Nevaeh que vous devez remercier, elle a déclaré aux sœurs que Gina vous avait invitée pour le week-end et que j'avais donné mon autorisation… d'ailleurs ça m'inquiète un peu qu'elle sache si bien mentir à son âge, il faudra que sa mère surveille ses fréquentations.

Le Père William fit un clin d'œil aux enfants avant de continuer.

- Rassurez-vous, la police de son côté a cru à un cambriolage qui a mal tourné et a classé l'affaire. Ma mémoire a mis un peu de temps à me revenir, mais il m'est impossible d'oublier l'attaque dans la chapelle et l'intervention héroïque de ce brave Cornelius. Juste avant de perdre connaissance, j'ai même cru apercevoir une immense paire d'ailes noires qui fracassait un vitrail. Qu'en pensez-vous ?

- Sûrement une hallucination due à votre cerveau qui manquait d'oxygène, suggéra Gabriel en haussant les sourcils.

- Ou alors le début de la sénilité ? proposa Luc avec un grand sourire avant de se prendre un oreiller dans la figure.

- Sénile, mais pas manchot, jeune impertinent ! répondit le prêtre qui riait également. Toujours est-il qu'à mon réveil je n'ai pas cru un instant à l'explication des sœurs, et que je me suis douté que vous étiez retournés sous la statue.

- Une statue ? Quelle statue ? demanda Luc avant de pouffer de rire et de se protéger des coups d'oreiller que lui donnait Angela en suppliant « OK j'arrête, promis j'arrête ! ».

- Je me demandais même à un certain point, reprit le Père William en souriant, si ce n'était pas vous que je devais remercier pour mon rétablissement que les médecins ont qualifié de *simplement miraculeux*. Mais je vois bien maintenant que c'était vous accorder une maturité que vous êtes manifestement encore très loin de posséder.

- Pour rendre à César ce qui appartient à César, reprit Luc en retrouvant son sérieux. C'est Gaby qui a fait le vœu, mais c'est Dieu le Père qui l'a exaucé. Tiens à ce propos, savez-vous qu'il est noir, aveugle et marié à la Déesse Mère ?

- P..p..pardon ? fit le prêtre en manquant de s'étouffer.

- Lucy, t'abuses ! cria Angela en fronçant les sourcils. Tu pourrais y aller doucement, ça fait beaucoup à digérer d'un coup pour un prêtre !

- Ben quoi ? répondit ce dernier en faisant la moue. C'est pas comme si je lui avais dit d'entrée de jeu que t'étais la princesse des anges, et Gaby l'archange Gabriel ! Je lui ai même pas dit que j'étais Lucifer, tu pourrais me remerc...

Luc s'arrêta au milieu de sa phrase en voyant la tête effarée du Père William, qui ne bougeait plus et respirait à peine.

- Ouuuups, je crois que j'ai encore fait une boulette. Désolé.

- Ne vous inquiétez pas mon Père, supplia Angela en se précipitant à ses côtés. C'est bien nous, on n'a pas changé ! Laissez-moi vous expliquer les choses depuis le début...

Elle raconta les évènements qui s'étaient passés depuis l'attaque de la chapelle, et le Père William ne l'interrompit à aucun moment, se contentant de pousser des *Oh*, des *Ah*, et des *Ça alors !* de temps en temps. Lorsqu'elle eut terminé, il resta songeur un long moment en la regardant avant de demander :

- Alors si je comprends bien, c'est grâce à l'archange Michael, euh… Mikâ-El, que l'assassin de Cornelius a été mis hors d'état de nuire ? Il faudra que vous le remerciiez pour moi quand vous le reverrez !

Angela sortit la Bible des Anges du sac de Luc et donna le livre de son père au prêtre.

- Tenez, dit-elle simplement. Un nouveau texte est apparu, et je pense qu'il vous intéressera grandement. Apparemment Papa avait réussi à deviner beaucoup de choses sur le monde des anges en étudiant la forme des chiffres. J'aimerais bien avoir votre avis sur ce qui est marqué.

- Merci, je ne manquerai pas de le lire avec attention. En attendant, je pense avoir trouvé une solution à un autre problème : si vous voulez retourner là-bas, il vous faudra une excuse pour ne pas aller au collège l'année prochaine !

- Aaahhh oui, je n'y avais pas du tout pensé ! s'exclama Angela.

- Et bien ma chère enfant, figure-toi que ta tante m'a envoyé un mail pour savoir si tu voulais aller vivre avec elle à Paris l'an prochain... pour perfectionner ton français. Je vous propose que ce soit la version officielle pour tous les trois, qu'en dites-vous ?

- Merci mon Père ! s'écria Angela en lui sautant au cou. Moi qui craignais tant que vous ne nous croyiez pas, je vous adore !

- Oh, c'est uniquement par intérêt croyez le bien, répondit le prêtre avec un clin d'œil. Qui pourrait refuser cette occasion unique de se faire de si puissants alliés au Paradis ? Mais en attendant d'y arriver un jour, c'est mon vieil ami Cornelius que nous mettons en terre aujourd'hui. J'entends les cloches sonner, je vais être en retard si je ne me dépêche pas. Pouvez-vous m'aider à marcher ?

- Marcher ? demanda Gabriel. Pourquoi marcher quand on a un destrier devant sa porte ? Allez venez, je vous aide à monter.

- Un cheval ? Mais qu'est-ce que vous faites ici avec un cheval ?

## *La cérémonie*

Une fois que le Père William fut bien installé sur le dos de sa monture, Luc lui glissa à l'oreille :

- Angy va m'engueuler, mais vous savez, c'est Pegasus en personne !

Le prêtre sursauta et n'évita de tomber qu'en se raccrochant à la crinière du pur-sang. Il entendit alors une voix grave dans sa tête.

- Ne vous inquiétez pas, Saint-Homme, cela ne me fait pas mal !

Le Père William ouvrit des yeux ronds comme des billes et lâcha immédiatement la crinière en poussant un cri. Gabriel dut lui donner la main pour qu'il reste en selle, mais il trouva que le prêtre réussissait à se faire à l'idée d'un cheval parlant plus vite qu'il ne l'aurait pensé. Après être descendu de sa monture à l'entrée du cimetière, le Père eut même la présence d'esprit de déclarer :

- Je… je vous remercie pour la course, noble créature. Je suis… honoré de faire votre connaissance !

Pegasus se contenta d'un hennissement approbateur, il ne s'agissait pas de donner une crise cardiaque au prêtre avant l'enterrement !

Le cimetière était presque rempli, l'inspecteur Dricker était là en plus des sœurs, de Miss Lindsay et de tous les élèves d'Hollygrove. Même Gina et Judy étaient venues par solidarité, cette dernière avait passé un bras autour des épaules de Straw, qui avait l'air très émue.

Gabriel accompagna le Père William à côté du cercueil, puis retourna rejoindre ses amis. Le prêtre fit une prière et un signe de croix avant de bénir le cercueil et de se retourner pour s'adresser à la foule.

- Chère famille, chers amis, chers élèves d'Hollygrove, nous nous rassemblons aujourd'hui pour dire adieu à un homme de bien. Cet adieu, Cornélius aurait aussi voulu que ce soit un à-Dieu. C'était un homme dont la foi était grande, et qui était dévoué envers ceux qu'il aimait. Où qu'il soit aujourd'hui, il continuera à veiller sur vous. Il continuera à veiller sur chacun de nous, j'en suis persuadé.

- Si seulement, déclara Angela tristement. Si seulement. C'est parfois dur de savoir la vérité.

- Oui, c'est dur, lui répondit Luc. Mais le prix de l'ignorance est encore plus grand. Cornelius restera au moins présent dans nos cœurs.

- Si un jour quelqu'un revient du Paradis, continuait le Père William, et nous raconte ce qui s'y trouve, nous saurons alors avec certitude ce qui nous attend là-haut. Mais avant que ce jour n'arrive, notre foi de chrétiens nous enseigne que nous y retrouverons nos frères défunts dans l'attente de la résurrection des morts au jugement dernier. Nous pouvons donc avoir l'esprit en paix, car nous savons au fond de notre cœur, que Cornelius a retrouvé les êtres qui lui étaient chers, et que nous-mêmes, nous retrouverons Cornelius lorsque nous serons appelés auprès du… cough, cough, cough ! Excusez-moi… lorsque nous irons au Paradis.

- Tiens, on dirait que ce qu'on lui a raconté commence à faire effet, remarqua Luc. Tu crois que sa foi s'en remettra ?

- J'espère ! répondit sincèrement Angela. Après tout, ce qu'il a appris dans la Bible est presque entièrement vrai, mais simplement, comment dire… incomplet ? William est un homme de vérité, je suis sûre qu'avec le temps il saura l'accepter, la vraie question c'est de savoir ce qu'il décidera d'en faire…

- Seigneur, termina le prêtre en élevant les mains. Vous qui accueillez aujourd'hui Cornelius auprès de Vous, prenez soin de lui tandis que son corps qui était poussière retourne à la poussière.

Il ramassa une poignée de terre et la déposa sur le cercueil, donnant ainsi le signal de la mise en terre. Lorsque Cornelius fut descendu dans sa dernière demeure terrestre, toutes les personnes présentes se présentèrent alors tour à tour pour lui dire adieu et jeter une rose blanche dans sa tombe. L'inspecteur Dricker rejoignit Angela après avoir payé ses respects et il lui murmura à l'oreille.

- Bonjour Angela, toutes mes condoléances ma petite. Je ne veux pas entacher sa mémoire, mais il faut que tu saches que notre vendeur de téléphones a fini par reconnaitre le visage de Cornelius dans notre base de données. L'ironie de l'histoire c'est qu'il ne s'y trouvait que parce qu'il m'avait renversé au début de l'année, sans cela nous n'aurions jamais su que c'était lui qui avait appelé ton père.

- Croyez-vous qu'il ait pu faire cela dans le but de provoquer l'accident ? demanda Angela sans vraiment y croire.

- Sincèrement ? Je n'en sais strictement rien. Mais il faut avouer que le timing ne peut pas être une pure coïncidence…

- Ou alors, c'est une sacrée coïncidence ! termina Angela.

- Oui, exactement, et les précautions qu'il a prises pour acheter le téléphone ne jouent pas en sa faveur. Néanmoins, il existe une autre explication possible…

- Vraiment ? demanda Angela avec espoir. Et laquelle ?

- Et bien si Cornelius savait que tes parents couraient un danger imminent, il aurait pu vouloir les en prévenir par exemple. Mais reste à savoir comment il aurait été au courant et pourquoi toutes ces précautions…

Angela eut un flash, et vit comme dans un film muet une ombre encapuchonnée en train de menacer Cornelius. Celui-ci refusait de faire sa sale besogne, mais avait trop peur de révéler son lourd secret, car il craignait pour sa vie. Au dernier moment, rongé par le remords, il courut acheter une carte prépayée pour prévenir les parents d'Angela, mais il était trop tard, le drame en était déjà à son dernier acte. Rideau.

- Enfin malheureusement, termina le détective, nous n'aurons jamais le fin mot de cette histoire, j'en ai peur. Ce vieux charlatan aura fini par emporter tous ses secrets dans sa tombe, j'en suis désolé ma petite.

Angela sauta à son cou et lui déclara, les yeux embués de larmes :

- Merci Dricker, merci pour tout ! Vous ne savez pas le bien que vous venez de me faire ! La vérité est parfois difficile à trouver, mais dans ce cas… il faut savoir faire confiance aux gens qu'on aime !

Angela retourna vers ses amis, et elle aperçut Emma Lindsay qui sanglotait à côté de la tombe. Sœur Judith la prit dans ses bras et la consola aussi bien qu'elle pouvait malgré le fait qu'elle pleurait également à chaudes larmes.

- Eh bien, murmura Luc à l'oreille d'Angela, on dirait que Sister Sinistras a un cœur finalement.

- Oui, je la plaindrais presque. Et dire que pendant un moment j'avais cru que c'était elle qui…

- Qui avait empoisonné Miss Lindsay ? Oui, je t'avoue que ça m'a traversé l'esprit plus d'une fois. Comme quoi parfois, les apparences !

- Oh oui, termina Angela en repensant à Cornelius. Les apparences sont parfois trompeuses.

Elle resta songeuse un moment, puis reprit la parole, perturbée par l'intuition qui venait de lui traverser l'esprit.

- Dis-moi Lucy, as-tu déjà repensé à cet ange borgne qui a… qui a été si vite accusé parce que les apparences jouaient contre lui ? Que se passerait-il si la justice des anges avait commis une erreur et que… que le véritable assassin était encore en liberté ?

- Brrrr, ça fait froid dans le dos ton truc, répondit Luc. Mais je te rappelle qu'il a avoué son crime ! Et puis le sphinx peut détecter les mensonges, il n'aurait jamais pu transformer en statue quelqu'un d'innocent, j'en suis sûr !

- Oui, tu as raison, c'est moi qui me pose trop de questions. Je trouvais juste que ça avait été un peu trop… trop facile, c'est tout.

- Trop facile ? demanda Luc en montrant Miss Lindsay du doigt. Pas pour tout le monde en tout cas. Elle a quand même perdu son grand frère je te rappelle. Et Nevaeh a perdu son oncle, pour toujours.

- Pffff, tu sais bien que je ne parlais pas de ça. Moi aussi ça me fait mal que Cornelius ne soit plus là, mais… je crois que je n'aurais jamais le courage d'avouer à Nev ce qui s'est vraiment passé. Tu… tu crois que je suis une mauvaise copine ?

- Une mauvaise copine ? Mais non bien au contraire tu es même… plutôt cool je dirais ! Ça demande du courage de garder un lourd secret pour préserver ses amis tu sais, tout le monde n'en serait pas capable.

- Hum… plutôt cool ? demanda Angela en souriant tristement. C'est un bon début… En tous cas vivement la fin de l'été pour que l'on puisse retourner explorer le Paradis !

# FIN

. . . . . . . . . . . . . . . . . . . . . . . . . . . . . . . . . . . . . . . . . . . . . . . . .

*Suite dans le livre II :*

# POWERS

Si vous avez aimé ce livre, svp mettez une note sur amazon.fr, parlez-en autour de vous, prêtez-le, offrez-le… Le bouche à oreille est la meilleure aide que vous pourrez m'apporter !
Merci à vous !

Suivez- moi aussi sur les réseaux sociaux :
Facebook @Yvan_Premier
Instagram @yvan_premier

*« J'ai adoré ce roman autant au niveau de l'histoire, des personnages que de l'ambiance. C'est un vrai coup de coeur pour moi (…) Un énorme cinq étoiles évidemment »* - Lesuun

*« Une excellente lecture ! Une intrigue originale, Une aventure extraordinaire, les évènements s'enchaînent et les rebondissements se déchaînent (…) ! Un livre à mettre entre toutes les mains ! »*
- Meneghini

# CHANSONS

Comme le dit si bien Angela lors de sa première apparition dans ce livre, certaines chansons semblent parfois faire échos aux situations que nous vivons au quotidien. Il arrive même de temps en temps que les paroles coïncident si parfaitement, que l'on pourrait croire qu'elles ont été écrites spécialement pour nous.

J'ai un profond respect pour ces artistes inspirés qui offrent leurs chansons au public et arrivent à nous parler aussi clairement et directement au-delà des années et depuis tous les coins du monde.

Vous retrouverez ici la liste des chansons qui m'ont inspiré, en hommage aux artistes qui les ont écrites et interprétées.

Merci encore à eux.

Soutenez-les en écoutant la playlist *Angela Genesis* sur

Un merci tout particulier aux artistes qui m'ont donné l'autorisation d'utiliser leurs paroles originales dans ce roman :

- Aaron -   et   - Wax Taylor -

*Audition (The Fools Who Dream)* - Ben Pasek et Justin Paul
*La La Land* Soundtrack (2016) - © UMGRI Interscope

\*\*\*

*Comme un appel* - Chimène Badi
Dis-moi que tu m'aimes (2004) - © Universal Music
& Capitol Music
Paroliers : Rick Allison et FreDricker Baron

\*\*\*

*U.N.I* - Ed Sheeran et Jake Gosling
« + » (2011) - © Atlantic records

\*\*\*

*Car Crash* - Wakey! Wakey!
Almost everything I Wish I'd said the last time I saw you (2010)
© Family Records / Timber St.

\*\*\*

**Lost Highway - AaRON**
**Artificial Animals Riding On Neverland (2007) © Birds in the Storm**
**Paroliers : Olivier Coursier / Simon Buret**

\*\*\*

*Bike* - Pink Floyd
The piper at the Gates of Dawn (1967) - *© Essex Music Inc*
*Paroliers : Syd Barrett*

\*\*\*

*Call me Devil* - Friends in Tokyo
Keep Moving On (2015) - © Digitalpressure / Peermusic III, Ltd
Écrit par Andrew Tyson Bissel, Joshua David Silverberg, Kipp Williams

*Burn* - The Pretty Reckless
Going to Hell (2014) - © Razor & Tie
Parolier : Taylor Momsen

\*\*\*

*Bullets for the New-Born King* - Elvis Costello
National Ransom (2010) - © Universal Music Publishing Group

\*\*\*

**Le Tunnel d'or - AaRON**
**Artificial Animals Riding On Neverland (2007) © Birds in the Storm**
**Paroliers : Olivier Lucien Paul Coursier / Simon Buret**

\*\*\*

*This is stupid* - The Bloodhound Gang
Horray for Boobies (1999) - © Universal Music Publishing Group

\*\*\*

**Clock Tick - Wax Taylor**
**By any beats Necessary (2016) - © Downtempo**

\*\*\*

*Help Your Self* - Courtney Barnett
Tell Me How You Really Feel (2018) - © Marathon Artists

\*\*\*

*Warriors* - Imagine Dragons
Smoke + Mirrors (2015) - © Universal Music Publishing Group
Paroliers : Joshua F. Mosser / Alexander Jr Grant / Daniel C. Reynolds

\*\*\*

*Clap your hands* - Parov Stelar
The Demon Diaries (2015) - © Étage Noir Recordings
Lyrics by Marcus Fuerder, Charles Mac Gregor, Glenn Miller

Printed in Great Britain
by Amazon